Le baiser d'un inconnu

Une attirance impossible

DAY LECLAIRE

Le baiser d'un inconnu

éditions Harlequin

Titre original : DANTE'S MARRIAGE PACT

Traduction française de MARION BOCLET

HARLEQUIN®
est une marque déposée par le Groupe Harlequin

PASSIONS®
est une marque déposée par Harlequin S.A.

Photos de couverture
Couple : © VINCENT BESNAULT/ZEFA/CORBIS
Rose : © ROYALTY FREE/DYNAMIC GRAPHICS

83-85, boulevard Vincent-Auriol, 75646 PARIS CEDEX 13.
Service Lectrices — Tél. : 01 45 82 47 47
www.harlequin.fr
ISBN 978-2-2802-3306-4 — ISSN 1950-2761

- 1 -

Debout dans les toilettes luxueuses du siège de la compagnie des Dante à San Francisco, l'une des plus grosses joailleries du monde, Shayla Charleston regardait avec anxiété son reflet dans le miroir. Heureusement, sa nervosité ne se voyait pas trop. Et puis, de toute façon, tout serait bientôt terminé. Demain, elle aurait vingt-cinq ans et le moment serait venu pour elle d'atteindre les trois objectifs qu'elle s'était fixés.

D'abord, rembourser sa grand-mère. Cela faisait trois ans qu'elle travaillait comme une forcenée pour y parvenir. La vieille dame lui avait payé ses frais d'université, économisant sur tout, au point de laisser leur maison tomber en ruines sous leurs yeux. Elle avait espéré que Shayla reprendrait l'entreprise familiale, mais celle-ci n'avait pas hérité du talent nécessaire. Cependant, elle était déterminée à servir les intérêts de sa famille, et le ferait, dès le lendemain, en rencontrant les Dante. Avec un peu de chance, cette entrevue apporterait à sa grand-mère la sécurité financière dont elle avait tant besoin. Shayla était déterminée à faire tout ce qui était en son pouvoir pour y parvenir, quelles que soient les difficultés rencontrées.

Le deuxième objectif était déjà atteint ! Elle venait d'obtenir le travail de ses rêves. Elle sourit à cette pensée. Dès que la réunion avec les Dante serait terminée, elle s'envolerait pour l'Europe, où elle travaillerait comme interprète pour Derek Algier, le célèbre et insaisissable homme d'affaires. Ce travail lui permettrait de voyager dans des pays magnifiques. Il lui tardait vraiment de commencer.

Mais avant d'entamer sa nouvelle carrière, elle était déterminée à réaliser son troisième vœu : vivre une folle passion, juste une fois, avant de retrouver son naturel réservé. Etait-ce trop demander ?

Elle prit une profonde inspiration dans l'espoir de maîtriser son anxiété. Avant toute chose, il fallait qu'elle s'invite à la soirée donnée chez les Dante.

La porte des toilettes s'ouvrit et plusieurs jeunes femmes entrèrent. Elles échangèrent des sourires polis, et l'une d'elles regarda sa robe d'un air admiratif. Aussitôt, Shayla se sentit soulagée : cela prouvait que les modifications qu'elle avait apportées à la robe haute couture de sa mère étaient si réussies qu'elles étaient insoupçonnables.

Elle jeta un dernier coup d'œil à son reflet. Son maquillage et sa coiffure étaient impeccables. Cela tenait du miracle étant donné la mauvaise lumière et le miroir rayé de la petite chambre minable qu'elle avait louée dans un motel. Mais elle ne pouvait rien se permettre de mieux pour l'instant, car, même si, ce soir, elle donnait l'impression d'être riche et privilégiée, ce n'était pas le cas, les Dante ayant ruiné sa famille dix ans plus tôt.

Dans l'immédiat, elle devait se livrer à un petit travail de reconnaissance en prévision de la réunion du lendemain. Si elle pouvait glaner des informations sur les principaux acteurs de l'entreprise Dante, elle se sentirait plus forte dans les négociations. Avec détermination, elle prit son petit sac à main orné de perles, consternée de voir que le fermoir s'était de nouveau ouvert lorsqu'elle l'avait posé sur la tablette du lavabo.

Comme sa robe, son sac avait appartenu à sa mère. Elégant et raffiné, c'était un autre vestige de la gloire passée des Charleston. Elle ne se serait pas souciée du fermoir cassé si ce qu'il y avait à l'intérieur n'avait pas valu des millions…

Elle glissa la main dans le sac et enfonça la petite bourse en cuir plus profondément à l'intérieur. Puis elle sortit la liste que sa grand-mère lui avait donnée et lut une dernière fois les noms qui y figuraient pour les connaître par cœur.

« Primo Dante, patriarche de la famille et fondateur de la dynastie Dante, maintenant à la retraite. Severo Dante, président-directeur général de la joaillerie. »

Il y avait aussi les jumeaux : Marco, qui s'occupait des relations internationales et qu'elle ne rencontrerait probablement pas, et Lazzaro, directeur du service financier. Ce dernier assisterait sans aucun doute à la réunion. C'étaient là les seuls renseignements qu'elle possédait et elle devrait s'en contenter.

Satisfaite d'avoir mémorisé tous les noms, elle replia le papier et le remit dans son sac, puis s'assura qu'elle le refermait correctement. Enfin, elle inspira profondément une nouvelle fois, et sortit, bien décidée à se fondre dans la foule.

Une file d'invités patientaient dans le hall donnant sur la salle de réception tandis que les agents de sécurité se tenaient à la porte et prenaient les cartons d'invitation. Ce ne serait pas facile d'entrer, se dit-elle, mais elle n'avait pas l'intention de renoncer. Le cœur battant, elle attendit qu'un groupe de personnes discutant et riant avec animation se présente puis s'y mêla, profitant de la confusion momentanée. Deux secondes plus tard, heureuse et soulagée, elle pénétrait dans la salle.

Elle se concentra aussitôt sur ses objectifs : d'abord, repérer les membres de la famille Dante inscrits sur sa liste. Ensuite, elle y comptait bien, trouver dans cette foule nombreuse l'homme idéal, l'homme qui ferait de cette nuit la nuit la plus exceptionnelle de sa vie.

Dès qu'elle entra dans la pièce, Draco Dante la remarqua. Il la remarqua et la désira aussitôt de toute son âme. C'était une telle attirance qu'il ne chercha même pas à y résister. Bien sûr, il n'avait pas encore conscience des conséquences de cette emprise, ou du moins pensait-il pouvoir s'en détacher quand bon lui semblerait. Il se croyait encore maître de sa destinée, et totalement à l'abri de ce que, dans son entourage, on appelait l'*Inferno*.

L'*Inferno* était la légende de la famille — ou sa malédiction selon le point de vue que l'on portait sur ce phénomène. Il n'y avait jamais cru jusque-là. Il trouvait ridicule de penser qu'un homme puisse reconnaître son âme sœur grâce à un simple contact. D'ailleurs, il ne croyait pas non plus au concept de l'âme sœur. Il ne pouvait pas accepter l'idée qu'une seule femme au monde soit faite pour lui. Au fil des ans, il avait écouté les récits de ses proches, les avait regardés, un par un, tomber sous l'influence insidieuse qu'ils attribuaient à ce fameux *Inferno* sans être convaincu pour autant.

Quand il aperçut la jeune femme, une seule pensée occupa son esprit : la faire sienne. Fine et racée, sa sihouette attirait aussitôt le regard. Et il fut immédiatement captivé par l'incroyable sensualité qui émanait d'elle. Son épaisse chevelure d'un noir d'ébène était attachée sur sa nuque, et ses yeux étaient, eux aussi, noirs comme du jais. Mais c'étaient surtout ses courbes voluptueuses qui avaient attiré son attention comme celle de bon nombre d'hommes présents. Des courbes mises en valeur par la robe dos nu de couleur rubis, qui faisait pigeonner ses seins et soulignait sa taille fine, ses hanches harmonieuses et ses fesses délicieusement arrondies.

Après avoir traversé le salon avec grâce, elle venait de s'arrêter devant une vitrine située dans un coin de la pièce, à l'écart de la foule. Aussitôt, il s'approcha d'elle. Elle regardait, fascinée, les bagues de la collection Eternité.

— Elles sont magnifiques, n'est-ce pas ?

— Superbes, murmura-t-elle.

Elle continuait à admirer les bijoux sans lui prêter attention.

— Je crois que c'est le moment de nous présenter, dit-il en souriant.

— Merci, mais je n'y tiens pas.

Elle lui lança un regard furtif, puis esquissa un mouvement pour le contourner.

Ce fut alors qu'il commit l'erreur qu'un homme averti n'aurait jamais dû commettre : au lieu de la laisser s'éloigner, il lui saisit la main pour la retenir.

— Attendez…

Aussitôt, il eut l'impression d'être frappé par la foudre. Une sensation de chaleur venait de se répandre dans la paume de sa main. Ce n'était pas douloureux mais très surprenant… Effrayant, même, car cela confirmait ses pires craintes.

Elle retira vivement sa main de la sienne.

— Qu'est-ce que c'était ? demanda-t-elle, les sourcils froncés. Que m'avez-vous fait ?

« Bon sang ! » Il secoua la tête pour se ressaisir.

— Je crois que je viens de vous faire le coup de l'*Inferno*.

— J'ignore de quoi vous parlez, et vos petits jeux ne m'amusent pas. Mais ne refaites jamais cela. Je n'ai pas du tout apprécié.

Sur ces mots, elle tourna les talons et disparut dans la foule.

Il fallut à Draco un instant pour réagir. Sans savoir lui-même s'il avait envie de jurer ou de rire, il la suivit, et la rattrapa près d'une autre vitrine de bijoux. Une fois de plus, elle l'ignora.

— Croyez-vous vraiment qu'il s'agisse d'un jeu ? N'avez-vous rien ressenti d'autre quand nous nous sommes touchés ? demanda-t-il. Rien de plus que cette décharge ?

Elle ne quittait pas les joyaux des yeux.

— Etais-je censée sentir autre chose ?

— D'après ce que j'ai entendu dire, oui.

Cette fois, elle tourna la tête vers lui. Une lueur mélancolique brillait dans les yeux en amande. Le message qu'ils communiquaient était clair : « Allez-vous-en. »

— Je n'ai aucune idée de ce dont vous parlez, rétorqua-t-elle.

Draco s'assombrit. Pourquoi la seule femme qu'il désirait se montrait-elle si hostile ? La situation lui aurait paru presque drôle, si elle n'était pas si frustrante…

— Repartons de zéro et revenons-en aux présentations. Je suis…

Elle se tourna brusquement vers lui, le bas de sa robe

tournoyant sur ses jambes, et elle lui posa un doigt sur les lèvres.

— Non, inutile, murmura-t-elle précipitamment. Je n'ai pas été invitée à cette soirée, et si jamais je me fais prendre, vous pourrez dire sans mentir que vous ne savez pas qui je suis. Ce n'est pas la peine que vous ayez des ennuis aussi.

« Aïe ! » Comment lui dire qui il était, maintenant ?

— Etes-vous ici pour voler quelque chose ?

— Non, bien sûr que non !

Elle semblait à la fois stupéfaite et choquée.

Cela le rassura quelque peu. Elle n'aurait jamais pu feindre cette expression ! Il était certain de sa sincérité.

— Tant mieux… Et si nous échangions nos prénoms ? Cela se fait, vous savez, même dans un cas comme celui-ci.

En raison de sa fonction de gemmologue chez Dante, il veillait à ce que son véritable nom ne soit pas connu. Elle ne ferait donc pas le lien entre lui et sa famille.

Elle se mordilla la lèvre, hésitante, puis elle se décida.

— Je présume que cela est sans conséquences, en effet. Je m'appelle Shayla.

— Et moi Draco… Draco tout court.

Elle lui adressa un sourire taquin.

— Mon Dieu… Vos parents ne vous aimaient pas ?

Il sourit à son tour.

— Pourquoi ? Parce qu'ils m'ont appelé Draco ? C'est un nom de famille, le nom de jeune fille de ma mère.

— Cela veut dire *dragon*, non ?

— Je le crains.

Elle sembla hésiter.

— Vous en êtes un ?

— Un dragon ?

Il réfléchit un instant.

— Cela m'arrive, quand quelque chose me tient à cœur, quand on me prend ce qui m'appartient.

— Dans ce cas, je veillerai à ne jamais rien prendre qui vous soit cher.

— Sage décision.

Désireux de faire une petite expérience, il s'approcha légèrement d'elle pour voir sa réaction. Elle eut un rapide battement de cils et se raidit légèrement. Il ne comprenait pas sa retenue... Pourquoi chercher à nier ce qu'elle ressentait ? Si elle éprouvait la même chose que lui, elle ne devrait pas pouvoir se maîtriser davantage. L'*Inferno*, si c'était bien l'*Inferno*, compliquait les choses et poussait l'homme à toucher la femme qu'il désirait.

— Pourquoi résistez-vous ? demanda-t-il à voix basse.

— Résister à quoi ?

Elle avait très bien compris ce qu'il voulait dire, cela se voyait, et il ne perdit pas de temps à répondre. Sans lui laisser le temps d'anticiper son geste, il lui prit la main. Une sensation de chaleur plus intense encore que la première fois se répandit de nouveau en lui. Chaque battement de son cœur la rendait plus ardente, renforçant le lien qui les unissait, jusqu'à ce qu'il ne puisse plus résister.

— Shayla...

Il murmura son nom à son oreille, d'une voix chargée de désir. Frémissante, elle entrouvrit les lèvres et sa respiration s'accéléra. Elle vacilla légèrement, et il sentit son parfum délicat, épicé et sensuel à la fois. Une fragrance qui lui sembla être l'émanation parfaite de la jeune femme.

— Que m'avez-vous fait ? demanda-t-elle d'un air déconcerté.

— Je suis désolé… Ce n'est pas quelque chose que je peux contrôler.

— Je n'ai pas le temps. Pas maintenant. Arrêtez…

Il ne voulut pas lui mentir.

— J'en suis incapable. J'ai envie de vous, chérie, et je crois que c'est réciproque.

Pour toute réponse elle ferma les yeux. Elle semblait oppressée et il se demanda si elle cherchait à lutter contre cette irrésistible attirance.

— J'ai quelque chose à faire d'abord, dit-elle à mi-voix.

Il s'approcha encore un peu, suffisamment pour que leurs hanches se touchent, pour sentir ses seins contre son torse, pour murmurer tout contre ses lèvres :

— La raison de votre présence ici peut attendre… Pas *ça*.

Elle leva une main vers lui et caressa doucement ses lèvres sans chercher à cacher le désir qu'elle éprouvait. Fasciné, il comprit qu'il était entièrement sous son charme comme si un magicien lui avait jeté un sort… Oui, il était bel et bien prisonnier de cette femme, de ses yeux noirs et de son rire cristallin, de ses mouvements vifs et gracieux de danseuse… Il avait envie de connaître cette énergie et cette grâce dans son lit, il la voulait pour lui tout seul, comme un dragon jaloux de son trésor.

— Je n'ai jamais fait cela auparavant, dit-elle, jamais je n'ai perdu le contrôle ni agi sur une impulsion.

— Dites-moi que vous n'allez pas lutter contre ce que vous ressentez…

Elle esquissa un sourire.

— Je ne sais même pas si j'en serais capable.

Il pencha la tête et lui effleura la joue du bout des lèvres.

— Moi non plus. Alors, quittons cette soirée barbante ! Pourquoi ne pas vous éclipser avec moi ? Je promets de ne pas vous ennuyer.

Elle fut parcourue d'un frisson, puis elle rit, et il sut que le lien mystérieux qui les unissait était venu à bout de ses réticences. Décidément, cette journée était marquée d'une pierre blanche. Un peu plus tôt, il avait reçu un coup de téléphone de Juice, l'ancien détective privé de son frère, lui annonçant qu'un des diamants qu'on lui avait volés dix ans plus tôt venait d'être retrouvé et qu'on tenait peut-être là une nouvelle chance de trouver la personne qui avait manigancé l'escroquerie. Et voilà que la plus belle femme qu'il ait jamais vue était maintenant en train d'ébranler ses convictions au sujet de l'*Inferno*. Enfin, s'il ne se trompait pas, bien sûr. Car peut-être s'agissait-il après tout d'un simple désir sexuel.

— Que se passe-t-il ? demanda Shayla.

Elle avait un accent doux et chaud à la fois, un accent de Géorgie ou de Caroline du Sud.

— Pourquoi partirais-je avec vous alors qu'il y a tant d'autres hommes ici ? demanda-t-elle encore en désignant la foule d'un geste. Je ne comprends pas ce qui se passe.

Il tressaillit secrètement. Imaginer Shayla avec un autre homme le rendait fou de rage, et il se hâta de chasser cette pensée de son esprit.

— Je ne sais vraiment pas comment ni pourquoi il s'est passé ce qui s'est passé, dit-il d'une voix ferme, mais si cela peut vous rassurer, j'ai ressenti la même chose.

C'était plus fort que lui, il fallait qu'il la touche…

Doucement, il lui effleura l'avant-bras, du creux du coude au poignet.

Comme pour répondre à son invite silencieuse, elle se rapprocha encore de lui, sans prononcer un mot, elle non plus.

Lui passant alors un un bras autour de la taille, il sortit de la salle de réception avec elle, puis l'entraîna jusqu'aux ascenseurs qui donnaient accès au dernier étage où se trouvaient quatre appartements privés de grand standing.

Shayla fronça les sourcils en voyant le bouton sur lequel il avait appuyé.

— Où allons-nous ?

— Tout en haut.

La réponse manquait de précision, mais il avait besoin de toute sa concentration et de toute sa volonté pour résister au désir de poser ses mains sur elle.

— Et qu'y a-t-il là-haut ?

— Des appartements réservés aux clients qui viennent de loin et qui sont prêts à payer des millions pour acquérir certains bijoux. J'en occupe un, provisoirement.

Sans savoir pourquoi cette réponse la rassurait, elle se détendit un peu.

— Nous pourrons y discuter sans risquer d'être interrompus.

— Nous allons seulement « discuter » ?

— Cela dépend.

Elle inclina légèrement la tête sur le côté.

— De quoi ?

— De la façon dont nous allons pouvoir gérer *ça*.

Sans la quitter des yeux, il lui prit doucement la main et entrelaça ses doigts aux siens pour faire de nouveau surgir la sensation qui les avait bouleversés.

Elle inspira profondément, et une lueur de désir intense brilla dans son regard.

— Qu'est-ce que c'est ? demanda-t-elle à mi-voix. Et cette fois-ci, j'attends une vraie réponse…

Par chance, Draco n'eut pas à donner d'autre explication car les portes de l'ascenseur s'ouvrirent à ce moment-là. Dès qu'ils furent dans le couloir, il l'entraîna vers l'appartement qu'il occupait en attendant que l'aménagement de sa maison soit terminé.

Il sortit ses clés, ouvrit la porte et prit Shayla dans ses bras pour franchir le seuil, sans prendre conscience de ce que cet acte avait de symbolique. Puis il traversa le salon qui offrait une vue magnifique sur la ville et sur la baie de San Francisco, et la redéposa tendrement sur le sol. Il lui prit son sac à main et le jeta sur le canapé. Le petit sac rebondit sur un coussin et tomba par terre. Shayla sursauta.

— Non, attends… Mon sac…

— Il ne va pas s'envoler, tu sais, plaisanta-t-il.

Il fit un mouvement vers elle, mais elle esquiva son geste avant qu'il puisse la prendre dans ses bras et jeta un coup d'œil inquiet vers son sac. Finalement, elle se persuada qu'il ne craignait rien là où il était, et se tourna de nouveau vers lui.

— Attends, juste un instant, Draco…

Il aimait la façon dont sa voix caressait son nom…

— Tu m'as dit que tu m'expliquerais ce qui a provoqué cette étincelle quand nous nous sommes touchés. Avant d'aller plus loin, je veux savoir comment tu as fait cela.

— Ce n'était pas volontaire, avoua-t-il.

Elle regarda fixement sa main, frotta sa paume avec son pouce, avant de le considérer d'un œil méfiant.

— J'en sens encore la chaleur…

— Cela va passer. Du moins, je l'espère.

Elle leva un sourcil interrogateur.

— Mais de *quoi* s'agit-il, au juste ?

— Notre famille appelle cela l'*Inferno*, admit-il à contrecœur.

Il veilla à ne pas lui révéler son nom, de crainte que la notoriété de sa famille l'intimide.

— Quand nous sommes très attirés par certaines femmes, nous éprouvons cette sensation.

— « Certaines femmes » ?, répéta-t-elle d'un ton mêlant indignation et curiosité. Qu'entends-tu par là ?

Il hésita, choisit ses mots avec soin car il ne voulait pas passer pour un séducteur sans scrupules.

— Les femmes que nous désirons, qui nous plaisent vraiment. Du moins, je suppose que c'est ce qui a provoqué ce que nous avons ressenti. Pour être honnête, cela ne m'était jamais arrivé.

Elle réprima un sourire.

— Je vois… C'est la version édulcorée de l'appel du mâle.

— Je ne brame pas encore, fit-il remarquer avec une pointe d'humour.

— Non, c'est vrai, tu es un dragon. Tu grondes et tu craches du feu ? demanda-t-elle en riant.

— Seulement avec toi.

Il la regarda et sentit le désir monter en lui, plus intense que jamais. Elle avait raison : s'il avait pu rugir et cracher du feu, il l'aurait fait.

Sans doute le comprit-elle car il la vit s'adoucir ; elle fit un pas vers lui et le laissa la prendre dans ses bras.

Aussitôt, il eut l'impression que sa raison lui échappait. Il lui prit le visage dans ses mains et resta immobile pendant quelques secondes, savourant l'instant présent.

Abandonnée entre ses bras, elle entrouvrait ses lèvres sans chercher à dissimuler le désir qu'elle éprouvait, ce qui le troubla au plus haut point. Il la trouvait plus ravissante encore qu'une minute auparavant. Subjugué par son charme, il l'observait passionnément quand soudain il perçut une lueur d'inquiétude dans ses yeux noirs.

— Tu hésites ? demanda-t-elle sur un ton qui trahissait son inquiétude.

— Absolument pas.

— Oh… Je croyais que tu allais m'embrasser…

Draco lutta contre l'émotion qui le gagnait en la découvrant si vulnérable. Il devait conserver le contrôle de ce qui allait arriver.

— Ah, mais c'est que ce sera notre premier baiser ! lui fit-il remarquer.

Elle réfléchit un instant.

— Cela fait une différence ?

— Une *énorme* différence.

Décidé à apaiser ses craintes, il expliqua :

— On se souvient toujours d'un premier baiser… L'impression qu'il laisse est indélébile. C'est pourquoi il faut bien réfléchir avant de prendre cette initiative ! Par exemple, es-tu une femme qui préfère les baisers tendres et langoureux ? Dois-je goûter tes lèvres tout doucement, comme on goûte un mets délicat et savoureux ?

— C'est bien possible, dit-elle en souriant de nouveau.

Il inclina légèrement la tête.

— D'un autre côté, ce n'est pas forcément le genre de baiser le plus approprié à notre situation… Notre désir réclame peut-être davantage de fougue et de passion.

Elle frissonna.

— C'est très tentant, murmura-t-elle dans un souffle.

— Plus tentant que tu ne peux l'imaginer, mais ce serait une erreur de procéder ainsi pour un premier baiser. La fougue et la passion viendront plus tard.

— Mais elles viendront ? demanda-t-elle d'un air amusé.

— Cela ne fait pas l'ombre d'un doute.

— Et notre premier baiser ?

— Ce sera un moment magique. Comme goûter à un vin particulièrement délicieux. Un régal de la vue d'abord : ta beauté, tes yeux qui me regardent, si noirs contre ta peau si pâle.

Il lui caressa la joue du bout des doigts.

— Et puis ce soupçon de rose… là…

Il lui effleura les lèvres.

— Et là…

— Et moi, dit-elle en souriant, je vois des émeraudes, de l'or, et une touche d'ambre.

Etait-ce ainsi qu'elle voyait ses yeux ? Il inclina la tête et frôla la peau soyeuse de son cou du bout des lèvres.

— Et ton parfum…, murmura-t-il. Ce mélange enivrant de fleurs, de fruits et d'épices… Tu me rends fou.

Il la vit battre des paupières, frémissante. A son tour, elle respira son parfum.

— Ton parfum à toi est boisé, murmura-t-elle. Une odeur fraîche de mousse et de forêt, avec une note musquée, terriblement virile.

Sa voix était un peu rauque, haletante, et une autre vague de désir le submergea.

— Tu aimes ?

— J'adore…

Il ne pouvait plus résister. Il n'avait plus envie que d'une chose : la prendre, ici et maintenant… Pourtant, il se maîtrisa : il désirait faire de ce moment de séduction un instant parfait, inoubliable. Il posa brièvement ses lèvres sur les siennes.

— Mais il n'y a pas que la vue. Il y a aussi le goût… subtil et velouté, comme une caresse…

Elle vacilla entre ses bras, tremblante, et murmura d'une voix pressante :

— Goûte-moi encore, Draco… Maintenant…

Incapable de résister, il se mit à l'embrasser passionnément, submergé d'un désir qui le rendait fou. Les lèvres de Shayla étaient tendres et chaudes, et elles avaient un goût de miel. Quant à sa peau… il n'avait jamais rien touché d'aussi doux. Avec délice, il promena ses mains sur ses épaules nues, son cou tendre et fragile.

Elle frissonna et poussa un petit gémissement, comme pour l'inviter à l'embrasser plus fougueusement encore, ce qu'il fit aussitôt. Encouragée, elle se lova contre lui et se mit à lui rendre son baiser avec toute l'ardeur qu'il avait espérée chez cette femme au tempérament entier. Fiévreuse et passionnée, elle réagissait exactement comme il l'avait espéré, faisant de lui le plus heureux des hommes.

Glissant les bras autour de son cou, elle glissa les doigts dans ses cheveux pour l'attirer encore plus près d'elle, répondant à ses baisers avec une intensité qui le troubla au plus haut point. Maîtrisant son impatience, il la laissa prendre l'initiative. Il voulait qu'elle s'habitue à lui, à son parfum, au goût sa peau.

Au bout de quelques minutes, elle recula légèrement pour le regarder avec attention, avant de secouer la tête d'un air incrédule.

— Je ne comprends pas ce qui se passe… Je n'ai jamais fait cela, vraiment, *jamais*.

— Dans ce cas, je suis content d'être le premier.

— Et moi, je suis heureuse de t'avoir choisi.

Elle prit un petit air espiègle.

— Aurai-je souvent l'occasion de goûter à un millésime de cette excellence ?

Elle avait posé cette question avec tant de grâce et d'humour qu'il eut un brusque élan de tendresse pour elle. Il la prit de nouveau dans ses bras, et leur étreinte se fit plus naturelle, plus sensuelle que jamais.

Cependant, cela ne lui suffisait plus. Il la voulait nue dans son lit à présent, leurs corps brûlants l'un contre l'autre, enlacés, unis comme devaient l'être un homme et sa femme.

A ce moment précis, Draco sut, sans l'ombre d'un doute, que Shayla était son âme sœur.

- 2 -

Bouleversé, Draco prit le visage de Shayla dans le creux de ses mains, lui renversant légèrement la tête pour l'embrasser plus tendrement encore. Il avait l'impression que leurs cœurs battaient à l'unisson. Encouragé par les frissons de plaisir qu'elle ne pouvait réprimer, il glissa les mains derrière sa nuque et détacha sa robe. Le haut glissa sur ses épaules, dévoilant ses seins nus.

L'émotion lui coupa le souffle. Il n'avait jamais vu une telle perfection… Doucement, il effleura du bout des doigts les seins gonflés de désir. Shayla tressaillit violemment sous la caresse et, aussitôt, ses tétons se durcirent.

— Draco… Je t'en prie…

— Ne me demande pas de hâter les choses, dit-il d'une voix rauque. Je veux que notre union soit parfaite. Nous gâcherions tout en allant trop vite.

Malgré son trouble, elle esquissa un sourire.

— Es-tu capable de *tout gâcher* ?

— J'espère bien que non…

Seigneur ! songea-t-il. C'était peu de le dire. Pour rien au monde il ne voulait la décevoir.

— … mais tout en toi me fait perdre le contrôle.

— Tout ? s'enquit-elle avec un air de défi.

Il se pencha vers elle et respira son parfum délicat,

dessinant du bout du doigt un cercle autour de ses seins dressés.

— Oui, tout. Ton parfum, ta douceur, le goût de ta peau…

Il passa la langue sur le bout de son sein et en mordilla doucement la pointe. De nouveau, elle poussa un petit gémissement de plaisir, qui le ravit comme l'eût fait le chant d'une sirène.

Serrés l'un contre l'autre, ils passèrent du salon à la chambre. La lueur argentée de la lune et des étoiles filtrait à travers les fenêtres ouvertes.

Il s'efforça de se calmer un peu, laissant l'air frais apaiser momentanément l'ardeur de leur désir. Ecartant son nœud papillon, il déboutonna sa chemise et retira ses boutons de manchette. Debout, dans la pénombre, Shayla le dévorait des yeux, avec, sur le visage, une expression mystérieuse.

Ayant jeté sa chemise à terre, il s'approcha d'elle. Elle l'attendait sans bouger, offerte à ses caresses. Le clair de lune jetait sur sa peau ivoire une lueur opaline envoûtante qu'accentuait encore le noir de ses cheveux de jais. Le rouge intense de ses lèvres et de sa robe descendue sur ses hanches ajoutait une touche de couleur vive au magnifique tableau qui se dévoilait à lui… Il frémit. Il avait beau fréquenter assidûment la beauté, par goût personnel autant que par son métier, il devait admettre qu'il n'avait jamais rien vu d'aussi sublime.

Lentement, il fit glisser la fermeture Eclair de sa robe de soirée, qui tomba à ses pieds avec un bruissement satiné, puis il la souleva dans ses bras et la déposa à côté du lit.

— Nous allons faire l'amour maintenant, n'est-ce pas ? demanda-t-elle.

— Oui.

— Ce sera aussi bon que notre premier baiser ?

Il ne put s'empêcher de sourire.

— Encore meilleur, j'espère.

Elle lui adressa un regard pétillant, plein de mystère et de désir.

— Prouve-le-moi, murmura-t-elle avec audace.

Il haussa un sourcil.

— C'est un défi ?

— Oui… Vas-tu le relever ? demanda-t-elle d'un air coquin.

« Oui, mille fois oui ! », songea-t-il.

— Repose-moi la question dans une heure, même si tu risques d'avoir la réponse avant…

Il retira les épingles de sa coiffure, libérant sa chevelure luxuriante qui retomba jusqu'au creux de ses reins. Avec ivresse, il enfouit ses mains dans les boucles brunes, ébloui par leur masse odorante et souple.

Enfin, il la renversa en douceur sur le lit.

Aguicheuse, elle leva une jambe vers lui et lui posa son talon aiguille sur le ventre.

— Attention…, murmura-t-il d'une voix rauque. Tu ne voudrais pas écourter la soirée…

Elle rit.

— Non, surtout pas !

Dominant son impatience, il lui ôta ses escarpins, puis il lui retira ses bas, et enfin sa robe et ses adorables sous-vêtements de dentelle. Elle était parfaite. Oui, tout en elle était merveilleux : sa peau veloutée, ses courbes souples et sensuelles sous lesquelles se devinaient des muscles harmonieux. Fermeté et douceur, à l'image sans doute de sa personnalité.

Il finit d'ôter ses vêtements et s'allongea près d'elle,

puis il la prit dans ses bras et se plaça au-dessus d'elle. Aussitôt, elle enroula les jambes autour de lui. Elle respirait très vite et il s'émut de sentir les battements précipités de son cœur contre son torse. Une chaleur moite émanait de son corps. Enhardi, il glissa une main entre ses cuisses et la caressa, lentement, langoureusement, jusqu'à ce qu'ils brûlent tous les deux d'un désir incontrôlable.

— Draco, gémit-elle en se cambrant, offerte.

— Je suis là, chérie…

Il s'écarta un instant pour enfiler un préservatif et se glissa de nouveau entre ses cuisses.

— Je crois que je ne peux plus attendre… Nous prendrons davantage notre temps la prochaine fois.

Elle se crispa imperceptiblement.

— Je préférerais que nous fassions cela doucement, la première fois, et même très doucement, murmura-t-elle.

Il rit.

— Je ne suis pas sûr que ce soit possible !

Se redressant, elle posa sur son torse une main délicate et pourtant étonnamment ferme.

— Tu ne comprends pas. Tout à l'heure, quand je t'ai dit que je n'avais jamais fait ça, je voulais dire que je n'avais jamais *rien* fait avec un homme. Je voudrais vraiment que nous allions doucement.

Il s'immobilisa.

— Tu es vierge ?

Elle le regardait avec ce ravissant sourire qui le troublait tant.

— Plus pour longtemps !

Décontenacé, il essaya de se ressaisir, de s'écarter d'elle.

— Pourquoi ? demanda-t-il. Pourquoi moi ?

Une lueur amusée passa dans les yeux noirs.

— Comment pourrait-il en être autrement, alors que tu m'as séduite dès le premier instant ? rétorqua-t-elle en lui prenant la main, joignant leurs paumes.

Il sourit.

— C'est *moi* qui t'ai séduite ? Je commence plutôt à croire que c'est l'inverse.

La conversation lui avait permis de retrouver un peu de sang-froid. Assez pour lui poser la question qui le préoccupait et ralentir un peu le cours des choses.

— Tu es sûre de ne rien regretter ?

Dans un élan passionné, elle lui passa de nouveau les bras autour du cou.

— Absolument. Je te fais confiance.

— Mais ce n'est pas censé me mettre la pression, n'est-ce pas ? demanda-t-il d'une voix qui trahissait une légère anxiété.

Elle rit de bon cœur, amusée par la soudaine gravité de Draco.

— Non, pas du tout, dit-elle en souriant.

— Me voilà rassuré, conclut-il, secrètement soulagé.

Ce qui ne l'empêchait pas de prendre son rôle d'initiateur très au sérieux. Il tenait, en effet, à faire de cette nuit l'une des plus inoubliables de sa vie. Aussi fit-il durer les préliminaires. Lentement, il lui caressa les seins, puis le ventre et les cuisses, faisant peu à peu glisser sa bouche de ses hanches jusqu'à son sexe, où il se mit à la caresser langoureusement avec sa langue.

Ensuite, encouragé par les frémissements volupteux que faisaient naître ses caresses, et auxquelles elle répondait de plus en plus fort, il la pénétra doucement. Très doucement, car il ne voulait pas la blesser. Mais, très vite, leurs corps brûlants se mirent à bouger ensemble, lentement d'abord, puis de plus en vite, le rythme de leur fusion s'accélérant jusqu'au paroxysme. La passion avait donné à la peau de Shayla une teinte rose nacrée et, quand elle leva les yeux vers lui, ils brillaient d'une lueur émerveillée.

Une dernière fois, elle se cambra contre lui et gémit longuement, tous ses muscles contractés. S'abandonnant, il jouit avec elle, submergé par une vague de plaisir irrésistible. C'était la première fois de sa vie qu'il faisait l'amour avec une telle intensité et il avait la certitude absolue qu'il ne vivrait jamais cela avec aucune autre femme. Il n'y avait qu'avec Shayla qu'il pouvait accéder à ce degré de fusion et atteindre de tels sommets de plaisir.

Dans un dernier spasme, ils s'effondrèrent dans les bras l'un de l'autre, puis un long moment s'écoula sans qu'ils aient la force de parler. Un moment si parfait qu'ils avaient l'impression de se trouver hors de la réalité. C'est alors que Draco dut se rendre à l'évidence : il ne lui était plus possible de nier le pouvoir de l'*Inferno*.

Il ne comprenait ni comment c'était arrivé, ni pourquoi, mais Shayla était son âme sœur, il en était absolument certain à présent. Leurs destinées étaient étroitement liées et même s'il n'avait aucune idée de ce qui les attendait, il savait que rien ne pourrait dénouer ce qui venait de les rapprocher à jamais. Vaguement inquiet malgré tout, il ne put s'empêcher de se demander comment Shayla réagirait lorsqu'elle prendrait conscience, elle aussi, de la puissance de ce lien.

Roulant avec douceur sur le côté, il la serra contre lui. Tandis que leurs corps se reposaient chacun dans la douce chaleur de l'autre, il laissa vagabonder sa pensée. Même si Shayla lui était destinée, il se doutait qu'il lui faudrait beaucoup de temps pour l'apprivoiser. Il devinait en elle une femme insaisissable, difficile à attacher, sinon par le désir et la tentation. Assurément, il lui faudrait faire preuve de beaucoup de patience pour la retenir auprès de lui, pour vaincre ses réticences et la convaincre de partager sa vie. Il n'était pas particulièrement patient de nature, mais il tenait déjà tellement à elle qu'il finirait par la conquérir. Il savait qu'il mettrait tout en œuvre pour cela et, avant qu'elle ait eu le temps de réagir, elle se réveillerait avec la bague au doigt et un mari à ses côtés. D'avance, ce projet le réjouissait. Et il en déroulait les différentes étapes en lui, en même temps qu'il sentait le sommeil le gagner.

Lorsqu'il reprit conscience, l'obscurité était plus profonde. Ils avaient dû dormir un long moment. Laissant échapper un bâillement, il se redressa sur un coude et contempla amoureusement la femme splendide étendue à son côté. Avec tendresse, il lui caressa les cheveux. Elle ouvrit lentement les yeux et le regarda d'un air endormi, un sourire ravi dansant sur ses lèvres.

— Salut, toi, murmura-t-elle.

— Il me semble que tu avais une question, tout à l'heure. Tu te demandais si faire l'amour serait aussi bon que s'embrasser… Alors, qu'en penses-tu ?

— C'est vrai que la question est importante…

Elle fronça les sourcils, feignant de réfléchir sérieusement.

— Tu embrasses si bien que je me demandais vraiment si quelque chose pouvait surpasser tes baisers.

— Et alors ? Rassure-moi, sinon je vais finir par être inquiet, marmonna-t-il comme s'il doutait de sa réponse.

— Eh bien, je dois dire…, poursuivit-elle avec lenteur, jouant à prolonger son attente.

— *Très* inquiet ! répéta Draco qui s'amusait lui aussi à ce petit jeu.

— … et sachant que je n'ai aucun élément de comparaison.

— Oui…

Elle sourit, puis son air taquin s'effaça, faisant place à l'expression d'un bonheur absolu.

— C'était merveilleux, Draco, dit-elle d'un ton empreint de gravité et de reconnaissance. J'ignorais que ce serait aussi bon.

Réjoui et rassuré par sa réponse, il déposa un baiser sur le bout de son nez.

— Alors tu admets que les Dante sont doués dans d'autres domaines que celui de la joaillerie ?

Sa phrase à peine terminée, il vit Shayla se raidir. Elle le regardait d'un air aussi choqué qu'incrédule.

— Qu'est-ce que tu viens de dire ? demanda-t-elle d'un ton soudain glacé et plein de colère.

Il s'immobilisa, dérouté par une réaction à laquelle il ne comprenait rien.

— Mais rien. Qu'est-ce qui ne va pas ?

Il devait avoir dit quelque chose qui lui avait déplu, même s'il ne voyait pas quoi. En tout cas, il n'avait pas pu *faire* quelque chose de mal, le moment qu'ils avaient partagé avait été parfait, il en était certain.

— Shayla ? insista-t-il, inquiet devant son mutisme.

Elle le regardait avec stupeur. Sa respiration était rapide et saccadée, comme si elle était prise de panique.

— Tu ne m'avais pas donné ton nom de famille, expliqua-t-elle. Nous étions d'accord là-dessus, tu te souviens ? Quand nous nous sommes rencontrés, tu m'as dit que tu t'appelais Draco, c'est tout.

Il la regarda fixement, ébahi.

— Quelle importance cela peut-il bien avoir maintenant ? Nous ne sommes plus à la réception, et je te promets de ne dire à personne que tu es entrée sans avoir été invitée.

Elle posa une main sur son torse et le repoussa avec une sorte de répulsion.

— Mais tu es un Dante ! explosa-t-elle.

Persuadé qu'elle s'enfuirait s'il la libérait, il la maintint fermement entre ses bras, bien décidé à tirer les choses au clair. Il allait s'expliquer, lui faire comprendre que tout cela était sans importance.

— Et alors ? Quel est le problème ? Je t'ai amenée ici en prenant un ascenseur privé ! Comment aurais-je pu avoir accès à cet étage de l'immeuble et à cet appartement si je n'étais pas un Dante ?

— Tu m'as dit que ces appartements étaient réservés aux clients importants, j'ai cru que tu étais seulement l'un d'entre eux !

Elle criblait son torse de petits coups de poing ; à contrecœur, il consentit à desserrer son étreinte. Elle en profita aussitôt pour se libérer, serrant le drap contre sa poitrine, et s'écartant de lui le plus possible.

— Alors c'est vrai ? Tu… Tu es vraiment un Dante ?

Il lui jeta un regard offensé.

— Tu dis mon nom comme si c'était un gros mot. Qu'y a-t-il de mal à être un Dante, à la fin ?

Shayla serra une mèche de ses cheveux derrière son oreille. Elle ne comprenait pas comment une telle méprise avait pu se produire… Pour une fois, la toute première fois où elle s'autorisait à laisser la passion l'emporter, voilà que le pire arrivait ! Elle avait donné sa virginité au seul homme qu'elle devait fuir à tout prix. L'homme dont la famille avait détruit la sienne, la laissant dans le dénuement le plus complet, et qui était même responsable de la mort de ses propres parents, selon sa grand-mère. Comment était-ce possible ? Pourquoi Draco n'était-il pas sur la liste que son aïeule lui avait donnée ? S'il y avait été, son prénom lui aurait tout de suite permis de faire le lien entre lui et les Dante, et rien de tout cela ne serait arrivé. « Quel horrible concours de circonstances ! » se dit-elle en s'efforçant de retenir ses larmes. En un clin d'œil, une histoire extraordinaire et merveilleuse venait de se métamorphoser en un piège horrible, comme si, brusquement, le destin s'était joué d'elle. Qu'allait-il se passer maintenant ? Tous ses projets n'allaient-ils pas s'effondrer ? Elle était venue pour faire une proposition aux Dante mais, à cause de la sottise et de la naïveté dont elle venait de faire preuve cette nuit, cette démarche risquait d'échouer. Derek Algier allait-il aussi l'appeler pour lui dire qu'il avait changé d'avis, qu'il ne souhaitait plus l'engager ? Cette fabuleuse opportunité d'être enfin libre allait-elle s'envoler ?

Perturbé par sa réaction hostile, Draco commençait à montrer des signes d'impatience devant son silence. Il la regardait d'un air farouche et dangereusement viril qui convenait à son prénom. Elle humecta ses lèvres, consciente de l'avoir blessé et cherchant une excuse crédible.

— Il n'y a rien de mal à être un Dante, reconnut-elle. Ma réaction a été très exagérée. C'est juste que… je ne savais pas, et…

Il sembla aussitôt se détendre.

— J'ai compris : tu es intimidée, suggéra-t-il.

— Intimidée !

Elle eut brusquement envie de sortir du lit pour faire face à ce prétentieux et lui dire son fait, mais se souvint à temps qu'elle était complètement nue. Elle se força donc à ne pas bouger et s'obligea à ravaler les insultes qui lui venaient aux lèvres.

— Je ne suis pas intimidée, dit-elle avec calme.

Une lueur d'avertissement s'alluma cependant dans ses yeux dorés, défiant Draco qui ne sut que penser de cette attitude.

— Pourtant, pour une raison obscure, le fait que je sois un Dante te pose un problème, dit-il, espérant une explication claire.

Elle hésita, ne sachant quoi répondre. Finalement, elle se servit d'un argument que sa grand-mère avait mentionné un jour.

— Les hommes de la famille Dante ont… Comment dire ? Un peu mauvaise réputation.

A en juger par ce qui venait de se produire, cette réputation était méritée, s'avoua-t-elle à contrecœur.

— Et tu penses que, parce que je suis un Dante, je ne recherche qu'une aventure d'un soir ?

Elle était plutôt mal placée pour l'admettre, étant donné que c'était exactement ce qu'elle-même avait recherché, mais elle soutint son regard sans broncher et répondit :

— Oui.

Ce n'était donc que cela ! pensa-t-il. Il haussa les épaules négligemment.

— Le temps te prouvera le contraire, affirma-t-il avec sérénité.

Shayla se sentit aussitôt gagnée par une crainte diffuse. Seigneur ! Se pouvait-il qu'il soit sincère en disant cela ? Elle en doutait fort mais, en l'observant attentivement, elle vit à son expression qu'elle avait tort et qu'il était tout à fait sincère. Elle se pelotonna sous les draps, complètement perdue. Qu'allait-elle faire maintenant ? Comment se sortir de cette situation avec élégance ? Elle ne voulait pas poursuivre sa relation avec Draco au-delà de cette nuit, elle tenait trop à son indépendance pour cela, mais quelque chose lui disait qu'il valait mieux qu'elle se taise. Elle sentait bien qu'elle manquait d'expérience pour affronter ce genre de situation. Si elle en avait eu davantage, elle aurait peut-être trouvé un moyen de s'en sortir sans le blesser dans son orgueil.

Avant qu'elle n'ait eu le temps d'échafauder un plan, il lui prit la main et l'attira vers lui, une lueur de désir si intense dans les yeux qu'elle en fut bouleversée.

— Tu as d'autres objections, chérie, ou nous pouvons passer à autre chose ?

Des objections, elle en avait, certes, et beaucoup plus qu'elle ne pouvait le dire… C'est pourquoi il fallait qu'elle prenne une décision, et vite, tant qu'un choix était encore possible. Soit elle partait maintenant, ce qui était la chose la plus intelligente à faire, soit elle s'abandonnait à son étreinte et le laissait lui faire l'amour une deuxième fois.

Ce qui était une vraie folie, elle en convenait. Car si elle pouvait justifier la première fois — elle avait couché avec lui sans savoir qui il était, et l'attirance qu'ils éprouvaient l'un pour l'autre était irrésistible —, elle ne pouvait excuser la deuxième. Elle s'agita, mal à l'aise, consciente de la chaleur qui lui brûlait la paume. De toute évidence, cette attirance ne s'était pas dissipée depuis qu'elle avait appris son nom de famille.

Draco la dévisagea.

— Shayla ? Apparemment, tu n'es toujours pas rassurée. Cela t'aidera peut-être…

Sans lui laisser le temps de protester, il l'embrassa, faisant glisser langoureusement ses mains sur son corps. Il avait appris beaucoup de choses sur elle durant cette première nuit d'amour, et il savait à présent comment faire naître le désir en elle. Lentement, tendrement, ses caresses firent fondre une à une ses réticences et elle sentit qu'elle ne pourrait plus résister longtemps tant le désir de faire l'amour juste une dernière fois s'imposait à elle avec violence.

« D'ailleurs, pourquoi lutter ? » se dit-elle avec fatalisme. Cela ne changerait rien qu'elle parte maintenant ou plus tard ; ce qui était fait était fait. De toute façon, elle n'aurait pas pu reprendre ce qu'elle lui avait donné, et même si cela changeait quelque chose à la réunion qu'elle allait avoir avec les Dante, elle n'y pouvait plus rien à présent. Elle aurait vingt-cinq ans demain, elle allait partir à l'étranger pour son travail et elle chérirait toute sa vie le souvenir de cette nuit. Que pouvait-il y avoir de mal à profiter de ces instants inoubliables ? Draco était un amant merveilleux. Pourquoi ne pas s'abandonner dans ses bras une dernière fois ? Qui d'autre qu'elle et Draco saurait qu'elle s'était offerte à un Dante ?

Devait-elle s'imposer de partir dans la précipitation et la frustration ou savourer l'instant présent et faire de nouveau l'amour avec lui ? La décision n'était pas difficile à prendre.

Avec un soupir, elle s'abandonna dans ses bras. Aussitôt, la flamme du désir les embrasa, consumant ses derniers doutes. Elle avait passé des années à obéir aux ordres de sa grand-mère, à travailler pour réussir ses études. Elle avait respecté ses obligations familiales en acceptant le rôle de négociatrice face aux Dante, mais dès que tout serait terminé, elle ferait de tendres adieux à Draco et retrouverait sa liberté. En attendant, cette nuit lui appartenait. D'ailleurs, ce luxe qu'elle s'offrait constituait un pas de plus vers son indépendance, et tant pis si cette aventure sans lendemain était précisément ce qu'elle l'avait accusé de rechercher…

Dévoré de désir, Draco vint se placer au-dessus d'elle et la pénétra en un mouvement rapide. Le souffle coupé, elle gémit de plaisir, puis enroula ses jambes autour de lui afin d'accompagner ses mouvements et adopter le même rythme que lui. Le plaisir monta entre eux rapidement. Juste avant de jouir, elle l'entendit pousser un cri rauque, proche de l'orgasme. Savoir qu'elle lui faisait un tel effet, et aussi vite, décupla ses sensations, et elle s'abandonna sans frein à la vague voluptueuse.

— Draco… !

— Je sais…

Il inclina la tête en arrière, perdu dans la chaleur de son corps. Elle l'entendit crier son nom avec passion, comme s'il cherchait à la faire sienne pour toujours, à lier leurs destins comme l'étaient déjà leurs corps. Et leurs cœurs…

« Mais non, bien sûr que non ! »

Un refus instinctif la traversa.

Comment une telle idée pouvait-elle lui venir à l'esprit ? C'était absurde, évidemment. Certes, elle s'était laissé emporter par le désir intense qu'ils avaient partagé, mais elle refusait de penser qu'il y avait un lien particulier entre eux, et que cet *Inferno* qui lui brûlait la main signifiait quelque chose. Le lien qui les unissait était éphémère, comme le désir, et c'était une folie de penser qu'il pouvait en être autrement. Demain, elle s'en irait, et cette nuit passée avec Draco ne serait bientôt plus qu'un agréable et lointain souvenir.

Cependant, alors même qu'elle essayait de s'en convaincre, elle se laissa gagner par le sommeil. S'abandonnant alors sans plus réfléchir aux bras de son amant d'un soir, elle se coula délicieusement dans son étreinte protectrice, acceptant sans vergogne de lui appartenir. Elle resta collée à lui et, avec un petit soupir de reddition, glissa sa main dans la sienne, paume contre paume, dans un geste qui scellait leur union.

Quand Shayla se réveilla le lendemain matin, la pièce était toujours plongée dans l'obscurité. Draco n'était plus dans le lit. Elle jeta un coup d'œil aux fenêtres dont les volets fermés retardaient la venue d'un jour nouveau, celui de son anniversaire.

Elle s'étira et s'assit, écartant ses cheveux de son visage. Il était temps de se lever et de partir. Elle avait beaucoup à faire au cours des quelques heures à venir. Pourtant, quelque chose en elle le déplorait. Elle regrettait d'avoir à quitter Draco, de ne pas pouvoir savourer une autre nuit de plaisir. Avant qu'elle ait eu le temps de se lever, il revint dans la chambre. Elle n'eut besoin que d'un regard pour deviner qu'il était gravement contrarié. Aussitôt, nerveuse et embarrassée, elle remonta les draps sur sa poitrine.

— Draco ? Qu'y a-t-il ?

— Pourquoi ne pas commencer par *ça* ? dit-il d'un ton menaçant.

D'une main, il agitait devant ses yeux son petit sac orné de perles. Dans son autre main, il tenait la bourse en cuir.

Elle se raidit, affolée. Comment avait-elle pu être

aussi négligente ? Comment avait-elle pu laisser son sac à main et son précieux contenu hors de sa vue ? Elle avait dû perdre la tête, elle *avait* perdu la tête, à l'instant où Draco avait posé la main sur elle, ses lèvres sur les siennes, et l'avait prise corps et âme.

Il fit un pas vers elle, sortant de la pénombre qui l'enveloppait. La lumière du plafonnier qu'il avait allumé en entrant l'entourait d'un halo qui lui donnait l'air d'un ange ténébreux et vengeur.

Surmontant son désarroi, elle se composa un visage impassible et tendit la main vers lui.

— C'est mon sac, comme tu le sais. Je te prie de me le rendre, dit-elle d'une voix ferme.

— Certainement pas !

Il ouvrit la petite bourse en cuir d'où il sortit l'un des six morceaux de papier qu'elle contenait, et le déplia. Un diamant tomba dans le creux de sa main, brillant de mille feux.

— C'est un diamant de feu, dit-il d'un ton accusateur.

Sa voix était tendue, avec des inflexions amères.

— Comment oses-tu fouiller dans mon sac ? demanda-t-elle, indignée. Tu n'as aucun droit de…

— Les autres aussi. Ce sont tous des diamants de feu, l'interrompit-il avec plus de force.

Ses yeux flamboyaient. Face à cette fureur éclatante, Shayla s'en voulut doublement. Quelle idiote elle avait été ! Draco n'était pas un homme ordinaire. Ces yeux, ces cheveux, cette beauté virile et ce charme… Tout en lui était typique des Dante, y compris la férocité qu'il montrait maintenant. Sa grand-mère lui avait bien dit et répété que les Dante étaient impitoyables. Quelle ironie qu'elle soit maintenant elle-même en mesure de le confirmer !

La gorge serrée, elle parvint à dire :

— Oui, ce sont bien des diamants de feu.

— Et que font-ils en ta possession ?

L'accusation implicite contenue dans la question la révolta. Elle sortit du lit avec le plus de dignité possible, saisissant le drap pour s'en envelopper avec pudeur, réflexe plutôt ridicule étant donné ce qu'ils venaient de faire ensemble.

— Rends-les-moi immédiatement, exigea-t-elle. Ils sont à moi.

Il plissa les yeux.

— J'en doute. Où les as-tu trouvés ? Dante ne vend pas de diamants seuls, mais uniquement sertis dans des bijoux. Je ne crois pas que tu aies été assez bête pour les retirer de leur monture.

Impatient d'obtenir une explication, il leva un sourcil interrogateur.

En colère à la fois contre sa propre imprudence et contre la suspiscion que Draco faisait peser sur elle, Shayla se raidit de nouveau.

— Je ne te dois pas d'explication. Ces diamants sont à moi, et je te conseille de les remettre là où tu les as pris. A moins que tu ne sois en mesure de me prouver le contraire, ajouta-t-elle, avec une nuance de provocation.

Elle tendit la main et soutint son regard sans ciller. Il n'essaya pas d'argumenter, ce qui la surprit. Il se contenta de remettre le diamant dans le papier, et de le ranger dans la bourse. Il en resserra le cordon, la remit dans son sac à main et le lui lança.

— Tu devrais faire réparer le fermoir de ce sac. Tout ce qu'il contenait est tombé quand je l'ai jeté sur le canapé hier soir.

— J'y veillerai.

La tension était palpable entre eux, mais elle éprouva une profonde sensation de soulagement en récupérant son sac. Elle ne profita pas longtemps de ce répit car il l'interpella d'une voix sèche.

— Et ça ? demanda-t-il encore. Peux-tu m'expliquer ce que c'est ?

Il tenait entre le pouce et l'index une feuille de papier : la liste des principaux acteurs de l'entreprise des Dante.

Une foule de questions se pressa dans l'esprit de Shayla, désemparée face à cette série d'obstacles inattendus. Comment avait-elle pu oublier la liste ? Et d'ailleurs, pourquoi le nom de Draco n'y figurait-il pas ? Pourquoi n'était-il apparu nulle part dans les recherches que sa grand-mère et elle avaient faites ? Décidément, la matinée frôlait la catastrophe. Rassemblant ce qui lui restait de dignité, elle prit le parti de faire face et leva le menton.

— Cela ne te regarde pas.

L'expression de Draco devint glaciale. Il s'approcha d'elle.

— Tout ce qui concerne les Dante me regarde. Tu as prétendu ne pas me connaître… C'était un mensonge, ma jolie ?

Elle refusa de se laisser impressionner.

— As-tu vu ton nom quelque part sur cette liste ?

Il devait admettre que non. Mais alors, que signifiait cette histoire ?

— Bon sang, Shayla ! Que se passe-t-il ?

— Rien d'illicite. Il se trouve simplement que j'ai un rendez-vous avec plusieurs membres de ta famille aujourd'hui ; c'est pour cette raison que je me suis invitée à la réception, hier soir. Je voulais jeter un œil sur les gens que je dois rencontrer aujourd'hui. Si j'ai été consternée d'apprendre que tu étais un Dante, c'est parce que je ne voulais pas qu'une…

Elle faillit dire « une aventure d'un soir », mais par chance elle se reprit au dernier moment.

— … qu'une relation intime avec un Dante affecte ma rencontre avec ces personnes. Je continue à ne pas comprendre pourquoi je n'ai jamais entendu parler de toi. Tu ne travailles pas dans l'entreprise familiale ?

— Je m'occupe de pierres précieuses, et parfois j'en transporte avec moi. Je préfère rester dans l'ombre, pour des raisons de sécurité. Mais parlons de cette réunion, Shayla… Avec qui as-tu rendez-vous, quand cela a-t-il lieu et pourquoi ?

A l'évocation de la rencontre, brusquement inquiète, elle demanda l'heure qu'il était.

— 9 heures.

— Oh, mon Dieu !

En hâte, elle ramassa ses vêtements froissés et se précipita vers la salle de bains.

— Il faut que j'y aille. Maintenant, je vais être en retard.

Il lui saisit le bras avant qu'elle n'ait eu le temps de sortir de la pièce.

— Pas avant de m'avoir expliqué ce qui se passe.

Une bouffée de désir l'envahit dès qu'elle sentit la chaleur de sa paume sur sa peau nue, mais elle s'efforça d'ignorer ce qu'elle ressentait.

— Je ne suis pas libre de te l'expliquer, et d'ailleurs, je ne te *dois* pas d'explication.

— Pas même après cette nuit ?

Elle se força à soutenir son regard furibond et à garder son sang-froid.

— Pas même après cette nuit. Cela n'a aucun rapport.

— Je ne suis pas d'accord.

Furieux, Draco l'empêchait d'avancer. Une onde de désir la traversa, attisé par le contact de sa main brûlante sur sa peau. Si seulement il la relâchait, si seulement il n'avait pas posé la main sur elle…

— Je t'en prie, Draco, murmura-t-elle. Il faut vraiment que je parte. Nous pourrons peut-être discuter après la réunion.

Il ne desserra pas tout de suite son étreinte ; elle vit qu'il hésitait bien qu'elle n'eût pas la moindre idée de ce qu'il pensait. Elle ne le reconnaissait plus. Pendant la nuit, il s'était montré tellement ouvert, tellement généreux dans la façon dont il lui avait fait l'amour… En l'espace de quelques minutes, l'homme avec qui elle avait partagé un incroyable moment d'intimité était devenu un homme dur et farouche. Elle frissonna, désarçonnée par ce constat.

Il lui relâcha enfin le bras.

— Habille-toi, et ensuite je te raccompagne, décréta-t-il.

Sans un mot, elle entra dans la salle de bains et referma la porte derrière elle. Elle prit une douche rapide, puis s'habilla. Elle n'avait rien pour se changer et se résigna à enfiler la robe qu'elle portait la veille. Elle allait devoir supporter la situation humiliante de se montrer en robe du soir en pleine journée et retourner à son petit motel miteux dans cette tenue. Elle allait avoir l'air d'une…

Elle rougit et chassa ces pensées de son esprit. Elle démêla ses cheveux, les coiffa, mit ses chaussures et sortit de la salle de bains.

Draco se tenait à l'entrée de la chambre, appuyé au chambranle de la porte. Il s'était habillé pendant qu'elle était dans la salle de bains, et portait à présent une tenue décontractée de couleur noire.

— Peux-tu m'appeler un taxi, s'il te plaît ? demanda-t-elle d'un ton faussement calme.

— C'est déjà fait. Après toi, dit-il en lui indiquant la sortie d'un geste direct tout en restant adossé à la porte.

Elle hésita un instant, puis leva le menton et s'approcha de lui. Elle s'immobilisa, attendant qu'il s'écarte pour la laisser passer, mais il n'en fit rien. Il se contenta de la regarder, sans bouger, manifestement curieux de voir quelle serait sa réaction. Eh bien, elle ne se comporterait pas lâchement. Elle avait peut-être fait des choix peu judicieux la veille au soir, mais elle avait bien l'intention d'assumer les conséquences de ses actes.

Sans un mot, elle se faufila entre Draco et le chambranle de la porte, l'effleurant au passage. Ce bref contact fit surgir en elle un flot d'émotions ; des souvenirs de la nuit passée refirent surface, lui faisant tourner la tête : les caresses de Draco, les baisers langoureux qu'il avait déposés partout sur son corps, ses étreintes, la façon dont il lui avait fait l'amour, avec fougue et tendresse à la fois, toutes ces images, toutes ces sensations se bousculèrent en elle sans qu'elle puisse les endiguer.

Elle n'oublierait jamais cette nuit. Quoi qu'il se passe à l'avenir, Draco était son premier amant. Il l'avait changée, l'avait marquée à jamais. Il ferait toujours partie d'elle.

Soudain consciente du pouvoir que Draco exerçait sur son esprit, Shayla décida de réagir. Il devenait urgent de s'appliquer à refouler ce genre d'idées ; il serait toujours temps d'y repenser plus tard. Pour le moment, il fallait lui montrer qu'elle conservait son sang-froid.

Elle l'entendit refermer la porte derrière eux. Dans

l'ascenseur, il appuya sur le dernier bouton pour sortir au niveau du parking. Elle lui lança un regard surpris auquel il répondit en haussant négligemment les épaules.

— Je me suis dit que tu n'aurais pas envie de sortir par le grand hall, surtout si tu as rendez-vous avec Sev et Primo un peu plus tard dans la journée. On ne sait jamais sur qui on risque de tomber.

« Seigneur ! Il pense à tout ! » Et elle appréciait cette preuve inattendue de délicatesse.

— Merci, murmura-t-elle. C'est très gentil de ta part.

— Je me suis arrangé pour que le taxi nous attende devant l'entrée latérale. Avec un peu de chance, personne ne saura que tu as passé la nuit avec moi, mais…

Elle leva les yeux vers lui, affolée.

— Mais ?

— Mon grand-père a le don redoutable de deviner ce qu'on voudrait lui cacher.

— Ma grand-mère aussi.

Cependant, elle n'osait imaginer que sa grand-mère, Leticia Charleston, pût deviner qu'elle avait couché avec l'ennemi.

— Je préférerais que cela reste notre secret, reprit-elle.

Les portes de l'ascenseur s'ouvrirent mais il bloqua la sortie en se plaçant devant elle, l'empêchant de s'échapper.

— Encore une chose que je voudrais savoir : aurais-tu couché avec moi si je t'avais dit dès le début que j'étais un Dante ? demanda-t-il.

Elle ne chercha pas à édulcorer sa réponse.

— Non. Certainement pas.

L'expression de Draco se durcit, et il hocha brièvement la tête.

— C'est bien ce que je pensais. Malheureusement,

il y a un petit détail que tu as oublié de prendre en considération.

Shayla regarda avec envie la sortie par-dessus son épaule. S'enfuir… Elle voulait juste s'enfuir.

— Quoi donc ? dit-elle sans vraiment s'intéresser à la réponse.

Il la surprit en lui prenant la main, laissant l'étrange chaleur se répandre au creux de leurs paumes.

— L'*Inferno* a d'autres projets pour toi.

Il lui lâcha enfin la main, et ils sortirent de l'ascenseur. Toujours aussi courtois, il l'accompagna jusqu'à la sortie, où le taxi l'attendait, puis lui ouvrit la portière tandis qu'elle s'installait dans la voiture.

— Où vas-tu ? demanda-t-il.

Jusqu'à cet instant précis, elle n'avait pas pensé qu'elle serait amenée à lui dire le nom de son motel. C'était pourtant logique car il voulait savoir où la trouver. A en juger par son expression déterminée, il n'avait pas dit son dernier mot. Comme elle ne pouvait se résigner à lui donner le nom du motel minable dans lequel elle avait pris une chambre, elle préféra mentir.

— Je loge au Mark Hopkins.

Il se pencha à la vitre avant, côté passager, et tendit au chauffeur plusieurs billets.

— Au Mark Hopkins, s'il vous plaît.

Puis il recula, les yeux rivés sur elle. Son regard était à la fois menaçant et plein de promesses.

- 3 -

Dès que le taxi disparut au coin de la rue, Draco plongea sa main dans sa poche et referma ses doigts sur le diamant qu'il avait subtilisé à Shayla.

Il sentit les arêtes dures et froides de la pierre précieuse s'enfoncer dans sa paume, sortit le joyau et le regarda scintiller. C'était un diamant de feu, cela ne faisait aucun doute. Pourtant, il dégageait quelque chose d'étrange. Draco était pressé de savoir quoi mais pour cela il lui faudrait effectuer une analyse en laboratoire. Il voulait savoir également si c'était l'un des six diamants qu'on lui avait volés dix ans plus tôt, des pierres exceptionnelles qu'il avait passé des années à chercher. Sur les six, il n'en avait retrouvé que quatre à ce jour.

Une chose était sûre : si ce diamant avait le moindre rapport avec le rendez-vous de Shayla chez Dante, il était bien décidé à assister à la réunion. D'ailleurs, si Primo et Sev avaient su qu'elle possédait ces diamants, ils auraient insisté pour qu'il assiste à leur entretien. D'ici là, il allait analyser la pierre précieuse, et il verrait si les informations obtenues pouvaient leur donner un avantage quelconque dans les négociations à venir.

En chemin pour le laboratoire, il passa à la réception. Une permanence était assurée, même le week-end, afin de satisfaire les demandes des clients qui séjournaient dans les appartements du dernier étage et qui pouvaient avoir besoin de quelque chose.

— Bonjour, Laura.

La réceptionniste lui adressa un sourire chaleureux.

— Bonjour, monsieur Dante. Que puis-je faire pour vous ?

— Je voudrais savoir à quelle heure Primo et Sev vont arriver pour la réunion avec Shayla…

Il s'interrompit et fit semblant de réfléchir un instant.

— Zut, j'ai oublié son nom de famille…

— Attendez, je vous dis cela tout de suite.

Elle consulta un fichier sur son ordinateur.

— Charleston, dit-elle, Shayla Charleston. La réunion doit commencer à 10 h 30 dans la salle de conférences Jade.

« Parfait ! » Il disposait d'une heure, ce serait suffisant pour ce qu'il avait à faire.

— Pourrez-vous m'appeler quand Mlle Charleston sera arrivée, je vous prie ?

— Bien sûr, monsieur.

Sans perdre de temps il se rendit dans le laboratoire de l'entreprise où il effectua rapidement une première analyse du diamant. Ce qu'il découvrit le stupéfia. Il était certain que son grand-père et son cousin seraient aussi surpris que lui.

Peu de temps après, Laura l'appela pour le prévenir que tout le monde était arrivé. En entrant dans la salle de conférences par une porte latérale, il remarqua immédiatement que Shayla était déjà installée. Draco fut saisi par l'élégance et la classe naturelle qui émanaient d'elle. Visiblement, son allure fascinait chacun des participants, et pourtant elle ne faisait rien pour cela… Son épaisse et magnifique chevelure était sobrement relevée en chignon ; vêtue d'une chemise impeccable et d'une veste jaune faite sur mesure, elle rayonnait à côté de tous ces costumes et ces cravates sombres. Il était certain qu'elle portait une tenue griffée, tout comme la robe de soirée qu'elle portait la veille.

Il croisa le regard de Sev et lui indiqua d'un signe qu'il voulait assister à la réunion. Son cousin approuva de la tête, et Draco s'assit à l'autre bout de la table, en face de Shayla et à côté de Primo, son grand-père. Il réprima un sourire quand il vit qu'elle évitait consciencieusement de regarder dans sa direction, comportement peu naturel qui fut également remarqué par plusieurs membres de sa famille.

Si elle voulait garder leur relation secrète, elle faisait exactement le contraire de ce qu'elle aurait dû faire. S'abstenir ostentiblement de le saluer risquait de signifier pour quelqu'un d'un peu averti : « Je connais ce monsieur, très bien même, mais je ne veux pas que quelqu'un s'en rende compte. »

Comme s'il lisait dans ses pensées, Primo lui posa une main sur l'épaule et grommela en italien :

— Pourquoi faut-il toujours que tu ailles mettre les pieds là où il ne faut pas ? Explique-moi cela.

Draco n'en fit rien. Comment aurait-il pu expliquer une situation qu'il n'avait pas préméditée et qui s'était produite aussi naturellement ? Il se contenta de répondre, en italien :

— J'ai effectivement passé la nuit avec elle. Mais c'est plus sérieux que tu ne crois.

Primo haussa ses sourcils gris et broussailleux, et il écarquilla les yeux.

— Alors Rafaelo n'est pas le seul à avoir été frappé par l'*Inferno*…

Draco demeura impassible. Apparemment, son frère avait suivi son conseil, feignant d'avoir éprouvé l'*Inferno* avec Larkin Thatcher. Cela promettait d'être intéressant.

— Il faut croire que non…

Il repoussa sa chaise et se leva.

— Donne-moi une minute.

Puisque tout le monde avait compris qu'il y avait quelque chose entre Shayla et lui, ce n'était pas la peine de feindre le contraire. Contournant la table, il alla s'asseoir à côté d'elle.

Shayla le regarda s'approcher avec un sentiment d'inquiétude.

— Que fais-tu ? murmura-t-elle d'un ton affolé. Eloigne-toi de moi, s'il te plaît.

Draco s'assit à son côté, un léger sourire aux lèvres, bien décidé à assumer leur relation.

— Inutile, tout le monde a deviné ce qu'il y a entre nous.

Shayla sentit ses joues rosir de confusion.

— Je m'en suis aperçue, j'ai entendu ce que disait Primo, mais tu n'as pas besoin d'en rajouter.

Il ne s'attendait pas du tout à cette remarque.

— Tu parles italien ? demanda-t-il, surpris.

Elle s'obstinait à éviter son regard.

— Oui, entre autres. Je ne comprends pas pourquoi tu t'es senti obligé de révéler à tout le monde ce qui s'est passé entre nous la nuit dernière.

— Ce n'est pas moi qui le leur ai révélé, c'est toi.

Elle rougit franchement.

— Certainement pas ! Je n'ai absolument rien dit à personne.

— Tu n'as pas eu besoin de le faire… Disons que ton visage est suffisamment expressif.

Elle s'apprêtait à répliquer, mais se retint au dernier moment et poussa un profond soupir.

— D'accord, très bien. Je dois donc m'accomoder de la situation embarrassante dans laquelle cela me place et rester concentrée sur les affaires.

La situation « embarrassante » ? Pour une raison ou pour une autre, ce mot l'irrita profondément, et il dut prendre sur lui pour ne pas hausser le ton.

— Qu'y a-t-il d'« embarrassant » à ce que nous ayons passé la nuit ensemble ?

Il lui prit la main, et une fois de plus la chaleur de l'*Inferno* se répandit dans leurs corps.

Sans lâcher sa main, Draco se pencha vers elle, rassurant.

— D'ailleurs, peu importe que ma famille soupçonne quelque chose ou non… Tant que nous ne le confirmons pas, ils ne peuvent être assurés de rien.

— Tu me tiens la main… Ajoute à ça le fait que tu chuchotes, et cela fait de nous des coupables tout désignés.

— C'est curieux, je ne me sens pas du tout coupable… D'ailleurs, je ne suis pas non plus *gêné*.

Il insista sur le dernier mot, espérant une réaction de sa part, et il en obtint une : cette fois, elle plongea son regard dans le sien. Elle dut deviner ce qu'il avait en tête, car elle répliqua sévèrement :

— Bon sang, Draco, arrête ça et va t'asseoir ailleurs !

— Je ne peux pas…

C'était vrai. Il ne pouvait pas se lever et montrer à tout le monde à quel point il la désirait…

Elle comprit ce qu'il sous-entendait, et ses joues s'empourprèrent encore davantage.

— Au fait, pourquoi assistes-tu à cette réunion ?

demanda-t-elle d'un ton désespéré. Tu ne pouvais pas rester en dehors de cela ?

— Je ne m'en serais peut-être pas mêlé sans *ça*…

Il ouvrit la main, lui montrant le diamant qu'il lui avait subtilisé. Il l'avait placé dans une petite boîte transparente qu'il fit glisser jusqu'au centre de la table de conférence.

— Il semblerait que Mlle Charleston ait quelque chose d'intéressant à nous montrer, dit-il à sa famille.

Sev prit la boîte et observa attentivement le diamant.

— Bon sang de… ! C'est un diamant de feu.

Il regarda Shayla en plissant les yeux d'un air soupçonneux.

— Que fait ce diamant en votre possession ?

— Ce n'est pas l'un des nôtres, intervint Draco.

Il y eut un silence tendu.

— Comment ça, ce n'est pas l'un des nôtres ? demanda enfin Primo. Comment est-ce possible ?

Draco n'en savait rien. C'était d'ailleurs bien ce qui l'intriguait. Une donnée leur échappait.

— C'est effectivement un diamant de feu, admit-il, mais il ne provient pas de nos mines. Ce qui soulève la question…

Il pivota sur sa chaise pour faire face à Shayla.

— D'où vient-il ?

Elle avait profité des quelques instants qui venaient de s'écouler pour se ressaisir, et semblait avoir recouvré son sang-froid.

— Ce diamant, de même que tous ceux en ma possession, provient des mines des Charleston.

Lazz, le directeur administratif et financier de l'entreprise, fronça les sourcils.

— Je croyais que vos mines étaient épuisées depuis des années.

Soudain, Draco comprit. Charleston, Shayla Charleston. Du nom de l'ancien empire Charleston, concurrent direct des Dante, avant qu'une mauvaise gestion et l'incapacité à rivaliser avec les diamants de feu des Dante n'obligent la célèbre joaillerie à mettre la clé sous la porte.

— Nous aussi, nous le pensions, dit Shayla, mais une étude récente nous a prouvé que non seulement nos mines ne sont pas épuisées, mais qu'elles recèlent des diamants de feu…

Elle se pencha légèrement en avant pour insister sur ce point :

— … des diamants de feu de qualité supérieure à celle des vôtres.

— C'est impossible, dit Sev.

Shayla posa la petite bourse en cuir devant elle sur la table.

— Voici un petit échantillon de ce que nous avons fait extraire. Vous voudrez examiner ces diamants de près, j'imagine. Je vous comprends, c'est pourquoi je vous les confie, prenez tout votre temps pour les analyser, précisa-t-elle en poussant la bourse au centre de la table.

Primo regarda Draco et lui indiqua d'un geste qu'il aurait à s'occuper de l'analyse en question.

— Alors comme cela, dit-il en se laissant aller en arrière dans son fauteuil, les bras croisés sur sa poitrine, Letty a sa propre réserve de diamants de feu… Je suis surpris qu'elle nous avertisse de ses intentions. A moins que ce soit une menace plutôt qu'autre chose ?

Il inclina la tête sur le côté et regarda attentivement Shayla. Draco avait vu des hommes de pouvoir trembler sous l'effet de ce regard, mais il constata, admiratif, qu'elle ne se laissait pas impressionner et soutenait ce regard sans ciller. Elle sourit avec l'expression radieuse qui avait déjà fait tant d'effet à Draco, et qui, selon lui, était l'une de ses armes les plus redoutables.

— Ce n'est ni un avertissement, monsieur, ni une menace. C'est une proposition. Ma grand-mère veut vous offrir la possibilité exclusive d'exploiter nos mines.

Sev ne la quittait pas des yeux, lui non plus.

— Pourquoi ?

— C'est très simple : nous ne sommes plus dans les affaires. Mes parents, qui auraient sans doute pu revitaliser l'entreprise familiale, sont morts, et je n'ai ni l'envie ni la capacité de diriger la compagnie, admit-elle avec une franchise touchante. Pour parler sans détours, nous ne sommes pas en mesure d'extraire les diamants ou de les tailler, mis à part ces quelques diamants-ci, alors que *vous* en avez, vous, les moyens.

Primo réfléchit un long moment avant de reprendre la parole.

— Vous savez bien que nos concurrents seraient prêts à payer une fortune pour pouvoir exploiter vos mines… Etant donné que votre grand-mère nous a toujours considérés comme responsables de la faillite des Charleston et que c'est dans son tempérament de se venger…

Il écarta les mains et haussa les épaules.

— … pourquoi ne profite-t-elle pas de l'occasion pour prendre sa revanche contre nous et tourner les choses à son avantage ?

— Ma grand-mère est âgée maintenant, et la mort de mes parents l'a beaucoup affectée, expliqua Shayla, très calmement.

Primo hocha la tête, pensif.

— J'ai entendu parler de l'accident. Ayant moi-même perdu l'un de mes fils et ma belle-fille, je compatis à la douleur de Letty, mais c'est votre perte qui me peine le plus.

Draco fut impressionné de voir Shayla capable de refouler les larmes qui lui montaient aux yeux et de conserver la maîtrise de son évidente émotion.

— Je vous remercie, dit-elle.

Primo la considéra un moment et ajouta :

— Serez-vous offensée si nous discutons entre nous de la situation en italien ?

— Pas du tout, répondit-elle avec un sourire charmant. Serez-vous offensé si je vous écoute ?

Primo s'immobilisa.

— Vous parlez italien ?

— *Parlo italiano fluente.*

— Couramment, et avec un accent excellent, murmura Draco. Dans ce cas, ajouta-t-il à haute voix, Shayla, veux-tu attendre dans mon bureau pendant que nous étudions ta proposition ?

Elle repoussa sa chaise et se leva.

— Bien sûr.

Il l'accompagna jusqu'à son bureau, au bout du couloir.

— J'ai fait du café tout à l'heure, sers-toi si tu en veux, proposa-t-il.

Puis, sans lui laisser le temps de deviner ses intentions, il se pencha et déposa sur ses lèvres un baiser furtif. Elle voulut s'écarter mais il l'embrassa de nouveau, plus lentement, et avec plus de tendresse. Shayla soupira, et une lueur de désir mêlé de regret brilla dans ses yeux. Draco dut prendre sur lui pour détacher ses lèvres des siennes, regrettant de ne pouvoir lui donner davantage qu'un baiser à la dérobée… Mais ses proches l'attendaient, et il était convaincu qu'ils devineraient aisément ce qu'il faisait. S'il tardait trop, ils ne lui épargneraient pas leurs remarques moqueuses.

— Il faut que j'y aille, dit-il à contrecœur.

Elle s'écarta de lui.

— Nous ne devrions pas mélanger les affaires et le plaisir, de toute façon.

Draco plongea son regard amoureux dans le sien.

— Nous aurons tout le temps pour le plaisir un peu plus tard, une fois que tout sera réglé, assura-t-il.

Elle se détourna brusquement.

— J'ai hâte de connaître la décision de ta famille, dit-elle d'un ton neutre.

Cette distance soudaine, étant donné ce à quoi ils avaient occupé la nuit, amusa Draco.

— Cela ne devrait pas être très long, dit-il.

Il retourna dans la salle de conférences, interrompant une conversation animée entre ses cousins qui discutaient des motivations possibles de Leticia Charleston. Personne ne lui fit de remarque sur le fait qu'il avait tardé à revenir, mais Primo lui jeta un regard plein de sous-entendus, tout en allumant un cigare, au mépris des lois californiennes.

Alors que le débat se poursuivait avec animation, Draco s'assit et réfléchit. Il ne se souvenait malheureusement pas de toute l'histoire entre les Dante et les Charleston, mais il avait bien l'intention de se renseigner à ce sujet, dès que possible. Un détail, en effet, avait retenu son attention : Primo avait décrit Leticia Charleston comme une femme rancunière à l'esprit vengeur.

Il comprenait que l'on puisse avoir ce trait de caractère, il le possédait d'ailleurs lui-même. Il avait pris la décision de se venger de la personne qui lui avait volé six des plus précieux diamants de feu dix ans plus tôt. A l'époque, il avait un peu plus de vingt ans, il avait une très haute opinion de lui-même et il était impatient de faire ses preuves en expertise. Mais il avait commis une erreur dont il se sentait encore humilié.

Primo disait souvent de son petit-fils qu'il était le fauteur de troubles de la famille, avec son caractère rebelle et ombrageux, mais ce n'était pas tout à fait vrai. C'était plutôt lui, l'aïeul, dont la personnalité était la plus imprévisible parmi les Dante, car il dissimulait les facettes les plus sombres de son caractère derrière un masque agréable et malicieux. Calculateur et rancunier lui-même, il pouvait aisément se mettre à la place de Leticia et envisager les choses de son point de vue à *elle* afin d'analyser les moyens qu'elle pourrait utiliser pour détruire les Dante.

Draco suivit la conversation d'une oreille distraite, pendant que ses proches discutaient des options qui s'offraient à eux. Dès qu'il pensa avoir envisagé toutes les possibilités qui découlaient de cette situation inattendue, il leva une main pour prendre la parole. Le silence se fit et Primo agita son cigare dans sa direction, la fumée s'enroulant autour de sa main.

— Nous t'écoutons.

Draco s'éclaircit la voix d'un court raclement de gorge et se lança.

— Commençons par ce que nous savons. D'abord, Leticia Charleston veut que nous sachions qu'elle possède des diamants de feu. D'après une première vérification rapide, je dois dire que je suis d'accord avec Shayla : de prime abord, ils semblent supérieurs aux nôtres.

— Mais ils sont purs ? Ils n'ont pas été traités ? demanda Sev.

— Oui, ils sont purs, et non, ils n'ont pas été traités. Malheureusement, je ne peux pas vous donner davantage de détails tant que je n'aurai pas approfondi mon analyse. Je peux seulement vous dire que leur qualité est effectivement supérieure à celle de nos propres diamants.

Des protestations farouches s'élevèrent aussitôt autour de lui, la voix de Sev dominant celle des autres.

— Tu n'es pas sérieux !

— Je suis très sérieux, au contraire.

C'était lui l'expert, et ses proches avaient beau vouloir nier l'évidence, ils ne pouvaient pas sérieusement le contredire.

— Ensuite…, reprit-il. Elle nous offre, à *nous*, d'exploiter ses mines. Pourquoi ?

Il regarda son grand-père.

— Nous ne sommes pas en bons termes, et tu l'as décrite comme une femme assoiffée de vengeance.

— C'est une femme froide, amère et malveillante, confirma Primo.

Draco hocha la tête.

— Comme nous l'avons déjà dit, elle pourrait aisément vendre ses diamants à n'importe lequel de nos concurrents, mais il faut croire qu'elle à une bonne raison de s'adresser à nous.

— Et quelle bonne raison ? demanda Lazz avec impatience.

— Elle se met ainsi en position de force pour négocier. Si nous ne faisons pas ses quatre volontés, elle ira vendre ses diamants à quelqu'un d'autre. Tant que ses mines produiront des diamants supérieurs aux nôtres, elle nous imposera son prix. Sinon, Dante ne sera plus le seul empire joaillier à avoir des diamants de feu. Pire encore : si elle décide finalement de vendre à nos concurrents, à *tous* nos concurrents, nos diamants seront de qualité inférieure à ceux de tous les autres joailliers. Notre chute sera brutale et douloureuse…

— Et nos adversaires seront ravis, dit Sev avec aigreur.

Lazz acquiesça d'un hochement de tête.

— En fin de compte, cela risque de nous mettre dans une position très délicate.

— Effectivement, dit Primo.

— Si nous ne signons pas un contrat extrêmement strict avec Leticia Charleston, elle nous arnaquera, dit Sev. Elle s'amusera un moment, puis elle vendra à quelqu'un d'autre.

Primo soupira avec lassitude.

— Je suis bien obligé de reconnaître que, venant d'elle, cela ne m'étonnerait pas.

— Alors nous acceptons son offre ?

Lazz fit non de la tête.

— Nous acceptons de regarder les diamants de plus près, et nous insistons pour inspecter nous-mêmes les mines. Nous étudions scrupuleusement sa proposition, puis nous essayons d'imposer nos conditions.

Sev fit la grimace.

— Quelque chose me dit que nous n'imposerons pas grand-chose.

Draco était d'accord.

— Allons-y pas à pas, dit-il, et voyons si nous pouvons battre Leticia Charleston sur son propre terrain.

— Et Shayla ? demanda Primo.

La question tomba comme un pavé dans la mare.

Primo considéra le bout rougeoyant de son cigare d'un air pensif et ajouta :

— Je ne peux pas m'empêcher de me demander quel rôle elle joue dans toute cette affaire. Letty nous a toujours reproché la mort de son fils. Sa petite-fille nous croit-elle responsables, elle aussi ? Est-elle animée par la même soif de vengeance que sa grand-mère ? C'est cela qu'il faut éclaircir au plus tôt.

Draco regarda son grand-père droit dans les yeux.

— Sommes-nous responsables de la mort de son père ?

Primo secoua la tête.

— Pas plus que nous ne sommes responsables de la fermeture des mines des Charleston, mais il y a beaucoup de choses que vous ignorez, beaucoup de choses que je pourrai vous expliquer à un moment plus propice. Quoi qu'il en soit, cela ne signifie pas pour autant que Shayla ne nous en veuille pas. Je ne serais pas surpris qu'on lui ait *appris* à nous en vouloir. Il faut donc que nous fassions très attention à son rôle dans cette partie d'échecs.

— Le rôle de Shayla est très simple : elle est avec moi, dit Draco.

Ces mots lui avaient échappé, mais il pensait sincèrement ce qu'il disait.

— Elle n'a rien à voir avec cette affaire, ajouta-t-il.

— Elle a *tout* à voir avec cette affaire, au contraire, intervint Lazz. C'est elle qui nous a abordés, pas Leticia. Comment peux-tu être certain que votre rencontre ne fait pas partie du plan de sa grand-mère ? Celle-ci a très bien pu demander à Shayla de te séduire.

Primo fit la grimace.

— J'avoue que j'y ai pensé, moi aussi… Mon instinct me dit que Shayla est quelqu'un de bien, mais nous ne la connaissons pas assez pour savoir si elle cache son jeu ou si elle est sincère.

Draco était furieux. Il dut faire un effort considérable pour se dominer.

— Shayla ne cache rien, dit-il d'une voix tendue. Ce n'est pas son genre.

— Qu'en sais-tu ? Depuis quand la connais-tu ? s'enquit Lazz d'un ton sec.

— Depuis hier soir.

Draco tendit la main vers lui, paume en l'air.

— Mais cela me suffit pour savoir que nous sommes faits l'un pour l'autre, déclara-t-il d'un ton ferme.

— Nous devons envisager toutes les possibilités, Draco, intervint Sev. Je suis sûr que tu comprends cela… D'après Primo, Leticia Charleston est capable du pire. Pour l'instant, Shayla est suspecte. Dans cette affaire, vous appartenez à des camps opposés.

— Dans ce cas, nous saurons faire la part des choses entre les affaires et notre vie personnelle, assura-t-il.

Sev esquissa une moue dubitative.

— J'ai connu cela avec Francesca et, crois-moi, ce n'était pas drôle. Ma situation n'était déjà pas très agréable, mais la tienne risque d'être encore plus pénible.

Draco haussa les épaules, le regard plein d'obstination.

— Je m'en sortirai, affirma-t-il.

— Et si nous sommes obligés de couler les Charleston ? demanda Lazz. Comment Shayla réagira-t-elle ? Et toi, comment réagiras-tu ?

Draco n'hésita pas un seul instant.

— Tu sais que ma famille passe avant tout. Quand Shayla sera ma femme, elle sera loyale envers moi, et donc envers les Dante.

Lazz émit un grognement railleur puis il échangea

avec Sev un regard ironique avant de s'adresser de nouveau à son frère.

— Tu ne connais pas très bien les femmes, hein ?

— Je connais Shayla.

— Après une seule nuit ? demanda Sev, sceptique.

Draco ne se laissa pas démonter.

— Combien de temps t'a-t-il fallu pour savoir que Francesca était la femme de ta vie, Sev ? Une nuit, il me semble…

Il se tourna vers Lazz.

— Et toi ? Tu as peut-être résisté plus longtemps, avec Ariana, mais tu as fini par céder à l'amour, toi aussi.

Lazz soupira.

— Tu es donc sûr de toi ?

— Oui, absolument sûr, ne t'en déplaise.

Sev hocha la tête, mais il n'avait pas l'air convaincu.

— Je crois que la vraie question concerne Shayla ; es-tu certain qu'elle ressente la même chose que toi ?

Draco tressaillit ; le doute exprimé par Sev le blessait.

— Si ce n'est pas encore le cas, cela viendra quand elle acceptera la réalité de ce qui s'est passé… A moins que tu ne sous-entendes que l'*Inferno* n'existe pas.

Sev eut un rire sans joie.

— Oh si, il existe… Tu le découvriras bien assez tôt. Ce qui m'inquiète, c'est que Shayla soit sur le point de devenir un pion dans cette bataille, tiraillée entre son dévouement à sa grand-mère et ses sentiments pour toi.

Draco y avait déjà pensé. Il n'admettrait pas que Shayla fasse les frais des divergences d'intérêts entre leurs deux familles.

— Si c'est le cas, je ferai tout ce qui est en mon pouvoir pour la retirer du jeu et je la protégerai, affirma-t-il avec force.

*
* *

La réunion ne tarda pas à reprendre. Ils firent de nouveau entrer Shayla dans la salle de conférences et l'assurèrent de l'intérêt qu'ils portaient à la proposition de sa grand-mère. Ils demandèrent une nouvelle expertise des mines, ce qu'elle leur accorda volontiers, ainsi qu'un laps de temps suffisant pour expertiser les diamants, ce qu'elle leur avait déjà proposé. Enfin, ils la prièrent de leur fournir rapidement un exemplaire du contrat proposé par Leticia, et Shayla promit que l'avocat de sa grand-mère le leur enverrait dans la semaine.

Draco, amusé, la regardait charmer les hommes de sa famille ; son grand-père et ses cousins, comme ensorcelés par son sourire radieux et sa spontanéité, ne la quittaient pas des yeux, ravis. Elle ne les séduisait pas de façon délibérée. Il l'aurait démasquée si elle avait joué un rôle. Primo aussi l'aurait probablement percée à jour. Son grand-père regardait Shayla avec attention, cherchant à s'assurer qu'elle ne dissimulait pas, sous une apparence avenante, le tempérament de sa grand-mère.

Dès que la réunion fut terminée, Draco entraîna Shayla dans son bureau.

— Pourquoi ne monterais-tu pas déjeuner avec moi ? proposa-t-il dès qu'il eut refermé la porte derrière eux.

— Certainement pas, dit-elle avec un sourire. Quelque chose me dit que, dans ta bouche, « monter déjeuner » signifie « monter et se déshabiller ».

— Eh bien… Nous pourrions aussi faire ça, oui. Cela ne me dérangerait pas de déjeuner tout nu, du moment que c'est avec toi.

Il s'approcha d'elle, saisit les pans de la veste de son tailleur et l'attira vers lui.

— Bien sûr, nous pouvons aussi nous déshabiller ici… Le canapé est très confortable.

Elle secoua la tête et ne put s'empêcher de rire.

— Aussi tentant que cela puisse être, je passe !

La lueur amusée disparut de ses yeux, aussitôt remplacée par une amère douceur tandis qu'elle poursuivait :

— Je suis vraiment désolée, Draco, mais il faut que j'y aille.

Il eut un mouvement d'agacement.

— C'est l'heure de faire ton rapport à ta grand-mère ?

Il avait essayé de ne pas prendre un ton trop sec, mais n'y était pas totalement parvenu. Elle avait dû percevoir la pointe d'ironie dans sa voix, car elle le regarda droit dans les yeux, d'un air de défi.

— Entre autres choses, oui.

Il changea de sujet, bien décidé à ne pas laisser les affaires gâcher leur complicité amoureuse.

— Nous pourrions dîner ensemble… Dans un restaurant ridiculement luxueux et romantique. Nous fêterions l'alliance entre les Charleston et les Dante.

Elle détourna les yeux.

— Ce serait un peu prématuré, tu ne crois pas ? Il y a encore beaucoup de choses à régler avant de pouvoir trouver un accord.

En prononçant le mot « alliance », il faisait allusion à leur relation et non au contrat, mais ce n'était pas la peine de le lui expliquer. Il fallait qu'il fasse preuve de plus de patience. Pour l'instant, Shayla ne mesurait pas vraiment le pouvoir de l'*Inferno*, elle n'avait aucune idée de ce qui se passait réellement entre eux. Il devait lui laisser le temps de le comprendre et de l'accepter.

— L'avenir dépend de toi, dit-il, de *nous*.

Elle poussa un profond soupir.

— Tu as raison.

Elle lui sourit mais elle semblait tout à coup moins joyeuse.

— Où et quand veux-tu que nous nous retrouvions ?

— Je passerai te prendre à l'hôtel, c'est plus simple.

Elle secoua la tête.

— Je préfère te rejoindre au restaurant, et si tu me promets de mal te comporter, dit-elle d'un ton provocant, je te laisserai me raccompagner.

Il haussa les sourcils, déconcerté.

— Si je promets de *mal* me comporter ?

Elle se contentait de le regarder sans dire un mot.

« Bon sang ! », se dit-il de plus en plus troublé. Il se sentait tout à fait capable de mal se comporter, il était même expert en la matière.

— D'accord, dit-il. Il y a un excellent restaurant de fruits de mer dans le quartier de North Beach. Tu vois où c'est ?

— Entre le Fisherman's Wharf et Chinatown, répondit-elle aussitôt.

— Je suis impressionné. Tu connais parfaitement la ville.

Elle haussa négligemment les épaules.

— Il n'y a pas de quoi, je me suis beaucoup promenée avant la réception. D'ailleurs, je ne sais pas comment j'ai pu supporter ces talons hauts toute la soirée après avoir tant marché.

— Eh bien, moi, je suis content que tu les aies mis, parce que j'ai adoré te les retirer. J'ai adoré t'enlever *tout* ce que tu portais…

Il ne put résister à l'envie de la toucher de nouveau, de la prendre dans ses bras, de l'embrasser. Elle ne résista pas, elle se blottit contre lui, lui rendant ses baisers comme s'ils avaient été séparés depuis des mois.

Il finit par détacher ses lèvres des siennes.

— Rejoins-moi au Cocina à 20 heures.

— Draco…

Il passa la main dans ses cheveux ; les épingles qui les retenaient étaient tombées et ils s'étaient libérés en vagues souples et enivrantes.

— Reste, murmura-t-il contre ses lèvres.

— Je voudrais bien…

Elle s'interrompit et se libéra de son étreinte. Puis, mettant un peu de distance entre eux, elle secoua la tête.

— Mais je ne peux pas.

Une ombre passa sur son visage sans qu'il puisse l'interpréter. Quelque chose n'allait pas mais il n'arrivait pas à deviner ce que c'était.

— Shayla ? Qu'y a-t-il, chérie ?

Elle fit un effort évident pour se reprendre.

— Je suis désolée… Il faut vraiment que j'y aille.

Il aurait pu insister mais il préféra n'en rien faire et la laisser libre d'agir à sa guise.

— Je comprends.

Il jeta un coup d'œil à sa montre.

— Il y a encore des heures à attendre avant ce soir… Tu es sûre que tu ne veux pas que nous nous retrouvions plus tôt ?

— Absolument certaine.

Elle ferma les yeux un instant.

— J'aimerais beaucoup, mais je ne peux pas. Il faut que tu me laisses partir, Draco… On se voit à 20 heures.

Elle s'approcha de lui, puis, lui passant les bras autour du cou, l'embrassa avec une passion désespérée. Elle s'accrochait à lui comme si elle n'allait plus jamais le laisser partir et soupirait comme une femme éperdument amoureuse… De plus en plus séduit, il se laissa aller entre ses bras, et s'abandonna à cette étreinte pleine de promesses. Tellement bien qu'il se sentit perdu lorsqu'elle détacha soudain ses lèvres des siennes et sortit, sans un mot.

La journée lui parut longue et triste jusqu'à l'heure de leur rendez-vous. Il arriva au restaurant avec un quart d'heure d'avance, et compta les secondes jusqu'à l'heure qu'il lui avait fixée, mais Shayla était en retard.

Très en retard. Après avoir passé une heure entière à pulvériser des gressins, il dut se rendre à l'évidence : elle ne viendrait plus. A bout de patience, il posa un billet sur la table et se rendit au Mark Hopkins où la réceptionniste lui apprit qu'aucune personne du nom de Shayla Charleston n'était descendue chez eux.

Refusant néanmoins de perdre la trace de Shayla, Draco décida de téléphoner à Leticia Charleston. Mais c'était mal connaître la vieille dame. Loin de lui donner l'information qu'il lui demandait, celle-ci prétendit ne pas savoir où était sa petite-fille, et refusa de lui transmettre un message de sa part. D'ailleurs, conclut-elle sèchement, tout contact se ferait dorénavant par l'intermédiaire de son avocat, à moins bien sûr que les Dante ne soient plus intéressés par ses mines.

En désespoir de cause, il décida de faire appel à Juice, l'ancien associé de son frère Luc. Juice s'était spécialisé dans la recherche d'informations et avait l'art de découvrir ce que les gens cherchaient à cacher.

— J'ai du boulot pour toi, annonça Draco de but en blanc dès que Juice décrocha.

— Mais qu'est-ce que vous avez, tous ? gronda la voix grave de Juice. Vous ne savez plus dire bonjour ?

Avec vous, c'est toujours « Il me faut des renseignements le plus vite possible »… D'abord ton frère, Rafaelo, et maintenant toi.

Draco s'efforça de rester patient et reprit poliment :

— Bonjour Juice. Tu vas bien ? Il me faut des renseignements le plus vite possible sur Shayla Charleston, et je veux que tu la retrouves, très vite.

— Je ne suis pas sûr d'aimer la façon dont tu me demandes ça, insista Juice, décidé à ne rien laisser passer.

La soirée avait été épuisante et Draco finit par s'énerver.

— Quelle importance cela fait-il que je le dise d'une manière ou d'une autre ?

— Cela dépend. D'abord, ne perds pas de vue que c'est *toi* qui me demandes un service.

Juice se tut un instant pour le laisser méditer sa réponse.

Draco jura intérieurement puis se résolut à s'excuser.

— Je suis désolé, Juice. Shayla est…

Il hésita. Shayla était quoi, au juste ? Son *âme sœur ?* Apparemment non, puisqu'elle était partie.

— Shayla est très importante pour moi, avoua-t-il.

— Très bien. Maintenant, j'aimerais que tu me dises ce qui arrivera à cette fille quand je l'aurai retrouvée.

Draco serra les poings. Cette idée lui nouait les nerfs d'impatience.

— Soit je lui passerai la bague au doigt, soit je lui ferai regretter de m'avoir rencontré, dit-il d'une voix où pointait l'exaspération.

— Hmm… Quelque chose me dit que tu es tenté de faire les deux.

— Peut-être bien, grommela-t-il.

— Je l'aurai retrouvée dans une semaine, promit

Juice, mais laisse-moi te donner un conseil : choisis plutôt l'option numéro un.

— Et pourquoi ça ?

— Parce que si tu choisis l'option numéro deux, nous aurons une conversation sérieuse, toi et moi.

Là-dessus, Juice raccrocha.

Draco ferma les yeux et laissa échapper un juron. Jamais il ne ferait de mal à Shayla. Elle était bien son âme sœur, qu'elle le veuille ou non. L'inquiétude lui serrait le cœur ; il fallait absolument qu'il la retrouve et qu'il sache pourquoi elle lui avait fait faux bond. Etait-ce à cause de sa grand-mère ? Parce qu'il était un Dante ? Ou pour une autre raison… bien pire ? Tant qu'il ne l'aurait pas retrouvée, ces interrogations ne cesseraient de le tourmenter.

Pourtant, la question de Lazz continuait à tourner dans sa tête comme la musique d'un disque rayé : « Comment peux-tu être certain que votre rencontre ne faisait pas partie du plan de sa grand-mère ? »

Il secoua la tête. Non, cela ne pouvait pas être un coup monté. Lorsqu'ils s'étaient rencontrés, Shayla ne savait pas qui il était. Elle connaissait les autres Dante, mais pas lui. Son nom n'était pas sur la liste, et elle avait été sincèrement choquée lorsqu'il le lui avait appris.

Pourtant… Et s'il se trompait ? Si une fois encore il s'était laissé abuser ?

« Bon sang ! » Il peinait à retrouver son calme.

La paume de sa main était encore sensible, et il la frotta avec son pouce. Il avait cru que l'*Inferno* avait tissé entre eux un lien que rien ne pouvait rompre, mais il n'en était plus aussi sûr à présent. Ce qu'il avait ressenti n'était peut-être pas réciproque… Peut-être serait-il le premier de sa famille à trouver son âme sœur sans que celle-ci l'aime en retour..

Décidément, il avait toutes les chances ! Draco Dante, seul membre de la famille à ternir l'*Inferno.* « Porca vacca ! » Son grand-père avait raison : il était *vraiment* un fauteur de troubles.

- 4 -

Neuf mois plus tard…

Contrairement à ce qu'il avait espéré, Draco ne réussit pas à remettre la main sur Shayla. Elle avait disparu à la fin de l'été, et malgré tous ses efforts, il dut attendre le tout début du printemps pour retrouver sa trace. L'ironie du sort voulut qu'il tombe enfin sur elle à l'endroit même où il avait fait commencer les recherches, sans aucun résultat à l'époque : la maison des Charleston.

L'ancienne demeure, construite avant la guerre de Sécession, se dressait à l'extrémité d'une longue allée. En s'y rendant pour la première fois, ce jour-là, Draco nota les ravages exercés par le temps sur l'imposante bâtisse. Ceux-ci sautaient aux yeux, en dépit des arbres en fleurs et de la verdure luxuriante qui tentaient en vain de cacher la décadence du lieu. Un soleil brûlant jetait une lumière impitoyable sur la maison. Surpris, il regarda autour de lui. Il ne comprenait pas… Les quelques diamants laissés par Shayla avaient été achetés par la joaillerie Dante un excellent prix ; cet argent aurait donc pu servir à restaurer cette propriété autrefois magnifique. Pourquoi cela n'avait-il pas été fait ? Le mystère restait entier.

Arrivé sur le seuil de l'imposante demeure, il frappa à la porte. Une gouvernante vint lui ouvrir et le fit entrer dans un petit salon miteux, où elle l'annonça avec solennité. Tout en s'avançant vers lui, Leticia Charleston lança à sa domestique un regard furibond. Sans doute voulait-elle signifier à cette dernière qu'elle n'aurait jamais dû laisser un Dante franchir le seuil de sa maison. D'un geste sec, elle indiqua à Draco un fauteuil à haut dossier, tapissé de soie damassée aux couleurs fanées, mais il ignora l'invitation et resta debout.

La vieille dame le considéra avec hauteur.

— Comme je vous l'ai dit chaque fois que vous avez téléphoné, monsieur Dante, Shayla n'est pas ici.

Draco serra les poings. Il mourait d'envie de la traiter de menteuse, mais les Dante continuaient à être en affaires avec cette femme, et dans l'intérêt de sa famille il lui fallait la ménager même s'ils cherchaient à présent à racheter les mines plutôt qu'à les exploiter.

Cela faisait maintenant des mois qu'il était à la recherche de Shayla, et sa patience était à bout. Depuis quelque temps, il ne décolérait pas, au point qu'un mot de trop suffisait à l'irriter et à lui faire perdre son sang-froid. Dans le cas présent, cependant, il sentait qu'il lui faudrait faire preuve de diplomatie pour conserver une chance d'amadouer ce cerbère en jupons.

— Je sais qu'elle est ici, dit-il avec aplomb.

« Et tant pis pour la diplomatie ! », songea-t-il, agacé. Il était trop près du but pour se contraindre, l'impatience était trop forte.

Leticia haussa un sourcil parfaitement dessiné, à peine plus foncé que ses cheveux blonds, comme si elle ne comprenait pas ce qu'il lui disait. Elle avait dans les soixante-dix ans, mais en paraissait beaucoup moins. A vrai dire, elle était superbe. Avait-elle dépensé l'argent des diamants à se faire faire une nouvelle jeunesse ?

Elle toisa Draco avec colère.

— Me traitez-vous de menteuse ? s'indigna-t-elle.

— Bien sûr que non. Néanmoins, je suis persuadé que vous retrouverez votre petite-fille si vous jetez un coup d'œil dans la dizaine de chambres qui se trouvent à l'étage, lui lança-t-il, sarcastique.

Il regarda autour de lui et pousuivit d'un air sombre :

— Etant donné la taille de cet endroit, je comprends que vous ayez du mal, mais je peux vous aider, vous savez…

A son tour, il la toisa d'un air qui indiquait clairement qu'il exigeait une explication.

Leticia hésita un instant avant de se résigner à répondre.

— Ma petite-fille n'est pas là-haut. Shayla n'est pas une princesse que je garderais enfermée dans une tour, contrairement à ce que vous semblez sous-entendre. D'ailleurs, vous n'êtes pas un prince, vous n'êtes qu'un malappris, sans une once de savoir-vivre.

Elle se leva brusquement et, d'un geste, lui indiqua la porte du vestibule.

— Maintenant, si vous voulez bien vous donner la peine de quitter les lieux !

Draco ne broncha pas. Immobile, les bras croisés, il la défiait tranquillement.

— Justement, je ne le veux pas. Je ne bougerai donc pas d'ici.

Leticia leva le menton avec orgueil, ses yeux bleus étincelant d'une lueur farouche. Elle serrait nerveusement dans le creux de sa main une bague sertie de diamants retenue par une chaîne en or qu'elle portait autour de son cou. Il devait s'agir d'une alliance, mais pourquoi la portait-elle ainsi au lieu de la passer à son doigt ? Il l'ignorait. C'était peut-être une tradition, chez les veuves, dans le Sud.

— Shayla n'est pas là, déclara-t-elle, combien de fois faudra-t-il vous le répéter ?

Comme si elle prenait soudain conscience d'avoir dévoilé une certaine nervosité à son visiteur, elle cacha la bague sous son élégant chemisier de soie.

Draco soutint son regard, la mâchoire contractée, inflexible.

— Je sais qu'elle est là, martela-t-il d'une voix ferme.

Ils n'eurent pas le temps de voir qui allait céder le premier : une voix familière venait de retentir derrière lui.

— Grand-mère ? J'ai besoin de ton avis.

Le son de cette voix lui fit le même effet qu'une bouffée d'air frais à un être au bord de l'asphyxie. Il se figea, crispé, tout entier consacré à l'attente de celle qui allait apparaître. Des pas résonnèrent bientôt sur le parquet du vestibule ; des pas dont la lenteur lui paraissait de plus en plus insupportable tandis qu'ils approchaient du petit salon.

— Oh, je suis désolée… Je ne savais pas que tu avais de la compagnie, déclara Shayla d'une voix neutre.

Leticia se rassit dans son fauteuil avec une expression revêche qui menaçait d'anéantir tout le travail de son chirurgien-plasticien.

— Eh bien, c'est un miracle ! Ma petite-fille chérie apparaît comme par magie après des mois d'absence, dit-elle d'un ton sec, tapotant l'accoudoir de son fauteuil de ses ongles impeccables.

Draco lui jeta un regard ironique avant de se tourner vers Shayla.

— Bonjour, Shayla, dit-il d'une voix douce.

Elle eut un léger mouvement de recul à l'instant où elle le reconnut et il sentit son cœur se serrer.

— Draco…

Elle avait prononcé son nom d'une voix chargée d'émotions, dans laquelle il reconnut à la fois l'incrédulité, l'émerveillement et la tristesse. Il comprenait sa surprise, puisque cela faisait des mois qu'elle lui échappait, mais il ne voyait pas en quoi sa présence pouvait bien la réjouir ou au contraire l'affecter.

Comme elle se tenait à quelques pas seulement de la porte, il craignit un instant qu'elle ne disparaisse aussi subitement qu'elle était apparue. Elle serrait deux petites couvertures au crochet contre sa poitrine, l'une jaune vif, l'autre multicolore. Elle lui parut légèrement changée, plus douce que dans son souvenir, plus détendue.

Il chercha ce qui pouvait expliquer cette impresssion. Etait-ce dû à sa nouvelle coiffure ? Ses cheveux, retenus en arrière par deux barrettes, retombaient à présent librement sur son dos. A moins que ce ne soit à cause de sa tenue, une longue robe ivoire, toute simple, en partie dissimulée par les petites couvertures.

Mais la raison de ce changement importait peu. Tout ce qui comptait, c'était la délicieuse chaleur de l'*Inferno* qui irradiait de nouveau au creux de sa main et le désir violent qui l'envahissait !

Il réprima la folle envie qu'il avait de la prendre dans ses bras. Non seulement la situation ne s'y prêtait pas, mais il en voulait à Shayla. Au fil des mois, en effet, il était arrivé à la conclusion que Lazz avait vu juste :

son âme sœur l'avait manipulé, sans aucun doute sur l'ordre de sa grand-mère.

— Bonjour, Shayla, répéta-t-il doucement.

Il avait tant de choses à lui dire, tant de choses sur le cœur… Cependant, à présent qu'il était là, debout devant elle, les mots lui manquaient ; il ne se rappelait plus rien du discours qu'il avait préparé.

— Cela fait si longtemps…, murmura-t-il.

Shayla semblait ne pas l'avoir entendu.

— Je suppose que tu es là pour parler affaires avec ma grand-mère… Je vais vous laisser, dit-elle.

Elle fit un pas en arrière.

— Je ne suis pas venu voir ta grand-mère, rétorqua Draco avec empressement.

Il s'approcha d'elle et vit une lueur inquiète passer dans les yeux noirs.

Il s'en émut. La quête avait été longue, mais il l'avait enfin retrouvée, et il n'avait pas l'intention de la laisser s'échapper de nouveau.

— Je suis là pour te parler ; écoute-moi, Shayla, je t'en prie.

— Ce n'est vraiment pas le bon moment, dit-elle en reculant de nouveau.

Elle serrait contre elle les petites couvertures, de toutes ses forces, comme pour se protéger. Elle lui parut tendue, nerveuse, comme si elle avait peur. Surpris, il l'observa plus attentivement. Et tout à coup il comprit.

— Tu es enceinte ! balbutia-t-il, incrédule.

Derrière lui, Leticia poussa un gémissement.

Shayla les regarda l'un après l'autre, déconcertée.

— Oui, je suis enceinte. Mais ce n'est pas la seule chose à fêter que je sache… J'ai appris que tu t'étais marié. Félicitations, Draco, dit-elle d'une voix qui se voulait joyeuse.

« Marié ? » Le mot le foudroya.

— Qui t'a dit une chose pareille ? demanda-t-il d'une voix rageuse.

Il avait sa petite idée sur la question.

— Ma grand-mère, répondit-elle aussitôt.

Satisfait de voir son intuition confirmée par Shayla elle-même, il se tourna vers Leticia Charleston, bien décidé à la confondre.

— Vous avez vraiment osé faire cela ? demanda-t-il, indigné.

Mais Leticia n'était apparemment pas femme à se laisser démonter. Elle haussa les épaules avec dédain.

— C'est ce que j'avais entendu dire, mais comment en être sûre ? Vous, les Dante, vous vous reproduisez comme des lapins. Vous êtes tellement nombreux, je me suis peut-être trompée de prénom, prétendit-elle avec une mauvaise foi qui la faisait jubiler.

Il la foudroya du regard.

— Cela suffit ! dit-il d'un ton cinglant. Je me moque que vous soyez chez vous, sortez de cette pièce immédiatement !

Leticia prit un air de princesse outragée. Il lui montra la porte du doigt.

— Laissez-nous, je vous prie, ajouta-t-il avant de reporter toute son attention sur Shayla. Nous avons beaucoup de choses à nous dire.

Leticia ne souhaitait nullement s'en aller, c'était évident, néanmoins, devant la détermination de Draco, elle choisit de s'incliner.

— Très bien, je m'en vais…

Cependant, plissant les yeux, elle menaça :

— … mais je reviendrai.

— Oui, c'est ce que disent les méchants dans les films, rétorqua-t-il avec ironie.

Shayla se mordit la lèvre inférieure, comme si elle se retenait de rire, tandis que Leticia refermait la porte derrière elle. Sitôt celle-ci sortie, un silence lourd s'installa. Mais Draco savait désormais comment rétablir le courant entre eux et il n'hésita pas.

Sans laisser à Shayla le temps de deviner ses intentions, il la prit dans ses bras et l'embrassa. Son baiser fougueux exigeait une réponse, une réponse définitive après des mois d'attente. Il y mit tout son désir et toute sa colère. Son chagrin et ses espoirs aussi.

Il la sentit résister d'abord, prise qu'elle était au dépourvu. Elle tenta de le repousser, les mains appuyées sur son torse. Puis, son attitude changea brusquement, et un petit gémissement de désir lui échappa. Cessant de résister, elle lui passa les bras autour du cou et lui saisit les cheveux pour l'attirer vers elle et accueillir son baiser avec un empressemen ardent.

Fou de bonheur, il la serra contre lui. Tout était si parfait, tout à coup ! Shayla était là, à sa place, entre ses bras… Son parfum délicat flottait autour de lui, étrangement familier, réveillant dans son corps de délicieuses réminiscences. Et ses lèvres… Elles étaient douces et brûlantes, et elles attisaient l'*Inferno* au creux de sa main. Cette femme était sienne, c'était une évidence, elle l'était depuis que leurs regards s'étaient croisés, depuis qu'ils s'étaient touchés pour la première fois.

Soudain, il sentit un petit coup contre son ventre, transmis par le ventre de Shayla. Il desserra son étreinte et recula brusquement, stupéfait.

— Ça va ? Le bébé va bien ? Je crois que je lui ai fait mal…

— Pas du tout ! dit-elle en souriant.

Un sourire si radieux, si éclatant qu'il en eut le souffle coupé.

— Il ou elle a dû se sentir mis à l'écart et il t'a donné un petit coup de pied pour te dire bonjour !

Il ferma les yeux, soulagé. Après tout, ce n'était pas si mal pour un début. Mais il restait à lui poser la question clé. Une question qui lui brûlait les lèvres. Il prit une profonde inspiration et la regarda droit dans les yeux.

— Est-ce que je suis le père du bébé ? demanda-t-il d'une voix qui tremblait un peu.

— Et toi, es-tu marié ? répliqua Shayla. Tu n'as pas vraiment été clair, tout à l'heure.

Il frémit, secrètement déçu. Comment pouvait-elle penser une chose pareille !

— Non, je ne suis pas marié, déclara-t-il avec force.

— Tu es fiancé, alors ? insista-t-elle.

Il s'efforça de rester calme.

— Je ne suis ni marié ni fiancé, je ne sors avec personne, et tu es la seule personne qui compte pour moi, la seule.

Elle l'observait, une étrange expression sur son visage. Peut-être était-elle encore blessée, se dit-il, par ce qu'elle avait pris pour un abandon.

— Alors pourquoi as-tu attendu tout ce temps pour venir me voir ? demanda-t-elle.

Ainsi, il avait vu juste. Elle était bel et bien blessée. Il se rapprocha lentement.

— Il faut me croire, Shayla, dit-il avec douceur. Je n'ai pas cessé de te chercher depuis le moment où tu as disparu. Quand tu n'es pas venue à notre rendez-vous, au restaurant, je suis allé au Mark Hopkins dans l'espoir de t'y retrouver, mais personne n'avait entendu parler de toi. Ensuite, en désespoir de cause, je me suis résigné à appeler ta grand-mère qui a prétendu ne pas savoir où tu étais. Je préfère ne pas commenter son attitude.

Un sourire se dessina sur les lèvres de Shayla, mais elle le réprima aussitôt.

— Ce n'était qu'un demi-mensonge. En fait, j'étais dans un avion. Elle ne pouvait donc pas savoir où je me trouvais exactement.

Il esquissa un geste d'approbation.

— Si tu le dis…

Ils discuteraient bien assez tôt, songea-t-il, des conditions dans lesquelles Shayla avait disparu de San Francisco. Cela donnerait lieu sans doute à une explication pénible, et il faudrait tôt ou tard en passer par là, mais ce n'était pas le bon moment. Il valait mieux qu'elle sache d'abord par quelles péripéties éprouvantes il était passé…

— Ensuite, reprit-il, j'ai appelé Juice.

Elle fronça les sourcils, perplexe.

— Qui est Juice ?

— C'était le détective privé de mon frère, il y a des années. Il travaille à son compte, maintenant. Il est spécialisé dans la recherche des personnes disparues.

Shayla s'immobilisa.

— Tu lui as demandé de me retrouver ?

— Evidemment !

Songeuse, elle alla s'asseoir sur le banc, placé devant la fenêtre d'où l'on apercevait l'immense jardin situé derrière la maison. Elle serrait de nouveau les couvertures contre elle et il se rendit compte, soudain, qu'il s'agissait de couvertures de bébé. Sans doute les avait-elle tricotées elle-même. Touché, il voulut lui en parler, mais déjà Shayla se tournait vers lui, un sourire légérement ironique sur les lèvres.

— Il ne doit pas être très professionnel s'il lui a fallu tout ce temps pour me retrouver.

Un peu déstabilisé, Draco se mit à faire les cent pas devant elle.

— Si tu n'avais pas passé tout ton temps à essayer de me fuir, il aurait peut-être eu moins de mal à te trouver.

— Je n'essayais pas de te fuir, j'étais toujours en déplacements pour mon travail, répliqua-t-elle tranquillement.

— Oui, bien sûr, dit-il, sceptique. Quoi qu'il en soit, Juice t'a cherchée à travers toute l'Europe. Quant à moi, j'aurais sans doute réussi plus tôt à te retrouver si ton employeur n'aimait s'entourer d'autant de mystère. J'ai failli réussir à te rejoindre à Copenhague, ajouta-t-il avec un reste de dépit dans la voix. Nous avons dû nous croiser à l'aéroport… Après cela, tu es devenue introuvable.

— Je suis revenue ici, dit-elle simplement.

— Ah !

Le souvenir de cet échec cuisant fit naître un sourire amer sur son visage.

— Cette rencontre manquée, c'était il y a trois mois, murmura-t-il comme pour lui-même.

Trois mois qui lui avaient paru des siècles. Alors qu'elle était là depuis tout ce temps… « Bon sang ! Que de temps perdu ! » Il fulminait intérieurement.

— J'ai appelé ta grand-mère toutes les semaines, depuis que tu m'as laissé en plan à San Francisco, pour lui demander si elle avait des nouvelles de toi, malgré le plaisir qu'elle prenait à me décevoir. Elle a toujours nié catégoriquement être en contact avec toi.

Shayla haussa les épaules, et sa robe se releva sur son ventre rond. Troublé, il détourna les yeux. Il mourait d'envie de la toucher, de sentir de nouveau le petit coup de pied impatient du bébé.

— C'est moi qui lui ai demandé de te dire cela.

— Je vois.

Un sentiment d'amertume l'envahit. Lazz semblait décidément avoir raison…

— Me séduire faisait partie du plan de ta grand-mère pour obtenir des informations sur les Dante, c'est cela ?

Elle tourna brusquement la tête vers lui.

— C'est ce que tu crois ?

Il ne put contrôler plus longtemps sa colère.

— Que suis-je censé croire, Shayla ? Nous avons passé une nuit merveilleuse ensemble. C'est du moins ce que tu m'as laissé penser, mais tout cela n'était qu'un mensonge, n'est-ce pas ? Tu as accepté le rendez-vous que je t'ai donné, sachant dès le début que tu ne viendrais pas… Tu es partie sans un mot d'explication, sans même un coup de téléphone, sous prétexte de cette fichue mission pour Derek Algier. Ce que je pense, c'est que tu t'es enfuie le plus vite et le plus loin possible, comme si tu avais le diable aux trousses !

Toute la colère de l'avoir perdue et l'acharnement qu'il avait mis à la rechercher durant de longs mois se déversaient à présent sans qu'il puisse se calmer.

— D'ailleurs, continua-t-il, ce n'était pas tout à fait faux : j'étais sur tes talons à chacun de tes pas, bien décidé à te retrouver.

Elle rougit très légèrement, mais resta étonnamment calme et posée.

— Si tu as découvert que je travaillais pour Derek, alors tu dois savoir que je ne te fuyais pas.

— Je crois au contraire que ce travail était un moyen très pratique de me fuir. Sinon, pourquoi aurais-tu continué à m'éviter ?

Il essaya de ne pas laisser voir à quel point il était amer, en vain.

— Pourquoi m'aurais-tu caché ta grossesse, si tu ne voulais pas me fuir ? demanda-t-il encore.

— Parce que tu étais marié.

Il dut prendre sur lui pour ne pas crier.

— Pour la dernière fois, je te répète que je ne suis *pas* marié.

Elle soupira.

— D'accord, mais je croyais que tu l'étais… Il faudra que je pense à vérifier systématiquement ce que me dit ma grand-mère.

— Tu la connais pourtant depuis longtemps. Comment se fait-il que tu n'arrives que maintenant à cette conclusion ?

Il balaya d'un geste sa propre question.

— Mais peu importe. Réponds à ma question, Shayla, je t'en prie : qu'aurais-tu fait si tu avais su la vérité dès le début ? Si cette…

Il s'interrompit, ravalant l'injure qu'il était sur le point de proférer pour désigner Leticia, puis reprit :

— Si ta grand-mère ne t'avait pas dit que j'étais marié, si elle ne t'avait pas menti, qu'aurais-tu fait ?

Il y eut un silence qui lui parut interminable. Shayla était à contre-jour. Il ne voyait pas assez bien ses yeux pour deviner ce à quoi elle pensait ou ce qu'elle ressentait, et cette attente le mettait au supplice.

Enfin, elle répondit :

— Je t'aurais appelé pour te dire que j'étais enceinte.

« Je t'aurais appelé. » Draco ferma les yeux. Cette déclaration toute simple le bouleversait, et il lui fallut un moment pour retrouver son souffle et la maîtrise de ses pensées. Enfin, rassuré, il s'approcha et s'assit à côté d'elle sur le banc. Le soleil qui filtrait à travers la fenêtre lui réchauffait agréablement le dos. Il tendit la main vers Shayla et lui caressa tout doucement le ventre.

— Notre bébé, murmura-t-il.

Il craignait d'être repoussé, mais à son grand étonnement, la jeune femme ne protesta pas, au contraire. Se penchant vers lui, elle appuya doucement son front contre son épaule. Secrètement ému, il prit pour la première fois conscience d'une réalité qui lui avait échappé : si ses soupçons étaient infondés, si coucher avec lui n'avait pas fait partie d'un plan machiavélique fomenté par Leticia, alors Shayla avait dû assumer sa grossesse toute seule. Certes, elle avait eu sa grand-mère à ses côtés, mais cela n'avait pas dû changer grand-chose car la vieille dame semblait avoir des intentions cachées en comparaison desquelles l'intérêt de sa petite-fille comptait peu.

Finalement, il n'y avait que deux possibilités : soit Leticia et Shayla avaient conçu un plan pour se venger des Dante, et Shayla n'avait couché avec lui que pour cette raison ; soit Shayla était innocente. Il ne pouvait encore déterminer avec certitude quelle hypothèse était la bonne, mais ce dont il était sûr, c'était que Leticia avait un plan. Les Dante n'avaient encore découvert ni le pourquoi ni le comment de ses actes, mais ils étaient persuadés qu'elle leur cachait son véritable objectif.

Il était également très clair que Leticia voulait l'empêcher de s'approcher de Shayla et de leur bébé, mais…

pourquoi ? Le bébé faisait-il partie de sa machination, d'une façon ou d'une autre ? Et que savait Shayla de ce projet ? Jusqu'à quel point était-elle impliquée dans tout cela ? L'avenir seul le dirait.

— Pourquoi ta grand-mère cherche-t-elle à tout prix à nous séparer ? demanda-t-il. Veut-elle que le bébé soit privé de nom ?

Shayla se raidit.

— Le bébé aura un nom, mon nom, le nom des Charleston.

— Notre bébé est un Dante, dit-il d'un ton catégorique, il portera mon nom. Nous nous marierons dès que possible.

Certaines femmes se seraient mises en colère devant cette démonstration d'autorité, mais Shayla se contenta de sourire.

— Tu ne peux pas me forcer à t'épouser, Draco. J'ai passé presque toute ma vie avec ma grand-mère, qui est la personne la plus autoritaire que je connaisse. Or je ne me suis jamais soumise à sa volonté. Si elle ne peut pas me forcer à faire ce qu'elle voudrait que je fasse, qu'est-ce qui te permet de croire que, toi, tu y parviendras ?

Draco soupira. Il connaissait les aspects insaisissables et indomptables de la personnalité de Shayla. Il savait aussi que cela ne l'empêcherait pas de tout tenter pour qu'elle devienne son épouse, malgré tout.

— Je sais que tu veux ce qu'il y a de mieux pour notre enfant, reprit-il. Mais crois-tu vraiment que ce soit le bon choix pour lui de rester ici pour l'élever seule, sous l'influence de ta grand-mère ?

Elle le regarda dans les yeux.

— Et *toi*, tu penses que tu es ce qu'il y a de mieux pour lui ?

— Je suis le père de ce petit, répondit-il simplement.

— « Ce petit » ?

— Il y a de grosses chances pour que ce soit un garçon. Les Dante n'ont jamais vraiment su comment s'y prendre pour avoir des filles, dit-il en souriant. De toute façon, que ce soit un garçon ou une fille, je serai là pour notre enfant, et pas seulement une fois de temps en temps, mais tous les jours de sa vie.

— Je vois, dit-elle en baissant les yeux.

Elle semblait préoccupée, tout à coup, ce qui inquiéta Draco. S'était-elle attendue à ce qu'il se dérobe face à ses responsabilités ou se contente de lui adresser un chèque de temps en temps ?

— Est-ce que cela te dérange que j'assume mon rôle de père ?

— Pas exactement.

— Alors qu'y a-t-il, « exactement » ?, insista-t-il.

Elle serra plus étroitement les petites couvertures contre elle, visiblement embarrassée.

— J'imagine que ce contact quotidien devra se faire à San Francisco ?

— Je suis prêt à venir vivre ici, mais avant de décider où nous habiterons, je voudrais que tu prennes en compte un aspect de la situation qui me paraît très important : si vous venez vivre avec moi à San Francisco, le bébé et toi, vous serez très entourés et choyés par ma famille. Notre fils aura des grands-parents qui vont l'adorer et il aura plein de tantes, d'oncles, de cousins et de cousines. Il aura une vraie famille.

— J'ai grandi sans rien de tout cela, et je m'en suis très bien passée, rétorqua-t-elle sèchement.

Cela restait à prouver, songea-t-il… Mais il se retint de le lui faire remarquer et préféra plaider sa cause.

— Nous nous réunissons chez Primo au moins une fois par semaine, et nous partons en vacances tous ensemble l'été, dans notre maison au bord du lac… Bien sûr, tu trouveras peut-être que nous sommes trop proches les uns des autres et que c'est parfois un peu pesant, mais est-ce une raison pour priver notre fils d'une famille unie et chaleureuse ? Sois honnête, Shayla… Tout cela ne t'a-t-il pas manqué en grandissant ?

— Si je décide d'aller vivre à San Francisco, pourquoi faudrait-il obligatoirement que nous nous mariions ? demanda-t-elle d'un ton raisonnable. Le mariage est un engagement très important que prennent deux personnes qui s'aiment, or nous ne sommes pas amoureux l'un de l'autre.

Il ne fallait pas la heurter avec une formule malheureuse, alors il prit le temps de choisir ses mots avec soin.

— Je viens d'une vieille famille italienne très traditionnelle dans laquelle on ne couche pas ensemble avant le mariage, expliqua-t-il.

Elle cligna des yeux, perplexe.

— Dans ce cas, comment appelles-tu ce que nous avons fait ?

Décidément, elle avait le sens de la repartie. Il sourit.

— Nous avons couché ensemble avant le mariage, mais, pour mes grands-parents, c'est inconcevable, donc cela ne s'est pas produit.

— Eh bien ! Ils vont avoir une belle surprise d'ici quelques semaines, murmura-t-elle.

« Effectivement ! », pensa-t-il. Dans l'immédiat, en tout cas, il préférait ne pas trop y penser et refusait de se laisser convaincre par sa façon de voir… Il fallait qu'elle comprenne qui il était et de quel milieu il venait.

— Si notre enfant naissait hors des liens du mariage, Primo et Nonna seraient atterrés ; ils seraient tellement outrés que je ne t'aie pas épousée et que je n'aie pas donné le nom de Dante à notre fils qu'ils ne s'en remettraient jamais.

Shayla l'écoutait avec attention. Une lueur affligée passa soudain dans ses yeux noirs.

— Tu veux dire qu'ils te renieraient ?

— Non. Ils l'auraient peut-être fait autrefois, mais ils ont perdu un fils et une belle-fille dans un accident, et cela les a changés. Ils sont moins rigides, aujourd'hui. Alors… non, ils ne me renieraient pas, et même si c'était le cas, je n'essaierais pas pour autant de te forcer à m'épouser.

— Mais tu n'auras plus jamais les mêmes relations avec eux si je ne me marie pas avec toi.

Il ne répondit pas, et Shayla insista :

— N'est-ce pas ?

Il ne s'était pas attendu à ce qu'elle fasse preuve d'autant de perspicacité et d'empathie à son égard.

— Oui, admit-il.

— Et si nous nous marions, même quelques semaines avant la naissance du bébé…

— Je leur expliquerai que j'ai remué ciel et terre au cours de ces derniers mois pour te retrouver, bien décidé à t'épouser, et que je n'aurais pas pu faire plus, même si j'avais su que tu étais enceinte. Je leur dirai aussi que tu ne m'as pas prévenu parce que tu croyais à tort que j'étais déjà marié. Primo me fera la leçon, cela ne fait aucun doute, mais puisque toi et le bébé porterez le nom de Dante, tout finira par s'arranger.

Shayla hésita. Tandis qu'elle l'écoutait, des pensées contradictoires se pressaient dans son esprit.

— Pourquoi, Draco ? demanda-t-elle, déconcertée. Pourquoi as-tu passé tout ce temps à me chercher ?

— Tu sais très bien pourquoi…

Il lui prit la main, entrelaçant ses doigts aux siens, tandis que l'*Inferno* répandait sa chaleur dans le creux de leurs paumes. Il ne la quitta pas des yeux pendant qu'elle réfléchissait, conscient que tout son avenir, leur avenir, dépendait de la réponse qu'elle lui ferait. Elle s'apprêtait à parler lorsqu'elle fit soudain la grimace tout en pressant une main au creux de ses reins ; elle avait l'air épuisée. Draco comprit tout de suite ce dont elle avait besoin ; il avait côtoyé assez de femmes enceintes dans sa famille pour savoir comment soulager son dos.

— Laisse-toi faire, lui dit-il tendrement.

Il la fit pivoter doucement puis se mit à la masser avec précaution tout le long de la colonne vertébrale. Ses mains étaient chaudes et apaisantes. Avec reconnaissance, elle poussa un gémissement de bien-être.

— Où as-tu appris à faire ça ? s'étonna-t-elle.

— J'ai regardé faire mes cousins et mes frères avec leurs femmes quand elles étaient enceintes.

Comme elle restait immobile contre lui, il appuya sa joue contre sa tempe. Il aurait voulu rester ainsi pendant des heures, à sentir la douceur de sa peau contre la sienne, à respirer son parfum délicat, savourant la joie tranquille de l'avoir dans ses bras. Il ne se souciait pas des efforts ou des sacrifices qu'il lui faudrait faire pour la retenir et la convaincre de l'épouser : cette femme était sienne, désormais ; jamais il ne se résoudrait à la laisser partir de nouveau.

— Shayla…

Elle se raidit et s'écarta un peu de lui.

— Ne me bouscule pas, Draco. Je ne vais pas me marier avec toi seulement parce que je suis enceinte, ou pour faire plaisir à Primo et Nonna, ni même pour Alessandro et Elia.

Il haussa les sourcils en entendant le nom de ses parents et la regarda d'un air interrogateur.

— Je me suis renseignée sur la généalogie de ta famille, expliqua-t-elle.

— Pourquoi donc ?

— Parce que le bébé aura besoin de connaître sa famille.

Sa réponse le toucha profondément, mais avant qu'il ait eu le temps de dire quoi que ce soit, elle ajouta :

— Je ne peux prendre aucune décision avant d'en avoir parlé avec ma grand-mère. Je veux savoir pourquoi elle m'a dit que tu étais marié.

Il avait bien quelques idées sur la question, mais il se garda de lui en faire part. Il ne gagnerait pas son cœur en critiquant la seule famille qui lui restait. Soudain, une horrible pensée lui traversa l'esprit et il ferma les yeux un instant : quand Shayla et lui seraient mariés, cette vieille harpie deviendrait sa parente par alliance.

A ce moment-là justement, Leticia entra brusquement dans la pièce et s'écria :

— Si vous avez réglé votre différend avec ma petite-fille, monsieur Dante, n'hésitez pas à vous en aller.

Croisant les bras avec détermination, il la défia en souriant à demi.

— Je ne demande pas mieux que de prendre congé, chère madame, mais je ne partirai pas sans Shayla, sachez-le.

Leticia sursauta sous l'insolence du propos.

— C'est ce que nous allons voir, dit-elle avec un regard plein de menaces. Il me suffit d'un coup de téléphone pour vous mettre dehors, de force s'il le faut. Ensuite, je me ferai un plaisir d'appeler mon avocat pour lui demander de déchirer le contrat autorisant la vente des mines Charleston à votre famille.

Shayla les considéra l'un et l'autre avec sévérité.

— Cessez de proférer des menaces dénuées de sens, je vous en prie, s'écria-t-elle… Nous avons des décisions importantes à prendre.

Leticia s'assit brusquement.

— Je ne vois vraiment pas de quoi tu parles. Quelles décisions ?

— Je dois d'abord décider si oui ou non j'accepte d'épouser Draco et si je pars vivre à San Francisco avec lui.

A peine eut-elle prononcé ces mots que sa grand-mère se leva d'un bond.

— Je te l'interdis ! C'est hors de question !

Draco était tellement content de cette réaction qu'il aurait pu embrasser la vieille dame. Elle n'aurait pu mieux faire si elle avait voulu éloigner sa petite-fille.

Shayla la regarda, les yeux plissés par la colère.

— Tu me l'» interdis » ?, demanda-t-elle d'une voix suave.

Mais, habile stratège, Leticia avait déjà flairé le danger.

— Le terme était peut-être mal choisi, admit-elle avec une feinte bonne grâce, mais, ma chérie, il faut que tu songes à ce qui est le mieux pour le bébé ; tu ne peux prendre l'avion dans ton état, cela pourrait être dangereux. Je suis sûre que ton médecin serait d'accord avec moi… Tu devrais attendre que le bébé soit né. Ensuite, tu pourras rendre visite aux Dante avec ton…

Elle leva les yeux au ciel, affichant une expression douloureuse, avant de finir sa phrase.

— … petit bout de chou.

En déchiffrant le regard que Leticia lui adressait, Shayla comprit qu'elle ne lui pardonnerait jamais d'avoir eu l'audace de donner naissance à un petit Dante. Draco surprit leur échange de regards. L'hostilité de la vieille dame prouvait que Shayla n'avait pas fait l'amour avec lui dans le cadre d'un plan machiavélique, il en était convaincu à présent.

La jeune femme semblait triste. Son expression lui serra le cœur. Il était content que l'agressivité de Leticia ait fait pencher la balance en sa faveur, mais il était furieux qu'elle ait blessé sa petite-fille au passage.

— Quand pouvons-nous partir ? demanda-t-elle.

— Cela dépend… Quand peux-tu être prête ? répondit-il, prêt à toutes les patiences tant il était soulagé.

— Attends ! s'écria Leticia d'un ton qui se voulait suppliant mais qui restait autoritaire. Je t'en prie, Shayla, attends… Je ne veux pas que tu partes.

— Je comprends, grand-mère, dit Shayla avec douceur, mais, comme tu l'as dit toi-même, il faut que je fasse ce qu'il y a de mieux pour mon bébé.

— Mais tu es la dernière des Charleston ! Tu vas peut-être avoir un fils…

Elle jeta à Draco un regard furibond.

— Les Dante sont réputés n'avoir que des garçons, continua-t-elle. Si tu as un fils et qu'il porte le nom de Charleston, notre lignée ne s'éteindra pas.

Shayla en resta interdite. Elle regarda sa grand-mère avec incrédulité.

— C'est pour *ça* que tu m'as dit que Draco était marié ? Tu t'es évertuée à l'empêcher de me retrouver pour qu'il ne sache pas que j'étais enceinte et que je mette au monde un Charleston ! s'écria-t-elle, indignée.

Leticia haussa négligemment les épaules.

— Peut-être, oui... Ce n'était pas la seule raison, mais c'en était une. D'ordinaire, je désapprouve les naissances illégitimes mais, compte tenu des circonstances et des avantages que cela présenterait pour notre famille, je suis prête à fermer les yeux, pour une fois...

Draco serra les poings. Il avait du mal à ne pas laisser exploser sa colère face au cynisme de cette femme.

— Comme c'est généreux de votre part, ironisa-t-il.

Elle se tourna brusquement vers lui.

— Oh, par pitié, remettez-vous de vos émotions ! dit-elle d'un ton cassant. Vous avez découvert la vérité juste à temps, non ? Vous, les Dante, vous trouvez toujours le moyen de vous tirer d'affaire. Alors allez-y, emmenez Shayla en Californie... Votre famille possède probablement un jet privé... Avec un peu de chance, le vol déclenchera l'accouchement avant que vous ne soyez mariés, et j'aurai quand même ce que je veux...

Elle jubilait. Draco n'eut plus qu'une envie : la faire taire et la jeter dehors, au mépris de tout savoir-vivre.

— Espèce de... ! commença-t-il.

— Ça suffit, l'interrompit Shayla sans hausser la voix mais d'un ton glacial. Grand-mère n'a pas tout à fait tort, il faut que j'aille voir le Dr Dorling avant de partir ; il me dira quel est le moyen le plus sûr pour moi d'aller en Californie.

Puis elle regarda Leticia droit dans les yeux, inflexible.

— Car je partirai, quoi qu'il arrive. Ma priorité, c'est mon bébé, et je ferai ce qui est meilleur pour lui. Je reste donc avec Draco, du moins pour le moment.

— Très bien. Et qu'adviendra-t-il si, dans ce cas,

je refuse de vendre nos mines aux Dante ? s'enquit Leticia, menaçante.

Se tournant vers Draco, elle saisit son alliance et tira si fort sur la chaîne qu'il s'étonna de voir que celle-ci résistait.

— Si vous vous obstinez à épouser ma petite-fille, je mettrai ma menace à exécution, lui lança-t-elle, certaine de le mettre en difficulté.

Une seule réponse vint à l'esprit de Draco, une réponse qui sortit spontanément du plus profond de son cœur.

— Franchement, ma chère, votre menace est le cadet de mes soucis !

- 5 -

Depuis que leur avion avait décollé pour San Francisco, Draco veillait sur Shayla avec la férocité d'un dragon protégeant un trésor. Il avait du mal à la quitter des yeux, guettant sur son visage le moindre signe de malaise. Comme elle venait de changer de position dans son confortable fauteuil, il s'alarma et, se penchant vers elle, les traits tendus, il demanda une fois de plus :

— Comment te sens-tu ?

Shayla soupira.

— Bien, répondit-elle, à la fois touchée par ses marques d'attention et fatiguée par sa continuelle inquiétude.

Elle, au contraire, se sentait rassurée par la présence à bord du Dr Dorling, que Draco, grâce à un généreux dédommagement, avait réussi à convaincre d'abandonner sa clientèle pour faire le voyage avec eux.

— Je me sens très bien, dit-elle encore pour tenter de l'apaiser. Qu'en dites-vous, docteur ?

Le médecin jeta un coup d'œil aux écrans et regarda le futur papa en hochant la tête.

— Le rythme cardiaque de la maman et de l'enfant est régulier, la tension est normale : tout est parfait, monsieur Dante.

Draco ne fut pas soulagé pour autant. Son anxiété était palpable dans l'espace clos du luxueux jet des Dante.

— Nous devrions arriver dans deux heures, marmonna-t-il en frottant son pouce sur sa paume. Cela ne sera plus très long.

— Draco…, murmura Shayla sur un ton de léger reproche.

— Ça va aller, chérie, dit-il d'une voix qui se voulait apaisante mais révélait une grande tension.

Voyant qu'il s'enfermait dans une angoisse irrationnelle, elle prit sa main dans la sienne et, se tournant vers lui avec détermination, plongea son regard dans le sien.

— Draco ! dit-elle avec fermeté, peux-tu te détendre, s'il te plaît ? Ce n'est pas le vol qui me rend nerveuse, c'est *toi*.

Il poussa un profond soupir comme s'il sortait d'un songe pénible, puis son visage s'éclaira d'un sourire qui fit naître deux ravissantes fossettes sur ses joues. Shayla était folle de ce sourire. Le fameux soir de leur rencontre, c'était ce sourire irrésistible qui lui avait donné envie de faire l'amour avec Draco, tout autant que la chaleur qui avait enflammé le creux de sa main. D'ailleurs, ce phénomène n'avait pas disparu ; la chaleur se diffusait encore dans ses veines, et pourtant des mois s'étaient écoulés depuis cette nuit mémorable.

Entourant ses épaules d'un bras protecteur, il se pencha vers elle et la serra tendrement contre lui. Elle ferma les yeux, s'imprégnant de sa chaleur, se laissant bercer par les battements de son cœur et sa respiration régulière.

Depuis quelque temps, elle était perpétuellement épuisée, capable de s'endormir à tout moment, même si les petits coups de pied du bébé l'empêchaient de se reposer bien longtemps. Comme sa vie avait changé en quelques mois ! Et celui qui avait chamboulé son existence en lui faisant prendre un tournant radical, c'était l'homme qui la tenait dans ses bras. Des années plus tôt, quand elle avait fait des plans pour le futur, elle imaginait son avenir tout autrement. Et quand elle avait rencontré Draco, cédant au désir impulsif de faire l'amour avec lui, elle était loin de se douter que sa décision allait modifier le cours de sa vie pour toujours. Elle n'en avait pris conscience qu'après son départ pour l'Europe, quand il lui avait manqué de façon si cruelle dès les premiers jours. Elle s'était rendu compte alors que la tristesse due à son absence l'emportait sur la joie d'avoir trouvé le travail idéal.

Pourtant, elle adorait son métier d'interprète et elle appréciait beaucoup son employeur, l'un des hommes les plus gentils et les plus compréhensifs qu'elle ait jamais rencontrés. Quand elle s'était rendu compte qu'elle était enceinte, il l'avait gardée à son service le plus longtemps possible, mais il y avait eu des rumeurs selon lesquelles il aurait été le père du bébé, ce qui avait fini par affecter ses affaires, or Shayla ne voulait pas lui attirer d'ennuis. De plus, les cinq premiers mois de sa grossesse avaient été rendus si pénibles par des nausées quasi permanentes qu'elle avait admis qu'il n'était ni raisonnable ni sain de parcourir l'Europe dans son état. Elle s'était résolue à prendre un congé, puis elle était rentrée chez elle.

Elle ne regrettait pas le brusque changement de cap qu'avait pris sa vie à cause de la nuit passée avec Draco. Ce n'était pas son genre d'avoir des regrets. Cependant, elle ne pouvait pas s'empêcher dêtre inquiète quand elle commençait à se projeter dans la nouvelle vie que Draco lui préparait. Elle n'était pas sûre de pouvoir affronter ce qui l'attendait, ni même de le vouloir.

Comme il lui replaçait derrière l'oreille une mèche

de cheveux qui la gênait, il effleura sa joue, la faisant frissonner.

— A quoi penses-tu ? murmura-t-il. Tu sembles préoccupée.

— Je pense à ce qui se passera quand nous arriverons à San Francisco, répondit-elle avec franchise.

Il la regarda en souriant.

— Ne t'inquiète pas, il ne se passera rien de bien extraordinaire. Je t'emmènerai à la maison où tu pourras te reposer à ton aise. Je te promets de me rendre complètement disponible pour m'occuper de toi.

Elle secoua la tête.

— Ce n'est pas ce que je voulais dire…

Il devinait ce qui la rendait soucieuse ; ils auraient pu en parler sans attendre mais il craignait de la contrarier et d'ajouter à sa fatigue en abordant un sujet sensible.

— Nous pourrons discuter ce soir de ce qui te tracasse. Il n'y a pas d'urgence, dit-il.

— Si, il y a urgence, et tu le sais très bien.

Elle se passa une main sur le ventre. L'accouchement était imminent, ce n'était pas le moment de différer les questions essentielles.

— Ce petit gâteau est presque cuit ! ajouta-t-elle, dans un élan de tendresse pour son bébé.

Il rit contre sa joue.

— Je rêve ou tu viens de dire que notre bébé était un petit gâteau ?

Se laissant gagner par la gaieté de Draco, elle se mit à rire aussi.

— Je crois bien que c'est ce que j'ai fait, dit-elle.

Emu par sa voix claire et douce, il se pencha pour l'embrasser. Si son baiser avait été fougueux et passionné, elle l'aurait peut-être refusé, mais il était doux et tendre, et si apaisant qu'elle l'accueillit avec bonheur et le lui rendit.

— Hum… Le rythme cardiaque et la pression artérielle ont augmenté, observa le Dr Dorling. Il vaudrait peut-être mieux garder cela pour plus tard.

Draco détacha ses lèvres des siennes à contrecœur. Ses yeux emplis de désir brillaient d'une lueur mordorée.

— Tu es persuadée que nous avons beaucoup de choses à régler, dit-il à voix basse pour que le médecin ne l'entende pas, mais ce baiser me donne à penser que tu te trompes.

Elle ouvrit la bouche pour protester, mais il l'interrompit :

— Ferme les yeux, chérie, laisse-toi aller et repose-toi. Nous parlerons de tout ça ce soir.

Shayla tressaillit en l'entendant parler d'eux comme s'ils étaient un vrai couple.

— Nous ? demanda-t-elle.

Sûr de lui, Draco balaya la question d'un geste.

— Puisque c'est *notre* avenir, cela nous concerne tous les deux, dit-il sur le ton de l'évidence.

Le ronronnement des machines se mêlant aux battements rassurants du cœur de Draco, elle se laissa glisser dans un sommeil profond, traversé par un rêve dans lequel un dragon intrépide bravait mille dangers pour se rendre au secours d'une jolie princesse. Un peu plus tard, un changement dans le bruit des moteurs dissipa son rêve et l'éveilla. Elle ouvrit les yeux, désorientée, ne sachant pas combien de temps venait de s'écouler.

— Nous entamons notre descente, lui dit Draco, nous devrions être à la maison dans un peu plus d'une heure, si la circulation n'est pas trop mauvaise.

« A la maison »… Shayla sursauta. L'expression

sonnait étrangement à ses oreilles. Il devait vouloir dire chez lui. Comment se sentirait-elle dans cette maison ? Elle redoutait plus que tout d'avoir l'impression d'être une invitée ou, pis, une intruse. Cela faisait des années qu'elle rêvait d'avoir un endroit bien à elle, un petit nid douillet qu'elle aurait aménagé à sa façon. Et maintenant, elle voyait avec un pincement au cœur ce beau rêve s'échapper, bondir soudainement hors de sa portée.

Dès qu'ils se furent posés dans le petit aéroport, le Dr Dorling l'examina une dernière fois avant de lui donner les coordonnées d'une collègue qui avait accepté de prendre la relève et qui attendait sa visite le lendemain matin. Elle le remercia chaleureusement et Draco offrit au médecin un billet en classe affaires pour son retour à Atlanta.

Une fois descendus de l'avion, ils se séparèrent. Le Dr Dorling prit un taxi pour le San Francisco International Airport, tandis qu'ils étaient attendus par une voiture de maître avec chauffeur. En prenant place dans cette luxueuse limousine qui allait les conduire « à la maison », comme disait Draco, Shayla s'inquiéta pour la première fois de savoir dans quel coin de la ville ils se rendaient.

— Nous allons à Sausalito, dit-il comme s'il lisait dans ses pensées. Ce n'est pas très loin de chez Primo et Nonna.

— Je croyais que tu vivais dans l'appartement où nous avons…

Elle s'interrompit brusquement.

Elle revit en un éclair, comme si elle y était, l'endroit où ils avaient fait l'amour, où leur enfant avait été conçu, où s'était tissé entre eux ce lien magique qui les unissait à jamais… Elle aurait bien aimé pouvoir évoquer ces souvenirs à voix haute mais la peur d'être entendue par le chauffeur la retint.

— Je n'habite plus cet appartement, expliqua Draco. Je m'étais installé là-bas en attendant que ma maison soit terminée. L'architecte d'intérieur n'a apporté les dernières modifications qu'hier, alors je n'ai pas encore vu le résultat.

Il la regarda en souriant.

— Nous allons les découvrir ensemble.

— Ça me fait plaisir…

Soudain, elle marqua une hésitation.

— Ta famille est-elle au courant de ma venue ? demanda-t-elle en jetant au chauffeur un coup d'œil gêné.

Devinant la raison de sa gêne, Draco se pencha en avant pour indiquer la route au chauffeur, puis il remonta la vitre qui les séparait de lui.

— Il ne risque plus de nous entendre, dit-il avant de reprendre le fil de la conversation. Pour répondre à ta question, non, mes proches ne sont pas encore au courant de ta venue. Je ne voulais pas leur en parler avant que nous ayons pris le temps de discuter de ce que nous allons faire. Je préfère que nous décidions ensemble de ce qui est préférable pour nous et pour notre avenir, sans être bousculés.

— Je présume que tu ne pourras pas me cacher bien longtemps, surtout si ta famille est aussi unie que tu le dis.

Il la regarda d'un air confiant.

— Je pense que nous tomberons vite d'accord ; il suffira de définir ce qui est le mieux pour nous trois.

— Et tu penses que le mieux serait de nous marier, n'est-ce pas, suggéra-t-elle, connaissant la réponse par avance.

Cela ne faisait aucun doute, il avait été très clair sur ce point.

Il haussa les épaules avec désinvolture.

— Que puis-je dire d'autre ? C'est comme cela que j'ai été élevé.

Elle jeta un coup d'œil à travers la vitre teintée. Elle n'avait rien à redire à cela, elle avait reçu le même genre d'éducation que lui.

— Ton plan présente un sérieux problème tout de même, fit-elle remarquer.

— Dis-moi lequel et je verrai comment le régler, dit-il aussitôt.

— Comment le régler…, répéta-t-elle.

Elle pivota vers lui. Son expression révélait une pointe d'agacement.

— Régler les problèmes, trouver un moyen de contourner les obstacles pour atteindre ton but… Cela fait partie de ta personnalité, n'est-ce pas ?

Il ne chercha pas à le nier.

— Oui, je le reconnais ; c'est un aspect de mon caractère. Il n'est pas parfait mais c'est ce caractère qui fait que je protège ce qui m'appartient, et que je fais toujours tout ce qui est en mon pouvoir pour retrouver ce que l'on m'a pris, même si cela doit prendre des mois…

Une lueur sombre passa dans son regard.

— … ou des années.

Elle frissonna en croisant son regard inquiétant.

— C'est donc ce que je suis, pour toi ? Un bien perdu que tu as fini par retrouver ?

La voix de Draco se fit plus grave.

— Te retrouver, c'était comme retrouver une partie de moi-même. Sans toi, je me sens vide, incomplet.

Plongeant son regard dans le sien, il la fixa avec émotion et ajouta :

— J'ai l'intuition que tu éprouves la même sensation que moi ; est-ce que je me trompe ?

La gorge serrée, elle laissa ses yeux se perdre dans les siens sans dire un mot. Alors, il lui prit tendrement le visage dans les mains et déposa un baiser sur sa bouche.

— Je ferai tout ce qui est en mon pouvoir pour vous protéger, toi et notre bébé ; je veux que vous ne manquiez de rien et que vous soyez heureux, assura-t-il sur un ton volontairement solennel.

Elle prit une profonde inspiration.

— Que feras-tu des obstacles qui surgiront sur notre chemin ?

A son grand soulagement, elle avait réussi à garder une voix normale, sans trahir le désir qui la tenaillait de plus en plus fortement depuis son tendre baiser.

— Quels obstacles ? demanda-t-il, surpris.

Puisqu'il s'obstinait dans son optimisme, il fallait donc qu'elle lui dise clairement les choses.

— Celui du mariage, pour commencer. Je ne conçois pas un mariage qui ne soit pas un mariage d'amour. Comment comptes-tu faire pour que nous tombions amoureux l'un de l'autre ?

Draco se figea, l'air interdit. Trop surpris pour répondre, il se contenta de lui prendre la main, laissant l'*Inferno* parler pour lui.

Une fois de plus, la magie opéra. Une vague de désir l'envahit irrésistiblement. Le fait qu'elle attende un enfant de lui ou qu'ils ne se soient pas vus pendant des mois n'y changeait rien : quel que soit le lien qui les unissait, que ce soit un simple désir sexuel ou quelque chose de plus profond, elle devait admettre que le temps ne l'avait pas affaibli. Pourtant elle ne pouvait se résoudre à considérer que c'était de l'amour. Certes, elle désirait Draco de tout son être. Elle sentait son cœur se serrer quand elle pensait à lui et devait lutter contre les émotions qui la submergeaient dès qu'il l'effleurait. Cependant, quelle que soit la nature de ce qu'elle ressentait, cela ne pouvait pas être de l'amour, elle en était certaine. Ils ne se connaissaient pas depuis assez longtemps pour cela, c'était impossible…

— Ce n'est qu'une attirance physique, dit-elle à mi-voix. Ce n'est pas…

— Peut-être, mais c'est un bon début, répliqua Draco d'un ton convaincu. Nous devons nous laisser toutes les chances ; il le faut, pour nous et pour notre enfant.

Elle ferma les yeux un instant, épuisée et anxieuse.

— Tu ne comprends pas…, commença-t-elle, en se demandant comment elle allait présenter ses arguments.

D'un geste de la main, Draco l'invita à poursuivre.

— Alors explique-moi.

Elle n'avait aucune envie de dévoiler les détails les plus douloureux de sa vie, de révéler des choses qu'elle aurait préféré garder pour elle, mais elle s'obligerait à faire cet effort parce que Draco méritait de connaître la vérité. Courageusement, elle le regarda droit dans les yeux, nouée par la crainte de ne pas réussir à tout lui dire comme elle venait de se le promettre. Puis, comme on se jette à l'eau, elle se lança.

— Tu as rencontré ma grand-mère, tu dois pouvoir imaginer combien j'ai dû me battre pour m'affirmer, pour l'empêcher de faire de moi ce qu'elle voulait que je sois.

Draco hocha la tête en réprimant une grimace de ressentiment à l'évocation de la vieille dame.

— Oui… Cela a dû être dur pour toi.

Connaissant l'aversion de Draco pour sa grand-mère, elle devinait les critiques que sous-entendait sa remarque et fut sensible à sa retenue.

— Très dur. Il me fallait lutter sans cesse et ne céder sur rien, sinon elle en abusait immédiatement.

— Je veux bien te croire.

Elle se tordit les mains.

— J'ai vécu avec ma grand-mère pendant toutes mes années d'études. Ce n'était pas le régime idéal sur le plan de la liberté, car elle connaissait mon emploi du temps et elle exigeait que je m'y conforme. Mes cours terminés, je devais rentrer à la maison sans délai.

A son grand soulagement, elle lut dans ses yeux qu'il devinait tout ce que ces quelques paroles suggéraient sans qu'elle eût besoin d'entrer dans les détails.

— J'imagine que ta vie sociale en a beaucoup souffert.

— Je n'avais aucune vie sociale. Ma grand-mère m'a toujours empêchée de mener une vie d'étudiante comme le faisaient mes condisciples. Pas question pour moi de me faire des amis, sortir, aller danser de temps en temps.

— Mais pourquoi avoir accepté cela ?

Elle haussa les épaules avec fatalisme.

— Parce que je n'avais pas les moyens de faire autrement, répondit-elle simplement. Pour tenir le coup et garder le moral pendant mes études, je me suis promis de mener plus tard une vie selon mes goûts et je me suis fixé trois objectifs. Je savais que je ne pourrais pas les atteindre tout de suite, mais je pouvais au moins m'accrocher à l'espoir d'y parvenir plus tard, quand mes études seraient terminées. C'était comme des petits cadeaux que je me réservais de déballer quand le moment serait venu.

Il la regarda avec curiosité.

— Pourquoi attendre ? Tu ne pouvais pas les déballer tout de suite ?

Elle soupira.

— Ma grand-mère a dépensé ce qui lui restait d'argent pour m'envoyer à l'université. Elle avait des rêves, elle aussi… Elle espérait remonter la joaillerie Charleston. Je ne sais pas comment elle comptait financer tout cela, car elle n'avait pas encore découvert l'existence des diamants de feu à ce moment-là, mais elle comptait sur moi pour reprendre l'affaire.

— J'imagine que tu n'en avais pas envie.

Elle secoua la tête.

— En effet, ce projet me faisait horreur mais la question ne se posait pas vraiment. Après tout ce qu'elle avait fait pour moi, il était bien normal que je fasse cet effort pour elle. J'ai donc suivi des cours pour acquérir l'expertise nécessaire en matière de pierres précieuses. J'ai pris aussi des cours de comptabilité, de commerce et de gestion, mais je n'ai ni le goût des chiffres ni celui des affaires. J'aurais été incapable de l'aider à reconstruire l'empire Charleston et nous aurions de nouveau fait faillite, c'est certain. Il a fallu beaucoup de temps à ma grand-mère pour accepter cette réalité. D'ailleurs, pour être parfaitement honnête, je ne suis pas sûre qu'elle l'ait vraiment acceptée, même à ce jour.

Draco, captivé par tout ce qu'elle lui découvrait de son passé, l'écoutait avec une attention passionnée.

— Qu'avais-tu envie de faire ?

Le visage de Shayla s'éclaira ; elle reprit d'une voix qui recouvrait sa gaieté :

— J'ai des facilités pour les langues, et j'ai toujours rêvé de voir d'autres pays, de connaître d'autres cultures. Le métier idéal, pour moi, c'était de travailler comme interprète à l'étranger ; alors j'ai conclu un marché avec ma grand-mère : pour chaque cours qu'elle m'obligeait à suivre, je lui ai demandé de m'autoriser à m'inscrire dans un cours de langue de mon choix.

— La meilleure solution pour échapper au joug de Leticia, remarqua-t-il avec perspicacité. Je suppose que l'idée ne lui a pas plu ?

Elle haussa négligemment les épaules.

— Elle était furieuse quand je lui ai suggéré cet arrangement ; elle n'a fini par l'accepter qu'à contrecœur mais je la comprends… Après tout, elle n'a plus que moi. Etant donné les épreuves qu'elle avait traversées, et nos très modestes revenus, il était impératif que je trouve un moyen de subvenir à nos besoins. Elle n'était pas d'accord avec la façon dont je comptais m'y prendre, voilà tout.

Il la regarda, les yeux plissés.

— Connaissant ta grand-mère, j'imagine qu'elle a trouvé un moyen de faire pression sur toi et qu'elle a joué la carte de la culpabilité.

Il inclina légèrement la tête sur le côté, pensif, puis il eut un sourire sans joie et reprit :

— Elle a dû te rappeler qu'elle avait payé tes frais d'université, qu'elle s'était saignée aux quatre veines pour toi, qu'elle serait obligée de vendre la maison si tu ne réussissais pas à gagner ta vie en tant qu'interprète… Je me trompe ?

— Pas du tout, s'exclama-t-elle, étonnée, c'est exactement ce qu'elle m'a dit ! Alors j'ai passé trois ans à travailler sans relâche pour la rembourser, et j'ai remis à plus tard mes autres projets. Quand elle m'a annoncé que nos mines n'étaient pas épuisées, comme nous le croyions, et, encore mieux, qu'elles recelaient des diamants de feu, j'ai saisi l'occasion pour me lancer dans la voie dont j'avais toujours rêvé.

Draco s'étonna :

— C'était une grosse erreur de calcul de la part de Leticia, cela ne lui ressemble pas…

Elle sourit.

— Elle m'a quand même répété cent fois qu'il fallait que je l'aide et que le projet de réouverture des mines ne pourrait voir le jour sans moi, mais j'ai fini par la persuader que je n'étais absolument pas compétente pour diriger l'entreprise familiale et que mon refus n'était pas négociable. Ensuite, j'ai dû la convaincre de proposer aux Dante la reprise de l'exploitation des mines. Quand je lui ai dit que je voulais bien me charger de la négociation et que je lui ai fait valoir qu'une fois ce contrat signé elle disposerait de l'argent nécessaire à la fois pour restaurer la maison et pour vivre confortablement jusqu'à la fin de ses jours, elle s'est résolue à accepter cette solution. Quant à moi, si ce projet aboutissait, je pourrais enfin partir en quête du travail de mes rêves. D'ailleurs, cela n'a pas tardé à arriver.

Draco écoutait attentivement les confidences de Shayla, persuadé que les éléments de ce passé qu'il découvrait l'aidaient à mieux la comprendre.

— Tout cela s'est passé avant que nous nous rencontrions ? demanda-t-il.

Elle hocha la tête.

— Dès que j'ai eu le feu vert de ma grand-mère, j'ai fait mettre mon passeport à jour, et j'ai posé ma candidature à plusieurs postes offrant un travail à l'étranger.

J'étais aux anges quand on m'a offert celui que je convoitais le plus… Derek avait besoin de quelqu'un qui puisse quitter le pays presque immédiatement. J'en ai averti ma grand-mère juste avant de prendre l'avion pour San Francisco.

— Quand devais-tu quitter le pays ? demanda-t-il d'un ton faussement neutre.

Elle se força à le regarder droit dans les yeux, bien qu'elle fût tentée de détourner le regard tant elle se sentait mal à l'aise. S'obligeant à poursuivre, elle répondit :

— Le soir de notre rendez-vous.

Il s'attendait à cette réponse. Néanmoins, il sursauta.

— Pourquoi ? demanda-t-il d'un ton vibrant de colère. Pourquoi ne me l'as-tu pas dit ?

Elle lui dit la vérité sans tergiverser.

— Parce que je ne voulais pas que tu me retiennes.

— Aurais-je pu le faire ?

« Seigneur ! Quelle question ! » Elle ferma les yeux un instant. Aurait-il réussi à la retenir ? Cela ne faisait pas l'ombre d'un doute. Un baiser aurait suffi… Un baiser ? Même pas. Un regard, un simple contact et elle serait restée, elle en était sûre. Face à Draco Dante, elle ne répondait plus de rien.

Il attendait sa réponse. Prenant sur elle, elle se ressaisit suffisamment pour la lui donner sans trahir son émotion.

— Disons que je n'étais pas prête à courir le risque. Je savais que je serais déjà dans l'avion pour Barcelone avant que tu n'apprennes que j'étais partie.

Draco n'apprécierait pas ce qui allait suivre, mais elle était décidée à ne rien lui cacher.

— Ce n'est pas tout, ajouta-t-elle.

Il fit la grimace ; il se doutait que ce qui allait suivre ne serait pas agréable à entendre, mais il voulait savoir.

— Vas-y, je t'écoute.

Elle se tordit les mains, consciente qu'il ne voudrait peut-être plus d'elle une fois qu'elle lui aurait tout dit. A vrai dire, elle pourrait même s'estimer heureuse s'il ne la jetait pas hors de la voiture, mais elle lui devait la vérité, elle irait jusqu'au bout, quoi qu'il lui en coûte.

— Mon plan reposait sur trois objectifs, dit-elle ; je voulais absolument les atteindre avant d'avoir vingt-cinq ans. Le premier était de trouver le travail de mes rêves…

Draco s'attendait à cette réponse. Il pensait connaître aussi le deuxième objectif.

— C'est là qu'intervient Derek, O.K., dit-il, impatient d'entendre la suite.

— Le deuxième était de proposer à ta famille d'exploiter nos mines, pour être quitte envers ma grand-mère.

— D'où la réunion avec les Dante, OK… Et le troisième ? demanda-t-il d'une voix que la tension rendait glaciale.

— J'ai eu vingt-cinq ans le lendemain du jour où nous nous sommes rencontrés…

Elle s'interrompit. Elle voulait le dire, en finir, mais elle ne pouvait s'y résoudre. Elle poussa un profond soupir.

Il ne fallut à Draco qu'un instant pour comprendre.

— C'est pour *ça* que tu as couché avec moi ? demanda-t-il d'un ton indigné. Tu voulais perdre ta virginité avant d'avoir vingt-cinq ans ?

Elle secoua la tête. La colère de Draco lui ôtait ses moyens.

— Non !… Enfin… si, mais ce n'est pas ce que tu crois.

— Et c'était moi l'heureux élu ?

Pourquoi fallait-il qu'il présente cela aussi crûment ?

Comment lui expliquer qu'il se trompait et qu'elle n'était pas l'aventurière qu'il imaginait.

— Tu ne comprends pas. Je ne voulais pas seulement perdre ma virginité, bien sûr. Je voulais surtout avoir une aventure brûlante, au moins une fois dans ma vie et me laisser emporter par la passion. Je voulais vivre une nuit merveilleuse, inoubliable.

Draco se raidit. Les paroles de Shayla l'atteignaient plus durement qu'il ne s'y était attendu.

— En d'autres termes, tu aurais pu choisir n'importe quel homme à cette soirée, et même l'un de mes proches, pourquoi pas ! J'ai eu de la chance d'être l'heureux élu, c'est cela ? suggéra-t-il avec amertume.

Sa mâchoire se contracta. Il poursuivit, la voix vibrante de dépit.

— Cela n'avait donc rien à voir avec l'*Inferno,* ni avec moi et ce que je suis vraiment, reprit-il. Tu voulais seulement avoir une aventure avant de partir travailler avec ce bon vieux Derek.

Shayla frémit d'humiliation sous la violence de l'accusation. Ses joues s'empourprèrent, tandis que des larmes lui montaient aux yeux. Elle s'efforça de les retenir afin de ne pas perdre contenance. Comment lui faire comprendre que, pour elle, avoir une aventure d'une nuit, ce n'était ni cynique ni désabusé ; au contraire, elle trouvait que c'était une décision audacieuse, romantique, même.

Elle ne se laisserait pas écraser par le mépris de Draco sans se défendre.

— Je crois que tu ne t'intéressais pas non plus à la personne que j'étais vraiment, lui fit-elle remarquer. Du moins pas au début…

Draco eut une moue dubitative.

— En bref, si tu avais su que j'étais un Dante, tu aurais fini dans le lit d'un autre homme ce soir-là, dit-il sèchement.

Les larmes qu'elle avait retenues se mirent à couler sur ses joues.

— Je suis désolée… Je ne sais vraiment pas quoi te dire. Je voulais être honnête avec toi, je voulais t'expliquer dans quelles conditions nous nous sommes rencontrés et pourquoi nous ne pouvons pas nous marier. Tu dois comprendre que nous ne sommes pas amoureux l'un de l'autre, il faut du temps pour tomber amoureux.

Bouleversé par le désespoir de Shayla, il implora tout bas.

— Ne pleure pas… Je t'en prie, Shayla, ne pleure pas… Ce n'est pas bon pour toi ni pour le bébé.

— Je ne suis pas un robinet qu'on peut arrêter sur commande ! protesta-t-elle à travers ses larmes.

Cette remarque fit sourire Draco ; aussitôt, Shayla sentit sa tristesse se dissoudre sous l'effet de ce sourire irrésistible, une onde de soulagement la traversa et, une seconde plus tard, elle riait et pleurait à la fois. Ouvrant son sac, il en sortit des mouchoirs et lui tamponna délicatement les joues et les yeux.

— Ecoute-moi, chérie. Tu es fatiguée, je suis fatigué, nous aurions dû remettre cette explication à plus tard.

Réconfortée, Shayla retrouvait peu à peu son calme.

— Il fallait que je sois honnête avec toi, déclara-t-elle avec fierté.

— Je comprends, mais cette honnêteté aurait peut-être pu se manifester autrement, par exemple après une bonne nuit de sommeil…, suggéra-t-il gentiment.

Il réfléchit un instant avant d'ajouter en plaisantant :

— … ou après quelques petits verres de whisky ! Je parle pour moi, bien sûr.

— D'accord, n'en parlons-plus.

Elle se laissa aller en arrière sur la banquette et ferma les yeux, épuisée, puis elle reprit :

— J'essaie de faire ce qu'il faut, Draco. J'ai accepté de venir vivre ici pour que notre bébé soit proche de toi et de toute ta famille, mais ne m'en demande pas plus pour le moment. Pour être tout à fait sincère, je dois avouer que je ne suis pas sûre de pouvoir envisager le mariage, en plus de tout le reste.

Le visage de Draco se ferma. Il resta un moment silencieux.

— Pourquoi ? explosa-t-il soudain.

Elle fit un effort pour rouvrir les yeux.

— Je présume qu'il n'y a pas de whisky ici ? dit-elle en faisant un effort pour plaisanter.

— Vais-je en avoir besoin ?

— Probablement.

— Bon sang !

Il haussa les épaules, visiblement exaspéré.

— Vas-y, reprit-il, je t'écoute. Je ne peux pas arranger les choses si je ne sais pas de quoi il s'agit.

— Très bien… Voilà, j'ai travaillé dur pendant quatre ans pour mener enfin la vie sans entraves dont j'avais toujours rêvé, et, en une nuit, j'ai anéanti ce rêve.

Elle posa les mains sur son ventre rond.

— Ne te méprends pas sur le sens de mes paroles : j'aime notre bébé de tout mon cœur et je ne regretterai jamais d'être tombée enceinte… mais ces quelques mois à l'étranger ont été la plus belle période de ma vie. J'étais libre, enfin autonome ! Cela ne m'était jamais arrivé auparavant. Maintenant, tu veux que je me marie, que je vive avec toi et que nous fondions une famille.

Shayla s'interrompit une seconde, de nouveau envahie par une sorte de détresse, puis elle reprit :

— Essaie de te mettre à ma place une seconde, s'il te plaît ! Ce ne sera pas facile pour moi d'habiter une ville que je ne connais pas, surtout avec un bébé. Alors, je veux bien faire tout ce qu'il faut pour le bonheur de notre enfant, mais ne me demande pas de renoncer totalement à l'indépendance que j'ai si chèrement conquise, je t'en prie, dit-elle sur un ton suppliant.

Draco resta silencieux un long moment, perdu dans ses pensées. Elle guettait sa réaction, craignant de l'avoir de nouveau offensé.

— Il y a une autre solution, dit-il enfin avec calme.

— Laquelle ? demanda-t-elle, pleine d'espoir.

— Nous pouvons signer un contrat de mariage, si cela te convient. Nous nous marierons pour donner le nom de Dante au bébé, mais nous ne vivrons pas ensemble si tu n'en as pas envie.

Sa voix avait quelque chose d'amer et de dur qui la troubla.

— C'est à toi de choisir, continua-t-il. Si tu changes d'avis et que tu veux un vrai mariage, c'est-à-dire une vie de couple, nous pourrons toujours reconsidérer la question.

— Tu serais prêt à faire cela pour moi ? demanda-t-elle, surprise. Ta famille l'accepterait ?

— Cela ne regardera personne d'autre que nous.

Elle eut un rire sans joie.

— C'est ce que tu penses et c'est aussi mon avis, mais ce n'est jamais l'avis des proches. Ils pensent toujours qu'ils ont leur mot à dire.

— Il n'y a qu'une personne dont l'opinion m'importe, et c'est toi. Pour ce qui est de mes proches… ne t'inquiète pas, je veillerai à ce qu'ils te laissent tranquille.

Elle se détendit un peu. Elle aurait probablement dû insister pour en reparler le lendemain matin, quand elle se serait reposée et qu'elle y aurait réfléchi, mais elle se surprit à accepter.

— Très bien, c'est d'accord, dit-elle d'une voix ferme.

Il se figea.

— Tu veux bien m'épouser ?

— Oui, dit-elle tout en se demandant pourquoi elle ne pouvait s'empêcher de prononcer ce oui qui l'engageait.

Draco frémit. De toute évidence, elle avait perdu la tête. Il ne fallait pas lui laisser le temps de changer d'avis. Il proposa :

— Demain ?

Elle haussa les sourcils, stupéfaite.

— Nous pouvons nous marier aussi rapidement ?

— Absolument. Je m'occuperai de tout dès que nous serons arrivés à la maison.

Un sentiment de panique l'envahit. Elle éprouva brusquement le désir impératif de changer d'avis. Pourtant, elle hocha la tête une fois encore.

— D'accord.

Il la prit dans ses bras.

— Puisque nous ne pouvons pas arroser notre décision au champagne, je te propose de sceller notre accord d'une autre façon, tout aussi agréable…

Sans lui laisser le temps de réagir, il pencha la tête vers elle et l'embrassa avec une fougue qui chassa toute autre pensée de son esprit. Le baiser qu'ils avaient échangé la veille était passionné, celui qu'ils avaient échangé dans l'avion était tendre, mais celui-ci était pure tentation, comme s'il cherchait à lui rappeler la merveilleuse nuit qu'ils avaient passée ensemble neuf mois plus tôt.

Tout s'évanouit autour d'eux. Elle oublia tout : seuls comptaient désormais Draco et le moment présent. L'espace d'un instant, elle oublia même le bébé qu'elle portait, l'enfant de la passion à laquelle elle s'était abandonnée. Puis, doucement, elle revint à la réalité. Son esprit se recentra sur son bébé qui lui donnait des petits coups et bougeait dans son ventre. Leur enfant connaîtrait l'amour de ses deux parents et de toute une famille, elle s'en faisait le serment.

Oui, finalement, épouser Draco était la meilleure chose à faire dans l'intérêt du bébé. Quant à elle…

Avant qu'elle ait eu le temps de réfléchir à cet aspect de la question, il desserra son étreinte. Jetant un coup d'œil au-dehors, elle s'aperçut alors qu'ils étaient arrivés. Pendant que le chauffeur sortait leurs bagages du coffre, Draco l'aida à descendre de la voiture, un exercice qui devenait pour elle de plus en plus difficile chaque jour. Il donna un pourboire au chauffeur, puis ils furent de nouveau seuls.

Elle prit le temps de regarder autour d'elle, tout en s'étirant pour détendre les muscles de son dos. La maison était magnifique. C'était une maison d'architecte, tout de bois et verre. Edifiée à flanc de coteau, elle offrait une vue imprenable sur la baie de San Francisco.

— C'est superbe, murmura-t-elle.

— Attends d'avoir vu l'intérieur ! dit-il, avec un petit sourire de satisfaction.

Il glissa la clé dans la serrure et ouvrit la porte d'entrée. Puis, la soulevant dans ses bras avec douceur, il franchit le seuil avec elle.

— Bienvenue chez toi ! s'écria-t-il tendrement.

Au même moment, des gens surgirent de toute part. Il en jaillissait de l'embrasure des portes, des placards. Certains s'étaient cachés derrière des meubles ; ils crièrent tous en chœur :

— Surprise !

Quand ils se rendirent compte que Draco n'était pas seul, ils se turent, stupéfaits. Tous les regards se portaient maintenant sur Shayla et sur son ventre proéminent. Primo Dante se tenait au milieu des siens, fixant le couple avec une expression terrible sur le visage.

— Eh bien, dit-il après un long moment qui leur parut un siècle, il semblerait que la surprise soit pour nous, n'est-ce pas ?

- 6 -

Draco s'attendait si peu à cette surprise qu'il resta figé, Shayla dans ses bras, incapable sur l'instant d'articuler un mot ou d'effectuer un geste. Avant qu'il ait eu le temps de reprendre ses esprits et de la déposer sur le sol, la jeune femme, consciente de jouer les trouble-fête, capta courageusement le regard hostile du patriarche ; puis elle se lança en italien dans une longue explication que son émotion rendait un peu confuse.

— Nous allons nous marier, je vous le jure, demain, aux premières lueurs de l'aube. Enfin… pas exactement aux premières lueurs de l'aube, parce que j'ai rendez-vous chez le médecin demain matin et je ne crois pas que Draco acceptera que je n'y aille pas, mais juste après, nous irons à la mairie et nous nous marierons.

Draco, qui s'était ressaisi, la déposa avec douceur sur le sol. Elle ne s'interrompit qu'une seconde, cherchant ses mots les plus convaincants dans l'espoir d'apaiser la colère du grand-père.

— N'en veuillez pas à votre petit-fils, poursuivit-elle. Ce n'est pas sa faute… Il ne savait pas que j'étais enceinte. Cela fait neuf mois qu'il me cherche, et il aurait insisté pour m'épouser même si je n'avais pas été enceinte.

Essoufflée, elle se tut.

Impressionné par la réactivité et l'audace de Shayla,

Draco lui adressa un regard admiratif et déposa un léger baiser sur sa joue. Puis, entourant ses épaules d'un bras protecteur, il se tourna vers l'assemblée qu'il considéra d'un regard assuré.

— Alors, et *votre* surprise ? demanda-t-il à sa famille.

Primo le regarda droit dans les yeux.

— Ta maison est terminée. Nous t'avons donc organisé une pendaison de crémaillère… Les femmes disent que c'est la tradition.

Le ton sec et froid avec lequel il s'exprimait ne laissait aucun doute sur le fait qu'il était profondément contrarié, mais Draco était décidé à passer outre et à faire comme si la situation était parfaitement normale.

— Merci, c'est très gentil de votre part. Profitons-en pour fêter aussi mon futur mariage ! dit-il avec entrain.

Portant son regard sur chacun de ses proches, il essaya de deviner ce qui pouvait bien se passer dans leur tête. Certains semblaient sous le choc, perplexes, d'autres souriaient avec sympathie. Leur avis n'avait pas tant d'importance, finalement, car une seule chose comptait à ses yeux : la présence de Shayla à son côté.

La prenant par la main, il la conduisit dans le salon, veillant à ce qu'elle soit confortablement installée sur un canapé, l'entourant de coussins sur lesquels elle pourrait s'appuyer pour se mettre à son aise. Peu à peu, l'atmosphère se fit plus légère, les sourires plus nombreux. Un par un, les membres de la famille s'approchèrent de Shayla pour se présenter. On lui apporta une collation, et tout le monde la pressa de questions pour faire connaissance.

Les présentations achevées, Primo s'approcha de Draco et, d'un geste en direction du porche, lui indiqua qu'il sortait et qu'il l'attendait au-dehors. A regret,

Draco s'exécuta ; certes, il aurait préféré être à la place de Shayla, entouré de coussins, restauré, choyé, plutôt que d'affronter les reproches de son grand-père, mais il savait qu'il n'y couperait pas et se fit une raison… Une fois dehors, Primo sortit des cigares de sa poche. Il en offrit un à Draco qui ne fumait pas mais se garda bien de refuser ; ce n'était pas le moment de contrarier son aïeul. Ils prirent le temps de l'allumer, puis Primo le foudroya du regard.

— C'est toi le responsable de son état ?

— Je suis le père du bébé, oui, reconnut-il aussitôt. Je suis vraiment désolé, Primo, je n'avais pas prévu que les choses se passeraient comme cela.

— Je doute fort que tu aies un jour prévu quoi que ce soit, renchérit Primo, exaspéré.

Draco se crispa. Cette remarque le piquait au vif. Ce reproche se justifiait peut-être autrefois, mais il avait fait de gros efforts, au cours des dix dernières années, pour leur montrer à tous qu'il était devenu responsable et qu'il avait mûri. Pourquoi personne ne voulait-il s'en rendre compte ?

Il s'efforça de garder son calme. A quoi bon s'énerver ? Il fallait qu'il s'explique pour que son grand-père comprenne ce qui était réellement arrivé.

— Tu sais que l'*Inferno* m'a frappé le soir de la réception, et tu sais aussi que Shayla a disparu le lendemain, après votre réunion avec elle.

Il alla s'appuyer à la balustrade et contempla la vue magnifique qui s'offrait à lui.

— Je n'ai pas cessé un instant de la chercher depuis le jour où elle a disparu, et j'ai fini par la retrouver, mais il y a deux jours seulement.

— Vous vous mariez demain ? demanda Primo.

— Oui, demain.

— Pas à la mairie, *istigatore*.

Draco se crispa. Son grand-père continuait donc à le considérer comme un irresponsable. Le temps pourrait peut-être le faire changer d'avis mais il y avait des chances que cette étiquette lui colle à la peau toute sa vie. Il repoussa cette pensée : l'important n'était pas là. Ce qui comptait, c'était les dispositions que Primo avait prises.

— Alors où, selon toi ? demanda-t-il d'un ton conciliant.

— Chez moi, répondit Primo. Un petit mariage, dans le jardin, d'accord ? En famille. Et avec un prêtre ; pas avec un employé de mairie. Si nous pouvons tout organiser pour demain, *buon*. Sinon, *presto*. Le plus vite possible.

Il lui lança un regard perçant et ajouta :

— Je sais compter, je sais combien de mois et de semaines se sont écoulés depuis la réception. Le bébé ne va pas tarder à naître.

— C'est exact.

— Et Nonna va avoir le cœur brisé si *il bambino* vient au monde sans porter le nom de Dante. Tu sais ce que je ferais à un homme qui briserait le cœur de ma *bellezza* ? Tu veux essayer de deviner, *nipote* ?

Une lueur menaçante brillait dans ses yeux. Draco soutint son regard avec détermination. Il devinait aisément ce que ferait son grand-père ; c'était exactement ce qu'il ferait, lui, si quelqu'un faisait de la peine à Shayla.

— J'ai ma petite idée sur la question, répondit-il. Fais-moi confiance, cela n'arrivera pas.

Primo lui donna une tape dans le dos.

— *Buon, buon*. Je sais que cela fait des mois que tu

cherches ton âme sœur. Luc m'a dit que tu avais demandé à Juice de t'aider à la retrouver. C'est bien. Tu as fait ce qu'il fallait… mais tu n'aurais pas dû coucher avec elle avant de lui avoir passé la bague au doigt. C'est déshonorant pour vous deux et pour vos deux familles. Tu t'en rends compte, maintenant, n'est-ce pas ?

— *Sì*, Primo. *Sono spiacente*, dit-il en baissant les yeux.

Primo indiqua le salon d'un geste.

— Nous allons rester encore un petit moment, puis nous vous laisserons tranquilles, Shayla et toi. Elle a besoin de beaucoup de repos. Nonna et moi, nous nous occuperons des préparatifs de la cérémonie.

Draco hocha la tête.

— *Grazie*. Shayla et moi nous débrouillerons pour obtenir une dispense de bans, demain.

Primo tint parole. Dans l'heure qui suivit, tout le monde s'activa à la remise en ordre du salon et de la cuisine. Les restes furent soigneusement emballés, étiquetés, et rangés dans l'immense réfrigérateur. Puis, toute la famille prit congé, chacun embrassant Shayla et Draco avec une chaleureuse affection.

Dans la grande pièce vide, un silence lourd s'installa entre eux, créant une tension inattendue.

— Que dirais-tu de visiter la maison ? suggéra-t-il afin de détendre l'atmosphère.

Shayla accepta aussitôt, visiblement soulagée.

— Avec plaisir ! Je suis toute engourdie d'être restée si longtemps assise, dit-elle en s'étirant.

Il lui montra toutes les pièces, heureux de la voir s'émerveiller tandis qu'elle découvrait la somptuosité des hauts plafonds en forme de voûte, les grands volumes harmonieusement structurés et baignés de lumière.

Elle laissa échapper une exclamation de ravissement en découvrant, par l'une des nombreuses fenêtres donnant sur Angel Island, le magnifique panorama offert sur le Belvédère et la baie. Mais la demeure était immense ; quand il vit qu'elle était épuisée et que cela lui gâchait le plaisir, il l'invita à monter se coucher.

— Tu peux dormir ici avec moi, si tu veux…, dit-il en ouvrant la porte de sa propre chambre.

Un regard lui suffit pour voir qu'elle n'en avait pas envie.

— … à moins que tu ne préfères cette chambre-ci, ajouta-t-il très vite.

Il la conduisit vers une pièce située tout au bout du couloir, mais elle s'arrêta en chemin devant une autre porte.

— Et là, qu'y a-t-il ? demanda-t-elle.

— Une autre chambre, répondit-il d'un ton faussement détaché, mais elle n'a pas de salle de bains, alors…

Il lui prit la main pour l'entraîner avec lui, mais elle refusa de bouger. Se dégageant de son étreinte, elle ouvrit la porte et entra dans la pièce. Il avait espéré découvrir seul cette chambre avant de la montrer à Shayla car il ne savait pas si les consignes qu'il avait données avaient été respectées ; il aurait voulu être sûr que le résultat était à la hauteur de ses attentes. En effet, il avait contacté le décorateur et la femme de son cousin, Ariana, une artiste pleine de talents, l'avant-veille seulement, ils n'avaient donc eu que deux jours pour tout aménager.

A en juger par son expression, Shayla était éblouie. Il entra à son tour et vit que le résultat dépassait ses espérances. La chambre d'enfant était tout simplement merveilleuse et le décor féerique. Shayla s'avança dans la pièce, effleurant du bout des doigts la table à langer, au-dessus de laquelle était suspendu un mobile très original ; les personnages figuraient des créatures réelles ou imaginaires accrochées dans toutes les positions, par les ailes, par un orteil ou par la queue, avec des expressions comiques.

Seule la fresque murale qu'il avait commandée n'était pas tout à fait terminée. Mais il bénissait Ariana pour ce qu'elle avait réussi à faire en si peu de temps : sur trois des quatre murs, elle avait peint une forêt magique comme on en trouve dans les contes, pleine de fées au sourire espiègle, de trolls et autres créatures fantastiques. On reconnaissait tout de suite le style d'Ariana, alias Mme Pennywinkle, célèbre auteur et illustratrice de livres pour la jeunesse. Seul le mur derrière le berceau était resté d'un blanc immaculé.

« Eh bien, tant pis ! » Il avait fait tout son possible, et de toute évidence, Ariana aussi. A en juger par la réaction stupéfaite des membres de sa famille lorsqu'ils avaient vu Shayla, Ariana n'avait dit à personne qu'il lui avait demandé d'aménager une chambre d'enfant. Il sourit. Elle avait aussi gardé le secret sur la pendaison de crémaillère ! On pouvait compter sur cette femme de confiance. Pour le reste de la pièce, il avait demandé que le jaune soit la couleur dominante, car c'était la couleur de l'une des couvertures que Shayla avait tricotées pour le bébé. Le berceau était d'un modèle simple et solide, et le fauteuil à bascule placé juste à côté paraissait extrêmement confortable. Ariana avait pensé à tout, même au babyphone.

Shayla se dirigea vers la commode, en ouvrit les tiroirs dans lesquels étaient rangées des piles de vêtements de toutes sortes, si minuscules qu'il était difficile de croire qu'ils étaient destinés à être portés par un vrai bébé. Eblouie, elle ouvrit ensuite la porte du placard dont les étagères étaient chargées de bacs aux couleurs vives, débordant de jouets.

— Je me suis peut-être laissé un peu emporter, dit-il d'un ton penaud.

Elle le regarda par-dessus son épaule et haussa les sourcils.

— « Peut-être » ? Sous l'apparente taquinerie de la question, Shayla dissimulait une vive émotion. Que Draco ait préparé avec cet enthousiasme et ce soin la venue de leur enfant la touchait profondément.

Il soupira.

— Bon, d'accord, je me suis bel et bien laissé emporter.

Embarrassé, il jeta un coup d'œil autour de lui, essayant de voir la pièce avec les yeux de Shayla.

— J'imagine que j'aurais dû attendre pour que tu puisses donner ton avis.

Elle se tourna vers lui et l'observa attentivement.

— Et toi, as-tu donné ton avis ? Tu sais depuis deux jours seulement que je suis enceinte, dit-elle, encore sous le coup de la surprise.

Etait-elle contrariée parce qu'il ne l'avait pas consultée ?

Il haussa les épaules d'un air faussement désinvolte.

— J'aurais aimé que nous puissions tout choisir tous les deux mais je n'étais pas sûr que nous en ayons le temps avant la naissance du bébé, expliqua-t-il.

Il lui sourit tendrement.

— J'ai expliqué au décorateur ce que je voulais, continua-t-il, je lui ai donné plus d'instructions pour cette pièce que pour toutes les autres pièces de la maison. En tout cas, c'est ce qu'il m'a dit…

Shayla s'approcha de lui. A son grand étonnement,

elle lui passa les bras autour du cou et l'attira vers elle pour l'embrasser avec tendresse.

— Merci… C'est magnifique, tout simplement *parfait.*

Il appuya son front contre le sien.

— Je sais que tu veux avoir ton propre chez-toi, mais ce serait peut-être mieux que tu restes ici les premiers mois, pour que je puisse t'aider, suggéra-t-il.

Elle le surprit encore en acquiesçant d'un hochement de tête satisfait.

— Cela me semble raisonnable. Je veux bien vivre avec toi pour l'instant, du moment que nous ne renions pas notre pacte et que je pourrai emménager dans un endroit bien à moi dès que je me sentirai prête.

Draco se détendit. Elle ne capitulait pas, mais il avait gagné un peu de temps pour la convaincre de changer ce « pour l'instant » en un *pour toujours* ; il la persuaderait de former avec lui un vrai couple et de fonder une famille, il s'en faisait le serment. Pour y arriver, il faudrait qu'il parvienne à lui prouver qu'il ne l'emprisonnerait jamais, qu'il lui offrirait toute la liberté dont elle avait besoin afin de réaliser ses rêves. La tâche était claire : il fallait qu'il lui apporte, d'une façon ou d'une autre, tout ce qui lui manquait, pour qu'elle ait envie de rester et non de s'échapper.

« Du calme, Draco… chaque chose en son temps. » Il fallait qu'il s'arme de patience, même si cette aptitude lui faisait cruellement défaut ces temps-ci. Il fit quelques pas en la tenant par la main et lui indiqua une porte d'un signe de tête.

— Je te montre ta chambre ? suggéra-t-il avec un sourire.

Il la conduisit dans la pièce attenante. De dimension plus modeste que la sienne, elle comportait, elle aussi, une salle de bains et un accueillant espace salon ; une porte-fenêtre donnait sur le balcon qui faisait le tour de la maison ; de là, on pouvait accéder à sa propre chambre.

— Nous pouvons mettre le berceau et le fauteuil à bascule ici pendant quelque temps, si c'est plus commode pour toi, proposa-t-il.

Elle hocha la tête.

— Je veux bien, merci.

Elle avait l'air épuisée…

Il l'attira vers le lit et repoussa les couvertures.

— Nous nous occuperons de tout ça plus tard. Pour l'instant, tu as besoin de sommeil. Le Dr Dorling serait furieux s'il savait que je ne t'ai pas mise au lit dès notre arrivée.

Sans lui laisser le temps de protester, il la prit dans ses bras et la déposa sur le lit puis il s'agenouilla à côté d'elle et lui retira ses chaussures.

— Tu te sens bien comme ça ou tu préfères enlever tes vêtements ?

— Je suis trop fatiguée pour me déshabiller.

— Dors, alors. Je monterai tes bagages et je t'apporterai quelque chose à grignoter dans un petit moment ; ensuite tu pourras te changer. Tu pourras même dîner au lit, si tu veux.

Elle laissa s'échapper un bâillement.

— Après le festin offert par ta famille, je crois que je ne pourrai plus rien manger pendant une semaine.

Il disposa les oreillers derrière elle et l'aida à s'installer confortablement.

— Un bol de potage, peut-être ?

Fermant les yeux, elle poussa un soupir de contentement.

— Volontiers, si c'est le minestrone de ton grand-père. Je n'ai jamais rien mangé d'aussi délicieux, dit-elle, la mine gourmande.

— D'accord.

A peine eut-elle fermé les yeux qu'elle s'endormit. Il revint la voir à plusieurs reprises, sans bruit, et ne fut pas surpris de constater qu'elle dormait toujours à poings fermés. Quand la nuit fut tombée, il se glissa de nouveau dans la chambre. De toute évidence, elle ne se réveillerait pas avant le lendemain matin. Alors, il déboutonna tout doucement sa robe et la lui ôta. Il hésitait à la déshabiller entièrement. Elle serait plus à l'aise toute nue mais il se dit qu'elle serait peut-être gênée de savoir qu'il l'avait vue ainsi à ce stade de sa grossesse et décida de lui laisser ses sous-vêtements.

Cependant, il la trouvait incroyablement belle. Sa peau paraissait encore plus douce, ses courbes encore plus sensuelles. Elle était sublime, une vraie déesse, et il osait à peine la toucher tant il craignait qu'elle disparaisse, comme par enchantement.

Il sentit son cœur se serrer à la seule pensée qu'il puisse la perdre de nouveau. Bientôt, elle serait une épouse et une mère, et lui serait un mari et un père, se répétait-il. Et dire que, deux jours plus tôt, il ne savait même pas qu'un enfant allait naître de leur nuit de folle passion. A présent, il était heureux, mille fois heureux, que ce soit le cas.

Il s'agenouilla à côté du lit et posa la main sur le ventre de Shayla. L'*Inferno* lui brûla aussitôt la paume de la main. Il ferma les yeux. Il était fou d'elle, fou de l'enfant qu'elle portait… Puis il appuya tout doucement sa joue contre son ventre et murmura des mots tendres à son bébé.

*
* *

Shayla se réveilla au petit matin et poussa un soupir de contentement. Elle avait de plus en plus de mal à trouver une position confortable pour dormir, et pourtant, dans ce lit, elle s'était détendue et reposée comme cela ne lui était pas arrivé depuis des mois. Elle s'étira, et se rendit compte soudain que le bras musclé de Draco était posé sur son ventre. Elle sentait la chaleur apaisante qui émanait de son corps.

— Comme on est bien, tous les deux… Attention, je risque de m'y habituer, marmonna-t-il d'une voix endormie.

— Facile à dire… Tu n'es pas un ballon dirigeable, toi.

Pourtant, c'était vrai : c'était très agréable, et elle risquait elle aussi de s'y habituer. Elle lui jeta un regard amusé par-dessus son épaule.

— Puis-je te demander ce que tu fais dans mon lit ? demanda-t-elle en simulant la surprise.

— Je fais connaissance avec notre enfant, répondit-il en frottant sa joue râpeuse dans le creux de son cou, et je refais connaissance avec la maman.

Jetant un rapide coup d'œil sous les couvertures, elle fut soulagée de constater qu'elle portait toujours sa petite culotte de dentelle et son soutien-gorge. Cependant, cette lingerie ne cachait pas grand-chose, et ne pouvait dissimuler le changement radical de sa silhouette.

— Peux-tu me dire où sont passés mes vêtements ?

— Je te les ai enlevés.

— Tu me les as enlevés ?

— Oui. Je t'aurais bien *tout* enlevé, mais je me suis dit que tu risquais d'être contrariée.

Elle réprima un rire, embarrassée à l'idée qu'il l'ait

vue endormie et presque nue, enceinte de trente-neuf semaines…

— Je n'ai plus de silhouette, murmura-t-elle d'un ton gêné.

— Si, elle est toujours là, dit-il d'un air satisfait, posant la main à plat sur son ventre. Tu es encore plus belle qu'avant.

Elle sentit des larmes lui monter aux yeux.

— Tu ne trouves pas ça laid ?

Il la fit se tourner vers lui avec douceur, et lui caressa la joue du bout des doigts, puis il effleura ses seins qui gonflaient son soutien-gorge bleu nuit, et enfin son ventre rond.

— Comment peux-tu penser une chose pareille ? Bien sûr que non, je ne trouve pas ça laid ! Tu es une vraie déesse…

Bien sûr, c'était un pieux mensonge, se dit-elle, mais un mensonge très agréable à entendre… Elle sourit à travers ses larmes.

— Est-ce que cela fait également de toi un dieu ?

Il aimait aussi son sens de la repartie.

— Non, je ne suis qu'un homme, un homme très chanceux et très humble, murmura-t-il.

Puis, se redressant sur un coude, il lui prit le visage entre les mains et l'embrassa tendrement avant de détacher ses lèvres des siennes avec un murmure de frustration.

— Tu as faim ?

— Je meurs de faim. Tu m'avais parlé d'un bol de minestrone… Est-ce que l'offre tient toujours ? demanda-t-elle avec gourmandise.

Il sourit.

— Tu veux du minestrone pour le petit déjeuner ?

Elle haussa négligemment les épaules.

— Pourquoi pas ? C'est plus sain que des cornichons ou de la glace.

Il éclata de rire.

— Tu as eu des envies de cornichons et de glace ?

— Non, mais j'aurais pu en avoir, répondit-elle avec sa logique implacable. Cela dit, c'est le minestrone de Primo qui me fait envie, pas autre chose.

— Il serait enchanté de l'entendre. Veux-tu que je t'en apporte un bol au lit ?

Elle réfléchit, puis fit la grimace et secoua la tête.

— Non, merci… Je descendrai quand j'aurai pris une douche et que je me serai habillée.

Draco prit un air espiègle.

— Tu as besoin d'aide ?

— Je m'en sortirai toute seule, répondit-elle, pince-sans-rire.

Il se leva avec une aisance qu'elle lui envia puis il lui tendit la main pour l'aider à sortir du lit, avec une courtoisie naturelle, comme s'il avait fait ce geste tous les matins au cours des six derniers mois. Shayla en fut émue. Sa galanterie spontanée, sans arrière-pensée, lui faisait chaud au cœur.

— Tu seras peut-être mieux dans ma salle de bains, dit-il. Dans la tienne, il n'y a qu'une baignoire ; dans la mienne, il y a une douche : ce sera sans doute plus pratique pour toi en ce moment. Tu trouveras des serviettes de toilette dans le placard. Pendant ce temps, je vais aller réchauffer le minestrone.

Elle se contenta de le regarder fixement, incapable de lutter contre la puissante attirance qui la poussait vers lui. Pourtant, elle était certaine de ne pas être amoureuse. D'ailleurs, il ne fallait pas qu'elle tombe amoureuse de lui, ce serait une folie… Cela compromettrait à tout jamais son projet de mener une vie libre et indépendante. Alors pourquoi sentait-elle son cœur se serrer à l'idée de le quitter ?

— Qu'y a-t-il ? demanda-t-il, visiblement intrigué par le regard anxieux qu'elle lui adressait.

Elle secoua la tête, chassant de son esprit les pensées qui la tracassaient.

— Rien…

Elle sourit avec une expression de gratitude.

— Je voulais te dire… merci pour tout. Ta gentillesse me touche énormément.

Draco la conduisit jusqu'à la salle de bains de sa chambre et descendit dans la cuisine.

Sous la douche, elle laissa son esprit vagabonder et se projeter dans un futur proche. D'abord, elle voulut se persuader que leur pacte serait tenu et qu'après la naissance du bébé, elle resterait avec lui quelques semaines seulement dans cette belle maison, le temps de reprendre des forces. En revanche, il ne faudrait plus qu'ils dorment dans le même lit, elle risquait de s'habituer à sa présence à son côté… Il faudrait qu'elle mette un terme à cette intimité. Puis, lorsqu'elle serait maman et qu'elle saurait se débrouiller seule, elle insisterait pour avoir son propre chez-elle. Elle retrouverait alors son indépendance, et serait libre.

Libre ? Elle pressentait confusément qu'elle ne le serait plus jamais tout à fait. Draco et elle étaient unis par l'enfant qu'elle portait. Elle avait essayé de s'enfuir une fois, en justifiant sa fuite par la volonté de rester fidèle à son rêve d'indépendance, mais le destin avait fini par la rattraper. Depuis, elle doutait de pouvoir, et même de vouloir, un jour, s'échapper de nouveau.

Cette pensée l'oppressa quelque peu, sensation qui s'estompa un peu au fil des heures mais ne disparut pas complètement. Détendue néanmoins par la douche bienfaisante et confortablement installée dans un fauteuil de la cuisine, elle décida de se reposer en attendant le retour de Draco, qui après lui avoir servi un délicieux minestrone était parti à la mairie pour obtenir une dispense de bans.

— Il y a un délai de quatre semaines avant de pouvoir se marier, ronchonna-t-il en la rejoignant un peu plus tard.

— Nous allons devoir attendre quatre semaines ? demanda-t-elle, affolée.

— Non… Ne t'inquiète pas. J'ai quelques relations, dit-il, et j'ai fait intervenir deux ou trois personnes à qui j'avais moi-même rendu service ; elles m'ont aidé à accélérer les formalités. A présent, c'est fait. Nous pouvons nous marier cet après-midi.

Il jeta un coup d'œil à sa montre puis se servit un café.

— Auparavant, nous devrions avoir le temps de nous rendre chez le médecin et de déjeuner.

Elle ne chercha pas à cacher son soulagement.

— Oh ! Très bien… Tu m'as fait peur.

— Ah bon ? Moi, je me voyais bien t'emmener à Las Vegas et t'entendre dire « oui » entre deux contractions ! dit-il en riant.

Elle sourit.

— Eh bien, voilà qui aurait fait une histoire originale à raconter à notre fils ou à notre fille !

Draco posa un coude sur le plan de travail et but une gorgée de café.

— Le Dr Dorling ne t'a pas dit si c'était un garçon

ou une fille ? Je croyais qu'il pouvait le voir à l'échographie…

— Je ne voulais pas le savoir, dit-elle en se tapotant le ventre. Tout a été une telle surprise à propos de ce bébé que j'ai eu envie que cela le soit aussi.

— Si jamais c'est une fille, la surprise sera complète. La famille n'en reviendra pas.

— Ce serait vraiment si étonnant que cela ? demanda Shayla, peu convaincue par la prétendue propension des Dante à ne faire que des garçons.

Draco haussa les épaules avec désinvolture.

— Pour le moment, parmi tous les arrière-petits-enfants, il n'y a qu'une seule fille : c'est Amata, la fille d'Ariana et de Lazz.

— Ah oui, je me souviens d'elle, dit Shayla en souriant. C'est la petite fille aux cheveux blonds et bouclés.

— Oui, c'est elle. Quelle mémoire ! ajouta-t-il, content qu'elle s'intéresse ainsi à sa famille.

Il regarda de nouveau sa montre.

— Allons-y ! reprit-il. Nous avons une longue journée devant nous.

Ils se rendirent d'abord chez le Dr Henderly, une jeune femme chaleureuse, qui leur plut immédiatement. Après avoir examiné Shayla, elle leur annonça que l'accouchement était imminent. Elle leur recommanda de s'inscrire à l'hôpital et leur donna une liste de choses urgentes à acheter.

Comme ils avaient quelques heures devant eux, ils en profitèrent pour effectuer les démarches nécessaires ; ils eurent même le temps d'acheter quelques objets indispensables avant de déjeuner au restaurant. Après être allés chercher leur dispense de bans à la mairie, ils se sentaient tous les deux si épuisés qu'ils décidèrent de rentrer sans attendre. Shayla dormit pendant tout le trajet du retour. A peine arrivés, Draco insista pour qu'elle aille se reposer. A sa grande surprise, elle fit la grimace.

— Je me suis déjà reposée dans la voiture, protesta-t-elle, et j'en ai assez que l'on me traite comme une malade.

Draco fit celui qui n'avait rien entendu.

— Primo m'a appelé, dit-il en la poussant doucement pour l'aider à monter l'escalier. Mon grand-père ne cessera jamais de m'étonner… Il a déjà réussi à trouver un prêtre pour célébrer la cérémonie ce soir, chez lui.

— Déjà ?

L'expression de Draco se figea.

— Puisque le docteur nous a laissé entendre que tu allais accoucher d'un moment à l'autre, je crois que nous n'avons pas de temps à perdre, si ? dit-il d'un ton poli mais froid.

Shayla s'étonna de sa propre réaction. La grossesse la rendait à peu près aussi délicate que sa grand-mère…

— Non, bien sûr que non. Tu as raison, dit-elle, pour l'apaiser et faire oublier sa maladresse.

A son expression, elle put vérifier que sa réponse ne l'avait pas complètement rassuré. Elle décida de se montrer plus conciliante.

— A quelle heure nous marions-nous ? demanda-t-elle.

— A 20 heures, juste avant le coucher de soleil.

C'était une délicate attention de la part de Primo, un geste romantique qui lui plaisait beaucoup.

— C'est parfait, dit-elle.

Soudain, une pensée effroyable lui traversa l'esprit, et elle regarda Draco d'un air affligé.

— Je ne peux pas faire la sieste, je n'ai pas le temps, pas si nous nous marions ce soir…

— Pourquoi ? demanda-t-il d'un ton qui trahissait une légère impatience.

— Parce que je n'ai rien à me mettre, du moins, rien qui puisse servir de robe de mariée. Il faut que je retourne en ville tout de suite pour m'acheter un vêtement qui convienne…

Elle s'apprêtait à redescendre l'escalier, mais il la retint et la poussa doucement vers la chambre.

— Non.

— Tu ne comprends pas…

— Je comprends très bien. Pas d'affolement ! Tu es une Dante, maintenant, en tout cas tu en seras une dans quelques heures.

Elle posa ses mains sur ses hanches et lui lança un regard furibond.

— Qu'est-ce que cela a à voir ?

Il eut l'audace de rire, ce qui irrita Shayla au plus haut point jusqu'à ce qu'il s'explique.

— Désolé, j'avais oublié que tu ignores comment fonctionne une grande famille…

Il lui posa un doigt sur les lèvres pour l'empêcher de protester.

— J'ai donné l'alerte, reprit-il, tous les Dante sont sur le qui-vive.

— Tu plaisantes…

— Pas du tout. Trois des épouses de mes cousins ont eu des enfants récemment ; l'une d'entre elles doit avoir une robe qu'elle portait pendant sa grossesse et qui pourra faire office de robe de mariée.

Il déposa un baiser furtif sur ses lèvres.

— Je n'ai qu'un coup de fil à passer, et je te garantis

que la tenue idéale t'attendra chez Primo à temps pour la cérémonie.

Elle avait des doutes et se réjouissait fort peu de porter la robe de grossesse d'une de ses belles-sœurs mais elle se résigna, vu l'urgence.

Elle avait tort pourtant de s'inquiéter. Car à peine Draco et elle furent-ils arrivés chez Primo et Nonna, que toutes les femmes de la famille se précipitèrent vers elle et l'emmenèrent dans l'une des chambres, où une superbe robe de mariée et son voile l'attendaient. Il lui suffit d'un regard pour deviner que cette robe n'avait jamais été portée et qu'elle avait été achetée spécialement pour elle.

Elle la contempla longuement, à la fois incrédule et soulagée, sans chercher à retenir ses larmes. Les manches de tulle ivoire, le corsage en ruché orné de petites perles, et le jupon assez évasé en délicate mousseline de soie : tout était splendide… Le voile aussi était magnifique : de minuscules diamants et de toutes petites perles dessinaient un délicat diadème, libérant des vagues de tulle.

Elle l'effleura, les doigts tremblants.

— Je n'ai jamais rien vu d'aussi beau.

Elia, la mère de Draco, la prit dans ses bras.

— J'ai porté ce voile à mon mariage, je suis heureuse que tu le portes à ton tour.

Shayla n'avait plus qu'à se coiffer et se maquiller. L'ambiance était joyeuse, tout le monde riait, et elle se laissa aller à la bonne humeur générale, refusant de penser à ce qui allait arriver, aux changements radicaux que son nouveau statut ne manquerait pas d'entraîner. Elle resta patiemment assise et laissa les femmes de la famille s'occuper d'elle. Gianna bouclait ses cheveux au fer à friser, tandis que Larkin et Téa se relayaient pour la maquiller. Quand elles eurent terminé, elles reculèrent pour la laisser apprécier le résultat.

— Oh, murmura-t-elle en se découvrant dans le miroir, c'est magnifique !

— Interdiction de pleurer ! dit Gianna. Notre travail serait anéanti.

Larkin et Téa l'avaient maquillée légèrement. Elles avaient simplement souligné son regard d'un trait d'eye-liner et appliqué sur sa bouche un rouge à lèvres rose pâle très doux. Gianna lui avait relevé les cheveux, libérant un flot de boucles qui retombaient sur ses épaules.

— A moi, maintenant ! dit Nonna.

La vieille dame parsema avec précaution ses boucles noires de fleurs de jasmin dont le parfum délicat emplit bientôt la pièce.

Shayla caressa les pétales ivoire.

— Ces fleurs sont magnifiques…

— Elles viennent du jardin de Primo, expliqua Nonna. Il les a cueillies lui-même… Il a pensé que cela te rappellerait ta région.

Il avait vu juste… Des jasmins fleurissaient chaque année dans le jardin de sa grand-mère. Leur parfum délicat et capiteux à la fois annonçait le printemps.

L'heure tournait. Il était temps maintenant qu'elle s'habille. Cela fut fait en un clin d'œil grâce à l'aide efficace des jeunes femmes. Shayla n'avait pas espéré dissimuler sa grossesse, mais le tulle qui flottait autour d'elle la rendait très discrète. Elia la coiffa du diadème et du voile, puis Gianna lui tendit un bouquet de jasmin qui rappelait les fleurs piquées dans ses cheveux.

Gianna, la sœur de Draco, fit un pas en arrière et la regarda avec un sourire ému.

— Le voile est ancien et il vient de ta belle-mère, la robe est neuve, et le ruban qui retient ton bouquet est bleu. La tradition est respectée, dit-elle avec satisfaction.

Incapable de prononcer un mot, Shayla serra dans ses bras sa future belle-sœur, puis Elia et Nonna qui représentaient trois générations de femmes Dante… Elle aussi, bientôt, ferait partie de cette famille.

— Merci beaucoup, parvint-elle enfin à articuler. Elle regarda les autres femmes présentes.

— Merci à vous toutes.

A partir de ce moment, la soirée passa comme un éclair. Elle rejoignit Draco et le prêtre qui l'attendaient dans le jardin. Celui-ci, très fleuri, éclatait de couleurs vives. Toute la famille était réunie dans cet endroit baigné par la lumière dorée du soleil couchant, et le prêtre les déclara unis par les liens du mariage.

Puis, Draco souleva son voile et lui prit tendrement le visage entre les mains.

— Ma femme…, murmura-t-il, d'une voix vibrante de bonheur.

Enfin, il déposa sur ses lèvres un baiser qui chassa ses derniers doutes, et l'emplit d'espoir. C'était un baiser passionné, un baiser plein de promesses.

« Si seulement… » Fermant les yeux, elle abandonna toute résistance et se laissa aller à cette étreinte. Si seulement tout cela était bien réel, si seulement ils étaient amoureux l'un de l'autre, si seulement ils ne se mariaient pas uniquement pour le bébé qu'elle portait…

Si seulement ils s'aimaient !

Au moment où elle formulait cette pensée, l'étoile polaire se mit à briller dans le ciel au-dessus de leurs têtes, étincelante comme le cœur d'un diamant de feu. Mystérieusement, comme s'il était relié à cette étoile, l'*Inferno* s'embrasa alors au creux de sa paume, et Shayla fit un vœu.

- 7 -

Rayonnant de bonheur, Draco savourait ce moment unique : Shayla, son âme sœur, et bientôt la mère de son enfant, venait de lui dire oui ! Elle était sa femme à présent.

Avec émotion, il embrassa son épouse, entourée d'un halo de lumière dans le soleil couchant. Lorsqu'il détacha ses lèvres des siennes pour la regarder, la nuit commençait à tomber, et la lueur des flambeaux disposés dans le jardin donnait à sa beauté un éclat mystérieux. Elle levait vers lui des yeux pleins d'espoir, comme si le baiser qu'il venait d'échanger leur promettait un avenir heureux, ouvert sur une infinité de possibles.

Shayla posa ses mains sur le torse de Draco et regarda avec émerveillement l'alliance qu'il lui avait passée à l'annulaire. C'était l'une des bagues de la collection Eternité, présentée des mois plus tôt à la réception où ils s'étaient rencontrés. Draco l'avait choisie pour le diamant central, d'une beauté exceptionnelle. Il avait fait remplacer les petits diamants qui l'entouraient par des diamants des mines Charleston, afin de symboliser l'union de leurs deux familles. Il était persuadé que Shayla apprécierait ce symbole.

— Les bagues de la ligne Eternité ont toutes des noms, n'est-ce pas ? lui demanda-t-elle tout bas. Comment s'appelle celle-ci ?

— Liés pour l'Eternité.

Elle fronça les sourcils d'un air soucieux.

— Le sommes-nous ?

— Oui, si tu crois à la légende de l'*Inferno*.

— Et si je n'y crois pas ? demanda-t-elle d'un ton pressant.

Il caressa une boucle de ses cheveux d'ébène avant de répondre d'une voix douce et rassurante :

— Si tu n'y crois pas, ce n'est qu'une légende, et ce n'est qu'une bague…

— Mais c'est une légende à laquelle tu crois, *toi*, n'est-ce pas ? assura-t-elle. Et cette bague, selon toi, nous lie bel et bien l'un à l'autre à partir de maintenant…

Draco avait promis deux choses à Shayla depuis qu'il l'avait retrouvée : la première était de lui rendre sa liberté dès qu'elle le lui demanderait, la deuxième était de l'aimer et de la protéger pour le restant de ses jours. Il ne pouvait pas deviner quelle tournure prendrait leur avenir, mais il avait bien l'intention de tenir ses promesses, quoi qu'il arrive. Au fond de lui, bien sûr, il ne désirait qu'une chose : qu'elle accepte de partager sa vie et ne le quitte jamais ; lui se sentait lié à elle pour toujours, mais il ne la retiendrait pas lorsqu'elle voudrait partir. Elle avait tort de ne pas lui faire confiance sur ce plan, et il devait lui ôter le moindre doute à ce sujet.

Tournant et retournant ces pensées dans sa tête, il resta un moment silencieux avant de lui répondre d'une voix qui tremblait un peu :

— Ce que je crois ou pas ne change rien à notre pacte. Quand notre bébé sera né et que tu auras eu le temps de t'adapter à ton rôle de mère et à ta nouvelle vie, tu décideras de ce que tu veux faire. Je ne m'opposerai pas à tes projets.

Il se sentit soulagé d'avoir prononcé les paroles qui lui ouvraient les portes de la liberté. Maintenant, c'était à elle de les franchir, ou de prendre conscience qu'elle serait tout aussi libre si elle décidait de rester. Sans doute le comprit-elle car elle lui sourit avec gravité, puis l'embrassa si tendrement qu'il en fut profondément troublé.

Ses proches les regardaient en souriant, et Draco ne put s'empêcher de se demander quelle serait la réaction de chacun en apprenant ce qu'il venait de promettre à Shayla. La plupart de ces sourires se changeraient alors en grimaces de réprobation, il en était certain. Il repoussa cette pensée et lui rendit son baiser, résistant à la tentation de l'embrasser aussi passionnément qu'il en avait envie. Elle aurait pu se montrer gênée, ce qui aurait contrarié sa famille et les aurait embarrassés tous les deux ; et dans le cas contraire, si elle avait accepté son baiser ardent, il n'aurait pas su démêler si c'était parce qu'elle le désirait vraiment ou juste par convenance, pour se conformer à ce qu'on attendait d'elle.

Il s'écarta d'elle, un peu essoufflé. Avant qu'il ait pu faire un geste pour la retenir près de lui, elle fut entourée par les membres de sa famille, pressés de la féliciter. Elle n'était qu'à deux pas de lui, mais il avait déjà du mal à supporter d'être, si peu que ce soit, séparé d'elle. Il se fit la leçon intérieurement. « Du calme, Draco… » Dans quelques heures, ils rentreraient tous chez eux, et il connaîtrait de nouveau le bonheur de la prendre dans ses bras et de dormir avec elle. Il pouvait bien attendre jusque-là.

Il soupira. Décidément, la patience n'était pas son fort.

Quelqu'un mit de la musique, et une émouvante aria s'éleva dans l'air. Résigné à patienter, Draco se dirigea vers le buffet aussi raffiné qu'abondant. Dédaignant le champagne, il avisa un bac rempli de glace où se côtoyaient toutes sortes de bières artisanales à la qualité renommée. Il repéra sa marque préférée et se servit. Tout en dégustant le breuvage rafraîchissant, il balaya le jardin du regard, impressionné par la beauté du décor mis en scène dans une profusion de fleurs et de verdure. Il ne savait pas comment sa famille s'y était prise pour organiser les choses si rapidement. Ce qui était certain, en tout cas, c'est que la cérémonie n'aurait pas été plus réussie si ses proches avaient disposé de plusieurs semaines pour la préparer. Il éprouva un élan de gratitude à leur égard.

Une brise légère soufflait, rafraîchissant la température devenue douce et agréable. Une joyeuse effervescence régnait sur l'assemblée. Il aperçut Shayla bavardant avec sa sœur, Gianna. Visiblement, elles s'entendaient très bien. Puis Téa et Larkin les rejoignirent… Perplexe et vaguement inquiet, il observa l'évidente connivence féminine qui émanait du petit groupe. Quand Larkin se pencha vers Shayla pour lui dire quelque chose, il nota que sa peau blanche offrait un contraste frappant avec le teint mat de son épouse, et il se souvint tout à coup que chacune des quatre jeunes femmes avait assisté à la réception donnée en l'honneur de la collection Eternité, neuf mois plus tôt. S'étaient-elles rencontrées alors, fût-ce même un instant ? S'en souvenaient-elles ?

Il n'eut pas le temps d'y réfléchir davantage, car Rafaelo s'approcha de lui à ce moment-là et lui donna une tape dans le dos :

— C'est incroyable que nous ayons tous les deux rencontré notre âme sœur le même soir… Quand je pense que c'est grâce à toi que nous sommes ensemble, elle et moi ! dit-il, rayonnant de bonheur, lui aussi.

Draco haussa négligemment les épaules.

— Je n'y suis pour rien. Tu étais déjà attiré par elle avant que je n'intervienne.

Rafaelo se tourna vers lui.

— Oui, mais je n'aurais peut-être rien tenté si tu ne m'avais pas suggéré de lui faire jouer le rôle de mon âme sœur. Sérieusement, frangin… merci, je te revaudrai ça.

— Tant mieux, j'aime bien m'entourer de gens qui me sont redevables.

Rafaelo rit.

— Dans ce cas, je vais te donner un petit conseil, pour commencer à m'acquitter de ma dette : donne à Shayla le temps de s'adapter… Sois patient, laisse l'*Inferno* faire son œuvre.

Draco fit semblant de réfléchir un instant, puis il secoua la tête.

— Merci, mais je ne t'ai pas attendu pour arriver à cette conclusion. Ta dette reste entière, mon vieux, désolé !

Rafaelo haussa les sourcils, visiblement surpris.

— Je pensais que tu ne croyais pas à l'*Inferno.*

— Je n'y croyais pas… avant de rencontrer Shayla.

Sur ces mots, et sans s'attarder sur l'expression d'incrédulité inscrite sur le visage de son frère, il lui tourna le dos et s'approcha de son éblouissante épouse.

Les jeunes femmes s'écartèrent pour lui faire de la place tandis qu'il se glissait à côté de Shayla et la serrait contre lui.

D'autres membres de la famille les rejoignirent bientôt. Peu à peu, le cercle qu'ils formaient s'agrandit et la conversation dériva sur l'*Inferno.* Draco offrit un siège à Shayla et s'installa à côté d'elle pour écouter chacun raconter comment il avait rencontré l'âme sœur.

— Aucun d'entre vous ne croyait à l'*Inferno* ? demanda finalement Shayla, stupéfaite. Vous avez tous commencé par essayer de lui résister ?

— Primo y croyait, lui, répondit Rafaelo, et Marco aussi, mais ce sont les seuls.

— Tu oublies Draco, rétorqua Shayla. Il y a toujours cru, lui aussi. La première fois qu'il m'a pris la main, il m'a dit qu'il m'avait fait le coup de l'*Inferno.*

— Draco ? répéta Gianna d'un ton moqueur. C'était pourtant le plus sceptique. D'ailleurs, le soir où vous vous êtes rencontrés, il a conseillé à Rafaelo de se débarrasser des entremetteurs de la famille en faisant semblant d'avoir ressenti l'*Inferno* avec…

Elle s'interrompit brutalement et écarquilla les yeux, s'apercevant qu'elle avait parlé trop vite. Puis, posant avec précaution son verre de vin sur la table, elle regarda ses parents et ses grands-parents avec un sourire gêné.

— Ce que je veux dire, c'est que…

— Nous savons très bien ce que tu voulais dire, l'interrompit son père. Heureusement, tout s'est bien terminé pour tout le monde.

Rafaelo jeta à sa sœur un regard lourd de reproches.

— Bien joué, *chiacchierona.*

— Je ne suis pas un moulin à paroles ! protesta la jeune femme, vexée.

Primo mit un terme à ces chamailleries en levant son verre.

— *Salute !* A Shayla et à l'*istigatore* ! *Cento anni di salute e felicità…* Cent ans de santé et de bonheur. Et maintenant, à mon tour de raconter comment ma bien-aimée et moi nous sommes rencontrés.

Tout le monde s'installa confortablement, pendant que le patriarche de la famille racontait l'histoire que la plupart des Dante avaient entendue de nombreuses fois, mais que les nouveaux venus ne connaissaient pas encore.

— Je venais juste de rentrer de Florence après avoir terminé mes études, commença Primo. Ce soir-là, c'était la soirée de fiançailles de *mio amico*... Non, se reprit-il, pas seulement *mon ami*, mon *meilleur* ami, Tito. C'était le mois de juin. Tito se tenait fièrement avec sa fiancée sous l'allée d'orangers, sur le sol jonché de minuscules fleurs blanches. Leur parfum était...

Il secoua la tête, perdu dans ses souvenirs, avec une expression nostalgique.

— Je n'avais jamais rien senti d'aussi délicieux, reprit-il.

Il regarda Nonna d'un air enamouré.

— Je n'avais jamais rencontré, non plus, de femme aussi belle. J'avais alors vingt ans, et ma douce Nonna dix-huit. Des fleurs d'oranger s'accrochaient à ses cheveux comme de petites étoiles blanches. Ses cheveux...

Il mit une main sur son cœur et poussa un profond soupir.

— Ils étaient châtains, avec des reflets dorés. Longs et bouclés, ils lui couvraient le dos jusqu'à la taille, la taille la plus fine que j'aie vue de ma vie...

— Et toi..., intervint Nonna d'un ton plein d'adoration. Tu me regardais comme un loup regarde un agneau.

— Ah, *bellezza* ! J'ai pris ta main dans la mienne, et c'est à ce moment-là que l'*Inferno* nous a frappés.

Il lui adressa un sourire dans lequel se mêlaient bonheur et regret.

— « Frappés » est bien le mot. Nous habitions un

petit village traditionnel, où l'on prenait les fiançailles très au sérieux. Je déshonorais ma famille et mon meilleur ami en convoitant sa fiancée, dit-il en laissant échapper un soupir qui en disait long sur la suite, mais quand l'*Inferno* frappe, il n'y a pas d'autre solution que de s'y soumettre.

— Alors nous nous sommes enfuis, enchaîna Nonna d'une voix chargée d'émotion. Nous avons laissé derrière nous notre famille et nos amis, et nous avons pris le bateau pour les Etats-Unis.

— Vous êtes-vous réconciliés avec votre ami ? demanda Shayla.

— Oui. Il n'y a pas si longtemps d'ailleurs. Et de façon tout à fait inattendue. Alors que Nonna et moi rendions visite à nos familles respectives, je suis allé le voir. Tito m'a remercié ! Vous vous rendez compte ! Il avait épousé une autre fille du village, qui l'adorait et qu'il aimait encore plus que ma Nonna…

Il sourit.

— J'ai peine à imaginer que ce soit possible ! Et regardez-nous, maintenant !

Il écarta les bras pour indiquer les quatre générations de Dante présentes, ses enfants, ses petits-enfants, et maintenant ses arrière-petits-enfants.

— Voilà le don que Dieu nous a fait. On est récompensés quand on a l'intelligence d'obéir à l'*Inferno.*

Une ombre passa sur le visage de Nonna, et Draco devina qu'elle pensait à son fils aîné, Dominic, qui avait choisi une autre femme que celle que l'*Inferno* avait désignée pour lui. Car, même si Dominic et sa femme avaient eu quatre enfants, Sev, Nicolò, Marco et Lazz, tout le monde savait, grâce à des lettres qu'ils avaient trouvées après la mort de leurs parents, que le cœur de Dominic avait appartenu à une autre femme, une certaine Cara Moretti, créatrice de bijoux.

Désolée de voir sa grand-mère s'attrister le jour de son mariage, Draco déposa un baiser sur sa joue et lui tendit la main pour l'aider à se lever, avant de l'entraîner vers le patio pour danser avec elle. S'inclinant courtoisement vers Shayla, Primo lui offrit alors son bras et les suivit. Bientôt, toute la famille dansait, au milieu des rires et des voix enjouées. Après quelques danses, son grand-père échangea sa partenaire avec Draco. Ravi de retrouver Shayla et de danser avec elle, ce dernier la serra contre lui, respirant son parfum, enivré par un bonheur qu'il savourait de tout son être.

— Si j'avais dû t'enlever, je l'aurais fait, moi aussi, assura-t-il avec chaleur.

Elle leva les yeux vers lui et sourit.

— Je sais. D'ailleurs, tu m'as bel et bien enlevée pour m'emmener dans ton repaire.

Il réfléchit un instant.

— C'est un peu vrai. Maintenant que tu as entendu toutes les histoires de ma famille, que penses-tu de la légende familiale ? N'est-ce pas un peu effrayant pour toi ? Tu trouves peut-être que c'est une malédiction !

— Mais non, pas du tout ! protesta-t-elle aussitôt. Comment pourrais-je penser une chose pareille après avoir écouté toutes ces histoires si charmantes ? Cependant…

— Cependant… ?

— Tu n'y crois pas, toi, n'est-ce pas ? demanda-t-elle en l'observant attentivement. Enfin, tu n'y crois pas *vraiment*, je veux dire. C'est juste plus pratique de faire semblant, parce que je suis enceinte et que cela rend notre mariage plus acceptable aux yeux de tes proches. C'est bien cela, n'est-ce pas ?

Draco comprenait mal sa suspicion.

— Tu as entendu ce qu'ils ont dit à propos de *l'Inferno,* tu as bien vu comment ils se comportaient…

Il resserra sa main sur la sienne, et l'*Inferno* répandit une fois de plus sa chaleur au creux de leurs paumes.

— Tu sens la même chose que moi, continua-t-il. Faisons-nous semblant, ou est-ce bien réel ? Cela va-t-il passer, ou durer aussi longtemps que nous ?

Elle semblait troublée.

— Je… Je ne sais pas.

Il s'efforça de prendre un air détaché. Il ne voulait pas la faire fuir alors qu'elle se rapprochait enfin un peu de lui.

— Tu le sauras peut-être un jour, dit-il d'un ton léger.

— Tu n'as pas répondu à ma question, lui fit-elle remarquer. Crois-tu à l'*Inferno* ?

Il choisit ses mots avec soin.

— Je n'y avais jamais cru. Avant.

Mais c'était avant de la rencontrer, songea-t-il. Prévenant de nouvelles questions, il la fit tourner, puis la ramena vivement vers lui, riante et essoufflée. Il attendit que la chanson fût terminée pour l'entraîner discrètement vers le portail de l'allée.

— Ne devrions-nous pas dire au revoir à tout le monde ? demanda-t-elle alors qu'il lui ouvrait la portière de la voiture.

— Ils finiront bien par se rendre compte que nous sommes partis, et ils souriront d'un air entendu tout en continuant à faire la fête.

Ils n'habitaient qu'à quelques minutes de chez Primo. Quand ils furent arrivés, il aida Shayla à descendre de la voiture, puis il l'enleva dans ses bras et la porta jusqu'à sa chambre sans tenir compte de ses protestations.

— C'est notre nuit de noces, lui rappela-t-il, avant de la déposer sur le sol. Nous sommes convenus de vivre chacun de notre côté dans quelques mois, si c'est ta volonté, mais ce soir, nous dormirons ensemble comme mari et femme, et rien ne me fera changer d'avis, dit-il gaiement.

— C'est à cause des histoires d'*Inferno* que tout le monde a racontées… Tu espères que nous finirons comme eux ?

— J'espère que nous écrirons nous-mêmes notre propre histoire, à deux ou séparément, dit-il avec gravité.

— Malgré l'*Inferno* ?

Il la fit pivoter pour qu'elle soit dos à lui, et commença à dénouer les lacets de sa robe.

— Je pense que nous avons des préoccupations plus importantes pour le moment.

Le corsage de sa robe glissa, et Shayla le retint devant sa poitrine comme pour se protéger.

— Notre bébé va naître d'un jour à l'autre, reprit-il. Pourquoi ne pas nous concentrer sur ce sujet ?

Elle se tourna vers lui. Elle était magnifique et il ne l'avait jamais trouvée si belle. Ses épaules et le haut de ses seins étaient nus. Le voile qu'elle portait encore formait autour d'eux comme un écrin. Il mourait d'envie de la voir vêtue de ce seul voile… et de rien d'autre. Il la fit reculer vers le lit, la poussant doucement jusqu'à ce qu'elle n'ait plus d'autre solution que de s'y asseoir. Aussitôt après, il lui enleva ses chaussures et ses bas. Alors qu'il relevait sa robe, il fut surpris de constater qu'elle portait une jolie jarretière en dentelle, bordée de petites perles et ornée d'un nœud rouge impertinent.

Il haussa les sourcils d'un air approbateur auquel elle répondit par un sourire coquin.

A présent elle était presque nue, offerte à son regard, vêtue en tout et pour tout de son voile et de ses sous-vêtements ivoire. Il s'attendait un peu à ce qu'elle n'ait pas envie qu'il aille plus loin mais, à sa grande satisfaction, elle ne manifesta aucune réticence. Prenant cette absence de refus pour une approbation tacite, il dégrafa son soutien-gorge, fit glisser sa petite culotte, et la contempla avec un sourire ravi.

— Tu es superbe, *mia adorata*. J'adore ce voile autour de toi, ma jolie déesse.

Etait-ce parce qu'il avait utilisé un terme affectueux en italien ou parce qu'il plaisantait gentiment ? Draco n'aurait su le dire, mais il constata avec bonheur que Shayla se montrait plus détendue. Elle lui décocha un regard aguicheur et proposa :

— Veux-tu que je le garde pour dormir ?

Quelle veuille bien dormir avec lui le rendait profondément heureux. Il décida de rester raisonnable et de contenir son désir.

— Pas ce soir, répondit-il d'un ton faussement bourru.

Après lui avoir retiré son voile, il le déposa avec précaution sur une chaise. Puis il enleva une à une les épingles ornées de perles de ses cheveux, jusqu'à ce que ses boucles brunes retombent sur ses épaules nues et sur son dos. Il la renversa alors tout doucement en arrière, et les fleurs qu'elle avait dans les cheveux s'éparpillèrent sur les oreillers, embaumant l'air d'un parfum délicat.

Shayla… Sa femme, la mère de son enfant… Bouleversé, il se pencha et déposa sur ses lèvres un baiser doux comme une caresse. Puis il l'embrassa de nouveau, plus passionnément, cette fois, jusqu'à ce qu'elle s'abandonne entre ses bras et réponde à ses baisers avec ardeur.

Incapable de résister plus longtemps, il prit ses seins entre ses mains et lui effleura les tétons du bout des doigts. Aussitôt, elle gémit de plaisir. Encouragé, il passa une langue gourmande sur l'un de ses seins, puis sur l'autre, ravi de voir ses tétons se durcir de désir.

— Draco…, murmura-t-elle. Nous ne devrions pas…

Il continua quand même, et les faibles protestations de Shayla se changèrent bientôt en soupirs de contentement. De plus en plus excité, il déposa une ligne de baisers sur son ventre, et recula, surpris et incapable de cacher sa joie, quand le bébé donna un petit coup de pied.

— Un vrai bagarreur !

Emu, il posa une main sur le ventre rond de Shayla, et recommença à l'embrasser. Cette fois, il avait l'impression que leurs trois cœurs battaient à l'unisson… Elle se cambra et gémit de nouveau de plaisir. Il n'osait pas lui faire l'amour comme il en avait envie, même si le médecin leur en avait donné la permission, mais il était bien décidé à faire de leur nuit de noces un moment amoureux d'exception.

Avec une extrême douceur, il posa une main sur son sexe, et se mit à la caresser doucement. Elle frissonna et retint son souffle, tandis qu'il introduisait un doigt en elle, puis elle s'abandonna. Il reprit ses caresses. A chaque nouvelle sollicitation de ses doigts, elle se cambrait un peu plus, tout son corps réclamant qu'il ne s'arrête pas. Bientôt parvenue au paroxysme du plaisir, elle se contracta entre ses bras, puis laissa échapper un cri tandis que la jouissance déferlait en elle. Alors, il l'étreignit tendrement, caressant son visage, et s'aperçut que des larmes coulaient sur ses joues. Aussitôt, il lui murmura à l'oreille des paroles réconfortantes.

— Chut, ne t'inquiète pas… Tout ira bien.

Elle rouvrit les yeux. Elle semblait profondément heureuse malgré ses larmes.

— Je pensais qu'il vallait mieux éviter de faire l'amour, mais je me suis trompée… Et puis j'en avais tellement envie. C'est juste que cela fait si longtemps que…

Elle s'interrompit et fut parcourue d'un frisson.

Draco la regarda avec tendresse. Cet aveu lui redonnait l'espoir de la conquérir pour toujours.

— Tu as raison, dit-il, cela fait bien trop longtemps. J'aurais tellement voulu te retrouver plus vite, Shayla…

Lovée contre son corps chaud et rassurant, elle se détendit et il la regarda s'assoupir doucement contre lui. Elle essayait de lutter contre le sommeil, mais elle était trop épuisée pour rester éveillée. Elle eut beau battre des paupières, ses yeux se fermaient malgré elle.

— Draco ? murmura-t-elle.

— Oui, ma chérie ?

— Ne me quitte pas.

— Je ne te quitterai pas. Jamais. Je ne pourrais pas supporter de te perdre de nouveau.

— Je n'ai pas envie de te quitter moi non plus, dit-elle.

Il ferma les yeux un instant, partagé entre l'espoir et la crainte. Elle s'abandonnait amoureusement et n'avait pas envie de le quitter, c'était bon signe. Cependant, elle était obstinée et ne renoncerait pas facilement à la vie qu'elle s'était promise. Il voulut en avoir le cœur net et posa la question qui lui brûlait les lèvres.

— Mais tu crains d'être prise au piège, de ne plus jamais être libre, c'est cela ? demanda-t-il avec anxiété.

Shayla ne répondit pas.

Bien sûr, il n'y avait rien à répondre à cela. Même s'il en était profondément blessé, il devait accepter cette réalité et faire avec. Ruminant sa déconvenue, il finit par succomber au sommeil, lui aussi.

Il se réveilla brutalement dans la nuit, sans raison apparente. D'instinct, il chercha Shayla à tâtons, tout en devinant confusément que c'était inutile. Elle n'était plus dans le lit.

Il se redressa d'un bond.

— Shayla ?

— Je suis là.

Il distingua vaguement sa silhouette, quelque part entre le lit et la salle de bains, et perçut dans sa voix un mélange d'inquiétude et d'excitation.

— Draco, je viens de perdre les eaux, annonça-t-elle, d'une voix désemparée.

Il bondit aussitôt hors du lit, se précipita à son côté, et lui saisit les bras pour la soutenir.

— Très bien, ne t'affole pas. Nous devons aller tout de suite à l'hôpital, c'est bien cela ?

— Non…

Elle s'interrompit, haletante.

— Oh… Oh, Seigneur !

Il la tint fermement, s'efforçant de garder son sang-froid et de prendre une voix calme et posée malgré l'affolement qui le gagnait.

— Une contraction ?

— Oui…

Il relâcha son soutien quelques secondes, le temps

d'allumer le plafonnier, puis lui passa un bras autour de la taille.

— As-tu besoin d'aide pour t'habiller ?

Elle le regarda d'un air perplexe.

— Pourquoi devrais-je m'habiller ? Je n'ai besoin que d'une chemise de nuit, tu sais.

De toute évidence, elle n'avait pas les idées claires.

— Tu vas porter une chemise de nuit pour aller à l'hôpital ?

Shayla sourit, plus sereine qu'il n'y paraissait.

— Détends-toi, Draco ! Le bébé ne va pas tomber par terre sur la moquette de la chambre, dit-elle gentiment moqueuse.

On aurait dit qu'elle lisait dans ses pensées, car c'était justement ce qu'il venait d'imaginer. Il aurait aimé pouvoir la croire, mais…

— Mieux vaut être prudents ! Nous ferions mieux d'y aller *maintenant*, dit-il en insistant lourdement sur le dernier mot.

— As-tu oublié ce qu'a dit le Dr Henderly ? Ce n'est pas la peine d'aller à l'hôpital tant que les contractions ne sont pas vraiment rapprochées.

Elle se libéra de son étreinte et traversa la pièce.

— Le mieux est de nous recoucher pendant une heure ou deux, et de chronométrer les contractions. Quand elles seront plus rapprochées, nous pourrons appeler le médecin.

Draco la considéra avec étonnement, abasourdi par son sang-froid.

Il se souvenait vaguement que le Dr Henderly avait dit quelque chose de similaire lors de leur rendez-vous… Bon sang, était-ce seulement hier ? Il réprima l'envie de prendre Shayla dans ses bras et de l'emmener de force à l'hôpital. Il fallait qu'il fasse quelque chose, il ne pouvait pas rester au lit, sans rien faire, il deviendrait fou d'inquiétude.

Mais elle l'obligea à se recoucher et, pendant deux heures, il dut assister, impuissant, aux vagues douloureuses qui contractaient le corps de Shayla, à intervalles de plus en plus rapprochés. Au moment où il pensait qu'il allait craquer et l'emmener de force à l'hôpital, elle accepta d'appeler le médecin. Il faillit pousser un hurlement de soulagement, mais elle commença à s'habiller comme si de rien n'était. Indifférente à son impatience, elle le laissa trépigner d'énervement dans la chambre et se rendit dans la cuisine étincelante pour passer la serpillière.

Incapable de tenir une seconde de plus, il se rendit sous le porche, et téléphona à Sev.

— Shayla va accoucher et elle refuse d'aller à l'hôpital, dit-il sans préambule dès que son cousin décrocha.

— Tu as appelé le médecin ?

— Evidemment ! répliqua-t-il d'un ton sec. Tu me prends pour un idiot ?

Il y eut un silence, puis Sev eut un petit rire.

— C'est une bonne question, mais il vaut peut-être mieux en reparler plus tard.

Redevenu sérieux, il poursuivit :

— Tu me parais bien anxieux. Pas de panique. Les contractions sont espacées de combien de temps ?

— Une vingtaine de minutes.

— Alors ce n'est que le début, expliqua Sev. On ne sait jamais combien de temps cela peut prendre quand c'est le premier bébé. Quand elle aura eu quatre ou cinq contractions dans l'heure, mets-la dans la voiture et emmène-la, qu'elle le veuille ou non.

Enfin un plan d'action !

— D'accord, merci ; c'est ce que je vais faire.

— Et elle, que fait-elle ? Elle passe l'aspirateur ou bien elle fait la poussière ?

Draco se passa la main dans les cheveux dans un geste d'impuissance.

— Elle passe la serpillière ! Sérieusement, qu'est-ce que c'est que cette histoire ?

Sev rit.

— Personnellement, j'ai dit à Francesca qu'il fallait qu'elle arrête quand elle a commencé à récurer la baignoire.

— Bon sang, Sev, marmonna-t-il, pourquoi n'y a-t-il pas un manuel qui explique aux hommes comment se comporter dans ce genre de situation ?

— A qui le dis-tu ! Francesca a été la première de notre génération à avoir un enfant… Je n'avais personne à appeler, tu imagines ma panique.

Draco compatissait, horrifié.

— Tu veux que je prévienne tout le monde pour toi ? demanda Sev.

Draco hésita.

— Risquent-ils de venir si tu le fais ?

— Les femmes viendront, c'est sûr.

Il frémit à cette idée. C'était hors de question !

— Attends que nous soyons partis pour l'hôpital. Je t'appellerai en chemin, et tu pourras donner l'alerte.

— D'accord.

Après avoir raccroché, Draco retourna dans la cuisine. Shayla était penchée au-dessus du plan de travail, les poings serrés. Il se plaça derrière elle et lui massa le dos, puis il lui demanda :

— Combien de contractions depuis une heure ?

— Cinq.

« Bon sang ! Cinq ? » Elle n'en avait que trois par heure la dernière fois qu'il lui avait posé la question. A ce rythme-là, s'ils ne se dépêchaient pas, elle allait accoucher dans la cuisine !

— Il est temps d'y aller, dit-il avec fermeté. Mieux vaut y aller trop tôt plutôt que trop tard ; avec tous les touristes qui flânent en ville à cette période, il y a toujours beaucoup de circulation.

A son grand soulagement, elle ne protesta pas, mais elle insista pour ranger les produits d'entretien qu'elle avait utilisés, ce qui faillit le rendre fou.

Les quelques heures qui suivirent passèrent en un éclair. Arrivés à l'hôpital, ils se présentèrent à l'accueil ; on les dirigea vers une infirmière qui les soumit à une batterie de questions pour déterminer l'état d'avancement du travail. Ne lui suffisait-il pas de la regarder pour voir qu'elle allait accoucher d'un instant à l'autre ? Fallait-il vraiment qu'ils restent assis là à répondre à une foule de questions ? La situation semblait à la fois ridicule et insupportable à Draco.

Le pire, c'était surtout de ne pouvoir soulager Shayla, crispée de douleur sur son siège. La violence des contractions augmentait en même temps qu'elles se rapprochaient. Elle gémissait malgré elle, et lui serrait la main de toutes ses forces, tandis qu'il la regardait, complètement impuissant. Il essaya de se rendre utile, il lui arracha même un demi-sourire en essayant de lui rappeler quand et comment respirer. Voyant que la sueur perlait à son front, il s'arrangea pour trouver un gant de toilette humide avec lequel il la rafraîchit. Enfin, il lui massa le bas du dos, trop content qu'elle lui demande de la soulager ainsi, parce que l'inaction le mettait dans un état de tension insupportable.

Quand la sage-femme décida que le moment était venu pour Shayla d'être installée dans la salle de travail, Draco se demanda avec angoisse comment elle trouverait encore l'énergie de pousser, épuisée comme l'était. Elle la trouva pourtant, même si l'accouchement lui parut interminable. Enfin, Shayla mit au monde un fils, leur fils, qui se mit immédiatement à crier à pleins poumons.

— Oh, Draco…, murmura Shayla. Il est magnifique.

Pour une raison obscure, elle compta les petits doigts et les minuscules orteils du bébé, puis les recompta, comme si elle risquait de s'être trompée la première fois.

— C'est le plus beau bébé du monde, dit-elle d'une voix émerveillée.

L'infirmière prit délicatement le bébé des bras de sa maman pour le mettre dans les bras de son père. Elle montra à ce dernier comment soutenir la petite tête, couverte d'un épais duvet noir. Draco regarda fixement son fils et sentit son cœur déborder d'amour. Un amour si puissant qu'il pensait ne pas pouvoir le contenir. Puis il regarda Shayla avec fierté.

Sa femme… Son fils.

Il les garderait tous les deux près de lui pour veiller sur eux, les couvrir d'amour ; jamais ils ne manqueraient de rien.

Il ferma les yeux un instant tant son émotion était grande, jusqu'à ce que, soudain, une pensée s'impose, si déplaisante qu'il eut de la peine à la formuler : plus tard, comme il l'avait promis, il devrait rendre à Shayla sa liberté.

Refusant de se laisser attrister, Draco rejoignit sa famille qui patientait dans une salle d'attente.

— C'est un garçon, annonça-t-il. Nous avons un fils ! Il pèse trois kilos et sept cents grammes.

— Et il a le coffre d'un chanteur d'opéra, plaisanta Rafaelo, nous l'avons entendu d'ici.

Sev s'approcha de Draco et lui donna une tape amicale dans le dos.

— Félicitations ! Nous sommes tous très heureux pour vous. Avec une maman aussi jolie que Shayla, ce garçon va faire craquer les filles avant que tu n'aies le temps de dire ouf !

— Oui, à ce propos…, marmonna-t-il.

Il tira sur la chemise de son cousin et l'emmena à l'écart pour lui parler sans que personne ne puisse entendre.

— Il y a un problème.

Une lueur inquiète passa dans les yeux de Sev.

— Quelque chose ne va pas ?

— Je crois.

Il jeta un coup d'œil gêné en direction de la salle d'accouchement.

— Je crois… Je me demande s'il n'a pas été abîmé.

Sev cligna des yeux, l'air ébahi.

— Abîmé… Quelqu'un aurait *abîmé* ton bébé ?

— Parle moins fort !

Draco sentit sa gorge se serrer. Il s'efforça de se ressaisir et reprit à voix basse :

— Quand j'ai retrouvé Shayla à Atlanta, je l'ai serrée assez fort. A moins que ce ne soit après.

Il se passa les mains sur le visage, se forçant à faire des aveux complets.

— Je me demande si je ne l'ai pas écrasé.

— Ecrasé, répéta Sev.

— Oui, écrasé ! grommela Draco. Shayla n'arrête

pas de répéter qu'il est magnifique, mais il faut que je te dise, Sev, il est affreusement laid ! On dirait que quelqu'un a façonné un joli petit visage dans de l'argile avant de l'aplatir d'un coup de poing ; le plus étrange, c'est qu'en salle d'accouchement personne ne semble l'avoir remarqué.

Sev éclata d'un rire soulagé. Puis il passa son bras autour du cou de Draco et lui donna un petit coup de poing amical sur la tête.

— Imbécile, va !

Draco se dégagea de son étreinte, offensé.

— Pourquoi, « imbécile » ?

— Tous les bébés ont cette tête-là ! Quelle tête crois-tu que tu aurais si on venait de t'expulser comme le dentifrice qui sort du tube ? Seigneur ! Quand Lorenzo est né, on aurait dit le fils de Godzilla, mais tout s'est arrangé au bout de quelques jours. Heureusement pour la race humaine, même quand les bébés ont des figures de suppôts de Satan, toutes les mamans prennent leur cher nouveau-né pour la huitième merveille du monde.

Draco éprouva aussitôt un immense soulagement.

— Alors, tout est normal.

— Apparemment, oui. Maintenant, si le bébé est toujours aussi laid d'ici une semaine, là, nous reconsidérerons la question…

Draco blêmit.

— … parce que cela signifiera que le pauvre petit te ressemble, continua Sev, enchanté de taquiner son frère. Et comme tu es le plus vilain de la famille… !

- 8 -

Pour Draco, les semaines qui suivirent son mariage et la naissance de son fils auraient été parfaitement heureuses si Leticia Charleston ne s'était soudainement présentée chez eux. Accompagnée de son avocat, elle arriva un beau matin à San Fransisco, soi-disant pour signer les derniers documents nécessaires à la vente des mines Charleston et mettre un point final à la procédure qui traînait en longueur depuis neuf mois. Mais d'abord, elle se fit conduire chez sa petite-fille, bien décidée à prendre sa revanche sur son gendre.

— M'empêcherez-vous de voir mon unique petit-fils maintenant que mes mines vont devenir la propriété des Dante ? déclara-t-elle à Draco quand il lui ouvrit la porte.

Stupéfait par cette entrée en matière agressive, il marqua un moment d'hésitation.

Elle lui jeta un regard furibond.

— Eh bien ? Je vous ai posé une question ! Combien de temps devrai-je attendre la réponse ? martela-t-elle encore d'un air exaspéré.

— Je réfléchis, déclara-t-il d'une voix faussement suave.

Puisqu'elle le prenait sur ce ton, il allait lui montrer qu'elle ne serait pas la plus forte au jeu de la provocation.

— Draco ? Il y a quelqu'un ?

La voix de Shayla venait de retentir derrière lui. Il jura tout bas. Il ne fallait surtout pas que Leticia s'immisce dans leur intimité ; l'urgence était d'éloigner au plus vite cet oiseau de mauvais augure de leur nid d'amour.

— Ne t'inquiète pas, je m'en occupe, cria-t-il.

Mais déjà elle s'avançait, portant le bébé dans le creux de ses bras. Rejoignant Draco, elle jeta un coup d'œil par-dessus son épaule.

— Qui est-ce ? Oh, grand-mère ! Quelle heureuse surprise ! s'exclama-t-elle avec une joie sincère.

Dépité, Draco poussa un profond soupir puis, avec une mauvaise grâce ostensible, il s'écarta pour laisser passer sa belle-mère.

— Entrez, dit-il sèchement.

— Toujours aussi courtois, répliqua-t-elle sur le même ton, en franchissant le seuil.

Elle s'arrêta pour se pencher sur le bébé. Une expression chaleureuse adoucit un instant son visage dur, et une tendre émotion passa dans ses yeux le temps d'un éclair mais, se ressaisissant aussitôt, elle reprit son masque habituel, froid et hautain.

— A en juger par le bleu qui habille ce pauvre enfant de la tête aux pieds, j'en conclus que c'est un garçon… ?

— Oui, répondit Shayla, sans prêter attention au sarcasme. Nous l'avons appelé Stefano, en souvenir de papa et du grand-père maternel de Draco.

Leticia se raidit.

— Ton père s'appelait Stefan, pas Stefano.

Shayla sourit. Elle ne se laisserait pas entraîner sur le terrain d'une discussion hostile.

— C'est quand même en son honneur que nous lui avons donné ce prénom, dit-elle gentiment.

Se penchant vers le bébé, la vieille dame le dévisagea longuement puis elle se tourna vers sa petite-fille.

— Il… Il te ressemble plus qu'à Draco, dit-elle.

Après un court silence, elle se tourna vers lui, feignant de réfléchir, puis ajouta sur un ton lourd de sous-entendus :

— Je présume qu'il y a peu de chances pour qu'il soit le fils de Derek Algier ?

Décidément, elle allait trop loin. Draco perdit patience.

— Bon sang de… !

Levant la main en signe d'apaisement, Shayla l'interrompit et, faisant face à sa grand-mère, prit le parti de mettre les choses au point.

— Abandonne tes sous-entendus ridicules, grand-mère, je t'en prie. Nous avons fait faire un test de paternité à la naissance de Stefano. Draco savait très bien qu'il était le père de notre bébé mais nous avons voulu faire ce test justement pour faire taire les rumeurs malveillantes et mettre les choses au clair, dans l'intérêt de tous. Ta remarque montre que tu as eu des échos de la prétendue aventure que j'aurais eue avec Derek en Europe. Ce sont là de pures médisances et tu t'es laissé abuser par ce mensonge.

Leticia se perdit dans ses pensées quelques instants. A en juger par son expression, elles avaient un goût amer.

— Vous n'abandonnez jamais, hein ? lança Draco qui luttait pour conserver son calme. Vous êtes déçue ?

Elle se tourna vivement vers lui.

— Est-ce que je préférerais que cet enfant soit le fils de Derek ? Evidemment ! Les Dante m'ont tout pris : mon entreprise, mon fils, ma petite-fille… et maintenant vous corrompez la lignée des Charleston en mêlant vos gènes aux nôtres.

— Grand mère ! protesta Shayla, outrée par la méchanceté de son propos.

L'insulte était si grossière que Draco, maîtrisant sa colère, décida de jouer la froideur contre les paroles venimeuses.

— Alors, selon vous, j'ai vicié votre sang ! suggéra-t-il d'un ton glacial.

— Oui, exactement ! Cela n'a pas suffi aux Dante de tuer mon fils unique…

Il n'avait jamais entendu Leticia parler d'un ton aussi véhément. Sa voix prenait une tonalité suraiguë qui révélait une agitation extrême.

— Maintenant, continua-t-elle, vous me prenez ma petite-fille et mon arrière-petit-fils.

Draco ne pouvait pas laisser dire une telle contre-vérité.

— Ma famille n'est pas responsable de la mort de votre fils. Les parents de Shayla sont morts dans un accident de voiture, vous le savez très bien.

— Parce qu'ils venaient d'apprendre que nous étions en faillite à cause des Dante, répliqua-t-elle aussitôt, un doigt accusateur pointé sur Draco.

Il resta impassible, préoccupé seulement de rétablir la vérité et de réhabiliter l'honneur de sa famille. Il fallait que Shayla sache enfin qui croire.

— La responsabilité des Dante dans la ruine des Charleston est loin d'être aussi évidente que vous le dites. C'est vrai, vous ne pouviez pas rivaliser avec nos diamants de feu à l'époque, mais c'est le tarissement de vos mines qui vous a été fatal.

Livide de rage, Leticia ignora cette remarque et le toisa.

— Vous avez détruit mon fils, un point c'est tout !

Tant de haine et de douleur mêlées mettait Draco

mal à l'aise ; il sentait bien que Leticia était inaccessible à quelque argument que ce soit, cependant il ne pouvait impunément la laisser salir sa famille avec ces accusations odieuses. Il fallait qu'elle entende la vérité.

— Non, dit-il avec fermeté. Vous savez bien que les parents de Shayla sont morts alors qu'ils revenaient d'une soirée.

Un sentiment de compassion l'envahit malgré lui devant l'expression désespérée qui s'inscrivait lentement sur le visage de la vieille dame.

— J'ai vérifié, Leticia, dit-il calmement. J'ai lu les articles de journaux de l'époque. Tous relatent les mêmes circonstances de l'accident : il pleuvait, ils avaient un peu bu, et ils ont pris un taxi pour rentrer chez eux parce qu'ils ne voulaient pas conduire.

Le menton de Leticia se mit à trembler.

— Non... Ils avaient toutes les raisons d'être désespérés.

— Pas du tout ! Votre fils n'était pas affligé par la faillite de votre entreprise, il fêtait son nouvel emploi... Il venait d'obtenir un poste chez Dante, à New York, et vous le savez, insista-t-il.

Shayla se raidit, fixant intensément sa grand-mère.

— Est-ce vrai ? Tu m'as toujours dit que les Dante étaient responsables de la mort de mes parents. C'était un mensonge, n'est-ce pas ?

Que sa petite-fille la mette en cause eut sur Leticia l'effet d'un coup de poing en pleine poitrine ; elle dut reprendre sa respiration, le visage décomposé, mais rien n'aurait pu l'empêcher de faire front. Elle s'obstina.

— Non ! Tout est bien de leur faute. Stefan ne serait jamais passé à l'ennemi, jamais !

— C'est bien ce qu'il a fait pourtant, répliqua Draco,

et c'est cela que vous ne pouvez pas lui pardonner : sa trahison, ou du moins ce que vous prenez, vous, pour une trahison.

Secouée de sanglots irrépressibles, Leticia laissait couler ses larmes, préoccupée seulement d'avoir le dernier mot.

— Il n'aurait jamais accepté de travailler pour des gens comme vous si Primo ne l'avait pas abusé, répéta-t-elle avec entêtement.

Malgré l'expression « des gens comme vous », Draco eut pitié d'elle. Tout bien considéré, ses accusations étaient plus pathétiques qu'insultantes ; il pouvait se permettre de montrer une certaine bienveillance à son égard.

— A la mort de votre mari, vous espériez que Stefan reprendrait les rênes de la compagnie familiale, n'est-ce pas ? Mais il n'était pas fait pour diriger une entreprise. C'était un créateur, un artiste.

Emu par le désarroi qui se lisait sur le visage de Leticia, il se risqua à lui prendre la main.

— Vous, en revanche, vous étiez faite pour cela… Pourquoi n'avez-vous pas pris la direction de l'entreprise ? Vous aviez toutes les qualités nécessaires pour tenir tête aux Dante, vous auriez pu nous donner du fil à retordre.

L'espace d'un instant, il eut l'impression qu'elle allait se laisser fléchir mais, levant le menton avec fierté, elle retira brusquement sa main de la sienne.

— Une femme de ma condition et de mon éducation ne travaille pas, c'est un principe auquel on ne déroge pas chez les Charleston.

— Pourquoi ? Vous souhaitiez pourtant que Shayla le fasse… Pourquoi pas vous ?

Son menton se remit à trembler légèrement.

— Les temps ont changé, murmura-t-elle avec une franchise douloureuse.

Déconcerté, Draco s'apprêtait à répondre lorsque son portable sonna. Il lut le message envoyé par Juice :

J'ai retrouvé le cinquième, viens le plus vite possible.

S'excusant pour cette interruption, il jeta un coup d'œil inquiet sur Leticia dont le visage s'était de nouveau fermé et dont le regard étincelait de défi.

Elle lui faisait payer son moment de faiblesse. Draco s'y résigna sans lui en vouloir. Il y avait plus urgent.

— Je suis désolé, Shayla, dit-il, il faut vraiment que j'y aille, cela ne peut pas attendre.

Il avait des scrupules à la laisser seule avec Leticia.

— Ça va aller ? demanda-t-il.

— Très bien, répondit Shayla avec un grand sourire. Je vais passer la matinée avec ma grand-mère et Stefano. Tiens, je vais faire du thé !

— Hmm… Je ne crois pas que le petit puisse déjà boire du thé.

Leticia leva les yeux au ciel, mais Shayla rit, comme il l'avait espéré. Il aimait leur complicité. Il l'embrassa avec toute sa tendresse, et la quitta à contrecœur. Tout de même, ne commettait-il pas une erreur en la laissant seule avec sa grand-mère ?

— Il ne t'a séduite que pour obtenir les mines Charleston à un meilleur prix, tu sais, dit Leticia dès que Draco eut passé la porte.

Shayla soupira. C'était une accusation qu'elle avait entendue si souvent qu'elle ne la relevait plus ; au début, elle mordait à l'hameçon, mais c'était fini. Peu importaient désormais les paroles calomnieuses de sa grand-mère ; Leticia ne pouvait pas comprendre ce qui s'était passé la nuit où elle avait rencontré Draco. Eux seuls le savaient, et la passion brûlante qui les dévorait n'avait rien à voir avec les mines Charleston ni avec les Dante.

— Ce sont les mines Dante, maintenant, dit Shayla avec douceur.

— Les mines ne sont pas encore aux Dante ; elles ne le seront pas tant que je n'aurai pas signé les derniers documents.

Elle croisa les bras sur sa poitrine et ajouta, sur un ton mi-menaçant mi-badin.

— Je ne vais peut-être pas les signer, d'ailleurs. Qu'as-tu à dire à cela ?

— Je ne crois pas que ce soit une bonne idée. Pense à tout l'argent que tu perdras si tu ne vends pas. Cet argent te permettra de restaurer la maison, de lui redonner sa splendeur passée… N'aimerais-tu pas la revoir aussi belle que tu l'as connue, et mener une vie plus confortable, sans souci financier ?

— Bien sûr que si…, avoua Leticia spontanément.

Elle s'interrompit un instant, et tripota nerveusement le col de son chemisier.

— … mais à quoi bon ?

— A quoi bon ? répéta Shayla.

Elle déposa un baiser sur le front de Stefano, s'imprégnant de la douce chaleur qui émanait du corps du bébé tout en respirant son parfum délicat. Elle poussa un soupir de contentement. Elle avait beaucoup de chance, elle en était bien consciente ; si seulement elle avait pu partager un peu de son bonheur avec sa grand-mère…

— Pourquoi renoncer à cette restauration qui te ferait tellement plaisir ? Je ne comprends pas…

Leticia haussa tristement les épaules.

— Ton père n'est plus là, tu es partie, mon arrière-petit-fils est parti… A quoi bon restaurer une maison dont ma famille n'héritera même pas à ma mort ?

Alertée par cet aveu de résignation insolite, Shayla l'observa plus attentivement. Dans ses yeux bleus, une expression mélancolique avait succédé à l'arrogance, et les rides autour de sa bouche étaient plus marquées. Elle jouait nerveusement avec l'alliance accrochée à la chaîne autour de son cou. Pourquoi donc sa grand-mère refusait-elle de porter cette bague à son doigt ?

Certes, Leticia n'avait jamais été une femme particulièrement joyeuse, elle s'était toujours montrée plutôt froide et autoritaire. Cependant, elle avait toujours fait preuve de détermination… jusqu'à aujourd'hui. Soudain, Shayla comprit.

— Si tu vends les mines, dit-elle lentement, tu ne seras plus en guerre contre les Dante, or tu as besoin de lutter contre un ennemi pour te sentir exister, n'est-ce pas ?

— Mais de quoi parles-tu ? demanda Leticia d'un ton irrité. Je serai toujours en guerre contre eux.

— Même après ce que Draco t'a dit ?

Sa grand-mère se leva d'un bond. Furieuse, elle se mit à arpenter la cuisine de long en large, à grandes enjambées nerveuses.

— Tu penses peut-être que j'ai cru un mot de ce qu'il a raconté ?

A ce moment-là, Stefano s'étira et bâilla, puis il ouvrit les yeux et regarda sa maman en souriant. Soudain, il rejeta le lait qu'il avait bu avant de s'endormir. Son petit visage se plissa, puis il poussa un hurlement retentissant. Shayla se saisit d'un linge doux et tamponna ses lèvres et son cou pour l'essuyer.

— Seigneur ! s'étonna Leticia. Quel coffre !

Shayla jeta un coup d'œil à la couche de Stefano, plissa le nez de façon explicite et se dirigea vers la chambre avec le bébé.

— Je crois que j'ai trouvé l'origine du problème, dit-elle. Je reviens tout de suite, grand-mère. Nous reprendrons notre conversation dans un instant.

A son retour dans la cuisine, quelques minutes plus tard, Shayla, éberluée, constata que sa grand-mère était partie, laissant sur la table un petit mot qui disait :

« Je dois y aller, j'ai rendez-vous avec ces vautours. »

Décidément, Leticia ne changerait jamais ! Shayla savait quelle somme colossale les Dante avaient offerte pour les mines Charleston. Elle soupçonnait, sans en avoir la preuve, que ce montant exorbitant était sans doute supérieur à leur valeur réelle. Son mariage avec Draco n'était-il pas pour quelque chose dans cette générosité ? Cette éventualité la gênait beaucoup, mais personne, chez les Dante, ne le reconnaîtrait jamais, elle en était certaine.

Elle venait de donner le sein à Stefano, inquiète de le voir continuer à s'agiter même pendant qu'il buvait, quand Draco rentra. La tétée achevée, elle déposa le bébé dans son couffin. Les petits yeux se fermèrent aussitôt. Son visage qui ressemblait tant à celui de son père, en dépit de ce qu'avait dit Leticia, se détendit doucement et il s'endormit. Il était un peu rouge. Elle posa une main sur sa tête. Sa température était normale.

Draco entra dans la cuisine. L'intensité de son expression laissait deviner son excitation, et une lueur d'impatience brillait dans son regard perçant. Il sourit.

— Nous sommes proches, cette fois-ci, tout proches.

Elle le regarda, perplexe.

— Proches de quoi ?

Il cligna des yeux comme si la question l'étonnait.

— Proches de retrouver la personne qui nous a volé nos diamants. Juice pense qu'il va pouvoir remonter jusqu'à la source de la vente.

— On vous a *volé* des diamants ? demanda-t-elle, stupéfaite. Combien ? Quand ?

— Six, il y a dix ans.

Il sortit de sa poche un petit papier, le déplia, et le posa sur la table. Le diamant placé en son centre brillait de mille feux.

— Voilà l'un d'eux, dit Draco.

Elle se pencha pour l'examiner de plus près.

— C'est un diamant de feu ! Il est absolument magnifique.

— C'est l'un des plus beaux que nous ayons jamais possédés. Il vaut ceux que tu nous as montrés.

Elle se redressa et le regarda.

— Comment te les a-t-on volés ?

— C'est une histoire dont je ne suis pas fier. Je venais d'avoir vingt ans ; j'avais déjà l'œil exercé pour distinguer un diamant exceptionnel parmi d'autres, plus communs.

Il se passa une main dans les cheveux, l'air embarrassé.

— J'étais jeune, effronté et trop sûr de moi.

— Péché de jeunesse, dit-elle d'une voix douce.

— J'ai pris les diamants : je voulais les expertiser pour montrer ma compétence.

— Avec ou sans permission ? demanda Shayla qui devinait la suite.

Draco sourit d'un air attristé.

— Sans, hélas ! L'un de nos experts en gemmologie

m'a pris en flagrant délit, et il a exigé que je lui rende les diamants, soi-disant pour les examiner avant de les remettre dans le coffre.

Il haussa les épaules.

— Naïvement, je les lui ai rendus. Il s'est éloigné pour les inspecter, un long moment, comme s'il voulait être bien sûr que je ne les avais pas abîmés ou échangés. Je lui ai fait confiance : il était dans la maison depuis des années. Il a replacé les six diamants dans leurs boîtes et m'a dit de les remettre où je les avais pris. C'est seulement quelques mois plus tard que l'on a découvert l'escroquerie. Les diamants de feu avaient été échangés contre des pierres de qualité très inférieure et le registre indiquait que c'était moi qui les avais eus en mains le dernier.

— Et l'expert ?

— Il avait quitté l'entreprise depuis longtemps.

Il la regarda, apparemment impassible, et ajouta :

— Je ne suis pas sûr que ma famille m'ait cru quand j'ai raconté ce qui s'était passé.

— Oh non, Draco !

— J'ai toujours été considéré comme un irresponsable. De toute façon, il n'y avait que deux hypothèses : soit j'étais le voleur et mes proches préféraient fermer les yeux pour éviter le déshonneur, soit j'avais laissé quelqu'un d'autre les prendre par négligence et manque de professionnalisme et je n'étais qu'un idiot. Dans les deux cas, mieux valait étouffer l'affaire. Bien sûr, le fait que je sois entré dans la chambre forte alors que je n'en avais pas le droit ne plaidait pas en ma faveur.

— Comment avais-tu fait pour y entrer ?

Il haussa de nouveau les épaules.

— J'avais emprunté sa clé à Primo.

Elle fit la grimace.

— Ah… Je présume que cela non plus n'a pas plaidé en ta faveur.

— C'est le moins que l'on puisse dire.

— Et tu cherches ces diamants depuis tout ce temps ?

Il n'eut pas besoin de répondre. Son expression farouche lui confirmait que c'était le cas.

— Il ne m'en manque plus qu'un, et si nous arrivons à mettre la main dessus, je retrouverai enfin la trace de cet escroc.

— Arriveras-tu à prouver que c'est bien lui qui les a volés ?

— Juice y arrivera.

Le visage de Draco se durcit et son expression devint redoutable.

— Il vaudrait probablement mieux pour tout le monde que je n'approche pas cet homme tant que nous n'avons pas prouvé sa culpabilité.

— Je le crois, en effet. Il passerait un mauvais quart d'heure, dit-elle avant d'observer de nouveau le diamant.

— Il est vraiment magnifique. Quel est son degré de pureté ?

— Il est sans défaut.

— C'est vrai ? demanda-t-elle, impressionnée. Etaient-ils tous comme celui-ci ?

Draco hocha la tête.

— C'étaient tous des diamants de cinq carats ou plus, tous des diamants de feu.

Elle s'y connaissait assez en matière de pierres précieuses pour mesurer la valeur de ce qu'il avait perdu.

— Mon Dieu, Draco…, murmura-t-elle.

— Quelqu'un a vécu sur un grand pied à nos dépens grâce à ces diamants… Tous les deux ans, on en retrouve un sur le marché, mais le temps que nous en soyons avertis, le diamant a déjà changé de mains plusieurs fois. D'après nos informateurs, le dernier en date a été vendu au cours des neuf derniers mois.

Il sortit une loupe de sa poche et la lui tendit.

— Tu veux y jeter un œil ?

— Avec plaisir, merci.

Elle prit le diamant avec précaution et l'examina. Quelque chose la troubla, mais avant qu'elle puisse déterminer ce que c'était, Stefano s'agita de nouveau, se tortillant dans son berceau comme si quelque chose le tourmentait. Elle fronça les sourcils et reposa le diamant sur son papier, puis elle prit le bébé dans ses bras.

— Il a été comme cela toute la matinée…

— Donne-le-moi, dit Draco en lui prenant le petit des bras. Il a peut-être faim… ?

— Je viens de le nourrir.

Elle caressa le front du bébé et sursauta, saisie d'horreur.

— Oh mon Dieu ! Il est brûlant, Draco ! Touche-le…

A son tour, Draco posa sa main sur le front du bébé, et elle vit sa mâchoire se contracter.

— Appelle le Dr Henderly.

Il paraissait calme, mais ses yeux trahissaient une grande inquiétude, et elle en conclut qu'elle ne s'affolait pas sans raison. Leur bébé était malade, il courait peut-être un danger. Shayla sentit la panique la gagner. Heureusement, Draco était là et prenait les choses en main.

— Dis-lui que je suis en route pour les urgences. Je vais mettre le petit dans son lit-auto et sortir la voiture.

L'heure qui suivit fut terrible. Ils durent patienter pendant un moment qui leur sembla une éternité avant de voir le médecin. Finalement, le Dr Henderly apparut. Celle-ci examina le bébé et le plaça sous perfusion. Stefano manifesta aussitôt son mécontentement en poussant des hurlements déchirants.

Au bord des larmes, Shayla se tourna vers Draco qui la serra contre lui en murmurant des paroles de réconfort. Elle percevait la tension qui émanait de son corps et savait qu'il se sentait aussi impuissant qu'elle, aussi inquiet, en dépit de son calme apparent. Une série de tests étant nécessaire, le personnel médical les fit ensuite sortir de la salle d'examen, comme il est d'usage. Pour Shayla, cette séparation fut une véritable épreuve : elle avait l'impression d'abandonner son bébé même si c'était pour le confier aux soins des médecins. Sans la présence de Draco, elle serait devenue folle d'angoisse ; heureusement, il était là pour la prendre dans ses bras, pour la soutenir et la réconforter.

Les paroles d'espoir et d'encouragement qu'il lui murmurait à l'oreille, ses tendres baisers lui rappelaient qu'elle n'était pas seule, qu'elle ne le serait plus jamais. Quand ils entrèrent dans la salle d'attente, elle découvrit qu'il avait trouvé le temps d'appeler ses proches. Les membres de la famille étaient là pour leur témoigner affection et soutien. Shayla découvrit avec émotion ce que signifiait la solidarité familiale dont lui avait parlé Draco.

Après une attente qui leur parut, à tous, très longue, le Dr Henderly les rejoignit enfin. Elle haussa les sourcils, surprise de voir toute la famille Dante réunie, avant de leur adresser un sourire encourageant.

— Stefano a une angine à streptocoque. C'est très rare chez un bébé, mais nous avons eu plusieurs cas ce mois-ci, et c'est très contagieux… Heureusement, vous vous en êtes aperçus très rapidement. Nous allons le garder en observation cette nuit, et lui donner des antibiotiques. Rassurez-vous, sa vie n'est pas en danger. Vous avez fait ce qu'il fallait en l'amenant ici très vite, je vous félicite.

Shayla eut envie de crier tant les larmes qu'elle s'était efforcée de retenir jusque-là l'étouffaient. Elle les laissa enfin couler sur ses joues tandis que Draco refermait ses bras sur elle et la berçait doucement.

— Chut… C'est tout, ça va aller, maintenant. Il est hors de danger.

Elle releva la tête, se cramponnant à lui pour se reprendre, puis s'adressa au docteur :

— Quand pourrons-nous le voir ?

— Très bientôt. Donnez-nous quelques minutes, le temps de le mettre en isolement. Il devra y rester jusqu'à ce que le risque de contagion ait disparu. Une infirmière va vous emmener voir votre fils.

Dès que le Dr Henderly fut partie, tout le monde se mit à parler en même temps. Profondément soulagé, Draco serrait toujours Shayla contre lui et continuait à lui murmurer des paroles réconfortantes. Elle le remercia d'un sourire : elle n'aurait jamais réussi à supporter l'angoisse des heures qui venaient de s'écouler, sans lui.

Un sentiment nouveau s'imposait à elle, inattendu et stupéfiant à la fois : le plaisir de se sentir aimée, protégée, comme si la présence de Draco à ses côtés était brutalement devenue une évidence. Pour la première fois, elle ressentit comme une douleur l'idée d'être séparée ou simplement éloignée de lui. Elle essaya d'imaginer ce qui se serait passé si elle avait été à Atlanta, seule, quand Stefano était tombé malade. Le cœur serré, elle passa ses bras autour de la taille de son mari et se blottit contre lui.

Bien sûr, elle s'en serait sortie, elle aurait fait tout ce qui était en son pouvoir pour sauver son enfant… mais elle aurait dû se débrouiller seule, et l'épreuve aurait été si terrifiante qu'elle préférait ne pas y penser.

Stefano fut gardé en isolement pendant deux jours entiers avant de pouvoir rentrer chez lui. Shayla essaya de dominer son inquiétude au cours des jours et des nuits qui suivirent, mais sans succès. A peine Stefano faisait-il entendre un petit bruit, qu'elle se précipitait vers son berceau. Au bout d'une semaine, alors qu'elle courait vers la chambre de son fils pour la énième fois, Draco lui saisit la main pour la retenir.

— Ça suffit, dit-il en l'entraînant dans sa propre chambre.

Ils partageaient le même lit depuis que Stefano était né.

— Mais j'ai cru l'entendre…

— Tu as entendu la même chose que moi, c'est-à-dire un bébé qui soupirait dans son sommeil.

— Mais, Draco, protesta-t-elle, il faut que j'aille vérifier qu'il va bien.

— Regarde-moi, chérie.

Il attendit d'avoir capté toute son attention.

— Crois-tu que je laisserais volontairement quelque chose de mauvais arriver à notre fils, ou à toi, d'ailleurs ?

— Non. Jamais.

— Alors cesse de t'inquiéter. Cela fait une semaine que tu es dans tous tes états et que tu t'épuises d'inquiétude vaine. Je ne permettrai pas que cela continue plus longtemps.

Elle haussa les sourcils.

— Tu ne le *permettras* pas ?

Il nc chercha pas à revenir sur ce qu'il avait dit.

— Non. Ce n'est bon ni pour toi ni pour le bébé. Ecoute-moi, Shayla : j'ai grandi avec quatre cousins, deux frères, et une sœur qui était un véritable garçon manqué. Les accidents peuvent toujours arriver. J'en sais quelque chose, je me suis cassé la jambe en tombant d'un arbre. J'ai fait une mauvaise chute et cela aurait pu être beaucoup plus grave. Mes parents ont ressenti alors la même chose que nous aujourd'hui : ils étaient terrifiés, impuissants, mais ils ont appris à lâcher du lest. Tu ne pourras pas protéger Stefano de tous les bleus et de toutes les bosses. Il lui arrivera de se blesser, et cela ne changera rien de t'inquiéter constamment.

— Je sais, je sais ! C'est juste que…

Elle jeta un coup d'œil furtif en direction de la chambre de Stefano.

— As-tu l'intention de le mettre en cage pour qu'il ne puisse pas prendre son envol ?

La question de Draco produisit un choc dans son esprit. Priver Stefano de sa liberté, comme sa grand-mère avait essayé de le faire avec elle ? Jamais !

— C'est juste qu'il est si petit, si fragile…

Draco lui sourit gentiment.

— Il te paraîtra toujours petit et fragile. Quand il aura un an et qu'il voudra marcher tout seul, sans qu'on l'aide, quand il aura trois ans et qu'il voudra faire du toboggan, quand il aura six ans et qu'il ira à l'école sans toi, quand il passera la nuit chez un ami pour la première fois, quand il ira faire du camping pour la première fois, quand il partira pour l'université…

Draco la prit par les épaules avec douceur.

— C'est normal que tu veuilles le protéger et veiller à ce qu'il fasse toutes ces choses sans se mettre en danger, mais il faudra que tu le laisses vivre ses propres expériences. Fais pour notre fils ce que tu aurais voulu que ta grand-mère fasse pour toi.

Elle ne comprenait que trop bien ce qu'il voulait dire, et cela lui était douloureux.

— Tu as raison, dit-elle à regret.

Il la prit dans ses bras et baissa la voix.

— Ne pense plus au passé… Concentre-toi sur le présent. Stefano va bien, il dort dans son berceau, et il fait probablement de beaux rêves. Il faut faire confiance au diagnostic du Dr Henderly que nous avons revue hier. Elle a confirmé qu'il était parfaitement guéri. Laisse-toi aller, chérie, prends un peu de temps pour toi-même…

Un peu de temps pour elle… C'était effectivement très tentant.

— Et que ferais-je de tout ce temps ? Que me conseilles-tu ? demanda-t-elle avec un sourire coquin.

Il plongea dans le sien son regard brillant d'un éclat passionné.

— Sois une épouse aussi, pas seulement une mère, chuchota-t-il à son oreille en l'attirant contre lui.

- 9 -

Shayla avait bien compris ce que désirait Draco. En lui demandant d'être aussi une épouse, il lui demandait de redevenir son amante. Le désir qu'elle lisait dans ses yeux le lui disait avec une ardeur sans ambiguïté. D'ailleurs, si elle était honnête avec elle-même, elle devait s'avouer qu'elle voulait exactement la même chose. Incapable de résister plus longtemps à cet appel non déguisé, elle fit taire ses dernières réticences et s'abandonna avec délice à son propre désir.

Draco se réjouit de la réponse empressée de Shayla. Il la dévora de baisers qu'elle lui rendit avec passion, décuplant son désir. Soudain, desserrant son étreinte, il la contempla avec un regard changé. Frémissante, elle comprit qu'il avait l'intention de lui faire l'amour comme il ne l'avait encore jamais fait en dépit des plaisirs intenses qu'ils avaient déjà partagés. D'instinct elle devinait que cela ne ressemblerait à rien de ce qu'ils avaient vécu ensemble. Elle ne s'était pas trompée…

D'un geste possessif, il ouvrit son chemisier et le lui arracha brutalement. Stupéfaite, elle resta immobile devant lui, alors qu'une vague de désir intense la submergeait.

— Je te veux. Maintenant…, dit-il sans la quitter du regard.

Il lui retira son soutien-gorge d'un geste preste, libérant ses seins superbes sur lesquels il posa un baiser impérieux.

— Sauvagement…, ajouta-t-il, d'une voix basse qui confirmait la puissance de sa détermination.

Il passa deux doigts impatients dans la ceinture de son pantalon qu'il dégrafa et fit glisser le long de ses longues jambes en accompagnant le tissu jusqu'à ses pieds ; il les fit passer un à un au-dessus du vêtement, puis il lui ôta sa petite culotte de la même façon. Ses mains chaudes sur sa peau la faisaient frissonner.

— Je veux que ce soit torride, et je veux que cela dure toute la nuit, déclara-t-il avec ardeur en la soulevant dans ses bras.

Il la porta jusqu'au lit sur lequel il la jeta avec fièvre. Elle rebondit légèrement, nue, échevelée, et plus excitée qu'elle ne l'avait jamais été. Draco la rejoignit aussitôt tout en retirant à la hâte ses propres vêtements qu'il jeta sur le sol. Lorsqu'il se coucha sur elle, elle l'enlaça avec passion. Le temps n'était plus aux interrogations. Elle n'avait plus qu'une envie : succomber sans réserve à la tentation, s'abandonner tout entière aux sensations fulgurantes qui enflammaient son corps.

Déjà, sans lui laisser le temps de se reprendre, Draco se pressait contre elle et s'emparait de sa bouche avec fougue. Elle frémit d'anticipation. Elle avait une folle envie qu'il la dévore, qu'il la prenne, elle brûlait de sentir ses mains caresser sa peau, elle voulait le sentir en elle, sentir l'*Inferno* les consumer.

— Fais-moi l'amour, dit-elle d'un ton suppliant. Je t'ai attendu si longtemps, presque un an.

— Pendant quarante-sept semaines et deux jours, dit-il, les yeux brillants, mais tu n'attendras pas une minute de plus.

Gémissante, elle se cambra vers lui, offerte. Alors, la prenant par la taille, il la pénétra d'un mouvement rapide. Elle enroula aussitôt les jambes autour de lui, soucieuse de sentir leurs deux corps s'épouser le plus étroitement possible, tandis qu'attentif au plaisir qu'il sentait monter en eux, il variait le rythme de leur corps à corps amoureux pour en décupler les effets.

Les yeux fermés, Shayla se laissait emporter, incapable de lutter contre les sensations qui embrasaient tout son être et l'affolaient. Soulevée par une vague voluptueuse plus intense que les précédentes, elle se cambra de nouveau ; tout son corps se contracta, et elle jouit longuement, entraînant Draco avec elle. Une immense gerbe lumineuse lui sembla exploser autour d'elle, tandis que son corps se dilatait à l'infini ; une certitude diffuse s'empara soudain de son esprit : elle appartenait à cet homme et elle voulait qu'il soit à elle, maintenant et toujours.

Etouffant un gémissement contre son épaule, elle se cramponna à lui avec passion, retenant de toutes ses forces ce moment de bonheur indicible alors que Draco laissait échapper un cri sourd. Puis elle savoura paresseusement la merveilleuse sensation qui faisait palpiter son corps tandis qu'elle émergeait peu à peu de cette transe délicieuse.

— C'est ce que j'appelle un moment parfait, dit-elle d'un air rêveur un moment plus tard. Dis-moi que tu en as d'autres en réserve !

Il rit de contentement.

— Oh, oui !

— Quand ? demanda-t-elle, avec une impatience avouée.

— Laisse-moi juste le temps de reprendre mon…

Elle roula sur le côté et s'assit sur lui, l'interrompant avec un baiser passionné. Elle était incapable de réprimer le désir violent qui l'envahissait de nouveau. Que lui arrivait-il ? Elle aurait voulu que cela ne s'arrête jamais.

Prenant l'initiative, elle déposa une ligne de baisers sur son torse, puis elle promena lentement ses lèvres sur son ventre, ravie de la réaction qu'elle suscitait. Levant les yeux vers Draco, elle lui sourit d'un air complice.

— Je vois que tu es prêt à m'offrir un autre moment parfait, dit-elle provocante.

Draco se réveilla en pleine nuit. Shayla était blottie entre ses bras. Ah ! Il avait eu de belles paroles sur la liberté quand il avait fait la leçon à Shayla, à propos de Stefano. Mais cela faisait des semaines qu'il la retenait en se trouvant sans cesse de nouvelles excuses pour retarder le moment de lâcher prise à son tour.

Comment pouvait-il lui demander de laisser leur fils prendre son envol alors que lui la retenait prisonnière ?

Elle remua dans son sommeil, se pelotonnant tout contre lui. La seule idée de la perdre, d'être obligé de vivre sans elle, le bouleversait. Il avait tant besoin d'elle ! Non seulement il la désirait comme un fou mais il l'adorait et il était capable de remuer ciel et terre pour la rendre heureuse. Où irait-il chercher le courage de la laisser partir ?

Il l'aimait tant ; il l'aimait de tout son cœur.

Eh bien, c'était justement parce qu'il l'aimait qu'il prendrait la décision de lui rendre sa liberté.

Shayla se réveilla à l'aube en entendant Stefano pleurer. Il avait faim sans doute. Par chance, il avait dormi une heure de plus que d'habitude. Elle se dégagea tout doucement de l'étreinte de Draco, espérant que les pleurs impatients de leur fils ne le réveilleraient pas.

Elle entra dans la chambre du bébé et le prit dans ses bras. Puis elle s'installa dans le fauteuil à bascule pour lui donner le sein et, comme d'habitude, elle parcourut la pièce du regard, charmée par le spectacle que lui offrait la fresque représentant la forêt enchantée. Elle ne pouvait s'empêcher de sourire en s'arrêtant sur les personnages burlesques et les scènes amusantes qu'elle connaissait par cœur, mais le décor était si foisonnant que chaque fois qu'elle était assise à cet endroit, elle découvrait un détail qu'elle n'avait pas remarqué jusque-là.

Elle aimait beaucoup ces moments passés en compagnie de son fils. Elle en profitait pour réfléchir calmement, mettre de l'ordre dans ses pensées ou tout simplement savourer l'instant présent. Tandis qu'elle se balançait doucement dans le fauteuil, elle repensa aux paroles que Draco lui avait dites la veille au soir, quand il lui avait rappelé à quel point il était important de lâcher prise.

Il avait touché un point sensible, et pas seulement par rapport à leur fils ; elle s'était sentie concernée, elle aussi. Jusque-là, elle avait toujours pensé que pour être vraiment libre, il fallait n'avoir aucune attache. Ainsi, le soir où elle avait rencontré Draco, elle s'était dit que si la rencontre avec les Dante se passait comme elle le prévoyait, ses engagements envers sa grand-mère seraient tenus. Elle pourrait alors accepter le travail que lui offrait Derek et connaître enfin la liberté tant désirée. Et pourtant, il n'en était rien… Au cours des mois qu'elle avait passés à l'étranger, Draco avait hanté toutes ses pensées, et dès qu'elle avait rencontré une difficulté, qu'avait-elle fait ? Elle était rentrée chez elle, vers ses racines et sa famille.

Elle ferma les yeux et s'avoua ce qu'elle avait refusé d'admettre jusque-là : la liberté ne l'intéressait plus si c'était au prix d'une séparation. Elle n'avait aucune envie de quitter Draco. Oh, bien sûr, elle pourrait se contenter d'habiter un petit appartement douillet, seule avec Stefano, mais elle ne serait pas heureuse ainsi, elle le savait. Car la vérité était qu'elle aimait Draco de tout son cœur, et qu'elle l'aimerait toute sa vie.

Elle rouvrit les yeux et regarda de nouveau autour d'elle. Elle était à la fois émerveillée et stupéfaite par la quantité de choses qu'il avait faites pour elle et Stefano ces deux derniers mois. Son regard se posa sur le mur nu derrière le berceau, et soudain une idée lui vint. Elle aurait voulu la mettre en œuvre tout de suite, tout excitée qu'elle était à la pensée d'avoir trouvé le moyen inattendu et original de lui montrer le fond de son cœur. Mais il fallait d'abord qu'elle contacte la personne qui l'aiderait à réaliser son projet. Elle lui prouverait ainsi qu'elle avait enfin compris où était sa place : à côté de lui, pour toujours.

— Tu m'as très bien entendu, Sev, dit Draco. Je veux l'appartement pour Shayla et le bébé, je ne vois pas où est le problème.

— Je t'ai entendu, mais ça ne me plaît pas parce que ça ne présage rien de bon. Combien de temps resteront-ils à l'appartement ?

— Je ne sais pas… Le temps qu'il faudra.

Sev secoua la tête d'un air désapprobateur.

— Ecoute, j'ignore ce que tu as à te reprocher mais je te conseille de t'excuser. Aucune brouille ne justifie une séparation.

— Je n'ai rien fait, gronda Draco d'une voix rageuse.

Si tu t'imagines que nous avons un problème de couple, tu fais fausse route.

— Tout porte à croire le contraire, pourtant ! Une femme ne quitte pas son mari et son foyer sans raison, et surtout pas quelques semaines après avoir mis un enfant au monde. A mon avis, c'est *toi*, la raison en question.

Draco serra les dents. L'étiquette d'irresponsable lui collerait donc à la peau jusqu'à la fin de ses jours !

— Ecoute… J'ai fait une promesse à Shayla quand nous nous sommes mariés, et j'ai l'intention de tenir cette promesse, même si cela me…

« … me fait de la peine, me tue et me brise le cœur. »

Il ferma les yeux un instant et jura tout bas.

— Peut-elle utiliser l'appartement le temps que je leur trouve une maison convenable, oui ou non ? insista-t-il.

Sev poussa un profond soupir.

— Bien sûr. Si je peux faire quoi que ce soit d'autre, n'hésite pas à me le dire, d'accord ?

— C'est promis, dit Draco en lui donnant une petite tape amicale sur le bras.

Shayla coinça le téléphone entre son oreille et son épaule pour continuer à parler tout en changeant la couche de Stefano, qui agitait frénétiquement les jambes. Ariana l'avait appelée pour prendre des nouvelles et, après quelques phrases convenues, Shayla se décida à aborder la question qui lui tenait à cœur.

— A vrai dire, j'ai un service à te demander.

— Tout ce que tu voudras, répondit Ariana avec empressement. Je t'écoute !

Shayla réprima un rire alors qu'elle essayait de mettre un petit body à Stefano ; gigotant de plus belle, il retirait ses jambes du vêtement dès qu'elles y étaient entrées.

— C'est toi qui as peint la fresque, n'est-ce pas ? demanda-t-elle d'une voix qui avait retrouvé son sérieux. Elle est magnifique, et je te remercie de tout mon cœur.

— C'est gentil, dit Ariana d'un ton chaleureux. Tout le monde n'aime pas mon style fantaisiste.

— Personnellement, je l'adore ! Je me demandais si je pouvais t'engager pour compléter la fresque… J'aimerais ajouter une scène derrière le berceau. Ce serait mon cadeau de mariage pour Draco. Stefano est né si vite après la cérémonie que je n'ai jamais eu l'occasion de lui offrir quoi que ce soit.

— Cette scène… Ce sera un hymne à l'amour, n'est-ce pas ? demanda Ariana.

Le téléphone toujours coincé contre son oreille, Shayla prit son fils dans ses bras et alla s'asseoir avec lui dans le fauteuil à bascule. Ariana avait donc compris, au son de sa voix, à quel point elle était éprise et heureuse. Elle sourit en répondant :

— Tout à fait. Tu as deviné.

— Dans ce cas, c'est comme si c'était fait ! Maintenant, dis-moi ce que tu veux, exactement.

Quand Shayla lui eut présenté les grandes lignes de ce qu'elle voulait, Ariana soupira.

— Je suis désolée, mais je ne suis pas la personne qu'il te faut pour ce projet.

Shayla s'efforça de dissimuler sa déception.

— Tu en es sûre ?

— Oui, mais je connais la personne qu'il te faut pour cela.

— As-tu déjà entendu parler de Jacqueline Randell Blackstone ?

— Ce nom me dit quelque chose…

— Tu connais peut-être son autre nom : Jack Rabbit.

— Jack Rabbit !

Shayla adorait les livres de cet écrivain.

— Tu la connais ? demanda-t-elle, stupéfaite.

Ariana rit.

— Si je la connais ? Elle et son mari viennent passer le week-end à la maison, ce sont de très bons amis ! Je suis certaine qu'elle sera enchantée de terminer la fresque.

Il fallut à Shayla un moment pour se ressaisir.

— Merci, Ariana, dit-elle avec reconnaissance. C'est très important pour moi que ce projet aboutisse rapidement.

— Je t'en prie ! C'est bien normal. Après tout, tu es de la famille maintenant, non ?

— Oui, murmura-t-elle, très émue.

Shayla cherchait comment rompre le pesant silence qui les séparait depuis qu'elle était montée en voiture avec Draco. Se tournant vers lui, elle le regarda gentiment et sourit pour tenter d'alléger l'atmosphère.

— Alors, où allons-nous ? demanda-t-elle, espérant ainsi rompre la glace.

— Chez Dante, dit-il sèchement.

« Raté» , se dit-elle en constatant que Draco refusait la perche qu'elle lui tendait. Que se passait-il ? Elle essayait de comprendre pourquoi il crispait ainsi les mains sur son volant. Un instant, il quitta la route des yeux pour lui jeter un coup d'œil furtif d'une froideur qui la perturba. Depuis qu'il lui avait proposé de l'accompagner, son regard était sombre, sa mâchoire contractée, et il lui répondait par monosyllabe… Elle ne voyait vraiment pas ce qui pouvait le contrarier de la sorte, mais de toute évidence quelque chose n'allait pas. Bon, tant pis, elle en prenait son parti.

— Ah… d'accord, répondit-elle seulement.

N'avait-elle pas décidé de vivre l'instant présent ? De ne pas s'inquiéter de l'avenir ? Elle regarda de nouveau Draco. Hélas, le présent n'avait pas l'air enthousiasmant. Il se gara dans le parking souterrain, détacha Stefano et le prit dans ses bras sans un mot, puis ils se dirigèrent vers l'ascenseur. Le bruit de leurs pas sur le sol de ciment rappela des souvenirs à Shayla ; elle se revit, le lendemain de sa rencontre avec Draco, quand elle avait traversé ce même parking, vêtue de sa robe du soir en plein midi. Puis les images de leur folle nuit passèrent devant ses yeux.

— Pourquoi sommes-nous ici ? demanda-t-elle, troublée.

— J'ai quelque chose à te montrer, dit-il, le visage toujours aussi fermé.

Manifestement, elle n'obtiendrait rien de plus pour l'instant. Comme le soir de leur rencontre, ils montèrent jusqu'au dernier étage, et Draco la conduisit jusqu'à l'appartement où ils avaient fait l'amour, un an plus tôt. Cette fois-ci, cependant, ce n'était pas *elle* mais leur fils qu'il portait dans ses bras en franchissant le seuil. Comme c'était étrange de repenser à la personne qu'elle était alors, aux projets d'avenir qu'elle bâtissait. Comme tout avait changé !

Au lieu de suivre Draco, elle s'immobilisa. Son petit jeu, si c'en était un, ne l'amusait pas du tout.

— Très bien, dit-elle. Assez de surprises !

Elle croisa les bras sur sa poitrine.

— Je veux savoir ce qui se passe.

Il déposa avec précaution le couffin de Stefano à ses

pieds, puis se tourna vers elle. Il était à contre jour, si bien qu'elle ne distinguait pas son expression.

— Nous avons fait un pacte avant de nous marier, dit-il, tu te souviens ?

Elle se raidit.

— De quoi parles-tu ?

— Tu m'as dit que tu voulais avoir ton propre chez-toi. J'ai résolu aujourd'hui de respecter notre accord et d'accéder à ta demande car je n'ai que trop tardé. Naturellement, tu peux rester ici le temps que nous te trouvions une maison ou un appartement convenable. Je connais un agent immobilier qui sera ravi de nous aider…

Sa voix était calme et posée, mais il se passa une main dans les cheveux d'un air nerveux.

— … de t'aider, se reprit-il.

Elle prit un moment pour tenter d'admettre ce qu'elle venait d'entendre, mais son esprit s'y refusait. De plus, cette façon de la prendre au dépourvu la blessait profondément. Elle faillit laisser éclater le sanglot qui lui serrait la gorge mais, dans un sursaut de volonté, elle le refoula et laissa le chagrin céder la place à la colère.

— Résumons-nous, dit-elle : tu veux que je m'en aille ? Tu veux que notre fils et moi quittions ta maison ? C'est ce que tu essaies de me dire ?

— Non !… Oui.

Il jura en italien puis il reprit son explication.

— Tu m'as demandé, non, mieux que cela, tu as exigé d'avoir ton chez-toi avant d'accepter de m'épouser. Je ne fais que te donner ce que tu as réclamé.

Si seulement elle pouvait voir ses yeux, elle connaîtrait ses véritables pensées. Voulait-il vraiment se séparer d'elle et de son fils ? Il fallait qu'elle en ait le cœur net.

Elle contourna le canapé et vint se placer à côté de lui pour le voir dans la lumière.

— Et *toi*, Draco, que veux-tu ?

— Ce que je veux, moi, n'a pas d'importance, affirma-t-il. Il n'est pas question de moi mais de toi. L'appartement n'est pas loin de la maison. Je pourrai voir Stefano tous les jours, précisa-t-il, sans la regarder.

Scrutant son visage pour déchiffrer sur ses traits crispés ce qu'il pensait vraiment, elle comprit à son expression douloureuse qu'il se forçait à prendre un air détaché. Elle éprouva aussitôt un immense soulagement. La démarche que Draco venait de faire la bouleversait. Il respectait leur engagement parce qu'il lui avait fait une promesse et qu'il voulait tenir sa parole ; c'était une preuve d'amour, pas un abandon.

Un élan de tendresse la poussa vers lui.

— Et si je te disais que je n'ai pas envie de te quitter, que je veux rester avec toi ? Nous forcerais-tu à partir ?

Il ouvrit la bouche et la referma aussitôt, l'air aussi choqué que si on lui avait donné un coup de poing dans le ventre. Enfin, il bredouilla :

— Vous forcer à… ?

A ce moment-là, son portable sonna. Il y jeta un coup d'œil impatient, jura de nouveau, en anglais cette fois-ci, et décrocha ; il n'avait aucune envie de répondre au téléphone à un moment pareil mais il attendait des nouvelles et se força à écouter quelques secondes. Exaspéré, il coupa la parole à son interlocuteur.

— Bon sang, Sev, dit-il d'un ton sec, je suis en pleine discussion et…

La voix de Sev nasillait dans l'appareil sans s'arrêter.

Alerté par cette obstination, Draco consentit à s'interrompre pour écouter son cousin avec attention, tandis qu'une expression d'incrédulité s'inscrivait progressivement sur son visage.

— *Quoi ?* Tu plaisantes ?

Il s'immobilisa, regardant soudain Shayla avec une fixité menaçante.

— Tu en es sûr ? Il n'y a pas d'erreur possible ? Non, j'imagine que non… Je te rappelle, confirma-t-il, puis il raccrocha.

Draco affichait une expression qu'elle ne l'avait vu prendre qu'une seule fois : le jour où il lui avait parlé du gemmologiste qui lui avait subtilisé les diamants. C'était une expression farouche dans laquelle la menace se mêlait à la colère, mais cette fois-ci, c'était elle qui était visée, elle seule.

— Qu'y a-t-il ? demanda-t-elle d'un ton inquiet, reculant d'un pas.

Il se rapprocha d'elle comme s'il craignait qu'elle ne s'échappe.

— C'était Sev. Apparemment, les rapports que l'on nous a fournis sur les mines Charleston sont inexacts.

Elle le regarda fixement, déconcertée.

— Que veux-tu dire ? De quoi parles-tu ?

— De tes mines, Shayla… Ou plutôt des mines Dante, puisque le contrat a été signé. Elles sont bel et bien épuisées. Alors, dis-moi…

Il fit un autre pas dans sa direction, avec la violence d'un prédateur.

— Quel rôle as-tu joué dans l'arnaque ?

Elle se sentit pâlir.

— Pourquoi penses-tu qu'il s'agit d'une arnaque ?

— Parce qu'il n'y a plus de diamants dans ces mines ; ceux que Leticia nous a montrés pour nous persuader que les mines étaient viables étaient les derniers. Les rapports qui indiquent qu'elles ne sont pas épuisées sont des faux. Des faux très convaincants… mais tu le savais déjà, n'est-ce pas ?

Elle secoua la tête, affolée par ce qu'elle apprenait.

— Non, non, je ne le savais pas. Comment peux-tu penser une chose pareille ?

— Je veux juste savoir si c'est un coup monté depuis le début.

Des larmes lui montaient aux yeux ; elle mobilisa toute sa fierté pour les retenir.

— Ce n'est pas un coup monté, dit-elle d'une voix qui tremblait un peu.

— Ah bon ?

Il eut un sourire sans joie qui la fit reculer un peu plus.

— Pourtant, tu as atterri dans mon lit. Tu as su tenir ton rôle avec brio, je dois dire. Prendre un air choqué et indigné quand je t'ai dit que j'étais un Dante, me glisser en passant que tu avais rendez-vous avec ma famille avant de t'enfuir, sachant pertinemment que je viendrais te chercher, cacher les diamants et la liste dans un sac au fermoir abîmé, c'était bien joué… Quant à tous ces détails que j'étais censé relever, placés là pour éveiller ma curiosité, du grand art. Bravo l'artiste !

Elle sentit une autre bouffée de colère l'envahir.

— Réfléchis une seconde, Draco ! Je n'ai assisté qu'aux premières négociations. Qu'avais-tu à voir dans cette histoire ?

— C'est moi qui examine les pierres, et c'est moi qui aurais insisté pour chercher à conclure la vente.

— C'est également toi qui restes dans l'ombre, tu me l'as dit. Comment aurais-je su qui tu étais ?

Il écarta cette remarque d'un geste.

— Je suis sûr que tu avais un moyen de découvrir

mon identité. Bien sûr, tu as dû être stupéfaite d'apprendre que tu étais enceinte, mais pourquoi ne pas te servir aussi de cela ?

Elle se précipita sur le siège-auto de Stefano et prit son enfant dans ses bras.

— Ne t'avise pas de mêler le petit à cela ! C'est ton fils, et il est innocent.

— Mais sa mère ne l'est pas, elle, n'est-ce pas ?

Il s'approcha de nouveau d'elle.

— Tu aurais pu me contacter à n'importe quel moment pour m'informer que tu étais enceinte, mais je ne t'ai retrouvée que quelques jours avant que tu accouches. Comme c'est commode !

— Il n'y avait rien de « commode » à ma grossesse, dit-elle d'un ton sec.

Draco fit comme si elle n'avait rien dit.

— Quand je t'ai retrouvée, il restait trop peu de temps pour que je réfléchisse… Tu savais que je ferais tout pour t'épouser, pour donner mon nom au bébé, parce qu'un Dante prend ses responsabilités, et tu avais vu juste. Notre mariage était ton filet de sécurité. Une fois que nous aurions acheté les mines et découvert que tout cela n'était qu'une vaste escroquerie, toi et moi serions déjà mariés.

— Quelle différence cela pouvait-il bien faire ? demanda-t-elle d'une voix tendue.

— Tu savais très bien que ma famille ne s'en prendrait jamais à toi, devenue ma femme, et encore moins à la mère de mon fils.

C'était l'accusation de trop. Elle reposa délicatement Stefano dans le siège-auto, puis elle s'approcha de Draco et le regarda droit dans les yeux.

— Je vais te dire une chose, et je ne le répéterai pas :

je ne savais *rien* à propos des mines. Cela ne m'intéresse pas. Je ne suis pas une menteuse et je n'ai jamais escroqué personne, tu devrais le savoir… Du moins, tu le saurais si tu voulais bien m'écouter vraiment et prendre deux minutes pour réfléchir à l'incohérence de tes propos. S'il y a un problème, ce n'est pas moi la responsable.

— D'accord, c'est sans doute ta grand-mère la première responsable, mais ne me dis pas que tu n'es au courant de rien. Comment peux-tu soutenir que tu n'as rien soupçonné ?

— Et toi ? riposta-t-elle. On t'a pourtant escroqué par le passé. Comment cela a-t-il pu t'arriver une seconde fois.

Il tressaillit. Elle avait touché juste.

— Alors, selon toi, j'aurais dû voir venir cette escroquerie ?

— Oui. Au moins l'un d'entre vous aurait dû se douter que ma grand-mère manigançait quelque chose ; vous auriez dû mener votre enquête au lieu de lui faire aveuglément confiance. Au cas où tu l'aurais oublié, ce n'était pas à moi de me méfier, dit-elle en pointant le doigt sur lui, mais à *toi*.

— C'est *ta* grand-mère !

— Ce n'est pas *moi* qui fais des affaires avec elle.

Elle lui montra la porte du doigt.

— Cette discussion est terminée. Tu peux partir.

— Partir ?

— Oui. Tu m'as proposé de prendre l'appartement, j'accepte ton offre. Va-t'en, maintenant.

— Je n'ai pas terminé…

— Moi, oui.

Elle se dirigea vers la porte, l'ouvrit d'un coup sec et indiqua le couloir d'un signe de tête.

— Tu pourras passer demain quand tu seras calmé et que tu auras réfléchi. D'ici là, je n'ai plus rien à te dire, et *tu* n'as plus rien à *me* dire non plus, en tout cas rien qui mérite d'être écouté.

Draco ne bougeait pas, perdu dans ses pensées. Elle le regardait hésiter, furieuse, s'efforçant de retenir ses larmes.

— Très bien, dit-il enfin. Je m'en vais, mais quand je reviendrai, il me faudra des réponses, de vraies réponses.

Il passa devant elle avec raideur, et elle claqua la porte derrière lui.

Draco resta un moment dans le couloir, les bras ballants, avec le sentiment d'avoir tout faux et de se retrouver du mauvais côté de la porte.

Il mourait d'envie de frapper à cette porte qui le séparait de Shayla et d'exiger qu'elle le laisse entrer. C'était sa femme, son enfant, sa vie qui s'en allait à vau-l'eau… Cependant, tant qu'il n'aurait pas vu Sev pour que celui-ci lui raconte toute l'histoire, cela ne servirait à rien d'insister auprès de Shayla.

Il jura tout bas avec amertume et s'en alla, essayant de se persuader qu'il prenait la bonne décision et qu'ils avaient tous les deux besoin de temps pour se calmer. De plus, il voulait tirer deux ou trois choses au clair avant de la revoir.

Plusieurs fois dans la journée, il résista à la tentation de retourner à l'appartement, mais, en fin d'après-midi, n'y tenant plus, il s'autorisa à y repasser. Consterné, il découvrit avec tristesse que l'histoire se répétait et que Shayla était partie, emmenant son fils avec elle.

*
* *

Leticia Charleston accueillit sa petite-fille avec un sourire satisfait.

— Il était temps que tu reviennes à la maison, c'est ici qu'est ta place. Alors, fais-moi plaisir : dis-moi que tu as quitté ton mari.

Shayla soupira, s'assit dans un fauteuil et posa le couffin de Stefano sur le sol, à côté d'elle. Juste en face d'elle, sa grand-mère trônait sur son canapé. Shayla contempla un moment Stefano qui, changé, rassasié, dormait à poings fermés. Le sommeil de son bébé tombait bien car la conversation entre elle et sa grand-mère allait non seulement prendre un moment mais elle serait sans doute houleuse.

— A vrai dire, je suis ici pour discuter d'une question cruciale avec toi, grand-mère.

Leticia fit la moue.

— Cela ne me dit rien qui vaille…

— Je suis persuadée que tu ne vas pas du tout aimer le sujet de notre conversation, dit Shayla d'une voix douce. J'ai demandé à Bess de nous apporter du thé et quelque chose à grignoter, car nous en avons pour un moment.

Leticia prit aussitôt ombrage de cette initiative.

— C'est plutôt culotté de ta part d'arriver chez moi et de donner des ordres à ma gouvernante.

— C'est vrai, acquiesça Shayla avec un sourire épanoui. J'ai de qui tenir en matière d'autoritarisme !

Sa grand-mère croisa les bras sur sa poitrine et lui adressa son regard le plus intimidant. Cela aurait fonctionné autrefois, mais ce n'était plus le cas.

Bess apparut avec un plateau qu'elle posa devant Shayla avant de ressortir de la pièce.

— Du thé ? proposa-t-elle.

Leticia restait bouche bée, stupéfaite de voir que sa petite-fille avait l'effronterie de la traiter comme une invitée dans sa propre maison. Après quelques secondes, elle pinça les lèvres et plissa les yeux d'un air calculateur.

— Je prendrai le mien avec du citron, dit-elle enfin, et avec un morceau de sucre au lieu de deux. Je diminue ma consommation de sucre.

— Je te comprends, répliqua Shayla en la servant, il ne faudrait pas que tu deviennes trop suave.

Il y eut un silence de plomb pendant une minute qui parut interminable aux deux femmes, puis Leticia laissa échapper un petit rire étranglé. Finalement, elle renversa la tête en arrière et rit de plus belle. Quand elle se fut enfin reprise, elle prit l'une des petites serviettes en papier posées sur le plateau et se tamponna les yeux.

— Oh, Shayla… Je suis tellement heureuse de te voir ici ! Tu m'as manqué.

— Toi aussi, tu m'as manqué.

Etonnamment, c'était vrai. Elle se demanda comment formuler la question qu'elle allait maintenant poser à sa grand-mère. Elle aurait pu prendre des gants afin de la ménager, mais elle décida d'y aller franchement.

— Pourquoi as-tu fait ça ?

Leticia eut la décence de ne pas faire semblant de ne pas comprendre.

— Oh, ma chérie, voyons… Tu sais très bien pourquoi !

Shayla se laissa aller en arrière dans son fauteuil et but une gorgée de thé, sans quitter des yeux sa grand-mère.

— Je t'avoue que non. Je comprends que tu en veuilles aux Dante parce qu'ils ont contribué au déclin des mines Charleston, et je peux même comprendre que tu les tiennes pour responsables de la mort de mes parents, mais c'était il y a plus de dix ans… Pourquoi les escroquer maintenant, après tout ce temps ? Tu dois bien être capable de mettre tes émotions de côté et d'analyser rationnellement les faits, après toutes ces années, non ?

Leticia joua nerveusement avec l'alliance accrochée à sa chaîne, et le diamant serti en son centre scintilla de mille feux.

— C'est une longue histoire.

— J'ai tout mon temps.

— Il semblerait, effectivement.

La vieille dame soupira, but une nouvelle gorgée de thé, puis commença son récit. Cela dura longtemps. Lorsqu'elle eut terminé, elle regarda Shayla d'un air soulagé et affectueux à la fois.

— Il n'y a qu'une seule chose que j'aimerais ajouter, déclara-t-elle, bien que cela n'ait rien à voir avec tout ceci… c'est au sujet de ton père.

Shayla se redressa.

— Au sujet de papa ?

— Je pense ne jamais te l'avoir dit, mais Stefan était l'homme le plus gentil du monde… Il était doux, généreux, facile à vivre…

Elle soupira.

— Trop accommodant pour pouvoir diriger une entreprise. Je l'aimais de tout mon cœur, mais il n'avait vraiment pas hérité de ma volonté de fer. Toi, en revanche…

Elle inclina légèrement la tête sur le côté et l'observa attentivement.

— J'ai toujours pensé que tu étais comme lui, reprit-elle. J'avais tort, je me trompais… Tu es aussi gentille que lui, mais au fond, tu es comme moi, aussi déterminée, n'est-ce pas ?

— Oui, chuchota Shayla sur le ton de la conspiration, mais rends-moi service, ne le dis pas à Draco ! Je crois qu'il le prendrait mal…

Un grand sourire illumina soudain le visage de Leticia, parant sa beauté austère d'un charme que Shayla découvrait pour la première fois.

— Ce sera notre petit secret, chuchota la vieille dame, ravie de cette complicité inattendue.

Elle posa la tasse en porcelaine sur le plateau.

— Tu vas retourner auprès de lui, n'est-ce pas ? Toi et le petit Stefan allez quitter Atlanta et repartir pour San Francisco ?

— Stefano, précisa Shayla.

Leticia leva les yeux au ciel, mais visiblement sans grande conviction.

— Pour moi, ce sera toujours *Stefan*.

Shayla hésita : fallait-il qu'elle reprenne sa grand-mère sur ce point chaque fois. Non, il valait mieux faire semblant de ne rien remarquer, ce n'était pas le plus important.

— Pour répondre à ta question, oui, nous allons repartir. Cela dit, l'endroit où je vais vivre dépendra de plusieurs choses.

— Que crois-tu que tes Dante vont tenter contre moi ?

— Je ne sais pas, répondit honnêtement Shayla. Nous verrons bien quand nous serons là-bas.

— *Nous ?* répéta Leticia d'un ton affolé. Mais je n'ai pas l'intention d'aller à San Francisco.

Shayla, fixa sur sa grand-mère un regard aussi froid qu'implacable.

— Bien sûr que si, tu vas venir avec moi, dit-elle

d'un ton sans réplique. Tu as des explications à fournir, et quand nous serons là-bas tu t'en sortiras très bien… Tu t'en sors toujours.

— Mais je ne veux pas !

Ignorant ses protestations, Shayla se leva, tendit la main à sa grand-mère pour l'aider à se lever à son tour, puis elle la serra dans ses bras. A sa grande surprise, Leticia lui rendit son étreinte avec chaleur.

— Une fois là-bas, dit Shayla, tu resteras avec moi. J'ai besoin de ma famille à mes côtés.

— Non, je ne peux pas, protesta Leticia, ma place…

— Ta place est auprès de moi et de Stefano.

Elle s'écarta légèrement de sa grand-mère pour la regarder et lui sourit.

— En plus, ajouta-t-elle, imagine combien cela va contrarier Draco !

Leticia hésita un moment, puis elle rit.

— Je crois que tu m'as convaincue !

- 10 -

— Que fais-tu ici, Sev ? demanda Draco d'une voix endormie, en se frottant les yeux.

Depuis que Shayla était partie, il dormait mal, d'un sommeil agité. Il avait cru un moment que les coups sourds qui lui martelaient la tête résonnaient dans son rêve. Finalement, il s'était réveillé, et il était allé ouvrir. La surprise l'immobilisait dans l'encadrement de la porte. Son cousin l'obligea à se pousser pour entrer dans l'appartement.

— Je pourrais te poser la même question. Je suis passé chez toi, et tu n'étais pas là. Ta femme non plus… Stefano est avec toi ou avec elle ? dit-il sur un ton où perçait le mépris.

— Je n'aime pas beaucoup la façon dont tu dis « elle », grommela Draco.

— Dommage pour toi ! Moi, je n'aime pas beaucoup que ta femme ait escroqué les Dante de plusieurs millions de dollars, répliqua-t-il.

Draco s'entendit rugir. Il vit son poing partir et heurter la mâchoire de Sev. Furieux, il regarda sans émotion son cousin tomber par terre. L'indignation le faisait trembler de rage. Il jura :

— Elle ne nous a pas escroqués, tu es un menteur, je ne permettrai pas que tu salisses la réputation de ma femme.

Sev porta sa main à son menton, le tapotant avec précaution pour évaluer l'effet du coup qu'il venait d'encaisser. Il fit jouer silencieusement sa mâchoire douloureuse et, levant les yeux vers Draco, tenta une explication.

— Eh bien, quelqu'un nous a escroqués, en tout cas. Tu vas me mettre un autre coup de poing si je me relève ?

— Ça dépend... As-tu l'intention de dire encore quelque chose d'injurieux ?

Sev se releva, reprenant une contenance plus digne, et interrogea, inquiet :

— Où est-elle, Draco ?

— A Atlanta.

Il n'en savait pas plus. Il était venu frapper à la porte de l'appartement la veille, après leur dispute, et n'avait trouvé personne. Shayla avait laissé un bref message sur le répondeur de la maison :

« Je suis à Atlanta, avait-elle dit d'une voix glaciale. Je t'appelle bientôt. »

Elle n'avait rien dit de plus. « Bientôt. » Qu'entendait-elle par *bientôt* ? Demain ? La semaine prochaine ? L'année prochaine ? Quand elle serait enceinte de huit mois et demi de leur deuxième enfant ?

Quand il était rentré chez eux, il ne lui avait pas fallu plus d'une heure pour se rendre compte qu'il ne pourrait pas supporter de vivre seul, dans cette maison, sans elle. Il sentait partout sa présence et celle de leur fils ; il avait l'impression, en entrant dans une pièce, qu'ils étaient dans la pièce voisine et qu'il allait les retrouver l'instant suivant. C'était insupportable.

Il avait donc jeté à la hâte quelques vêtements dans un sac de voyage, et il était revenu à l'appartement. Il ne s'y sentait pas beaucoup mieux, mais il avait bu une demi-bouteille de whisky pour s'aider à surmonter la douleur, puis il avait sombré dans un mauvais sommeil qui lui avait au moins apporté l'oubli… jusqu'à l'arrivée de Sev. Il jeta un coup d'œil à sa montre. Il était un peu plus de 10 heures. Il n'aimait pas beaucoup être réveillé par quelqu'un qui martelait sa porte à coups de poing, surtout quand il avait un mal de tête abominable.

— A Atlanta ! répéta Sev. Nous découvrons que les mines Charleston sont épuisées et ta femme prend l'avion pour Atlanta juste après. Cela ne te semble pas un peu bizarre ?

Draco haussa les épaules et fixa Sev avec une mimique désabusée.

— Le *Starship Enterprise* pourrait atterrir au milieu de l'Union Square ce matin, que je ne trouverais pas ça bizarre, alors…

— Bon sang de… Mais tu es ivre, ma parole ! observa-t-il, consterné.

Le regard vide, Draco hocha la tête en signe de dénégation tout en agitant son index de droite à gauche.

— Plus maintenant, mais j'aimerais bien l'être. Pour l'instant, je suis à deux doigts d'avoir la gueule de bois ou de perdre connaissance. Avec quelques verres de plus, je pourrais peut-être faire pencher la balance dans la bonne direction.

— N'y pense même pas. Tu as besoin de dessoûler et de prendre les choses en main, affirma Sev en lui saisissant le bras.

— Ah ouais ? Eh bien, bon courage ! Tu peux toujours essayer de m'y forcer !

A peine eut-il prononcé ces mots que Sev l'entraîna de force vers sa chambre. Il n'eut pas trop de mal à l'emmener vers la salle de bains car Draco avait épuisé ses dernières forces en lui donnant un coup de poing. C'est seulement lorsqu'il se retrouva dans la douche sous un jet d'eau glacée qu'il reprit véritablement ses esprits, avec un hurlement furieux. Le temps qu'il se déshabille, qu'il se sèche et qu'il enfile des vêtements propres, Sev lui avait préparé une tasse de café fort, qu'il lui mit dans les mains dès son entrée dans la cuisine. Draco la prit sans protester. Apparemment en proie au désespoir à présent, il laissait échapper des petits gémissements pitoyables entre deux gorgées de café.

— Tu parles d'un dragon ! dit Sev d'un ton railleur. Tu étais le plus violent d'entre nous quand nous étions petits, le plus coriace. Tu relevais tous les défis, tu n'avais jamais peur de rien… Regarde-toi, maintenant ! dit-il sur un ton provoquant pour le faire réagir.

Draco broncha sous l'attaque.

— Qui a dit que j'avais peur ? répliqua-t-il, soulagé de constater que sa voix avait retrouvé toute sa vigueur.

Sev se réjouit de voir que sa stratégie fonctionnait et jugea qu'il fallait le pousser dans ses retranchements.

— Alors pourquoi ne te démènes-tu pas pour récupérer ce qui t'appartient ? Comment se fait-il que tu ne sois pas à Atlanta ? Tu déclares forfait ?

— Jamais !

— Alors, bon sang ! Va la chercher, Draco !

Draco regarda son cousin d'un air sombre.

— Pour qu'elle m'explique cette histoire de mines, ou parce qu'elle est ma femme ? demanda-t-il, soupçonneux.

Sev haussa les épaules.

— Quelle importance ? D'une façon ou d'une autre, il faut en avoir le cœur net.

Draco n'avait pas du tout envie de reconnaître que son cousin avait raison, mais il promit tout de même à Sev de ne plus se laisser aller et d'agir selon ses conseils. Rassuré, ce dernier rentra chez lui.

Résolu désormais, Draco prit un cachet d'aspirine et se rendit directement dans son bureau d'où il passa plusieurs coups de téléphone aux personnes compétentes afin que l'un des jets privés de sa famille soit mis à sa disposition le plus vite possible. Inutile de faire une valise, pensa-t-il. Il avait l'intention de revenir le jour même. Juste le temps d'aller chercher sa femme et son fils ; peut-être en profiterait-il, s'il avait un moment, pour dire deux mots à Leticia Charleston.

Une question le taraudait cependant : Shayla était-elle ou non complice de l'escroquerie ? Etait-elle, comme il l'espérait, l'innocente victime de la duplicité de sa grand-mère, ou avait-elle tout prévu, depuis le début, y compris de retourner à Atlanta quand les Dante découvriraient que les mines étaient épuisées ? Les deux hypothèses tournaient en rond dans son esprit, remplacées parfois par une troisième possibilité mystérieuse qu'il ne formulait pas, faute de la connaître.

La pensée de Shayla l'obsédait. Il sentait encore son parfum délicat dans l'air, ce parfum qui l'enivrait et lui rappelait avec quelle passion ils faisaient l'amour… Il effleura du bout du doigt les épingles à cheveux ornées de pierreries posées sur la commode, ces épingles qu'il avait eu tant de plaisir à enlever pour voir son épaisse chevelure noire se dérouler en torsades capiteuses sur son dos… Il ramassa une paire de chaussures qu'elle n'avait pas eu le temps de mettre dans le placard, probablement parce qu'elle avait entendu le bébé s'agiter et qu'elle s'était hâtée d'aller vérifier que tout allait bien..

Il tressaillit. *Stefano*… Seigneur, comme son fils lui manquait ! Ses yeux noirs et brillants, semblables à ceux de sa mère, ses petits gloussements quand il chatouillait son petit ventre rond, les coups de pied énergiques qu'il donnait et les petits cris perçants qu'il poussait quand Shayla et lui entraient dans sa chambre…

Le cœur serré, il s'apprêtait à descendre l'escalier, quand il éprouva brusquement l'envie de se rendre quelques instants dans la chambre de son fils.

Il ouvrit la porte. Dans la pièce, tout semblait en ordre, ou presque : le panier en osier destiné au linge à laver était plein de vêtements de bébé, et l'un des tiroirs de la commode était entrouvert. Quant au berceau…

Stupéfait, Draco regarda fixement le panneau bariolé au-dessus de celui-ci. Le mur, encore d'un blanc immaculé, deux jours plus tôt, explosait maintenant de couleurs. Il recula d'un pas pour embrasser du regard la totalité du décor. Un immense dragon, l'air féroce, une lueur d'avertissement brillant dans ses yeux dorés, en occupait toute la surface. Sa posture avait quelque chose d'intimidant. Il comprit tout de suite que la créature le représentait. Pelotonnée entre ses pattes avant, une belle princesse aux cheveux d'ébène s'abandonnait avec confiance, ses grands yeux noirs levés vers son protecteur. Fasciné et très ému, Draco contempla longuement ce regard débordant d'amour et d'admiration. Le poids qui oppressait son cœur depuis le départ de Shayla s'allégea d'un coup et il rit de bon cœur en découvrant, agrippé à la queue du dragon, un adorable bébé dragon au regard et au sourire espiègles.

Stefano…

Soudain, une phrase lui revint à l'esprit. Il avait l'impression de l'entendre pour la première fois. Pourtant il se souvenait maintenant que Shayla l'avait prononcée quand ils étaient en conversation dans l'appartement, juste avant qu'ils ne soient interrompus par le coup de téléphone de Sev. Il venait de lui rendre sa liberté, à contrecœur, et elle lui avait dit… Il fronça les sourcils, cherchant ses mots exacts. Elle lui avait dit, avec un sourire timide : « Et si je te disais que je n'ai pas envie de te quitter, que je veux rester avec toi ? Nous forcerais-tu à partir ? »

Brusquement les mots prenaient tout leur sens. Il avait été si perturbé par le coup de téléphone de Sev qu'il n'avait pas vraiment enregistré ce qu'elle venait de lui dire. Mais les mots étaient restés tapis dans un coin de sa mémoire et, à présent, il les entendait parfaitement. Il sut alors, sans l'ombre d'un doute, ce qu'il avait à faire. Il n'irait pas à Atlanta, ce n'était pas nécessaire. Shayla et Stefano seraient bientôt à ses côtés.

— Pourquoi nous as-tu fait venir ici, Draco ? demanda Sev en versant du café dans deux tasses, avant de retourner s'asseoir.

Ils étaient réunis dans la salle de conférences de la joaillerie Dante. Sev tendit une tasse à sa femme, et but lui-même une gorgée de café.

— Tu as convoqué toute la famille, et cela fait vingt minutes que nous nous tournons les pouces en attendant que tu nous dises ce que nous faisons là.

Draco regarda ses proches avec gravité.

— Nous avons beaucoup de choses à tirer au clair, et nous allons le faire aujourd'hui, je vous prie de me croire, dit-il d'une voix qui distillait une sourde menace.

Rafaelo se tourna vers Larkin avec un large sourire.

— Cela me donne le frisson quand il devient autoritaire, comme ça… Pas toi ?

— Tais-toi, dit Draco, retrouvant son sens de l'humour.

Après un bref un coup d'œil à sa montre, il prit son portable et tapa un message. Aussitôt, la porte s'ouvrit derrière lui, et Juice fit son entrée.

— Ils sont arrivés il y a près d'une heure, annonça-t-il de sa voix grave. Ils seront là d'un instant à l'autre.

— Merci. Prends un café et assieds-toi où tu peux, lui dit Draco en lui montrant les fauteuils libres.

— Salut, Juice ! dit Luc avec un grand sourire. Que fais-tu ici ?

Juice s'approcha et lui serra la main.

— J'ai des informations susceptibles de vous intéresser.

La porte s'ouvrit de nouveau.

Enfin... Enfin, elle était arrivée...

Shayla fit une entrée majestueuse dans la pièce, le menton fièrement dressé. Draco nota avec amusement que la grand-mère et la petite-fille affichaient la même expression conquérante.

— Content de te revoir ! lui murmura-t-il à l'oreille en lui prenant son fils des bras. Vous m'avez manqué...

Son regard se posa sur la grand-mère de Shayla.

— ... tous les deux, précisa-t-il.

Leticia s'assit sur l'une des chaises libres à côté de la sienne et lui lança un regard plein de fureur rentrée.

— Eh bien ? Vous ne me proposez même pas un thé ! La courtoisie n'est décidément pas votre fort. Le trajet a été long, et malgré les apparences, je ne suis plus très jeune.

— Je m'en occupe, dit Shayla.

Sans un regard pour lui, elle se dirigea vers la cuisine attenante où elle avait attendu la réponse des Dante, le lendemain de la fameuse rencontre avec Draco. Des souvenirs l'assaillirent mais elle était décidée à ne pas succomber à leur influence. Dans un suprême effort, elle réussit à les refouler, se concentrant sur la préparation du breuvage.

Draco avait attendu un mot, un signe au moins, de la part de Shayla quand il avait murmuré à son oreille mais elle avait fait celle qui n'avait rien entendu. Il en conclut qu'ils avaient encore des choses à régler. Eh bien ! Ils allaient commencer tout de suite. Dès que Shayla eut apporté son thé à Leticia et que les deux femmes furent installées, il se lança :

— Nous sommes ici pour éclaircir les points obscurs d'une histoire qui nous concerne tous, et nous allons d'abord écouter Leticia Charleston, puisque cette histoire est, avant tout, la sienne.

Il la regarda et alla droit au but :

— Vous éprouvez, depuis toujours, une immense rancune contre les Dante et vous le leur manifestez de toutes les façons. Je peux comprendre que vous nous teniez pour responsables de la faillite de votre entreprise, même si nous savons tous les deux que c'est à cause de l'épuisement de vos mines que les Charleston ont été ruinés, mais ce n'est pas tout ce que vous nous reprochez, n'est-ce pas ? Vous avez d'autres raisons de vouloir vous venger.

Au lieu de nier, comme chacun s'y attendait, elle se contenta de hocher la tête en signe d'acquiescement.

— C'est Dominic Dante, le responsable. Tout est sa faute, déclara-t-elle d'une voix ferme.

— Papa ? s'exclama Sev en se levant d'un bond, furieux.

A côté de lui, Primo et Nonna se donnèrent la main et se rapprochèrent l'un de l'autre.

Sev bouillait de colère.

— Vous insultez la mémoire de mon père, s'écria-t-il. Comment pourrait-il être concerné en quoi que ce soit par cette histoire ?

— Sev, je t'en prie, murmura Francesca en le tirant doucement par le bras pour qu'il se rassoie. Ecoutons ce que Mme Charleston a à dire.

Le silence se fit de nouveau, et Leticia reprit la parole :

— Dominic a fait le trajet en avion pour rencontrer mon mari, il y a des années de cela, mais William n'a pas voulu le recevoir, il lui a dit de s'en aller. Dominic ne l'a pas écouté, bien sûr… Vous, les Dante, vous ne faites jamais ce que l'on vous dit de faire, dit-elle d'un ton moralisateur.

Shayla soupira ; une expression contrariée altérait ses traits.

— Grand-mère, au cas où tu ne l'aurais pas remarqué, nous sommes en minorité, ici. Essaie de faire preuve d'un peu de tact, pour une fois.

Sourde à la requête de sa petite-fille, Leticia parcourut l'assemblée d'un regard hostile et reprit sur le même ton :

— Au lieu de rentrer chez lui, Dominic a eu le front d'insister en s'adressant à moi. Il a prétendu que nous lui avions pris l'une de ses meilleures créatrices, une certaine Cara Moretti, et il a exigé qu'on la lui rende, comme s'il s'agissait d'un objet égaré. Je lui ai dit d'aller au diable.

Le nom de Cara Moretti fit l'effet d'une bombe parmi les Dante.

— Il doit bien y avoir autre chose, Leticia, dit Draco. On n'escroque pas une compagnie de plusieurs millions de dollars pour se venger d'une démarche abusive.

Manifestement, Leticia prenait plaisir à déstabiliser l'assistance avec son récit. Elle se tut un instant avant de continuer.

— Dominic a juré qu'il prendrait sa revanche. Je me suis contentée de rire. A l'époque, nos deux entreprises étaient concurrentes, la nôtre aussi se portait bien, je n'avais aucune raison de faire une faveur aux Dante.

— Avez-vous parlé à votre mari de la requête de Dominic ? demanda Primo d'un air accablé.

— Jamais de la vie ! Pourquoi aurais-je fait une chose pareille ? William avait un tempérament explosif, il valait mieux qu'il n'en sache rien et que l'affaire en reste là.

Elle but une gorgée de thé et reprit :

— Nous aimions bien Cara ; elle était arrivée chez nous enceinte, sans être mariée, mais nous l'avons accueillie car elle avait un très grand talent et c'était une jeune femme attachante. Elle a travaillé pour nous quelques années, puis elle est partie.

Nonna se leva, blême.

— Je vais attendre ailleurs. Le bébé n'a rien à faire ici, dit-elle, n'ayant trouvé que ce prétexte pour ne pas en entendre davantage… Je vais l'emmener dans une autre pièce.

Dès que la porte se fut refermée derrière Nonna et Stefano, Draco reprit son interrogatoire.

— Que s'est-il passé ensuite ?

Leticia soupira.

— Les années ont passé, votre entreprise est devenue de plus en plus puissante grâce aux diamants de feu… Quand votre renom est devenu international, j'ai compris que l'avenir de notre entreprise était menacé, mais William ne voulait pas se rendre à l'évidence. Nous avons continué à nous battre, mais…

Elle s'arrêta, trop émue pour poursuivre, et Shayla poursuivit :

— Grand-père est mort. Il a eu une crise cardiaque.

— Nous venions juste d'apprendre que nos mines étaient épuisées, murmura Leticia, et je suis sûre que c'est le choc de cette nouvelle qui a provoqué l'infarctus de mon mari. Sa mort et l'épuisement des mines ont plongé l'entreprise dans le chaos.

Elle se tourna vers Draco.

— J'ai supplié mon fils de prendre la place de son père, mais vous aviez vu juste : Stefan n'avait pas les qualités requises pour diriger une entreprise. Nous étions à deux doigts de la faillite. Si nous n'arrivions pas à refaire surface, nous perdions tout : notre entreprise, notre train de vie… et même notre maison.

— Qu'avez-vous fait ? demanda Draco, bien qu'il crût connaître la réponse à cette question.

Le menton de Leticia trembla légèrement, et elle prit quelques secondes pour recouvrer totalement son sang-froid avant de répondre :

— J'ai ravalé ma fierté et je me suis adressée aux Dante. Ma famille avant tout ! Je l'ai fait passer avant ma propre dignité et j'ai pris un rendez-vous avec Primo.

— Je n'ai jamais su que vous aviez cherché à me rencontrer, Letty, dit aussitôt Primo. Vous savez très bien que je vous aurais aidée si j'avais su que vous étiez dans le besoin.

Leticia esquissa un sourire triste.

— Les choses auraient peut-être pris une autre tournure si votre fils n'avait pas pris le rendez-vous à votre place, mais Dominic a prétendu que vous aviez insisté pour qu'il vous remplace, et c'est lui qui m'a reçue. Cela s'est passé quelques semaines avant sa mort, peu avant la mort de mon propre fils.

— Comment s'est passé votre entretien ? demanda Draco d'une voix douce.

Des souvenirs douloureux submergeaient Leticia, qui ne put retenir ses larmes. La voix brisée, elle reprit :

— Je l'ai supplié d'avoir pitié de nous, de nous laisser le temps de nous réorganiser… J'avais l'espoir fou de remettre l'entreprise sur pied.

— Alors vous aviez bel et bien l'intention de diriger vous-même la compagnie…

— Oui… Vous aviez raison, Draco. J'avais décidé de prendre les choses en main, mais j'avais besoin de temps, et Dominic a refusé de m'en donner. Il m'a dit que je ne méritais pas d'être aidée parce que, moi-même, je n'avais pas voulu l'aider à *récupérer* Cara Moretti. Des années étaient passées mais sa rancune était intacte. Il s'est montré cruel, terriblement cruel… Il a ri de notre situation désespérée, il a dit…

Elle se cacha un moment le visage dans les mains avant de poursuivre :

— Il a dit que je n'avais qu'à m'adresser aux services sociaux si je ne pouvais subvenir autrement aux besoins de ma famille. Il m'a même suggéré de placer Shayla dans une famille d'accueil, dit-elle la voix cassée par le souvenir de l'humiliation subie.

Pour une femme aussi fière que Leticia Charleston, ce face-à-face avait dû être une terrible épreuve, Draco en était certain. Il jeta un coup d'œil à son grand-père et à ses cousins, qui semblaient indignés par ce qu'ils venaient d'entendre. Il pouvait lire sur leurs visages à la fois la colère, le ressentiment et le déni catégorique. Seule l'expression de Primo se distinguait de celle de ses proches : non seulement il montrait qu'il croyait à la version des faits de Leticia, mais il ne dissimulait pas qu'elle lui inspirait de la compassion.

— Il y a quelque chose que je ne comprends pas,

reprit Draco. Mon oncle devait bien savoir que quelqu'un avait engagé votre fils dans notre bureau de New York ?

Elle réfléchit.

— Je n'en ai aucune idée. Si j'avais su que Stefan avait accepté de travailler pour Dante, cela m'aurait profondément contrariée, et si Dominic l'avait su, il n'aurait pas manqué de m'en parler, alors je suppose qu'il n'était pas encore au courant, à ce moment-là. Après notre pénible entretien, j'ai sauvé ce que j'ai pu, mais ensuite Stefan est mort et…

Elle s'interrompit de nouveau. Son désespoir était évident, et Draco se dit que certains membres de la famille Dante commençaient peut-être à comprendre pourquoi elle avait cherché à se venger.

Enfin, Shayla brisa le silence :

— Ma grand-mère est ici pour vous rendre l'argent qu'elle a reçu lors de la vente des mines, annonça-t-elle.

Leticia poussa un profond soupir de désappointement.

— J'ai toujours su que je serais obligée de le faire, un jour ou l'autre, admit-elle à regret.

— Ah, vraiment ? dit Sev d'un ton sarcastique.

Leticia se leva d'un bond.

— Ne vous avisez pas de me regarder avec les mêmes yeux que votre père, Severo Dante, et ne vous imaginez pas que vous savez ce qui s'est passé ou que vous connaissez mes intentions ! Evidemment que je vais vous rendre cet argent ! Je ne vous l'ai pris que pour vous montrer que, moi aussi, je suis capable de vous faire du tort.

Draco haussa les sourcils, impressionné malgré lui par l'énergie de la vieille dame qui, très remontée contre Sev, continuait son récit en le foudroyant du regard.

— Je savais très bien que vous finiriez par vous

rendre compte que les mines étaient épuisées… Cela n'a d'ailleurs aucune importance, ajouta-t-elle en se rasseyant. Vous auriez découvert tôt ou tard que la vente est illégale puisque je ne suis plus la propriétaire des mines !

Cette déclaration fut accueillie par un silence consterné.

— Si vous n'êtes pas la propriétaire des mines, alors qui l'est ? demanda enfin Primo.

— Shayla, annonça Draco.

La nouvelle stupéfia non seulement ses proches, qui montraient tous des visages incrédules, mais elle frappa Shayla de la même stupeur. Il lui prit la main, heureux de constater qu'elle la laissait dans la sienne.

De son autre main, il désigna Juice.

— Juice, la parole est à toi.

Juice s'adressa à Shayla sur un ton plein de bienveillance.

— A l'instant où vous avez épousé Draco, les mines sont devenues les vôtres. Votre avocat aurait dû vous le signaler, à moins que…

Il regarda Leticia, partagé à son égard entre l'admiration et l'exaspération, puis il reprit d'un ton aussi neutre que possible :

— A moins que vous n'ayez oublié d'informer votre avocat du mariage de votre petite-fille. Se pourrait-il que vous ayez fait cela ? demanda-t-il.

— Grand-mère, est-ce vrai ? murmura Shayla, visiblement déconcertée.

— Je l'aurais averti… un jour ou l'autre, répondit Leticia d'un ton irrité. Il va sans dire que je n'étais pas pressée de régler ce détail insignifiant alors que je devais m'occuper de tant de choses bien plus urgentes.

Draco lui lança un regard ironique.

— En d'autres termes, vous ne vouliez pas qu'il l'apprenne trop tôt, sinon vous n'auriez pas eu le plaisir de mettre un coup de pied dans la fourmilière et de regarder les fourmis s'enfuir en tous sens !

— Vous voyez ? Vous me comprenez parfaitement.

— Disons que je devine comment vous fonctionnez. Mais je n'approuve en rien votre comportement. Et je ne suis pas près de vous pardonner de nous avoir séparés, Shayla et moi. Vous avez voulu nous empêcher de nous marier, dans le seul but d'assurer la pérennité de votre nom et pour que Shayla n'hérite pas trop tôt. Et tout cela pour que votre plan se déroule comme prévu, n'est-ce pas ?

Une lueur intense de satisfaction brilla dans les yeux de Leticia.

— Je voulais à tout prix que vous achetiez les mines, que vous soyez prêts à tout pour les acheter, que vous preniez des décisions hâtives. Il fallait que vous soyez suffisamment excités par la perspective d'annexer l'affaire de votre ancien concurrent pour oublier toute prudence et croire aux faux rapports sur leur viabilité.

— Comment avez-vous réussi à obtenir ces faux rapports ? demanda Draco qui brûlait de connaître l'identité du faussaire.

Il y eut un silence, et il comprit à son expression fermée qu'elle ne révélerait jamais le nom de la personne qui les avait fabriqués.

— Disons que j'ai encore des relations dans le milieu, dit-elle enfin. En tout cas, mon plan a fonctionné : les rapports vous ont rassurés, et vous avez eu peur que je décide de vendre à vos concurrents… J'ai réussi à vous faire acheter les mines sans délai, et au comptant.

Elle afficha un sourire ravi.

— J'ai fini par obtenir ce que je voulais depuis toujours, j'ai enfin rendu aux Dante la monnaie de leur pièce, j'ai enfin gagné, proclama-t-elle avec une fierté reconquise.

Sev semblait furieux, mais son grand-père l'incita à se dominer d'un geste de la main.

— Et maintenant ? demanda Primo.

Leticia haussa les épaules avec désinvolture.

— Maintenant que la partie est terminée, je vais vous rendre votre argent, mais vous comprendrez que je m'octroie une petite commission au passage, annonça-t-elle avec légèreté.

— Grand-mère ! s'exclama Shayla, outrée.

— Quoi ? J'ai besoin d'une nouvelle voiture. Ils ne vont pas chipoter pour cent mille dollars…

— Cent mille dollars ! répéta Shayla d'une voix étranglée.

— A ce prix-là, ce sera une belle voiture, dit Draco que cette réaction amusait.

Leticia haussa un sourcil.

— Mon cher, je n'ai pas pour habitude de voyager comme une pauvresse !

Draco jugea qu'il était temps de changer de sujet et de revenir aux choses sérieuses.

— Maintenant, j'aimerais bien entendre la suite de l'histoire, demanda-t-il.

Leticia fronça les sourcils.

— Quoi donc ? Je n'ai rien à ajouter, assura-t-elle.

Il se contenta de tendre la main dans sa direction.

— Pouvez-vous me montrer votre alliance, s'il vous plaît ?

L'espace d'un instant, il crut qu'elle allait refuser,

mais elle retira sa chaîne et la posa délicatement sur la table. Le diamant de la bague étincelait de mille feux.

A côté de lui, il sentit Shayla se crisper.

— Oh, mon Dieu, grand-mère… Qu'as-tu fait ?

Leticia inclina la tête, la mine honteuse.

— Je suis désolée, ma chérie, vraiment désolée.

— J'aurais dû comprendre plus tôt… C'est un diamant de feu, mais il ne pouvait pas venir de nos mines, constata Shayla. Elle regarda fixement sa grand-mère, d'un air profondément désabusé.

— Je me suis toujours demandé pourquoi tu avais arrêté de porter ton alliance, mais je comprends enfin. Ce n'est pas ton alliance ! C'est toi qui as organisé le vol des diamants de feu de Draco, n'est-ce pas ?

Leticia eut un mouvement de protestation sincère.

— Je te jure que non ! Je t'en prie, Shayla, crois-moi…

Elle tendit le bras pour prendre la main de sa petite-fille, mais Shayla retira vivement sa main. Le visage de la vieille dame se décomposa.

— Je n'ai pas volé ces pierres, s'écria-t-elle. Si je suis coupable, c'est seulement de ne pas avoir dénoncé le voleur. Le coupable, c'est Clint Bodine, un ancien employé des Charleston. Quand il m'a avoué son forfait, j'aurais dû avertir les autorités, mais je n'en ai rien fait et je m'en veux, il faut me croire.

— Pourquoi ne l'avez-vous pas fait ? demanda Draco.

Leticia serra les poings.

— Parce qu'il m'a donné l'un des diamants qu'il avait dérobés ; celui-là était déjà serti dans cette bague.

— C'est une alliance, dit Primo. Pourquoi vous a-t-il donné une alliance, Letty ? Qu'est-il arrivé à la vôtre ?

— Je l'ai vendue pour rembourser nos dettes, murmura-t-elle. Clint était au courant, et il m'a donné celle-ci pour la remplacer. C'était aussi le prix de mon silence, évidemment, même si nous n'en avons jamais parlé. Au début, j'avais l'intention de vous rendre le diamant, mais finalement je ne l'ai jamais fait. Croyez-moi, je suis sincèrement désolée et honteuse de m'être conduite ainsi. C'est contraire à mes valeurs.

Draco ne cessait d'être surpris par cette femme. Quelle morale étrange ! L'idée d'escroquer les Dante de millions de dollars ne la faisait pas sourciller, elle trouvait même que c'était légitime, mais, à ses yeux, conserver un diamant volé était honteux, impardonnable… Il voulut en savoir plus sur les ressorts de sa conduite.

— Pourquoi ne pas nous l'avoir rendu si ce geste vous ressemble si peu ? demanda-t-il. Serait-ce parce que c'était votre filet de sécurité ?

— Oui. En cas d'urgence. Je n'aurais jamais supporté de voir ma famille dans la misère.

Elle tendit de nouveau le bras pour prendre la main de sa petite-fille dans un geste suppliant. Emue par tout ce qu'elle venait d'entendre, Shayla lui abandonna sa main. Leticia ferma les yeux un instant pour savourer ce geste de pardon. Un immense soulagement se lut sur ses traits malmenés par les émotions, puis son habituelle expression conquérante reprit le dessus.

— Pour être parfaitement honnête, dit-elle encore, cette bague me rappelait aussi tout ce que les Charleston avaient subi à cause des Dante.

Craignant que la discussion ne s'éternise, au risque de s'envenimer de nouveau, Primo prit la parole pour déclarer que la réunion était terminée. Il insista pour parler à Leticia seul à seule, pendant que le reste de la famille prenait congé. Avant de s'en aller, Juice s'approcha de Draco.

— J'espère que mon enquête vous a un peu aidés, dit-il, mais j'ai surtout l'impression de n'avoir fait qu'aggraver les choses, en particulier pour Sev.

— Mon cousin et ses frères ont simplement besoin de temps pour accepter ce qu'ils ont appris… Merci encore, Juice, dit-il en lui tendant la main. Ton aide nous est toujours très précieuse.

— Je t'en prie, c'est un plaisir pour moi de travailler pour vous, dit-il avant de prendre congé.

Dès que la porte se fut refermée derrière Juice, Draco s'appuya contre la table et observa Shayla qui se tenait de dos, très raide.

— Qui commence ? demanda-t-il avec douceur.

Elle se tourna vers lui, les doigts crispés sur sa tasse de thé.

— Je suis vraiment désolée, Draco, dit-elle sur un ton de froide politesse. Ma grand-mère a fait beaucoup de dégâts.

— Ce n'est pas à toi de t'excuser…

Il sourit.

— … et quelque chose me dit que ce n'est pas Leticia qui me présentera ses excuses.

Shayla semblait hésitante.

— Alors… que proposes-tu ? demanda-t-elle.

— D'abord, je vais te faire, moi, les excuses que je te dois. Je suis sincèrement désolé pour tout ce que je t'ai dit hier. Mes soupçons étaient injustes. Comprends-moi. J'ai eu l'impression de revivre l'épisode des diamants volés. C'était stupide, je le sais, et j'ai eu tort. Je te demande pardon. Je sais très bien que tu ne ferais jamais une chose pareille.

Il essayait de deviner à son expression si elle acceptait ses excuses ou non, mais son visage restait impénétrable.

— Combien de temps t'a-t-il fallu pour te rendre compte que je n'étais pas la manipulatrice que tu soupçonnais ? demanda-t-elle, d'un ton qui révélait qu'elle était encore blessée.

Elle continuait à tenir sa tasse de thé devant elle, comme pour maintenir une barrière entre eux. Il la lui prit des mains avec douceur et la posa sur la table.

— Je le savais depuis le début, mais il m'a fallu un moment pour en prendre pleinement conscience.

Elle sentait fondre son ressentiment devant son air contrit.

— C'est vrai que tu peux être incroyablement têtu, observa-t-elle. Et maintenant que tu connais la vérité, qu'est-ce que tu décides ?

Il s'efforça de garder un ton neutre, ne voulant montrer aucune émotion susceptible de l'influencer.

— C'est à toi de décider… J'ai contacté ton ancien patron, Derek Algier. Juice m'a aidé à obtenir ses coordonnées.

Elle écarquilla les yeux, abasourdie.

— Pourquoi as-tu appelé Derek ?

— Pour savoir s'il avait besoin d'une interprète. Je lui ai expliqué ta situation. Je lui ai dit que tu adorais ton métier, et que, dès que Stefano serait un peu plus grand, j'engagerais une nourrice qui pourrait t'accompagner à l'étranger.

— Tu… Tu veux que je parte ? demanda-t-elle d'une voix étranglée. Tu veux divorcer ?

— Mais non ! cria-t-il.

Il s'efforça de se contrôler, pour continuer à exposer la situation en toute objectivité.

— Nous avons fait un pacte, tu te souviens ? Je te propose simplement de te rendre ta liberté, Shayla, comme promis. A moins que…

— A moins que ?

— Il y a une autre solution.

Il avait beau essayer de paraître détaché, une pointe d'espoir s'était glissée dans sa voix. Shayla avait dû s'en apercevoir, car un sourire se dessina lentement sur ses lèvres.

— Quelle autre solution ?

— Réponds d'abord à une question… La peinture, dans la chambre de Stefano… ce message d'amour, tu le pensais ?

— De tout mon cœur, répondit-elle sans hésiter.

— Alors, ne pars pas ! s'écria-t-il.

Il s'approcha d'elle, la prit dans ses bras et la serra contre lui de toutes ses forces.

— Je t'aime, Shayla, je t'ai aimée dès l'instant où j'ai posé les yeux sur toi, je t'ai désirée dès que nous nous sommes touchés, je suis tombé amoureux dès que nous nous sommes embrassés… Comment pourrais-je supporter que tu me quittes de nouveau ?

— Oh, Draco !

Les yeux pleins de larmes, elle noua les bras autour de son cou, tandis qu'il l'embrassait avec passion.

— Dis-moi ce que tu veux, murmura-t-il, et je te le donnerai, même si c'est ta liberté que tu réclames. Je ne veux pas que tu te sentes prise au piège de notre mariage.

— Notre mariage ne sera jamais un piège.

Elle recula légèrement et lui prit le visage dans les mains.

— Je t'aime, Draco Dante. Je t'ai aimé dès que j'ai

ressenti l'*Inferno*, et je t'aimerai jusqu'à ce que nous ayons plein d'arrière-petits-enfants. Je ne veux pas te quitter, je ne te quitterai *jamais*.

Il toucha son alliance.

— Nous sommes donc liés pour l'Eternité ?

Elle sourit.

— Je savais déjà que nous l'étions quand tu m'as dit comment se nommait cette alliance, mais j'avais trop peur de l'avenir pour y croire.

— Et notre pacte ?

— Oublions-le !

— Ou bien choisissons d'honorer une autre promesse : celle que nous nous sommes faite le jour où j'ai mis cette bague à ton doigt.

Elle ferma les yeux un instant.

— Cela me plairait beaucoup.

Elle sembla hésiter, puis ajouta :

— Je crois que c'est le bon moment pour t'annoncer que ma grand-mère vient vivre à San Francisco.

— Que Dieu nous vienne en aide ! marmonna-t-il.

Certes, cette nouvelle ne le réjouissait pas, il devait bien se l'avouer, mais il n'était pas question que leur différend passé prive Shayla de sa seule parente. Il ferait donc l'effort d'accepter sa présence en faisant bonne figure. Puisqu'il venait de se promettre de tout faire pour le bonheur de Shayla, c'était l'occasion de commencer.

Réfléchissant quelques instants, il inclina légèrement la tête sur le côté et sourit avant de lui faire la proposition qui lui venait à l'esprit.

— Tu sais… Dante a souvent besoin de traducteurs-interprètes, que ce soit sur place ou à l'étranger.

Elle rit.

— Essaierais-tu de te débarrasser de moi dans l'espoir que ma grand-mère me suive ?

— C'est tentant, dit-il en souriant, très tentant même… Plus sérieusement, j'essaie de t'aider à réaliser tes rêves.

Elle se serra de nouveau contre lui.

— Ce n'est plus la peine d'essayer, murmura-t-elle, c'est déjà fait. Maintenant, c'est à mon tour de t'aider à réaliser les tiens.

— Tu viens de le faire, mon amour… Tu viens de le faire.

Posant les lèvres sur les siennes, il entrelaça ses doigts aux siens et se mit à l'embrasser avec passion tandis que l'*Inferno* s'embrasait de plus belle au creux de leurs paumes, scellant la promesse d'un lien éternel.

Une joie intense envahit Draco. Le dragon avait enfin trouvé son âme sœur ; dès qu'il le pourrait, il l'emmènerait dans son repaire enchanté et ils vivraient heureux ensemble, pour l'Eternité.

ROBYN GRADY

Une attirance impossible

éditions Harlequin

Titre original : DREAM JOB, HOT BOSS !

Traduction française de FRANÇOISE HENRY

83-85, boulevard Vincent-Auriol, 75646 PARIS CEDEX 13.
Service Lectrices — Tél. : 01 45 82 47 47
www.harlequin.fr

- 1 -

Pleine de résolution, Serena Stevens prit sa respiration et s'apprêta à frapper à la porte de son employeur.

Cependant, au dernier moment, son appréhension reprit le dessus, et elle fut incapable de faire le moindre geste.

Pourquoi cette convocation matinale ? Cela avait-il un rapport avec le fait que sa période d'essai touchait à sa fin précisément aujourd'hui ?

Trois mois plus tôt, alors qu'elle atteignait ses vingt-quatre ans, David Miles, P.-D.G. de l'agence de publicité Miles Advertising Australia, lui avait offert sa première chance. Diplômée en marketing mais dépourvue d'expérience, elle en avait été transportée de joie.

M. Miles était-il mécontent de sa prestation de chargée de clientèle ? Allait-il rouler ses imposantes épaules, froncer ses épais sourcils bruns et l'écraser sous sa réprobation ? Envisageait-il de la licencier ?

Son estomac se contracta.

Non, par pitié, pas un licenciement ! Elle désirait par-dessus tout faire ses preuves. Elle avait tellement souffert de l'étiquette de « bonne à rien » portée toute son enfance et son adolescence.

Potelée, timide, souffrant d'une dyslexie tardivement diagnostiquée, sa scolarité avait été un cauchemar, et seul son sens de l'humour l'avait sauvée du désespoir. Et puis, les cours de soutien, les méthodes d'épanouissement individuel et sa persévérance avaient fini par payer. A présent, elle pouvait envisager l'avenir sous de meilleurs auspices. Cependant, adolescente, elle s'était sentie si encombrée par ses imperfections et ses difficultés d'apprentissage — et il fallait ajouter à ce fardeau déjà lourd un père qui la critiquait en permanence — qu'elle avait fait le vœu de déployer ses ailes et de mettre le cap vers de grandes métropoles comme Londres, Paris ou New York. Sydney resterait à jamais son pays natal, avec son dynamisme, ses cafés, sa culture, et son climat chaud qui vous donnait l'impression d'être perpétuellement en vacances, mais là-bas, rien ni personne n'entraverait sa liberté. Et il n'était même pas certain qu'elle en revienne jamais…

Mais avant de rêver à l'avenir, il fallait considérer le présent.

Elle aimait beaucoup son emploi actuel, et elle en avait besoin. Son poste de chargée de clientèle, même débutante, lui permettait de régler les factures, c'était déjà un pas important dans son ascension vers le haut de l'échelle professionnelle.

Elle pressa les lèvres, redressa le menton et s'apprêta de nouveau à frapper.

Cependant, avant même qu'elle n'en ait eu le temps, le battant de la porte s'ouvrit brusquement.

Affichant un sourire un peu forcé, elle dit la première banalité qui lui passa par la tête.

— Vous m'avez demandée, monsieur ?

Le regard bleu profond de David Miles parut la transpercer. Puis il s'effaça et lui fit signe d'entrer.

— Merci de votre diligence, mademoiselle Stevens.

Tout en rajustant ses boutons de manchettes en onyx, il l'accompagna au fauteuil qui faisait face à son bureau.

Les joues brûlantes, elle s'y assit avec précaution tandis qu'il contournait son imposant bureau pour regagner sa place. Avec son cœur qui tambourinait à ses oreilles, elle le regarda s'asseoir dans le fauteuil à haut dossier.

C'était un homme puissant et fortuné, mais ce qui l'intimidait le plus, elle devait bien l'admettre, c'était son incroyable beauté. Il émanait de lui une séduction virile et élégante qu'elle n'avait jamais rencontrée chez d'autres hommes. Incapable de détourner le regard, elle le vit rajuster sa cravate rouge, déjà parfaitement en place et qui tranchait sur une chemise d'un blanc immaculé.

— Vous vous demandez sans doute pourquoi je vous ai convoquée…

N'étaient-ce pas des nuages d'orage qui s'amassaient sous les cils noirs ? A quoi bon tergiverser ? Si M. Miles voulait se débarrasser d'elle, autant le savoir tout de suite.

— Auriez-vous de mauvaises nouvelles à me communiquer ? s'enquit-elle.

S'emparant d'un stylo, David Miles le fit coulisser entre son pouce et son majeur.

— Les nouvelles, Serena, sont en partie mauvaises et en partie excellentes.

Rien de définitif, alors !

Elle laissa échapper un soupir et desserra l'étreinte de ses doigts crispés sur le bras du fauteuil.

— Tant que je ne dois pas faire la queue la semaine prochaine pour trouver un emploi, c'est toujours ça.

Elle n'en était pas sûre, mais le tressaillement de la lèvre de son employeur aurait pu passer pour un sourire.

Il se renfonça contre le dossier de son fauteuil, et elle nota que ses cheveux bruns étaient légèrement en désordre, comme s'il y avait fourragé juste avant son arrivée.

— Vous avez certainement entendu dire que nous avons remporté le marché pour la campagne publicitaire de *Hits* ?

Elle s'anima soudain.

— La nouvelle émission télévisée de musique ? Bien sûr ! On dit que c'est ce qui se fera de mieux depuis *Idol*.

— Vous savez aussi que j'ai engagé Jezz McQuade pour diriger la campagne.

Oui, elle le savait, et elle s'était de ce fait renseignée sur cette personnalité à l'impressionnante carrière.

— Jezz McQuade est la meilleure, affirma-t-elle. Une femme qui peut se métamorphoser de chanteuse d'un groupe rock des années 1980 en brillant agent publicitaire représente à mes yeux une légende. Cette année, elle a travaillé aux Etats-Unis et supervisé les clips musicaux des plus grands.

Il hocha la tête, apparemment satisfait de sa réponse. Puis il posa ses paumes sur son sous-main de cuir et se leva.

— Comme je vous le disais, il y a de mauvaises nouvelles : Jezz s'apprêtait à prendre l'avion pour l'Australie, quand elle a glissé sur un carreau humide de la salle de bains à son hôtel.

— Quelle malchance ! J'espère qu'elle n'est pas blessée ?

— Eh bien, si. Elle souffre d'une mauvaise fracture du tibia. J'ai reçu un appel des urgences : elle ne sera pas en état de travailler avant sept, peut-être même huit semaines. Et encore, sous antalgiques et avec l'aide de béquilles.

Elle prit un air consterné.

Quelle mauvaise nouvelle ! Mais pourquoi son employeur se confiait-il à elle ? Jezz McQuade aurait-elle besoin d'une femme à tout faire ?

M. Miles croisa les bras sur son torse impressionnant et se dirigea vers le mur sur lequel étaient exposés divers trophées éclairés avec art.

— J'ai sous la main quelques personnes expérimentées qui pourraient remplacer Jezz jusqu'à sa guérison. Une, en particulier, marcherait sur le corps de sa mère pour se voir confier ces responsabilités.

— Rachel Bragg, dit-elle.

Le nom avait jailli spontanément de ses lèvres.

Dans les entreprises réunissant un certain nombre de personnes, des jalousies naissaient, et il se produisait inévitablement des heurts. Il y avait bien, au neuvième étage, un directeur des ressources humaines censé aplanir ces difficultés, mais Rachel Bragg…

Serena frissonna.

A quoi bon y aller par quatre chemins ? C'était une vraie peste. Et elle n'était pas seule à le penser.

Davis Miles hocha la tête avec un petit sourire.

— Rachel fait du bon travail ici. Cependant, je suis très conscient de ses défauts. C'est une excellente chargée de clientèle, mais une personnalité difficile.

Serena resta silencieuse.

Excellente chargée de clientèle ? Ah, oui, elle avait déjà entendu ce compliment… De la bouche même de Rachel.

Soudain, David Miles sourit franchement, et la gaieté brilla dans ses yeux.

— Vous avez des traits vraiment expressifs, vous savez, mademoiselle Stevens. J'espère pour vous que vous ne jouez pas au poker !

Elle sourit à son tour.

— Mon professeur d'art dramatique du lycée me le disait souvent. Je ne peux pas vous dire le nombre de fois où j'ai dû exprimer pour mes camarades l'allégresse, le ressentiment ou, mon interprétation préférée, la stupidité.

Comme David Miles riait, elle ajouta étourdiment :

— J'étais au moins bonne à quelque chose.

Elle regretta aussitôt ses dernières paroles.

Quelle pipelette ! Pourquoi s'arrêter en si bon chemin et ne pas lui montrer les photos des années où elle portait des lunettes aux verres énormes et où elle avait l'air si niais ?

Mais David Miles ne releva pas sa bévue. Les mains dans les poches de son pantalon impeccablement coupé, il se dirigea vers la fenêtre. Et, tout en admirant la vue, il reprit le fil de la conversation.

— Après discussion ce matin, Jezz et moi sommes tombés d'accord sur le fait que la personne qui la remplacera devra, non seulement connaître le fonctionnement de la maison, mais encore apporter à ce projet un regard nouveau et de l'enthousiasme. Il faudra aussi quelqu'un qui ait des affinités avec la culture pop, une bonne connaissance des données démographiques et des idées neuves sur la promotion des spectacles et des vedettes.

Il se retourna brusquement et la vrilla du regard.

— En somme, quelqu'un comme vous.

Sous l'effet de la surprise, elle ne put que le dévisager, bouche bée. Lorsqu'elle se reprit, ce fut pour bredouiller :

— Vous me… voulez ?

Des petites rides marquèrent le coin des yeux de

David Miles, et la courbe de ses lèvres s'adoucit tandis qu'il s'approchait d'elle. Il lui prit les mains pour l'aider à se lever.

— Oui, Serena. Je vous veux.

Tremblant sur ses jambes mal assurées, elle se redressa, la gorge nouée par l'émotion.

— Je ne sais que dire, à part que… Que vous ne le regretterez pas, monsieur Miles. Je vous en donne ma parole !

Une odeur de bois de santal, de savon, et de chaleur masculine parvint à ses narines alors que les incroyables yeux bleus de son patron lui souriaient.

— David, dit-il. Il est temps que vous m'appeliez David.

Elle hocha vigoureusement la tête.

D'accord, elle le ferait, dès qu'elle se serait persuadée de la réalité de la merveilleuse nouvelle.

Elle n'avait jamais rien ressenti de comparable. Pas même quand elle avait obtenu le premier prix pour son essai intitulé : *Pourquoi et comment je veux réussir* devant ses parents et l'école tout entière. Ce travail lui avait coûté beaucoup d'efforts. Mais *ça* ! Ça, c'était un cadeau qui lui tombait du ciel.

Tout en sachant vain d'espérer rivaliser du haut de son mètre soixante-trois avec le bon mètre quatre-vingt-cinq de *David* Miles, elle se redressa de toute sa hauteur.

— Quand désirez-vous que je commence ? Tout de suite ? Vous n'avez pas à vous inquiéter de mon engagement, monsieur Miles. Je m'impliquerai à cent pour cent. Les week-ends, les soirées. Aucun sacrifice ne sera trop grand !

Un muscle tressauta sur la mâchoire de David Miles, ombrée d'un début de barbe, puis il s'éloigna.

— Venez, Serena. Je voudrais vous montrer quelque chose.

Au mur, la galaxie des prix brillait de tous ses feux. David lui tournait le dos, et, comme il croisait les bras, sa veste soulignait la musculature de ses épaules.

Elle sentit une bouffée de chaleur l'envahir.

Ce n'était pas l'exposition des trophées qui la troublait, certes non. C'était David Miles lui-même qui l'impressionnait, par sa prestance, sa détermination, sa voix aux accents légèrement rocailleux. Et la confiance qu'il plaçait en elle la bouleversait plus que tout. Franchement, si elle avait été à la recherche de l'homme idéal, David Miles aurait fait partie des finalistes.

Elle se ressaisit.

Heureusement, ce n'était pas le cas. Elle n'était pas à la recherche de l'homme idéal, pas maintenant. Pas cette année. Pas même peut-être durant les dix prochaines, ni les dix qui suivraient. Tout ce qu'il lui importait, c'était de voyager, de faire carrière à l'étranger. D'être enfin libre d'atteindre les étoiles. Rien ni personne ne la retiendrait dans son élan ! Et cette promotion la confortait dans l'idée d'être vraiment sur le point de prendre son envol.

D'un geste, David indiqua un espace vide sur le mur.

— Vous voyez ça ?

Elle scruta le mur en vain.

— Je ne vois rien, avoua-t-elle, essayant de se rappeler si elle avait bien mis ses lentilles de contact le matin.

— C'est précisément le problème, déclara David.

Elle était maintenant à son côté, et respirait son odeur de bois de santal, de savon, de chaleur. Comme il se penchait sur le bureau pour fouiller à l'intérieur, elle s'autorisa à profiter de la vue agréable de son pantalon tendu sur ses cuisses dures.

Après avoir extrait du meuble un gros cahier à spirale, il se redressa, se mit à le feuilleter, et elle continua de l'étudier discrètement.

La petite cicatrice qui interrompait la ligne du sourcil gauche, le nez droit, la mâchoire forte, le torse athlétique…

Jamais elle n'avait ressenti pareil attrait pour un homme. S'agissait-il de la fascination qu'exercent les hommes plus âgés sur les jeunes femmes ? N'étaient-ils pas supposés être plus séduisants, plus intelligents et, d'une certaine manière, interdits ?

Bien sûr, elle n'était pas censée penser à son employeur en ces termes. Même si elle avait cherché l'homme idéal. Ce qui n'était pas le cas.

David Miles tournait les pages les unes après les autres.

— Tenez, dit-il en lui désignant un diagramme, cela résume l'histoire de l'agence. Voici où nous avons commencé…

Un long index à l'ongle taillé court glissa sur le papier.

— Et voici où nous sommes maintenant.

Tête penchée, elle repoussa une mèche blonde derrière son oreille.

Le diagramme indiquait une progression spectaculaire, mis à part…

— Qu'est-il arrivé là ? demanda-t-elle en désignant un endroit où les valeurs chutaient à un point inquiétant.

Ses doigts à peine retirés, David referma le document d'un geste sec et le reposa sur le bureau.

— Disons, une erreur de jugement. Cela ne s'est pas reproduit depuis. Et cela ne se reproduira plus.

Il posa une cuisse sur le bord du meuble, ses grandes

mains bronzées croisées entre ses jambes tandis qu'il la fixait du regard.

— Je serai honnête avec vous, Serena : je n'ai pas seulement besoin que cette campagne soit une réussite, il faut que ce soit un éclatant succès. Je dois obtenir le premier prix pour cette campagne afin de remplir cet espace vide au mur. Les sponsors internationaux de *Hits* ont annoncé que, si c'est le cas, ils nous confieront toutes leurs affaires. Un coup astronomique. Dans le cas contraire…

Ses narines frémirent de façon terrifiante.

— Ils iront voir ailleurs, et beaucoup d'autres clients suivront. La réputation de Miles Advertising en souffrira terriblement.

Prenant conscience de l'énormité des enjeux, elle frissonna d'excitation.

C'était la chance tant attendue, le tremplin pour un saut dans un avenir radieux !

D'un autre côté, l'entreprise semblait presque trop écrasante. Elle n'avait pas peur des défis, mais l'affaire ne la concernait pas uniquement. L'avenir de l'agence et de son employeur dépendrait d'elle.

Et si elle gâchait tout ? Si elle n'arrivait pas à livrer le maximum ? Et si son maximum n'était pas encore suffisant ?

Soudain prise de faiblesse, elle prit appui sur le bureau.

— Est-ce que j'ai le droit d'être épouvantée ?

David Miles rit, et le son grave et rocailleux la réconforta un peu.

— Il n'y a rien de mal à éprouver de la peur, dit-il. C'est naturel. Certains disent même : nécessaire.

Son regard la fouillait jusqu'au fond de l'âme.

— Bien sûr, poursuivit-il, il ne faut pas qu'elle vous

paralyse. Vous devez parvenir à la vaincre pour aborder sur l'autre rive, apprendre à vous adapter et accomplir honnêtement votre tâche.

Elle hocha la tête.

« Regarde ta peur en face, et va de l'avant. » Bien sûr, il avait raison.

— Je serai derrière vous à tout moment, reprit-il, et Jezz est prête à s'occuper de tout ce qui lui sera possible de son lit de malade, mais…

— Vous pouvez compter sur moi, termina-t-elle.

Il la défia du regard.

— Vous êtes prête ?

— Aussi prête que possible.

Pour bien montrer sa volonté de se mettre au travail, elle se redressa de toute sa hauteur, quand elle sentit quelque chose craquer sous son pied.

Elle se pencha et ramassa…

— Un avion en papier !

Son regard fouilla les quatre coins du vaste bureau, examina le bar, l'impressionnante table, puis le canapé de cuir.

— Vous avez un petit garçon caché quelque part ?

David Miles eut un sourire en coin.

— Pas dans cette pièce, non. Nulle part, d'ailleurs.

Elle soupesa l'avion dans sa paume puis fit le geste de le lancer.

— Ça marche mieux si on le tient plus bas, vers le nez, ajouta-t-il.

Elle regarda tour à tour l'avion puis l'homme sophistiqué nonchalamment perché sur le bord du bureau.

Sûrement, elle devait faire erreur.

— Vous voulez dire qu'il est à vous ?

— Seulement si vous permettez que je le récupère.

Sa lèvre inférieure esquissa une moue pendant qu'il lui prenait l'avion des mains et s'efforçait de le lisser.

— Après quelques modifications, je suis plutôt content de la performance de ce modèle exceptionnellement glissant. J'ai moins de certitudes quant à l'atterrissage.

Collectionner des actions, des antiquités, des pur-sang, d'accord. Mais des avions en papier ?

Un petit rire échappa à Serena, et David fronça les sourcils.

— Qu'y a-t-il de si drôle ? Ce n'est pas comme si je portais des sous-vêtements féminins les week-ends. C'est un passe-temps masculin parfaitement sain.

— Justement ! C'est un passe-temps de jeune garçon, et vous, vous êtes…

Elle se mordit la langue. Comme d'habitude, elle avait failli parler trop vite, et surtout trop inconsidérément.

David reposa l'avion.

— Vous alliez dire « vieux » ?

— Mais non, mentit-elle.

Avec une grâce nonchalante, il se laissa glisser du bureau et vint se placer devant elle.

— Pas de problème, je suis conscient de notre différence d'âge. A vos yeux, trente-deux ans, ça doit paraître un âge vénérable.

A vrai dire, ça lui paraissait surtout un âge appétissant.

Elle repoussa l'idée et suivit du regard son propre doigt qui dessinait des huit sur le plateau du bureau.

— C'est juste que vous semblez si dévoué à votre métier et que vous travaillez sans relâche. Je n'aurais jamais imaginé que vous…

Les huit s'étirèrent.

— Que j'étais capable de me distraire ?

Il posa un doigt sous son menton et l'obligea à lever la tête.

— Je suis capable de me distraire quand je peux me passer de ma canne.

Elle croisa le regard amusé de David qui suivit un instant la ligne de sa joue avant de laisser retomber sa main. Et elle ressentit de nouveau ces drôles de picotements.

Elle croisa les bras sur sa poitrine.

— Je n'ai pas dit ça !

— Mais vous le pensiez.

— Je n'ai jamais pensé que vous utilisiez une canne !

— Un dentier, alors ?

Aïe ! A présent, il se moquait ouvertement d'elle.

Elle décroisa les bras.

— Je voulais juste dire que je vous croyais tout entier dédié au travail.

Ce qui était à peu près l'idée qu'elle se faisait d'elle-même : si elle voulait atteindre le but qu'elle s'était fixé, il lui restait peu de temps pour la récréation.

Un choix qui ne lui posait aucun problème. Vraiment aucun.

— Mais, bien sûr, personne ne peut passer tout son temps à travailler, ajouta-t-elle. On est obligé de faire des pauses sous peine de s'effondrer. Ou bien d'exploser.

Un pli s'était formé entre les sourcils de David Miles, comme s'il n'avait jamais réfléchi au problème sous cet angle. Et il semblait plutôt d'accord avec elle.

Un frisson la parcourut.

C'était comme si elle avait tendu la main vers lui et touché une part secrète de son être.

S'était-il rapproché ? Soudain, ses larges épaules lui parurent encore plus intimidantes.

Elle recula, se cogna dans le bureau, et dans son émotion reprit sa tirade.

— On a tous besoin d'une valve de sécurité pour soulager la pression. Ça peut être un passe-temps, comme peindre ou faire du yoga. Personnellement, je collectionne des timbres.

Devant la surprise de David, elle balaya le sujet d'un geste.

— Mais c'est une autre histoire. L'important, c'est que, en y réfléchissant, je trouve que fabriquer des avions n'est pas si farfelu.

Au mot « farfelu », David redressa le menton.

— Quoi qu'il en soit, reprit-elle précipitamment, vous avez probablement des tas d'autres distractions.

Si elle pouvait se taire, maintenant ! Mais il fallait toujours qu'elle parle à tort et à travers quand elle était nerveuse, et il la rendait terriblement nerveuse. Sans dire un mot, rien qu'en regardant. Et en respirant. Un peu trop profondément.

A la réflexion, ce n'était pas lui qui respirait profondément, c'était elle.

Le regard curieux de David Miles tomba sur ses lèvres.

— Vous savez, dit-il, il y a une autre activité que j'adore pratiquer pour me détendre.

Il sourit, et son regard caressant plongea dans le sien.

— Enfin, j'ignore si on peut appeler ça une distraction.

La distance qui les séparait semblait maintenant réduite à rien. Si tout à l'heure elle s'était imaginé qu'il se rapprochait, cette fois, il avait vraiment fait un pas vers elle. Peut-être même deux.

Elle déglutit.

— Comment appelleriez-vous ça ?

Le regard de David s'aventurait maintenant sur ses seins.

— Disons que ça n'a rien à voir avec une collection de timbres.

— D'accord.

Est-ce qu'elle imaginait la lueur coquine qui luisait dans les yeux de David Miles et laissait supposer que sa distraction n'avait rien d'innocent ?

Elle tenta de dissiper son trouble qui atteignait des proportions gênantes en hasardant un sourire.

— Jouer aux cartes, ou faire une partie de tennis, peut-être ?

Comme il se rapprochait encore, elle sentit un flot de chaleur l'envahir, et ses doigts de pied se recroquevillèrent.

Impitoyable, il l'épingla du regard.

— Vous voulez le savoir, Serena ? Peut-être faire avec vous quelque chose que vous n'avez jamais imaginé faire avec moi ?

Avait-elle bien compris ? Lui demandait-il si elle voulait qu'il l'embrasse ?

Bien sûr, il était séduisant. Intelligent et charmant, aussi. Mais voulait-elle vraiment avoir une aventure avec son patron ? Franchement, ça n'entrait pas dans ses projets. D'ailleurs, était-ce certain qu'il fantasmait sur elle ?

— Alors, la pressa David, un éclair démoniaque dans les yeux. C'est oui ou c'est non ?

Elle avait les genoux si faibles qu'elle dut se rattraper au bord du bureau et balbutia un « peut-être ». Puis, elle se sentit envahie par une impression de pure sensualité, et elle aima cela.

Le souffle chaud de David lui effleura les cheveux tandis qu'il la dévorait du regard.

— Je vous promets que l'âge n'affectera pas ma performance. En réalité, l'expérience fait ici toute la différence.

Elle sentait ses paupières lourdes, lourdes, et son pouls battait à un rythme frénétique. A présent, tout son corps la picotait. Rêvait-elle ou bien…

Elle sourit faiblement.

— Je suppose qu'il n'y a qu'un moyen de savoir.

Il était presque sur elle.

— Précisément.

Elle eut l'impression de se liquéfier en voyant son bras s'avancer vers elle… Avant de se rendre compte que ses intentions étaient tout autres.

En effet, marmonnant une excuse, David se pencha et manipula quelque chose derrière elle. En se retournant, elle vit qu'un panneau s'était ouvert dans le mur et qu'il en sortait une poignée de…

Elle se laissa aller contre le bureau.

— Des fléchettes ? dit-elle d'une voix étranglée.

— Et une cible.

Il lissa les plumes noires et rouges des fléchettes.

— J'ai fait installer cette cible dissimulée dans le mur dès mon installation. Et vous m'avez fait comprendre que je devrais y jouer plus souvent.

Il lui présenta les fléchettes.

— Vous voulez jouer ?

— C'est-à-dire que…

Soudain, le feu qui courait dans ses veines se glaça, et le sol reprit sa solidité sous ses pieds. Elle se sentait stupide, mais bien décidée à garder son embarras pour elle.

Elle secoua la tête.

— Merci, mais je crois qu'il vaudrait mieux que je regagne mon bureau et réfléchisse à mes nouvelles responsabilités.

— Ça paraît raisonnable.

David posa les fléchettes près de l'avion puis se passa une main dans les cheveux.

— Je prendrai contact avec vous plus tard dans la journée.

Quand il posa la main au creux de son dos pour la raccompagner à la porte, elle se raidit.

Son imagination lui avait joué suffisamment de tours aujourd'hui ! En repensant à l'émoi qui l'avait envahie alors qu'il ne songeait qu'à s'amuser, elle l'avait échappé belle. Si jamais elle s'était trahie, nul doute qu'elle aurait rétrogradé dans l'esprit de David Miles de « femme de carrière efficace » à « gamine écervelée ». Elle devait prendre garde à l'avenir de ne pas mal interpréter le comportement de son patron.

Comme il lui ouvrait la porte, elle termina l'entretien sur une note polie qui sied à une employée modèle.

— Merci de la chance que vous m'offrez, monsieur Miles.

Elle faillit lui tendre la main mais se ravisa, préférant s'abstenir pour l'instant de tout contact physique.

— David, vous vous souvenez ?

Elle sourit, tout son entrain revenu.

— Je vais accomplir un travail fantastique sur ce projet, vous verrez. Vous ne voudrez plus jamais me laisser partir !

Mais, bien sûr, Jezz McQuade serait bientôt de retour. Et puis, que faisait-elle de ses projets de départ pour l'étranger ?

La mâchoire de son employeur se contracta.

— Ne plus vous laisser partir ? Serena, je crains que vous n'ayez tapé dans le mille.

Tant d'émotions subtiles se lisaient sur le visage de David Miles qu'elle n'arrivait pas à s'y retrouver.

Il était plus que temps de se retirer.

La porte fermée, elle passa devant le bureau de Tilda, la secrétaire de David, qui lui adressa un signe amical avant de remonter ses grandes lunettes rondes sur son nez.

Serena lui retourna son salut distraitement.

Elle avait découvert trois ou quatre choses importantes aujourd'hui.

Une. Enfin, quelqu'un reconnaissait ses qualités et la prenait au sérieux après des années où les réactions d'un père hyperprotecteur avaient pesé sur toutes ses décisions. C'était un formidable bond en avant.

Deux. Les fléchettes ne l'intéressaient pas le moins du monde.

Trois. Que ça lui plaise ou non, David Miles et ses épaules d'athlète la troublaient.

Quatre. Maintenant moins que jamais elle ne pouvait se laisser distraire. Encore moins par une relation amoureuse. Malgré tout, il paraissait évident qu'elle avait besoin d'un exutoire à ses pulsions. Quelque chose de bref mais de satisfaisant. Elle n'avait jamais eu un tempérament aventureux, pourtant, à ce moment de son existence et pour la première fois, elle se permettait d'envisager une relation sans lendemain.

Une pensée absurde lui traversa l'esprit, et son fredonnement s'interrompit.

« Avec David Miles ? »

*
* *

David ramassa l'avion de papier tout en pensant à Serena Stevens. La vive, l'amusante, la sexy Serena Stevens.

Sa poitrine se contracta.

Qu'est-ce qu'il lui arrivait ? Qu'il soit damné s'il n'avait pas été sur le point de prendre la jolie blonde dans ses bras !

Mieux valait oublier qu'elle était sexy. Oublier ce qu'il avait failli se passer quand il avait glissé d'une conversation professionnelle à un flirt éhonté.

Il devait se concentrer sur son entreprise, ce qui signifiait étendre sa clientèle à une sphère plus vaste, plus influente. Il devait gagner la récompense suprême pour la campagne de *Hits*. Sinon, il pourrait aussi bien fermer boutique et partir pour l'Alaska. Donc, pas question qu'il perde le nord en fantasmant sur une employée. D'autant moins qu'il se rappelait parfaitement la réflexion étourdie de Serena au moment de signer son contrat, trois mois plus tôt : elle ne comptait pas s'éterniser à Sydney.

L'avion de papier dans les mains, il se dirigea vers la fenêtre d'où l'on jouissait d'une vue superbe sur la ville et sur le port d'un bleu vibrant, émaillé de voiliers multicolores et de ferries blancs.

Si Sydney était sa base à lui, la source de son énergie, Serena Stevens, elle, ne rêvait que de grimper dans le premier avion pour s'envoler vers la gloire et la fortune.

Loin de lui l'idée de reprocher à quiconque son ambition. Il admirait ceux qui se donnaient les moyens de réaliser leur rêve. D'ailleurs, ce qui lui plaisait le plus chez Serena, c'était son dynamisme. Malheureusement, elle l'affectait sur un tout autre plan, là était le problème.

Si Serena devait un jour atterrir dans son lit, elle avait raison : ce serait difficile de la laisser partir. Cependant, au risque de décevoir la naïve enfant, il en avait fini avec les sacrifices. Surtout dans le domaine amoureux.

Il avait une fois mêlé travail et plaisir, et ça lui avait coûté tout ce qu'il possédait, y compris son amour-propre. A présent, il ne laissait plus rien altérer son jugement, et surtout pas l'attirance physique. Il gardait ses distances et s'en trouvait très bien.

Après avoir contemplé un moment le ciel sans nuages, avec le soleil qui brillait sur la massive coquille de l'Opéra, il se laissa tomber dans son fauteuil, pensif.

Mlle Stevens était certes une créature délicieuse, mais elle ne postulait pas pour une place dans sa vie privée. Par ailleurs, étant donné la gravité de la situation dans laquelle les plongeait l'accident de Jezz, elle pourrait bien être la réponse à ses problèmes. Le dynamisme de Serena, son besoin fervent de déployer ses ailes pour piquer vers l'azur, étaient les ingrédients précis dont il avait besoin…

Avec toutefois une réserve : étant donné son enthousiasme, elle pourrait chercher à grimper trop haut, au-delà du raisonnable. Alors, malheureusement, il n'aurait pas le choix.

Il projeta l'avion contre la fenêtre.

Si elle se montrait trop ambitieuse, il l'éliminerait du projet.

- 2 -

Revêtue d'une nuisette jaune, une serviette nouée en turban sur sa tête, Serena se dirigea vers le canapé du salon, un verre de chardonnay additionné de sirop de mûre à la main. En se prélassant dans son bain parfumé, elle avait ébauché une dizaine d'idées pour la campagne de *Hits* et trouvé une nouvelle formule pour son propre blog :

« Les temps durs ne durent pas. Les femmes dures, si. »

Elle but une gorgée de vin tout en se blottissant contre les coussins de son canapé, l'esprit envahi par le doute.

Deux jours entiers, et rien.

La veille, David Miles avait dit qu'il prendrait contact avec elle dans la journée, mais il ne l'avait pas fait. Pas plus qu'aujourd'hui, si l'on excluait leur brève rencontre dans le couloir, à 5 heures et demie, en fin d'après-midi.

Il lui avait adressé un signe de tête.

— Rentrez chez vous, Serena, lui avait-il dit, ni amical ni hostile. Il est inutile que vous traîniez ici.

Puis il était entré dans le bureau de cette peste de Rachel Bragg, qui, bien que prétentieuse, n'en était pas moins séduisante.

Aurait-elle rêvé sa promotion ? Quand le feu d'artifice allait-il commencer ?

Et elle ne parlait pas d'un feu d'artifice du genre

de celui qui avait explosé de façon si stupéfiante dans son imagination la veille, dans le bureau de M. Miles — enfin, de David — quand elle avait été assez stupide pour s'imaginer qu'il avait des vues sur elle.

Lui, si expérimenté, si raffiné, si fortuné. Et elle…

Avec un soupir, elle but une nouvelle gorgée de vin.

Si son père savait cela, il lui passerait un de ces savons !

Mais elle n'allait pas rester assise à ruminer éternellement. Dès demain, elle irait poser la question à David.

A cet instant, son téléphone posé sur une table basse près du canapé se mit à sonner. Elle prit la communication.

La voix masculine résonna avec une étonnante clarté.

— Serena, que faites-vous ce soir ?

David Miles ! Que pouvait-il lui vouloir à cette heure ?

L'horloge de la cuisine marquait 19 heures, mais elle lui avait affirmé qu'elle serait disponible à tout moment. Et, après les heures d'incertitude qu'elle venait de vivre, elle le pensait plus que jamais.

— Ce que je fais ce soir ? répéta-t-elle. Rien de spécial. Pourquoi ?

— Je vous expliquerai en arrivant.

— En arrivant où ?

— Chez vous. J'ai trouvé l'adresse dans votre dossier. Je me gare en bas de votre immeuble.

« Quoi ? »

Elle prit ses lunettes près d'un emballage de chocolat et bondit à la fenêtre.

Bien que le soleil se soit couché sur Manly Beach, les touristes continuaient de prendre des photos tout en déambulant sur la promenade pendant que des couples du voisinage flânaient en poussant des landaus et que des joggeurs se frayaient un chemin à travers le flot pédestre. Et, juste en bas de l'immeuble, une Mercedes noire dernier modèle se rangeait le long du trottoir.

Elle porta une main à son cœur en voyant David Miles s'en extraire, le portable à l'oreille. Quand elle songea à reculer pour échapper à sa vue, c'était trop tard, il l'avait déjà repérée à travers les branches des palmiers agitées par la brise marine.

— C'est vous ? Appartement 24, n'est-ce pas ? dit-il en contournant sa voiture pour se diriger vers la porte d'entrée.

Aucun son ne franchit ses lèvres. Avec sa nuisette et ses pantoufles, elle se sentait dans la situation du pauvre kangourou pris dans la lumière des phares.

En fait, non ! Elle avait été trop souvent paralysée par la frayeur. Fini tout ça ! Elle n'était plus une « bonne à rien ». Professionnelle jusqu'au bout des ongles, elle était prête à dévorer l'univers !

Enfin, dès qu'elle aurait trouvé sa brosse à dents.

Elle vola à la salle de bains tout en arrachant la serviette de ses cheveux et se prépara à l'action.

Son portable coincé entre son oreille et son épaule, elle localisa l'objet dont le manche rose dépassait derrière un flacon de parfum qui n'était malheureusement pas du Chanel n° 5.

— Serena, vous êtes là ?

— Je suis là ! répondit-elle en étalant du dentifrice sur la brosse.

— Désolé pour le dérangement.

Elle envoya valser ses pantoufles.

— Pas de problème, réussit-elle à dire à travers la mousse à la menthe. Je vous ouvre dans cinq minutes.

La voix de David résonna dans l'Interphone de l'entrée.

— Puis-je entrer ?

Elle se sécha les lèvres en hâte.

— Serena ? Il y a un problème ?

Elle jaillit de la salle de bains, et, en courant vers sa chambre, appuya au passage sur la commande de la porte d'entrée. Dans sa chambre, elle jeta son portable sur le lit, et, fouillant le tiroir de la commode, en sortit les premiers sous-vêtements qu'elle trouva. Enfin, les sous-vêtements de coton blanc étaient sur le dessus, mais ceux de dentelle noire étaient tout aussi accessibles.

La nuisette vola, le soutien-gorge et la petite culotte se retrouvèrent miraculeusement en place.

La sonnerie de la porte d'entrée retentit.

Son pouls tambourinant à ses oreilles, elle passa une robe cache-cœur couleur mangue. Pas exactement une robe de travail, mais beaucoup plus facile à négocier en cas de nécessité qu'un ensemble de lin. Enfin, elle rassembla ses cheveux presque secs sur sa nuque.

La sonnerie retentissant de nouveau, cette fois, elle courut à la porte.

David Miles se tenait sur son seuil, superbe en costume sombre. Il la contempla, et la lueur de son regard suggéra qu'il connaissait tout d'elle, de ses cheveux à la pointe de ses pieds, en passant par les courbes de son corps et les pensées qui tourbillonnaient sous son crâne.

Entendait-il aussi son cœur battre ?

— Entrez, dit-elle, s'efforçant de prendre un air détaché.

Il lui sourit, et elle respira son parfum frais et propre, plus excitant que jamais.

Probablement venait-il de prendre une douche.

— Je vous enlève, déclara-t-il. Nous avons pas mal de choses à mettre au point.

La vision de David nu sous sa douche s'évanouit.

Ils avaient des choses à mettre au point ?

— Enfilez des chaussures, nous sortons.

Prête à décoller pour Mars, elle courut passer des ballerines. Cependant, presque revenue à la porte, elle fit demi-tour et alla dans sa chambre cueillir son pendentif préféré.

Les bijoux ne la fascinaient pas particulièrement, une montre et quelques paires de boucles d'oreilles lui suffisaient amplement. Cependant, ce cœur en or suspendu à une chaînette présentait à ses yeux un caractère particulier. Quelques semaines seulement avant sa mort, sa mère avait fait remodeler une pièce de son collier afin de la lui offrir pour ses seize ans. Depuis, le bijou lui rappelait la disparue, mais aussi la confiance que celle-ci plaçait en son enfant unique, et sa certitude qu'elle saurait faire les bons choix pour son avenir. En huit ans, elle n'avait jamais oublié de porter ce bijou aux grandes occasions.

Après avoir attaché la chaîne à son cou, elle pressa le cœur d'or contre sa poitrine puis, s'emparant de son sac fourre-tout, rejoignit David dans le couloir.

— Nous en aurons peut-être pour un moment, dit-il.

Le ton sous-entendait qu'il était encore temps pour elle de changer d'avis.

Qu'est-ce qu'il s'imaginait ?

Pressée d'en venir au vif du sujet, elle referma la porte derrière elle.

— « Aucun sacrifice n'est trop grand », vous vous rappelez ?

— Je me souviens.

A longues enjambées, il se dirigea vers l'ascenseur.

Quelques minutes plus tard, installée dans le luxueux

intérieur de cuir gris de la voiture de David, elle examinait son profil à la dérobée.

C'était vraiment étrange. En lui ouvrant la porte de son appartement, ce soir, elle avait eu le sentiment qu'il avait pris sa mesure en un éclair. Et c'était peut-être exact. Ils étaient restés proches l'un de l'autre, et il n'avait pas cessé de la regarder dans les yeux. Pourtant, il lui avait demandé de mettre des chaussures.

D'accord, ce n'était pas très important, mais comment diable avait-il su qu'elle était pieds nus ?

David arrêta la voiture à un feu rouge et gémit intérieurement.

« Oh, ce vernis rouge vif ! »

D'abord, il avait été frappé par les yeux vert océan de Serena qui brillaient si gaiement, ensuite, par son teint frais, et enfin, à la périphérie de sa vision, par ses doigts de pied.

Pouvait-on assimiler des doigts de pied à des objets de désir ? Jusqu'ici, il ne l'aurait pas cru. Pouvait-on développer un cas de fétichisme des orteils aussi tard dans la vie ? Plus important, comment soigner cette perversion ?

Des solutions existaient pour tous les problèmes. Même des problèmes les plus charmants.

Sur le siège voisin du sien, Serena s'agita et croisa ses longues jambes soyeuses. Dieu merci, elle ne portait pas de sandales, le spectacle était bien assez dangereux comme ça.

— Est-ce que je peux vous demander où nous allons ?

Il la regarda, si vive, si involontairement séduisante, et son esprit s'embruma tandis que son corps réagissait à son charme. Comme la veille, dans son bureau, quand une innocente plaisanterie avait échappé à son contrôle. L'espace d'un instant, il avait craint qu'elle ne l'ait percé à jour, mais quand, reprenant ses esprits, il s'était rappelé le jeu de fléchettes, il était certain qu'elle avait chassé toute idée incongrue.

Le feu étant passé au vert, il accéléra tout en étirant les muscles de son cou.

De la distance, il fallait mettre de la distance entre eux.

— Nous allons voir Jezz McQuade à l'hôpital, annonça-t-il. Ils acceptent qu'elle reçoive notre visite.

— Est-ce que ce n'est pas un peu tard ?

— Jezz est aussi impatiente que moi d'attaquer la campagne.

— Je parlais juste des horaires de visites. Ne sont-elles pas autorisées que jusqu'à 20 heures ?

— Ça nous laisse, voyons…

Il consulta l'horloge de la voiture.

— Il est 19 heures un peu passées. Ça nous laisse environ une demi-heure. Il faut en profiter, car nous avons déjà perdu suffisamment de temps.

— Vous pouvez répéter ?

Est-ce qu'elle se moquerait de lui ?

— Je vous demande pardon ?

— Oh, rien, rien.

Il quitta la route du regard, espérant tirer un enseignement de l'expression de Serena, mais dans les ombres mouvantes de l'habitacle, il vit seulement qu'elle se mordait la lèvre et que la fossette qui creusait sa joue lui donnait un charme insupportable.

Son désir se manifesta avec plus d'insistance.

Ça ne pouvait pas continuer ainsi ! Dans quel état serait-il à la fin de la soirée ?

— Pour l'amour du ciel, Serena, parlez !

Il la sentit se tasser sur son siège.

Bravo ! Elle était jeune, inexpérimentée, et la terroriser était bien le dernier de ses souhaits. En même temps, il fallait bien qu'elle apprenne que si le silence était parfois d'or, il était souvent nécessaire de communiquer. Se serait-il trompé sur son compte ?

— Nous jouons gros, dit-il, comme un bus rempli de passagers les dépassait à grand bruit. Et pour que notre association fonctionne, nous devons nous accorder une mutuelle confiance. Il n'y a pas de place entre nous pour le doute ou les revirements.

— Je sais, murmura-t-elle. Je voulais juste dire… Enfin, je commençais à me dire que j'avais peut-être rêvé cette promotion.

Se rappelant son exubérante réaction, il sourit.

— Ce n'est pas un rêve.

— En réalité, je pensais que vous aviez peut-être changé d'avis.

Comme il lui jetait un bref coup d'œil, la voiture fit une embardée.

— Vous pensiez *quoi* ?

Elle décroisa les jambes et frotta anxieusement ses paumes sur sa robe, ce qui attira l'attention de David sur ses cuisses.

De très jolies cuisses, probablement aussi jolies que ses mollets. Ou que ses orteils…

Allons, de la distance, de la distance !

Serena croisa de nouveau les jambes et lui offrit un sourire timide.

— Comme vous n'appeliez pas, dit-elle, j'ai pensé que vous vous étiez ravisé. La seule fois où nous nous sommes croisés, vous…

Il vit qu'elle pressait ses lèvres l'une contre l'autre.

— La communication, Serena, rappelez-vous.

Elle hocha la tête.

— Vous m'avez ignorée, termina-t-elle.

Il éclata de rire.

— Je ne vous ai pas ignorée ! Je vous ai juste conseillé de ne pas traîner…

Il s'interrompit.

En y réfléchissant, sa remarque pouvait paraître ambiguë. Mais il allait rectifier, tout de suite. Maintenant. Il s'agissait de lui montrer l'exemple. Pas de confusion ni d'ambivalence dans les termes. Chacun d'eux devait savoir où il en était et tenir compte des attentes de l'autre. Ça marcherait, il le fallait.

— Oubliez ça, dit-elle en se mordillant un ongle. Je n'aurais pas dû vous en parler.

Il reporta son attention sur la route.

— La dernière chose que je veux, Serena, vraiment la toute dernière, c'est qu'il y ait des malentendus entre nous.

— Entièrement d'accord.

— Je fais mon *mea culpa*, j'aurais dû m'entretenir avec vous comme je l'avais dit. Mais rien n'est changé depuis hier. Avez-vous apporté un bloc ?

— J'en ai toujours un avec moi.

— Eh bien, accrochez-vous alors, parce que la course ne fait que commencer.

- 3 -

Serena savoura le délicieux frisson que les paroles de David firent courir le long de son dos.

Enfin, les paroles de David *et* son séduisant sourire.

Avec le recul, elle s'en rendait compte, c'était ridicule d'imaginer qu'un homme aussi responsable que David Miles l'ait lâchée sans raison. Il n'était pas du genre à prendre des décisions sur un coup de tête, et elle était déterminée, persévérante, motivée. Quand donc cesserait-elle de se montrer défaitiste ?

Par la fenêtre, elle regarda défiler les devantures des magasins où s'exposait la mode d'été.

Au cours de son adolescence, elle enviait les filles qui ne craignaient pas de porter des Bikinis, de passer des examens ou d'embrasser les garçons… Et parfois d'aller plus loin. Mais dans les fêtes, quand les lumières s'éteignaient, au lieu de se pelotonner contre un garçon, elle se glissait à l'extérieur. Elle avait beau se raisonner, rien que de penser à embrasser un garçon, elle rougissait de partout. Et elle écoutait ses amies se raconter leur rêve de prince charmant : à quoi il ressemblerait, où il vivrait, ce qu'il ferait. Pour sa part, elle n'avait jamais eu une idée très claire sur le sujet.

Pourtant, comme la Mercedes entrait sur le parking de l'hôpital, une image précise de l'homme de sa vie jaillit dans son esprit.

Il serait brun et olympien, posé, mais avec une pointe d'humour. Il la soutiendrait dans ses choix sans jamais l'étouffer et la comblerait de caresses.

La perspective était lointaine, et pourtant…

Elle jeta un coup d'œil à la dérobée au profil de David et retint un sourire.

On pouvait toujours rêver, non ?

Quand ils entrèrent dans la cabine de l'ascenseur, David appuya sur un bouton puis recula, mains croisées devant lui.

— Cette entrevue est surtout destinée à apprendre à nous connaître, dit-il. Nous parlerons des idées de Jezz pour la campagne, puis elle et moi devrons régler certains détails pratiques.

— Parfait.

L'esprit de nouveau au travail, elle suivit David hors de l'ascenseur.

— Je prendrai des notes, ajouta-t-elle.

Il s'arrêta pour l'attendre.

— Avez-vous le stylo qui va avec le bloc ?

En le voyant esquisser un sourire, elle se détendit.

— Plusieurs, merci !

Ils se remirent en route.

— Vous prenez vos notes en sténo ?

— Pas dernièrement.

C'était un mensonge, elle n'avait jamais appris la sténo. Et elle sentit sa langue s'épaissir dans sa bouche.

Ils longèrent un couloir orné de photos de paysages de désert et de bush australiens.

— Vous avez appris à l'école ? demanda-t-il. Ou bien cultiviez-vous de préférence votre créativité, comme par exemple avec vos cours d'art dramatique ?

— J'ai abandonné le théâtre à mi-adolescence, expliqua-t-elle. A l'université, on étudiait le marketing, mais pas la sténo. Je suppose que c'était différent à votre époque…

Deux infirmières passèrent sur leurs chaussures à semelles épaisses.

— Oh, vous savez, à mon époque, nous communiquions par pigeons-voyageurs ! Les tablettes de pierre étaient trop lourdes pour voyager par la poste.

Elle éclata de rire, se rendant compte un peu tard de ce que sa remarque avait eu d'irrévérencieux.

— Désolée, je voulais juste dire…

Un coin des lèvres de David se retroussa tandis qu'il s'arrêtait et la regardait.

— Vous voulez un conseil ?

— Bien sûr.

Elle voulait *tout* ce qu'il avait à lui offrir.

— A moins qu'il n'y ait vraiment matière à s'excuser, ne dites pas « désolée » à tout bout de champ.

Il caressa son visage du regard avant de reprendre sa marche, la laissant toute frissonnante d'émotion.

— Ça devient vite une manie, et les gens finissent par attendre le petit mot, continua-t-il. Il est inutile de s'excuser pour quelque chose dont on n'est pas responsable. Croyez-moi, il y a assez de vraies raisons de s'en vouloir pour ne pas en rajouter.

Il semblait lui donner une leçon, mais son conseil n'en était pas moins intéressant.

— C'est ce qu'on vous a appris à l'école ? demanda-t-elle d'un ton désinvolte.

— Non. La vie s'en est chargée.

La réplique, abrupte, lui causa un choc.

Elle en savait si peu sur David Miles, sur ses antécédents, son enfance, les expériences qui l'avaient construit, ce qui le faisait rire, déclenchait sa colère, l'attristait.

— On dirait qu'elle n'a pas été tendre avec vous.

Le regard de David glissa sur elle.

Elle faillit s'excuser de s'être montrée indiscrète mais se retint à temps.

Il se contenta de hocher la tête avant de désigner une porte close.

— C'est la chambre de Jezz.

Cependant, au lieu de frapper, il se tourna vers elle. Il se tenait tout près, à la toucher, et elle sentit son regard la brûler.

Le cœur battant, elle leva son visage vers lui.

— Certaines personnes semblent avoir des vies de rêve, Serena, commença-t-il. Pour d'autres, l'existence est plus difficile. Mais que vous apparteniez à l'une ou l'autre catégorie ou à une combinaison des deux, l'essentiel est de vous connaître suffisamment pour ne jamais répéter deux fois la même erreur. Parce que la vie est assez remplie comme ça. De défis, de choix, de décisions et de déceptions, de souhaits vains…

Sa voix se fit plus grave.

— … et de passions, termina-t-il.

Elle eut l'impression que chaque cellule de son corps s'embrasait.

Mais il parlait en tant qu'employeur, d'accord ?

Sa raison le lui disait, mais les yeux de David qui cherchaient les siens la remplissaient de confusion. Une veine battit à son cou bronzé tandis que son regard se faisait caressant, et elle demeura tout étourdie, le souffle court.

Puis David se redressa, et le charme fut rompu.

— Allons faire la connaissance de Mlle McQuade, si vous voulez bien.

Il frappa et disparut par la porte ouverte.

Agitée par un maelström d'émotions diverses, elle fixa l'espace qu'il avait occupé.

Cette fois, ce n'était pas un effet de son imagination, elle avait bel et bien vu le désir luire dans les profondeurs de ses yeux. Senti la chaleur de son corps brûler le sien.

Incroyable ! Mais si elle avait raison, et si cette attirance était réelle, qu'allait-il se passer ? Est-ce que ça ne signifiait pas un déluge de complications, de problèmes, d'embûches ? Ou la chance d'écouter ses pulsions, pour une fois ?

Se ressaisissant, elle franchit le seuil.

Une fois à l'intérieur de la chambre d'hôpital, elle fut tirée de ses pensées par le spectacle d'une chevelure d'un roux ardent déployée sur l'oreiller.

Jezz était revêtue d'une chemise de nuit noire et orange ornée d'un dessin de Snoopy sur la poitrine.

— Ravie de vous voir, les amis ! fit sa voix rauque reconnaissable entre mille. La consigne, ici, c'est « Pas de visites, pas de cigarettes et pas de whisky. »

Serena se représenta Jezz sur scène, en pantalon pattes d'éléphant, s'époumonant sur un air de rock, donnant toute son énergie au public.

En riant, David prit la main de Jezz et la serra.

— Pas fâché de vous rencontrer enfin ! Voici Serena Stevens, la jeune femme dont je vous ai parlé hier.

En voyant le visage de Jezz s'éclairer, Serena sentit son cœur se dilater. Elle saisit sa main que David venait de lâcher.

— Ravie de faire votre connaissance, mademoiselle McQuade.

Jezz serra sa main dans les siennes.

— Même chose pour moi. Mais j'aimerais régler un détail tout de suite. Je ne veux pas de « mademoiselle

McQuade » ! Appelez-moi Jezz, si vous ne voulez pas que je vous mange.

Un sourire atténuait la portée des paroles de l'énergique femme.

— Jezz, d'accord, dit Serena, déjà plus à l'aise.

Jezz indiqua deux sièges.

— C'est sûr, je suis réputée pour ma maladresse, mais là, j'ai atteint des sommets, dit-elle en prenant une boîte sur sa table de nuit. Un conseil, ma chère, n'écoutez jamais votre morceau préféré dans une salle de bains pleine de vapeur, surtout tapissée de marbre !

Tout en parlant, elle défit le ruban qui maintenait la boîte fermée, et leur présenta une sélection de chocolats fourrés.

— Je vous recommande ceux aux amandes.

David refusa d'un geste, mais Serena accepta avec empressement.

Il semblait que Jezz et elle étaient faites pour s'entendre.

— Nous n'avons pas beaucoup de temps, dit Jezz en enfournant un chocolat dans sa bouche. Mettons-nous donc au travail.

De sa poche de pantalon, David sortit un minimagnétoscope.

— J'aime bien garder des traces, dit-il en adressant un clin d'œil à Jezz.

Celle-ci prit une attitude toute professionnelle tandis que David et elle passaient en revue les différents points intéressant l'élaboration de la campagne publicitaire de *Hits*. Maquette, photos, scripts, impression, contacts avec la radio et la télévision.

Passionnant, mais la discussion dépassait les compétences de Serena. Raison de plus pour prendre des notes.

Quand la conversation tomba sur les stratégies à adopter

concernant la jeune génération et ses goûts musicaux, elle mit son stylo au repos.

— Est-ce que ça vous plairait de suivre certains artistes ? lui demanda Jezz. Il faudrait les interviewer, connaître leurs sentiments sur la publicité liée au spectacle. Qu'en pensez-vous ?

De surprise, Serena faillit s'étrangler.

Comment, Jezz lui demandait son avis ? A *elle* ? Le grand moment était enfin arrivé ! On lui confiait sa première mission de réelle responsabilité.

Elle ne put réprimer le sourire qui lui fendit le visage d'une oreille à l'autre.

— J'adorerais.

Très consciente de David et de son regard encourageant, elle se pencha vers Jezz afin de prendre note de tous les détails.

Cependant, à cet instant, une infirmière fit irruption dans la chambre et annonça d'un ton pincé que c'était l'heure des soins.

Avec un gémissement, Jezz se laissa aller contre son oreiller.

— Ma parole, c'est la première phrase qu'on vous apprend dans vos écoles d'infirmières !

L'infirmière pinça un peu plus les lèvres et répliqua d'un ton sec :

— Estimez-vous heureuse qu'on ne vous ait pas prescrit de suppositoire.

David bondit de son siège comme s'il avait pris feu.

— Nous allons prendre congé, Jezz. Nous vous avons suffisamment retenue.

Serena se leva également, mais Jezz agita une main.

— Rendez-moi un service, s'il vous plaît, David !

Allez me chercher un Coca au distributeur. Je garde Serena pendant ce temps.

— D'accord.

Il traversa la pièce à longues enjambées.

— A tout de suite, dit-il en sortant.

Malgré la mine réprobatrice de l'infirmière, Jezz tapota le lit pour inviter Serena à s'asseoir.

— C'est un gros coup pour vous, n'est-ce pas, mon chou ?

Serena s'assit sur le lit en hochant la tête.

Les yeux de Jezz, d'une riche nuance topaze brûlé évoquant un whisky tenu à la lumière, brillèrent au-dessus d'un sourire entendu.

— Vous vous sentez excitée et nerveuse à la fois, n'est-ce pas ?

— C'est un sentiment épouvantable, dit Serena en frissonnant.

Puis elle sourit avant d'ajouter :

— Et délicieux.

Jezz fixa un point imaginaire pendant que l'infirmière plaçait un appareil à mesurer la tension sur son majeur.

— Je me souviens, quand j'avais votre âge, reprit-elle après quelques instants, je voulais faire souffler une tempête sur le monde.

Serena rit.

— Et c'est ce que vous avez fait !

— L'époque où je chantais avec le groupe a été la plus belle de ma vie. Je dormais deux heures par nuit, et c'était suffisant. Nous jouions la nuit et voyagions le jour. Tout était si nouveau pour moi.

Elle eut un petit rire.

— Et un peu écrasant pour une fille de la campagne.

Serena écarta le bloc et croisa les jambes.

— Je vous croyais originaire de Sydney.

— Non. Je viens d'un village du Queensland. J'y ai vécu jusqu'à mes seize ans. Et puis, soudain, un déclic s'est produit en moi, et j'ai su que les choses allaient changer. C'était comme une sonnerie de réveil qui se déclenchait en moi et que je ne pouvais plus faire taire.

Elle hocha la tête.

— Je comprends parfaitement ce que vous voulez dire.

Jezz poussa un soupir.

— Je mourais d'impatience de quitter cette ville traversée par une rue unique et de découvrir ce que le monde avait à m'offrir.

Elle sourit.

— J'ai l'impression que vous êtes dans la lune, mon chou !

Serena songeait simplement au sentiment d'insécurité qui l'avait longtemps empêchée de participer aux camps scolaires, ou même de passer la nuit chez une amie. Heureusement, ses parents s'étaient montrés compréhensifs, l'encourageant sans jamais la forcer. A cette époque, son père était différent.

— J'adore Sydney, dit-elle, mais je meurs d'envie de partir pour l'étranger.

En prenant conscience de ce qu'elle venait de dire, elle rougit violemment. « Oh non, toujours la même gaffe ! »

Elle se redressa, tenta de prendre l'air dégagé.

— Mais, bien sûr, ça ne se produira pas de sitôt.

« Je suis là pour vous, pour David et pour la campagne, je vous assure ! »

Cependant, Jezz semblait perdue dans ses souvenirs.

— Voyager est une expérience formidable. Naturellement, Sydney n'est pas l'Amazonie, mais l'Angleterre, les Etats-Unis, l'Europe ! Toutes les femmes mériteraient de découvrir Paris au moins une fois dans leur vie ! Si ce n'est pas pour la mode, au moins pour les pâtisseries !

Puis son sourire revint.

— Vous voyez, il y a dix ans, jamais je n'aurais compris à quel point c'était bon de rentrer au pays.

— Vous avez sans doute envie de revoir les vôtres ?

Les yeux de Jezz s'emplirent de regret.

— Mes parents sont morts, murmura-t-elle.

— Je suis désolée, dit Serena.

Et elle le pensait sincèrement.

— J'ai un frère cadet, reprit Jezz. Il a deux filles. A présent, ce sont des femmes d'une trentaine d'années.

Son regard se fit rêveur.

— Je me demande ce qu'aurait été ma vie si j'avais rencontré le prince charmant…

— Vous n'êtes jamais tombée amoureuse ? Euh… Je me montre peut-être indiscrète.

Mais Jezz ne parut pas s'en formaliser.

— J'ai éprouvé du désir pour des hommes, mais j'ignore si c'était de l'amour. Un chocolat ?

Elle tendait déjà la main vers la boîte, mais Serena secoua la tête.

— Et vous, demanda Jezz, avez-vous été amoureuse ?

Un grand vide se fit dans l'esprit de Serena. Puis la vision de l'homme brun, olympien, sérieux mais avec une pointe d'humour, jaillit dans son esprit.

S'agissait-il d'un pur désir physique ?

Le tableau suspendu au pied du lit cliqueta quand l'infirmière y nota ses observations.

— Les visites sont terminées, mesdames, annonça l'infirmière en glissant son stylo dans sa poche.

— Allons, il est temps de nous séparer, dit Jezz. Je suis sûre que vous allez accomplir des merveilles. Nous communiquerons par téléphone, e-mail, et le soir nous ferons des réunions tardives.

A ce moment, deux coups furent frappés à la porte, et David passa la tête par l'entrebâillement.

— Je suis au regret d'interrompre la fête, dit-il en tendant la bouteille de Coca à Jezz, mais il est presque 20 heures, et nous avons encore à faire.

Jezz les regarda tour à tour.

— Vous retournez au bureau, *maintenant* ?

— Pas au bureau. Seulement, nous n'avons pas beaucoup de temps devant nous…

Il fit signe à Serena.

— Prenez votre sac et allons-y. Jezz doit se reposer.

Un frisson d'anticipation parcourut Serena.

Où projetait-il de l'emmener ? Y aurait-il d'autres personnes, ou seraient-ils seuls ? Et que préférerait-elle, en toute honnêteté ? Rien que les affaires, ou juste lui et elle, et toutes les possibilités ?

Comme ils se dirigeaient vers l'ascenseur, elle s'étonna de constater à quel point sa perception de David avait changé entre lundi matin et mardi soir. Par exemple, au début, elle n'avait pas vu que ses cheveux étaient assez longs pour frôler le col de sa chemise. Il y avait d'autres détails bizarrement excitants… Pour être son employeur, David Miles était aussi un homme de chair et de sang.

C'était stupide de voir les choses sous un angle qui risquait de nuire à sa position, à sa carrière et à son rêve. Malgré tout, elle aurait tort de se boucher les yeux. Chaque fois qu'elle voyait David Miles, chaque fois qu'il souriait, lui parlait ou la touchait, elle le trouvait plus attirant, plus vrai, plus…

Irrésistible ?

- 4 -

A la sortie de l'hôpital, David entraîna Serena pour une promenade vers Circular Quay, où l'on respirait l'air du large.

— Vous voulez savoir ce qui me fait craquer ?

La question inopinée la surprit.

— Ce qui vous fait craquer ? répéta-t-elle timidement. Euh… Aucune idée.

En dépit de sa résolution de n'avoir aucune pensée déplacée envers sa protégée, il n'aurait pas fallu beaucoup le pousser pour qu'il réponde : « Vous ». L'enthousiasme de Serena, ses jolis doigts de pieds, ses yeux innocents — ou devrait-il dire tentateurs ? quand elle plongeait son regard dans le sien, buvant chacune de ses paroles.

Il détourna son attention sur le va-et-vient incessant des ferries et aspira une bouffée de l'air marin.

— Je ne peux résister à cette ville la nuit, déclara-t-il.

Sidney était si vivante, si belle, si pétillante. En un sens, elle lui rappelait Serena. Mais, à vrai dire, ces derniers jours, tout lui rappelait Serena.

Comme celle-ci ne répondait pas, il se tourna vers elle et lui trouva la mine impassible, tout à coup lointaine.

Il en eut un coup au cœur.

Mais, bien sûr ! L'objectif suprême de cette petite personne était de conquérir des terres lointaines, d'élargir son horizon. Comme une autre femme qu'il avait connue.

Certes, il avait été séduit quand Olivia Roundtree avait secoué ses longs cheveux de jais et qu'elle avait valsé autour de lui — et de sa position. Seulement, quand elle l'avait abandonné, il lui avait fallu des années pour reconstituer sa clientèle et redorer sa réputation. Et cette expérience malheureuse lui conseillait la prudence, même s'il trouvait Serena très à son goût.

Cette dernière s'attarda devant un danseur de rue aborigène qui se déhanchait au son d'un didgeridoo.

— C'est drôle, observa-t-il, je vous aurais crue plus fan de boîtes de nuit que de danses rituelles.

Elle lui jeta un coup d'œil et, voyant qu'il plaisantait, lui sourit. Puis elle serra ses bras contre sa taille en frissonnant.

La brise était fraîche, il aurait dû penser à prendre une veste dans la voiture pour la lui proposer.

— Je ne sors presque jamais en boîte, déclara-t-elle.

— Trop vieille, plaisanta-t-il.

— Trop occupée, riposta-t-elle. Et vous ?

Par-dessus son épaule, il jeta un regard à l'Opéra.

— Les boîtes ne sont pas non plus ma tasse de thé.

— C'est plutôt Shakespeare et les arias ?

Il sourit.

— Simplement, je n'aime pas me contorsionner au son d'une musique assourdissante.

— Dans ce cas, vous avez bien fait de me recruter pour travailler sur *Hits* !

— Une fan de musique forte, ça va. Mais aimez-vous vous trémousser ?

Il apprécia l'éclat amusé de ses yeux, la façon dont elle plaquait plus étroitement ses bras contre elle — ce qui faisait jaillir ses seins — et qu'elle soutienne avec aplomb son regard.

— Je dois avouer, répondit-elle, que je ne me suis pas beaucoup trémoussée dernièrement.

— Il faut arranger ça !

Le terrain devenait dangereux. Cette conversation à double sens commençait à l'exciter sérieusement, et à en juger par l'expression de Serena, il était à craindre qu'elle ne le dissuade pas s'il entreprenait des travaux d'approche.

Son petit discours, à l'hôpital, était pourtant destiné à la mettre en garde. La part la plus élevée de lui-même ne voulait surtout pas lui faire du mal. Mais c'était sans compter avec la part primitive qui ne cessait de le harceler. Après des années où il s'était satisfait d'aventures sans importance, il se demandait bien ce qui, chez Serena Stevens, la rendait si attirante à ses yeux.

Soudain, Serena eut un petit rire.

Il enfonça les mains dans ses poches.

— Qu'y a-t-il de si drôle ?

— Notre discussion à propos des boîtes me rappelle une soirée passée avec des amies il y a environ deux ans. Pour le vingt et unième anniversaire de Kirsty, nous avons d'abord dîné au restaurant avec sa famille. Mais ensuite Kirsty a insisté pour que nous finissions la soirée dans une boîte de King's Cross.

Un quartier chaud, s'il en était.

— Sally, qui avait déjà pas mal bu, s'est mis en tête de faire venir à notre table un serveur vêtu en cow-boy afin qu'il danse pour Kirsty. Mais elle n'avait pas ses verres de contact, et elle m'a désignée au lieu de Kirsty. Et le type est venu directement sur moi. Enfin, vous voyez la scène.

Elle rit de nouveau.

Il attendit la suite, renfrogné.

— Et alors ? Qu'est-il arrivé ?

Elle se tourna vers lui.

— Je vous le dis seulement si vous me racontez à votre tour.

Mais de quoi parlait-elle ? Désirait-elle qu'il lui parle de ses escapades ? Savoir s'il avait jamais endossé une tenue de cow-boy ?

Elle insista, une lueur moqueuse dans le regard.

— Alors, vous me racontez ?

Il était certain de n'avoir pas joué au cow-boy depuis qu'il était adulte, mais enfin, si elle y tenait…

Il ressentit un drôle de chatouillement au creux de la poitrine.

Et si l'attirance qu'il éprouvait pour elle était réciproque ?

S'il avait correctement analysé les signaux que Serena lui envoyait, serait-il assez fou pour envoyer promener ses principes et goûter au fruit défendu ?

Après tout, peut-être que s'il tentait l'expérience de la tenir assez serrée pour respirer son parfum et sentir fondre ses formes contre lui, il se débarrassait de son obsession. Son désir satisfait, il reviendrait peut-être à des considérations plus raisonnables. De plus, elle avait des projets d'avenir auxquels elle ne comptait certainement pas renoncer. Et puis, ils n'avaient plus dix-huit ans. Passer une nuit ensemble ne briserait sûrement ni le cœur de Serena ni le sien.

Elle leva les yeux au ciel en gémissant.

— Que dois-je faire ? Vous supplier ?

— Me supplier ?

Il s'arrêta pour la regarder bien en face.

— Si vous voulez.

— D'accord !

Elle mit ses mains croisées sous son menton et prit un air implorant.

— S'il vous plaît, David !

Au moment où son regard atterrit sur les lèvres de Serena, il eut une sorte d'éblouissement. Ses bras et ses jambes semblaient soudain peser des tonnes. Et la tension dans une région très sensible de son individu anéantissait toute autre sensation.

Un navire marchand actionna au loin sa corne.

L'instant d'après, il prenait Serena par les épaules, l'attirait à lui et cherchait ses lèvres.

Il les trouva tout de suite, accueillantes et savoureuses au point qu'il n'arrivait pas à s'en rassasier.

Pour mieux l'embrasser, il prit son visage dans ses mains, et, le cœur battant à tout rompre, il s'abandonna à cet instant où il n'était plus qu'un homme livré à son instinct.

C'était si bon de la tenir dans ses bras !

Une plainte jaillie de la gorge de Serena vibra sur ses lèvres. Elle posa les mains sur son torse.

Comme il aurait aimé lui rendre la pareille !

Il dut se forcer pour la lâcher.

Il se retrouva noyé dans le brouhaha joyeux de Circular Quay, au milieu du flot des passants qui les contournaient en souriant avant de se fondre dans la foule.

Comment avait-il pu ? Avait-il perdu la tête ?

Il n'avait qu'une envie : recommencer.

Se retenant de blottir sa joue contre la joue brûlante de Serena, il la vit ouvrir les yeux et poser sur le monde un regard un peu étonné. Puis elle se reprit et murmura d'une voix de gorge :

— Je voulais…

Un frisson le parcourut.

Il voulait, lui aussi ! Dès que possible.

Il la prit par les coudes.

— Oui ? Dites-moi.

La mince colonne de son cou tressaillit, et elle haussa une épaule.

— Je voulais juste savoir où nous allions.

Ce n'était pas possible, il devait avoir mal entendu.

— Vous voulez savoir où nous allons ?

Comme elle hochait lentement la tête, il sentit son estomac se nouer, et tout lui revint à la mémoire.

Le rendez-vous auquel ils allaient arriver en retard. La campagne publicitaire de *Hits* dont dépendait sa réputation. Le prix qui assurerait non seulement la renommée de son agence mais aussi sa survie.

Il s'apprêtait à redresser sa cravate, quand il se souvint qu'il n'en portait pas. A la place, il se frotta le menton, et ils se remirent en route.

Jusqu'à quelques heures auparavant, il avait été persuadé de contrôler son attirance pour Serena Stevens comme il surmontait n'importe quelle autre de ses faiblesses. Son père lui avait expliqué les avantages qu'il y avait à dominer ses émotions, une formule que le roué avocat avait appliquée pour amasser la fortune familiale. Après un mauvais départ, il avait religieusement suivi le précepte. Jusqu'à aujourd'hui. Aujourd'hui, l'instinct avait prévalu sur le bon sens, le besoin physique sur les responsabilités professionnelles.

Mais que ressentait Serena pour sa part ?

Ils devaient parler. Feindre que rien ne s'était passé serait lâche.

Malheureusement, cette conversation devrait attendre,

car ils étaient arrivés à la porte de Mixem Studios, un studio d'enregistrement qui avait le vent en poupe.

Docilement suivi par Serena, il grimpa prestement les marches qui menaient à l'entrée de l'immeuble. Là, il se tourna vers elle.

— J'ai demandé qu'on nous accueille ce soir pour que nous puissions écouter la bande sonore de *Hits*. J'ai pensé que ça vous ferait plaisir.

— Vraiment ?

La vue de ses yeux verts qui brillaient lui fit chaud au cœur.

Il avait prévu son expression d'enfant extasiée devant l'arbre de noël. Il s'en voulait tellement d'avoir laissé planer des malentendus entre eux toute la journée qu'il avait arrangé cette visite aux studios afin de se racheter.

Peut-être aurait-il dû se montrer direct, comme il l'aurait été avec une autre employée ? Mais dans ce cas, ils auraient manqué une stimulante discussion et le baiser du siècle.

A partir de maintenant, il devait se concentrer sur le travail. Si elle était assez mûre pour mettre momentanément leur baiser de côté, il le pouvait sûrement aussi.

— Vous savez sûrement que le Mixem est considéré comme le meilleur studio d'enregistrement du pays ? Leur réputation est inégalée, ici comme à l'étranger, poursuivit-il. Je suis sûr qu'ils ont fait un excellent travail.

— Les paroles sont-elles dans la boîte ? demanda Serena.

Il hocha la tête en souriant.

Oui, bientôt ils écouteraient les paroles déjà incorporées à certains mixages.

Elle était vraiment forte. Jusqu'à quel point ?

Elle était capable de le faire disjoncter, mais il y avait

plus important. Elle avait une tâche à accomplir, et elle devait l'accomplir à la perfection. C'était prépondérant.

Il décida de la tester.

— Vous croyez qu'il faut des paroles ?

Elle n'hésita pas un instant.

— Absolument ! Un morceau de musique peut donner la chair de poule, mais des paroles parlent à chacun personnellement. Ce sont les paroles d'une chanson qui vous lient pour toujours à un moment de votre existence. Et vous revivez ces moments chaque fois que vous l'entendez, que vous ayez été heureux, malheureux, amoureux…

Il s'aperçut qu'il ne voyait pas son visage. Evitait-elle délibérément son regard ? Et pourquoi avait-elle parlé d'être amoureux ?

En silence, ils prirent l'ascenseur pour le dixième étage. Pour une fois, l'expression de Serena demeurait impénétrable, et c'était vraiment très énervant.

Il étira sa nuque, grimaça. Son col le serrait, et il n'était même pas boutonné.

A quoi Serena pensait-elle ? Sa dernière remarque était-elle destinée à le provoquer ou bien était-elle innocente ?

Cela expliquerait son impassibilité. Mais elle avait raison : à partir de maintenant, chaque fois qu'il entendrait la partition, il se rappellerait ces instants où il tenait son visage dans ses mains, où le monde s'était anéanti autour d'eux et où il avait gagné le paradis en savourant leur premier baiser.

Pourvu que ce ne soit pas le dernier !

L'ascenseur s'arrêta, et ils émergèrent dans un hall au parquet luisant.

Serena mordillait sa lèvre inférieure, ruminant manifestement quelque chose.

— Est-ce qu'on a travaillé sur les parties instrumentales pour souligner les différents styles musicaux ? La composition devra paraître familière au public, mais pas bateau ou ennuyeuse.

D'accord, maintenant il était impressionné.

— Bonne idée. Notez-la pour la prochaine réunion.

Le sourire de Serena le récompensa.

— Vos souhaits sont des ordres !

Et si cette femme était son bon génie ?

— David Miles ! Salut, mon vieux.

En entendant la voix teintée d'accent anglais de Jonathon Sturts, il se retourna.

Le directeur des Mixem Studios le hélait depuis le box de la réception. Il jeta un regard surpris à sa montre.

— Qu'est-ce que vous faites là à une heure pareille ? Avons-nous rendez-vous ?

David lui tendit la main puis s'écarta pour lui présenter Serena.

— Jonathon, permettez-moi de vous présenter Serena Stevens, ma collaboratrice sur le projet de *Hits*. J'ai demandé à écouter en avant-première les enregistrements.

Jonathon passa une main dans ses cheveux un peu trop longs, et un sourire lent et approbateur étira ses lèvres.

— Ravi de faire votre connaissance, Serena.

Elle s'avança pour prendre la main tendue.

— Enchantée, Jonathon.

— Malheureusement, dit celui-ci en reportant à regret son attention sur David, on m'attend pour dîner. Je pensais que tout était bouclé, mais je vais vérifier qu'on vous a réservé une cabine.

Avec une curiosité non dissimulée, il détailla Serena,

et son regard libidineux resta fixé sur les lèvres de la jeune femme.

— Pour vous, ma chère, nous allons faire notre possible.

Le sourire de Serena s'élargit.

— Merci beaucoup.

La réputation de Jonathon le précédait : un maître en musique, un loup avec les femmes. Habituellement, David s'en moquait pas mal, mais qu'il ne touche pas à Serena ! Sa mère disait toujours qu'il n'avait pas appris à partager, et elle avait raison.

Soudain, Jonathon claqua des doigts à l'intention d'une jeune femme en tenue gothique qui passait en coup de vent.

— Marissa ? Sais-tu si l'on s'est occupé de la réservation de David Miles pour ce soir ?

— Ce doit être une erreur, répondit la jeune femme dont le piercing ornant la lèvre inférieure jetait des éclairs à la lumière. On devait tout arrêter pour la correction annuelle des programmes, mais M. Miles a avancé sa visite prévue la semaine prochaine, et je n'ai trouvé le message qu'à 18 heures, quand tout le monde était parti. C'est pourquoi je…

— Pas de problème, intervint David. Nous arrangerons un autre rendez-vous.

Naturellement, il tenait à avancer, mais si ce n'était pas possible, il avait d'autres idées pour la soirée.

— C'est idiot, dit Jonathon. Marissa, ouvre donc la cabine D pour M. Miles.

La jeune femme ravala visiblement une protestation, puis, les épaules basses, traîna ses bottes de l'armée vers une porte à battants.

Jonathon fronça les sourcils.

— Franchement, de nos jours, ce n'est pas facile de trouver des gens motivés.

Pendant ce temps, l'attention de Serena s'était dirigée vers une galerie de posters accrochés un mur.

En s'en apercevant, Jonathon redressa son menton aristocratique d'un air important.

— Nous avons parmi nos clients des célébrités étrangères, expliqua-t-il en la poussant vers l'exposition. Vous allez voir, c'est impressionnant.

L'irritation de David devant les grossières manœuvres d'approche de son hôte s'accrut.

— J'apprécie votre accueil, dit-il.

Jonathon balaya le remerciement d'un geste de la main.

— N'en parlons pas.

— Franchement, c'est de la folie à l'agence, en ce moment. Les programmes de la journée sont bousculés dès le matin.

— Nous manquons de temps ici aussi. Et le directeur de la filiale de Picadilly est incompétent. Je le virerais en un clin d'œil si je lui trouvais un remplaçant.

Jonathon croisa les bras sur sa poitrine.

— Je suppose que votre équipe est sur le pied de guerre. La date de l'attribution des prix se rapproche !

— N'exagérons rien. Il nous reste encore quelques mois, dit David sans quitter Serena des yeux.

Serena, son enthousiasme enfantin et ses formes pas si enfantines que ça.

— Ce contrat devrait fournir de quoi contenter le comité, non ? dit Jonathon.

David hocha la tête.

— Bien sûr.

Pendant des années, son univers avait tourné autour de l'ascension de son agence. Après les débuts désastreux avec Olivia, patience et bon sens avaient payé. A présent, il était sur le point d'atteindre son but. Alors, il serait reconnu et pourrait se reposer sur ses lauriers, certain d'avoir rondement mené une carrière qu'il n'avait pas vraiment choisie.

Décider de soutenir sa famille quand son père était tombé malade au lieu de rejoindre l'Air Force avait représenté un gros sacrifice pour lui. D'aussi loin que remontaient ses souvenirs, il avait toujours voulu être pilote. Mais enfin, c'était la bonne décision. Comme il faisait le bon choix aujourd'hui en décidant de faire passer sa carrière avant le reste.

Un œil sur Serena, il se mordit l'intérieur de la joue.

L'attention de Jonathon Sturts était également revenue sur elle, et ses yeux luisaient d'un éclat presque félin.

— En y repensant, je sais comment vous pouvez me remercier de mon hospitalité, David : glissez un mot pour moi dans l'oreille de cette petite merveille. Je ne serais pas fâché d'explorer plus à fond ces beaux yeux verts au cours d'un dîner en tête à tête !

Aussitôt, David vit rouge.

Il remonterait nu Pitt Street plutôt que de laisser Jonathon profiter de l'inexpérience de Serena ! Contre un individu pareil, le pauvre agneau n'avait aucune chance.

— Impossible, répliqua-t-il en secouant la tête. Elle n'est pas libre.

Il n'avait pas plus tôt proféré ces paroles que le souvenir de leur baiser vint tourbillonner dans sa tête, réveillant sa libido.

La promesse de sa peau soyeuse et parfumée l'obsédait, mais peut-être s'était-il un peu trop avancé. Et si Serena avait un petit ami ? Si elle vivait en couple ?

— Pas libre, hein ?

Jonathon émit un reniflement très distingué.

— Dommage. Encore que, de nos jours, ça ne signifie plus grand-chose. Adieu, Serena !

Tournant le dos à la photo d'un célèbre groupe de hip-hop américain, Serena sourit.

— Je suis sûre que nous nous rencontrerons bientôt !

Les poils de David se hérissèrent sur sa nuque tandis que Jonathon se gonflait d'orgueil.

— Nous y veillerons, répondit-il.

Il se tourna vers David.

— La cabine D est la plus rapide à rendre opérante, mais elle est plutôt, disons… intime.

Il donna un coup de coude dans les côtes de David et lui adressa un clin d'œil avant de s'éloigner.

— Bonne chance, mon vieux !

- 5 -

— David ? David, est-ce que vous m'entendez ? insista Serena.

D'un air distrait, celui-ci regardait partir Jonathon Sturts. Quand elle lui toucha l'épaule, il sembla sortir d'un état de transe et se frotta la tempe.

— Désolé. Qu'y a-t-il ?

— La cabine est prête.

Marissa agitait un index à l'ongle verni en noir dans leur direction.

— Par ici, madame, monsieur.

Quelle que soit la cause de la distraction de David, il semblait redescendu sur terre. En souriant, il tendit un bras.

— Après vous.

En file indienne, ils suivirent un couloir aux murs tapissés de récompenses en or et en platine.

Serena ressentit une brûlure dans le dos là où le regard de David se posait.

Il ne s'agissait pas d'un effet de son imagination, elle était aussi sûre qu'il la fixait que d'avoir lu du désir dans ses yeux quand ils étaient à l'hôpital. Une heure plus tard, il avait confirmé ses soupçons en l'enfermant dans une étreinte enivrante. Elle s'était retrouvée dans un monde où le temps et l'espace n'avaient pas encore été inventés. Et quand ils s'étaient séparés, son cerveau avait refusé pendant un petit moment de fonctionner.

Il lui avait fait savoir sans ambiguïté ce qu'il voulait. Quelle devait être sa réponse ?

Elle sentit sa gorge se serrer.

David Miles était son employeur, une personne de pouvoir, pleine d'assurance et de moyens, qui tenait sa carrière entre ses mains. Leurs existences se situaient aux deux extrémités d'un spectre. Et ils seraient bientôt seuls dans une cabine…

L'idée la terrifiait en même temps qu'elle l'excitait.

Marissa poussa la porte de ce qui ressemblait à un réduit. Une console noire avec cadrans et boutons occupait un mur. Entassée dans un coin, une pile de partitions. Un diffuseur d'air posé sur un rebord, près d'une pile de CD, répandait un parfum de vanille.

Marissa posa les poings sur ses hanches généreuses.

— Voilà. Souhaitez-vous que je reste pour manipuler la console ? demanda-t-elle d'un ton qui manquait pour le moins d'entrain.

David examina rapidement l'équipement.

— Inutile.

Elle poussa un soupir de soulagement.

— Quand vous aurez fini, vous n'avez qu'à sortir. Barney, l'agent de sécurité, devrait se trouver dans les parages.

Il lui adressa un sourire.

— Parfait.

Comme Marissa se retirait, Serena se rendit compte qu'il ne restait plus beaucoup de place dans la cabine maintenant que David l'avait investie.

Ses jambes tremblaient, elle était consciente du moindre son, du moindre objet, de la moindre odeur.

La cuisse gauche de David se trouvait à quelques centimètres de sa cuisse droite à elle, et la température de la cabine avait dû grimper de dix bons degrés depuis qu'ils s'y étaient installés.

Il était trop près. Ou pas assez ?

Elle frissonna d'un mélange de crainte et d'anticipation.

S'embrasseraient-ils encore, ou bien David regrettait-il déjà cet instant de folie ? Peut-être ne voulait-il plus entendre parler de cette histoire.

— Fermez la porte, Serena.

Elle obtempéra, la gorge sèche, une pluie d'étincelles dans la tête.

Un bon point, malgré tout : elle ne parlait pas à tort et à travers.

David lui tendit des écouteurs, en plaça une paire sur ses oreilles. Après avoir manipulé quelques instants les touches, il posa les coudes sur la console, le menton appuyé sur des mains croisées, et lui adressa un sourire en biais qui accéléra les battements de son cœur.

— Vous êtes prête ?

— Absolument.

Quelques instants plus tard, ils écoutaient une version de quatre minutes d'un morceau vraiment torride.

S'agissant de musique, elle gardait toujours l'esprit ouvert. Mais avec cette composition particulière, nul besoin de chercher à comprendre. Enlevée, accrocheuse, elle était juste parfaite.

A la fin du morceau, elle reprit contact avec le réel et se rendit compte qu'elle avait fredonné pratiquement tout le temps. Mais à en juger par l'expression amusée de David, ça ne l'avait pas gêné.

Son sourire faisant naître de petites rides aux coins de ses yeux.

— Vous aimez ?

— A votre avis ?

Il éclata d'un rire riche et sonore qui passa comme une caresse sur sa peau et la fit frissonner de désir.

— Quand vous vous êtes laissé aller sur le dernier refrain, j'ai pensé que c'était bon signe.

Elle rougit.

Ce devait être bon, pour lui avoir fait oublier ne serait-ce qu'un instant leur troublante proximité !

— C'est tout ?

— Souhaiteriez-vous davantage ?

David parlait-il de l'air, ou jouait-il de nouveau sur les mots ?

La chaleur devenait proprement infernale.

Elle décida de le mettre à l'épreuve.

— Je ne dirais pas non.

Il se pencha sur la console et appuya sur une touche.

— Parfait. Il doit y avoir une demi-douzaine de versions.

Avec l'impression de recevoir une douche glacée, elle se redressa.

Ici, ce qui était arrivé à Circular Quay ne comptait pas, il s'agissait uniquement de travail.

Ils remirent leurs casques.

Au troisième morceau, elle était tombée amoureuse de la musique. Et elle n'était pas seule à chanter. David ne tapait pas seulement le rythme du bout des doigts sur la table, il joignait aussi sa voix à la sienne dans un duo franchement dynamique. Le David Miles passionné entraperçu, touché, goûté, faisait sa réapparition. Ce devait être la face cachée de l'iceberg — ou plutôt du volcan ?

Quand la démo prit fin et que David ôta ses écouteurs, ses cheveux étaient tout ébouriffés, et une énergie presque animale émanait de lui.

Il lui sourit.

— Vous êtes bonne chanteuse. Un reste de vos cours d'art dramatique ?

Il n'allait pas cesser de la taquiner avec ça ?

— Et vous ? Je suis sûre que vous vous entraînez sous la douche !

— Bravo ! Vous avez deviné mon plus noir secret.

Les yeux de David brillaient, et la pièce rétrécit un peu plus. Puis il éclata de rire.

— Sérieusement, j'ai de la chance que Sylvie ne hurle pas en m'entendant.

Il sembla à Serena que son cœur s'arrêtait de battre. Soudain, elle se retrouvait dans la peau de l'adolescente qu'aucun garçon ne venait inviter à danser lors des fêtes, ou bien qui avait récolté un C quand elle pensait avoir réussi son devoir.

Qui était cette Sylvie ? Une petite amie ? Une maîtresse à domicile ? Et leur baiser, alors ?

— Elle apprécie peut-être d'être accompagnée quand elle se maquille le matin ?

— Je ne sais pas trop…

David s'interrompit pour lui adresser un sourire qui illumina tout son visage.

— Il me semble que ma chienne aurait l'air ridicule avec du rouge à lèvres.

Il fit pivoter sa chaise, et son genou frôla le sien, provoquant une sorte de décharge électrique. Alors il s'écarta… Et heurta la table de l'autre genou.

En grimaçant, il se frotta le genou.

— Quand je l'ai eue, grommela-t-il, ce n'était qu'un chiot.

Mais elle a bien grandi depuis. A présent, on dirait plutôt un ours brun qu'un berger allemand.

Ainsi, Sylvie n'était pas une ravissante rousse, mais un chien !

Serena adorait les chiens, mais une question restait en suspens.

— Sylvie assiste à votre douche ?

— En général, elle est couchée sur le tapis du salon. C'est une grosse paresseuse, vous savez.

David Miles n'avait pas de petite amie, aimait les animaux et embrassait comme un dieu. L'homme parfait, en somme, pour une aventure sans lendemain. Mais trouverait-elle le courage de lui faire comprendre qu'elle était partante ?

Elle se renfonça dans son siège.

— J'aimerais réécouter le morceau d'ouverture. C'est possible ?

David débrancha les écouteurs.

— Il est tard, dit-il. Nous devons vider les lieux.

« Comment ? Non, non, pas maintenant ! »

Elle se pencha pour rebrancher les casques.

— Juste une fois, dit-elle d'un ton implorant.

Ils avaient accompli leur part de travail, pourquoi ne pas songer au plaisir, maintenant ? Elle avait très envie de renouer avec l'homme qui l'avait mise dans un tel état qu'elle ne trouvait plus ses mots.

David débrancha une deuxième fois les écouteurs.

— Je crains que non.

Elle le dévisagea et, interdite, vit le pli entre ses sourcils, la crispation de sa mâchoire.

Il semblait sérieux…

Et puis, elle comprit.

La plupart du temps, la façade d'impassibilité de

son employeur renseignait peu sur son humeur. Mais ce soir, le langage de son corps parlait haut et clair : il voulait s'amuser. Il avait juste besoin d'encouragement.

Une envie toute neuve de narguer le danger s'empara d'elle.

— D'accord. C'est vous le chef, après tout.

Prenant un air de chien battu, elle leva les mains en signe de reddition. Mais comme l'étincelle s'éteignait dans le regard de David et qu'il s'apprêtait à se lever, jouant sur l'effet de surprise, elle saisit le fil électrique et se rua sur la console.

Revenu à la vie, David la saisit par les poignets.

— Stevens, vous trichez ! s'exclama-t-il en éclatant d'un rire surpris.

Le regard de Serena se fit provoquant.

— Vous connaissez le proverbe. En amour comme à la guerre, tous les coups sont permis !

Durant un fol instant, la terre s'arrêta de tourner et le silence s'installa. Un silence lourd, durant lequel ils se mesurèrent du regard tels deux tireurs s'affrontant dans un western-spaghetti.

Et soudain, elle fonça.

Ils luttèrent farouchement. Elle tenait le fil. David le lui reprit. Elle sauta sur lui. Il essaya de bloquer. Il était fort, mais elle était rapide. Et pendant tout ce temps, ils riaient comme des petits fous.

Quand, épuisés, ils abandonnèrent le combat, une main de David reposait sur l'épaule de Serena, l'autre sur le bras de son fauteuil, et leurs bouches n'étaient qu'à quelques centimètres l'une de l'autre.

David avait repris son sérieux. Sous ses sourcils froncés, son regard bleu profond demeurait rivé au sien, et elle avait la sensation que toutes les zones érogènes de son corps étaient en état d'alerte rouge.

Elle sentit son sourire s'effacer à son tour.

Saisirait-elle cette dernière occasion de reculer ?

Ensuite, leurs vêtements voleraient, ils feraient l'amour de façon sauvage, passionnée, et leur relation ne serait plus jamais la même.

Ne le décevrait-elle pas au lit ?

Non, elle ne voulait pas y penser. Elle ne désirait pas entretenir une relation suivie, et son petit doigt lui disait que David non plus. Ils avaient juste besoin de lâcher un peu de pression, sous peine d'exploser.

— Tu le veux ? demanda David d'une voix grave.

— Oui, répondit-elle, la gorge sèche.

Comme il posait son regard sur ses lèvres entrouvertes, un flot de chaleur la dévasta.

Avec une torturante lenteur, il fit remonter sa main sur sa nuque, qu'il caressa. Et quand il l'attira à lui, elle perdit tout contrôle de la situation.

Elle sentit plus qu'elle n'entendit le grondement s'échappant de la gorge de David quand il prit ses lèvres.

Ce fut un baiser doux, léger, et qui agita pourtant mille sensations en elle. Bien que David la touche à peine, le contact physique la satisfaisait pleinement.

Et puis, du bout de sa langue, il l'incita doucement à écarter les lèvres.

- 6 -

Tandis que les doigts brûlants de David dessinaient la courbe de son cou et que sa bouche habile s'évertuait à la rendre folle, Serena se sentait la femme la plus désirable du monde. Si elle avait trouvé leur premier baiser fantastique, ce n'était rien comparé à celui-ci.

Quand David abandonna sa bouche, elle frémit, les lèvres en feu, tous ses sens en alerte.

Il posa un regard noir sur elle.

— Au risque de dire une banalité, il y a une heure, je n'imaginais pas que ça arrive.

Elle lui adressa un sourire mouillé.

— Ne t'inquiète pas. Je pense y être pour quelque chose.

Il la sonda du regard.

— Vois-tu quelqu'un d'autre ?

Elle eut un rire nerveux.

— Non.

Et l'image d'une superbe rousse jaillit dans son esprit.

— Et toi ?

— Sûrement pas.

La réponse la satisfit et l'attrista en même temps : cela impliquait certes qu'il était libre d'attaches, mais aussi qu'il souhaitait le rester.

Mais au nom de quoi cela l'affecterait-elle ?

Elle cessa de réfléchir quand il effleura un de ses

seins. Ravalant un soupir, elle ferma les yeux et renversa la tête en arrière.

Instantanément, le mamelon durcit, et la flamme de la volupté se propagea tel un incendie dans tout son corps. Et quand David lui murmura d'une voix rauque à l'oreille qu'il avait envie d'elle, ce fut encore bien pire.

On lui avait déjà dit ces mots. Pourtant, sans qu'elle comprenne trop pourquoi, ils prenaient à présent une tout autre signification.

Des souhaits, elle en avait fait beaucoup dans sa vie, alors pourquoi ce rêve précis devenait-il une réalité ? En quoi son comportement avait-il été différent ? Aurait-elle découvert une formule magique ?

David lui effleura le menton de ses dents.

— Tu m'as entendu, Serena ?

Ses seins se tendaient et une sourde pesanteur naissait entre ses jambes.

Elle ouvrit les yeux, sourit.

— Parle plus fort.

Un coin de la bouche de David se souleva.

— Plus fort, hein ?

Elle crut mourir quand, mâchoires crispées, il détacha la barrette qui retenait ses cheveux, puis le nœud de sa robe portefeuille. A la vue du soutien-gorge de dentelle noire, il poussa un grognement de convoitise.

— Est-ce votre tenue habituelle pour les réunions de travail, mademoiselle Stevens ?

— A partir de maintenant, oui, dit-elle en se penchant pour déboutonner sa chemise.

Elle avait oublié jusqu'à l'existence du mot inhibition. Quel dommage qu'elle n'ait pas agi ainsi plus tôt !

Quand trois boutons eurent cédé, David lui prit les mains.

— Tu es bien impatiente.

— Tu peux le dire !

Il la dévisagea, l'air grave.

— Crois-tu que l'endroit soit vraiment bien choisi ?

La remarque anéantit le petit nuage sur lequel elle se trouvait. Brusquement, elle prit conscience qu'elle se trouvait dans une minuscule cabine du plus célèbre studio d'enregistrement de Sydney, occupée à déshabiller son… Son employeur !

— Tu as raison, dit-elle très vite.

Ils se regardèrent, clignant les yeux, puis la force de leur attirance les jeta de nouveau dans les bras l'un de l'autre, et leurs bouches se retrouvèrent.

Empressé maintenant, David fit glisser sa robe le long de ses bras pendant qu'elle ouvrait sans ménagement sa chemise. Tout en s'embrassant fiévreusement, ils s'agitaient pour se rapprocher, mais être assis l'un en face de l'autre dans un espace réduit n'était pas la position idéale.

Il se leva et, les mains sur sa taille, l'incita à l'imiter.

Elle trembla sur des jambes mal assurées, consciente de son sourire alors même qu'ils s'embrassaient.

Il fit glisser les bretelles du soutien-gorge de ses épaules, et elle sentit son torse dur glisser contre elle jusqu'à ce qu'il se retrouve à genoux. Les mains sur ses hanches, il l'attira vers lui et enfouit son visage entre ses seins.

— Tu sens le printemps, l'air frais, les nuits chaudes…

Les mains dans les cheveux de David puis sur sa nuque, il lui fallut un moment pour que la beauté de l'hommage parvienne à sa conscience.

— Quel poète ! dit-elle, émue, d'un ton qu'elle voulut léger.

— C'est pourtant vrai.

D'un doigt, il suivit le bord de son soutien-gorge puis écarta la dentelle pour parsemer de petits baisers le renflement du sein, jusqu'à ce que sa bouche atteigne la pointe. Alors, il mordilla, malaxa, suça…

Il lui faisait perdre la tête.

— Je veux plus ! se plaignit-elle.

S'interrompant, David écarta son fauteuil en grognant.

— Ce n'est vraiment pas pratique. Il n'y a pas assez de place.

Elle caressa les puissantes épaules sous la chemise.

— Pas de place du tout !

Elle lui prit la tête entre ses mains et la ramena vers sa poitrine.

Quelle créature sauvage avait pris possession d'elle ? Certes, elle avait envie d'une nuit de passion débridée, mais elle avait envisagé la passer dans des draps parfumés, sur des oreillers moelleux. Enfin, quelque part où elle puisse s'allonger et se reposer après avoir été propulsée au septième ciel.

Mais, à vrai dire, le décor n'avait aucune importance. Elle voulait gagner le paradis *tout de suite*.

— Tu pourrais t'asseoir sur mes genoux, suggéra David.

La chemise à moitié tirée de son pantalon, il se pencha et ôta ses chaussures. Pendant qu'elle bataillait avec sa robe, il se débarrassa de son pantalon. La robe tomba sur ses chevilles, et le soutien-gorge suivit.

A présent, elle ne portait plus que sa culotte.

David la serra contre lui avec emportement, et son sexe dur sous le caleçon sembla vouloir la transpercer.

Un feu de joie explosa entre ses cuisses. Prise de

faiblesse, liquéfiée intérieurement, elle se laissa aller contre lui.

Il lui embrassa tout doucement le front.

— Est-ce que c'est bien pour toi ? demanda-t-il, les lèvres dans ses cheveux.

Elle sentait son cœur battre très fort, et un éblouissement alluma des étoiles devant ses yeux.

— Bien n'est pas le mot.

Il glissa les mains sur ses fesses pour mieux l'étreindre.

— Agréable, alors ?

Egarée, elle appuya sa tête contre le duvet du torse de David et respira profondément.

Elle voulait fixer ce parfum dans sa mémoire pour l'éternité.

Elle s'humecta les lèvres.

— Voyons…

Elle lécha sa poitrine tout en introduisant ses mains entre leurs deux corps pour caresser ses pectoraux et son ventre plat, ce qui arracha à David un sourd grondement de contentement.

— Et ça, est-ce que c'est agréable ? demanda-t-elle.

Sa respiration entrecoupée disait son trouble, mais il s'efforça de prendre une voix normale pour répondre.

— Disons, plaisant.

Du bout du doigt, elle massa ses mamelons plats puis les prit entre le pouce et l'index et…

— Aïe !

Mais il ne semblait pas du tout avoir mal.

Elle les pinça encore, juste pour être sûre.

— Ça, c'est…, commença-t-il.

Il glissa ses doigts sous l'élastique de sa culotte.

— … délicieux, termina-t-il.

« Délicieux ».

L'adjectif aurait dû la combler de bonheur. Hier, peut-être s'en serait-elle contentée. Aujourd'hui, c'était une nouvelle femme qui se tenait là.

Quand David plongea ses doigts en elle et découvrit sa chaude moiteur, elle sentit ses genoux la trahir.

Mais son autre main plaquée sur ses fesses la maintenait solidement en place.

— Ça va ? demanda-t-il.

Comme ses doigts continuaient leur exploration, elle sentit l'ivresse du plaisir l'envahir.

— Ça… va.

Elle ne voulait pas parler, juste sentir. Toute son énergie était concentrée sur cette région de son corps dévastée par l'incendie.

Elle essaya de se dérober. C'était trop tôt ! Elle aurait voulu que cet instant dure indéfiniment.

Elle saisit la chemise de David à pleines mains et la repoussa sur ses épaules. Alors, il dut l'abandonner pour sortir les bras des manches.

Au bord de la jouissance, elle se laissa redescendre et reprit son souffle.

La lumière intense la gênait. Il devait bien y avoir un variateur d'ambiance dans cette cabine ? Oui, juste derrière elle.

Tandis que la pièce sombrait dans un doux crépuscule, David la ramena à lui. Il la caressa, la palpa, la stupéfia en se montrant doux un instant, pour se faire exigeant et provocateur celui d'après.

La température montait. Si la cabine avait eu des fenêtres, nul doute qu'elles auraient été couvertes de buée.

Il saisit le lobe de son oreille entre ses dents.

— De la façon dont je vois les choses, dit-il, il y a trois possibilités.

Elle tâtonna à la recherche de son sexe dur qui tendait le caleçon, serra les doigts autour et leur imprima un mouvement de va-et-vient.

Elle entendit la respiration de David s'affoler.

— Je disais… Il y a… trois possibilités.

Se dressant sur la pointe des pieds, elle passa la langue sur sa pomme d'Adam râpeuse, excitante.

— Debout ? suggéra-t-elle.

— Oui.

— Et assis.

— Ça fait deux.

— Pour la troisième…

Elle plissa le front.

— Tu ne veux tout de même pas que nous nous allongions par terre ?

Il eut un rire taquin.

— Je crains de te choquer.

Avant qu'elle ait le temps de poser la question, il tâtonna parmi les vêtements qui encombraient la console.

— Qu'est-ce que tu cherches ?

— Le préservatif.

Il avait donc sorti un préservatif avant de retirer son pantalon.

Elle serra un peu plus fort son membre dans sa main, et il poussa une plainte.

— Tu es venu préparé ?

Elle hésitait entre se sentir flattée ou vexée. Puis une petite lumière s'alluma dans sa tête : bien sûr, un célibataire intelligent et sexuellement actif se promenait toujours avec un préservatif.

Il ne la laissa pas longtemps dans l'expectative.

— Je l'ai acheté au distributeur de l'hôpital.

Elle laissa retomber sa main tandis que David déchirait l'emballage.

— J'ai cru t'entendre dire que tu ne t'attendais pas à ça ?

— C'est vrai. Pas plus que toi avec ta lingerie sexy.

Là, il marquait un point.

En un instant, il mit la protection en place.

Dans la lumière tamisée, il ressemblait à un guerrier, un mâle sombre, torse nu, beau, dominant. Elle se le rappellerait toujours ainsi.

Il la reprit dans ses bras, et elle se cramponna à lui, malade de désir. Tout en la maintenant d'une main, de l'autre il la débarrassa de sa culotte. Puis il la souleva et alla droit au but.

Son sexe la distendit et, comme elle refermait les jambes sur ses hanches et remuait sur lui, pénétra de plus en plus loin.

C'était insupportablement délicieux.

Soudain, sa main qui tenait la nuque de David glissa, et elle crut tomber. Mais il la retint d'une poigne de fer.

— Ne me laisse pas tomber !

— Jamais de la vie.

Les muscles de David, luisants de transpiration, se gonflèrent. Il la souleva légèrement puis la laissa glisser de nouveau sur son sexe, si puissant qu'elle ne fut soudain plus qu'instinct et qu'elle se contracta follement autour de lui.

David trembla et gémit tandis qu'elle jouissait, et quand les vagues de son plaisir s'estompèrent, il vint à son tour. Tout son corps fut agité d'un long frisson. Il prit sa respiration et poussa un soupir haché. Enfin, comme s'il se rendait soudain compte de l'endroit où ils se trouvaient, il la fixa tout en écartant ses cheveux tombés sur ses yeux.

Du pouce, il suivit le contour de ses lèvres, et elle vit ses dents luire dans la pénombre.

— Qui a dit que c'était impossible ?

Elle lui rendit son sourire.

En effet. Et pourtant, qui aurait pu imaginer une chose pareille ? Surtout de sa part ! Cindy, sa meilleure amie, ne la croirait jamais. D'ailleurs, elle-même avait du mal à croire à ce qu'il s'était passé.

Elle caressa le torse humide de David, la rondeur ferme de son épaule, pendant qu'il embrassait le bout de son nez avec une tendresse qu'elle aurait voulu fixer pour toujours. Des petits baisers suivirent, sur sa tempe, sa joue, son menton. Quand elle pensait qu'il allait s'arrêter, il lui en donnait encore, et encore.

Elle aurait pu passer la nuit ainsi. Mais finalement David fit jouer les muscles de son cou.

— J'aimerais te dire que je peux te porter ainsi pour l'éternité…

Elle tressaillit.

Elle avait oublié son poids ! Bon, elle était plutôt mince aujourd'hui — elle avait fait de sérieux efforts ces dernières années —, mais tout de même.

— Tu t'es débrouillé comme un chef, dit-elle, admirative.

— Malgré tout, il est temps d'atterrir.

Il la laissa doucement glisser à terre.

La lumière tamisée joua sur son corps musclé quand il s'étira.

— A moins que tu veuilles remettre ça ici — et dans ce cas j'aurais besoin de reposer un peu mes jambes avant — nous ferions mieux de déguerpir.

Il ramassa sa chemise sur le dossier d'un fauteuil.

— J'aimerais me rafraîchir. J'ai aperçu des lavabos, de l'autre côté du couloir.

Elle le regarda passer sa chemise avec un grand sourire.

— Je me demande s'il y a une douche.

— Tu veux que j'aille vérifier ?

Elle aimait les bains parfumés, mais elle se rabattrait volontiers sur une douche pour avoir le plaisir de savonner le dos de David, sans parler du devant…

Soudain, un bruit fit irruption dans son rêve éveillé.

Toc toc toc.

On frappait à la porte !

— La sécurité, chuchota David.

Elle se figea, la peur lui coupant la respiration.

La sécurité, derrière la porte ? Et eux, nus, à l'intérieur ? On allait les jeter en prison pour attentat à la pudeur ! Elle voyait d'ici l'expression de son père. Elle avait toujours su que c'était une mauvaise idée, même si cela avait été merveilleux sur le moment.

Cependant, David lui adressa un sourire rassurant. Après lui avoir fait signe de se taire, tout en s'éclaircissant la gorge, il remonta la lumière avant d'entrebâiller la porte tandis qu'elle tremblait derrière la porte, les yeux clos, priant qu'on ne les découvre pas.

— Barney, c'est vous ? Je suis David Miles.

Le silence s'étira. Elle se mordit un doigt pour empêcher ses dents de claquer.

— Monsieur Miles ? Ah oui. C'est qu'il est tard, fit la voix endormie de Barney.

— Jonathon m'a permis d'utiliser cette cabine une heure ce soir. Je monte une grosse campagne publicitaire, et le temps presse.

— Oh, bien sûr. Est-ce que je peux faire quelque chose pour vous ?

— Pas pour le moment. Je m'apprête à partir.

— Très bien. Je serai dans les parages si vous avez besoin de moi.

— Merci, Barney. Bonsoir.

— Bonne nuit, monsieur Miles.

Dès que la porte se referma, elle se hâta de passer son soutien-gorge et sa robe, le cœur battant.

Sa culotte était hors d'usage, mais rien ne l'obligeait à la porter. Marcher dans Sydney les fesses à l'air, ce serait une bagatelle, comparé à ce qu'elle venait de faire.

Une fois rhabillée, elle tendit l'oreille.

— Il est toujours là, chuchota-t-elle.

David finissait de boucler sa ceinture.

— Mais non. On n'entend pas le bruit de ses pas à cause de l'isolation, dit-il en entrouvrant la porte pour jeter un coup d'œil à l'extérieur. Tu vois, il n'y a personne. Je vais me passer un peu d'eau sur la figure. Et toi ?

Elle secoua la tête.

— Vas-y.

— J'en ai pour deux minutes, mettons cinq.

Quand la porte se referma, elle regarda autour d'elle avec un étrange sentiment de mélancolie.

Et maintenant ? Ces instants avaient comblé son désir d'aventure sans lendemain, mais à présent il fallait renouer avec travail acharné et objectifs de carrière.

Elle sortit un peigne de son sac et se coiffa tout en se demandant si David ressentait la même chose.

Que ferait-elle s'il suggérait une autre nuit. Ou deux ?

Une part d'elle-même souhaitait qu'il le fasse, la part fantaisiste, avec des aspirations au plaisir, qui avait trouvé une satisfaction sans précédent dans les bras de David. Cependant, l'autre part d'elle-même refusait de céder du terrain. Il n'était pas question d'avoir une liaison. Une nuit était une nuit, mais prolonger l'histoire au bureau, ce serait courir à la catastrophe.

Mais une petite voix lui chuchotait que ce n'était peut-être pas si grave que ça.

Elle grimaça.

Si elle flanchait et se laissait embarquer dans une aventure, qui pouvait dire dans quel état elle en sortirait ? Les conversations sur l'oreiller avaient certes de bons côtés, mais que deviendrait son image de femme capable, qui utilisait son cerveau plutôt que ses charmes pour aller de l'avant ?

Ayant consacré tout son temps et son énergie à vaincre ses doutes et à réussir brillamment ses études, elle tenait beaucoup à cette image.

Après un dernier coup de peigne, elle attacha ses cheveux avec la barrette qu'elle venait de retrouver.

Quand David reviendrait, elle lui expliquerait que c'était vraiment très bien, mais qu'elle ne réitérerait pas l'expérience.

Il revint, les cheveux humides, sa chemise correctement passée dans son pantalon. Mais son regard avait perdu sa lumière, constata-t-elle, et des rides barraient son front.

— Nous allons prendre un taxi pour aller récupérer la voiture, dit-il. Ce sera plus rapide. Mais d'abord…

Il lui prit les mains et les caressa, mais son sourire n'atteignait pas ses yeux.

— Serena, il faut que nous parlions.

Son cœur se serra, et elle se cuirassa contre l'émotion.

Allait-il gentiment la laisser tomber ?

Bien sûr, c'était ce qu'elle voulait aussi, mais s'il

détenait le pouvoir sur un plan professionnel, elle ne se laisserait pas arracher cette décision privée. Si quelqu'un devait être laissé tomber, ce n'était pas elle.

Elle se redressa.

— Je suis d'accord, et notre conversation ne durera pas longtemps, renchérit-elle. Je veux te dire combien j'ai apprécié ce moment que nous avons passé ensemble. Je ne l'oublierai jamais.

David lui serra les mains.

— Moi non plus. Merci, ajouta-t-il.

Elle réprima un tressaillement.

— Tu n'as pas à me remercier !

Il se comportait comme si elle lui rendait un service. Il n'était pas question de ça !

Elle lui retira ses mains et prit son sac posé sur le bord de la console.

— C'est arrivé *une* fois. Ça ne doit pas se reproduire.

David eut un petit rire.

— Je ne suggère pas que nous nous comportions toujours ainsi ! J'ai toujours apprécié les bons matelas et les draps fins.

La remarque évoquait juste que les matelas à sa disposition dans les environs étaient nombreux.

Elle lui retourna un sourire contraint et secoua la tête.

— Je ne suis pas d'accord.

Après un long moment de silence, il acquiesça.

— C'est probablement préférable, avec tout le travail qui nous attend et les dates butoir. La campagne est *la* priorité. Si tu préfères, nous n'en parlerons plus.

Elle serra son sac contre elle tandis qu'un cuisant regret lui mordait le cœur.

Dix minutes plus tôt, ils étaient aussi intimes que peuvent l'être deux êtres humains. Et maintenant…

Refrénant son émotion, elle se tourna vers la porte.

— Il faut vraiment que nous y allions.

Mais David lui prit le poignet pour la tirer en arrière.

Elle sentit ses terminaisons nerveuses s'exciter, ses seins se tendre, et un désir pervers revenir la titiller.

Avait-il décidé en fin de compte qu'il ne la laisserait pas partir aussi aisément ? Seigneur, elle avait besoin d'air. On étouffait entre ces quatre murs.

Il chercha son regard.

— Je voulais juste te dire…

« Ne dis rien, je t'en prie. Tais-toi ! »

— Nous croiserons Barney au bout du couloir. Ne sois pas mal à l'aise, il ne posera aucune question.

Elle eut la sensation que son cœur se brisait.

C'était pourtant exactement ce qu'elle voulait. Elle était sûre de prendre la bonne décision, la seule bonne si elle voulait poursuivre ses objectifs.

Avant toute chose, David Miles était son employeur. Et il s'attendait à juste titre à ce qu'elle se consacre tout entière à cette campagne. Ensuite, elle prévoyait de partir travailler à l'étranger. Elle avait besoin de prouver à son père, au monde entier et à elle-même qu'elle pouvait réussir. Sinon, toutes ces années d'efforts auraient été pure perte. Ce que David et elle avaient partagé ce soir ne serait jamais rien de plus qu'une heure volée à leur emploi du temps.

Il ouvrit la porte.

— A quelle heure penses-tu arriver demain ?

Elle fixa son dos tandis qu'il sortait de la pièce.

— Quand as-tu besoin de moi ?

Oh ! si seulement il répondait : « Tout de suite »…

— 8 heures. Ne sois pas en retard.

- 7 -

Assis à une extrémité du bureau d'acajou verni de la vaste salle de réunion de Miles Advertising, David se renfonça contre le dossier de son fauteuil et se laissa absorber par la blondeur de Serena Stevens et par sa voix douce et claire.

Une seconde plus tard, il se mordait l'intérieur de la joue pour juguler une brusque flambée de désir.

Serena le déboussolait complètement. Il l'avait su dès le début, mais maintenant il ne pouvait plus feindre.

Elle communiquait à Josh Winton, le directeur artistique, et à son assistant, Burt Foggle, un document concernant la campagne de presse dont elle s'occupait avec Jezz McQuade. Elle fournissait un excellent travail, ne se montrait ni nerveuse ni intimidée. Elle avait parfaitement appris sa leçon. S'il n'avait été aussi bien placé pour savoir, il aurait juré qu'elle était dans le métier depuis des années.

En réalité, quatre semaines seulement s'étaient écoulées depuis qu'il l'avait promue responsable en second de la campagne de *Hits*, et vingt-sept jours et nuits depuis l'épisode du Mixem Studios. Et depuis, sa pensée l'obsédait.

Le goût de sa bouche, la sensation de son corps contre le sien ne s'étaient pas affadis dans son souvenir. La douce texture de sa peau revivait constamment sous ses doigts. Faire l'amour avec elle avait été une expérience fantastique, tendre, joyeuse, plus excitante que tout ce qu'il avait connu. Et, contre toute raison, il aurait volontiers prolongé l'aventure.

Mais Serena avait été raisonnable pour deux : c'était l'histoire d'un soir, point à la ligne.

Bien sûr, il ne pouvait que la féliciter d'une telle décision. Elle était plus mature qu'il ne l'imaginait. Pourtant, tout au fond de lui, il déplorait sa sagesse. Et une telle réaction lui faisait peur.

Il n'était pas idiot, il reconnaissait les signes : la façon dont son corps s'échauffait quand il la voyait, le blanc qui se faisait dans son esprit quand il reconnaissait son rire ou quand elle entrait dans la pièce… Il était dans un train qui se dirigeait à toute allure vers une station nommée : « Fou amoureux ».

Et amoureux d'une *employée*.

Le souvenir d'Olivia Roundtree lui fit grincer des dents.

Olivia était intelligente et n'avait pas froid aux yeux. Il l'avait engagée quand l'agence en était encore à ses débuts et que ses espoirs de la mener au sommet étaient encore tout neufs. Il brûlait de faire ses preuves, et elle lui avait donné confiance en lui de plus d'une façon. Ils formaient un couple qu'il croyait heureux. Et puis, un matin, sans que rien ne le laisse prévoir, elle lui avait déclaré qu'elle sautait dans un avion et quittait le pays. Il n'était pas en cause, avait-elle dit. Elle voulait juste « se trouver ». Et, pour couronner le tout, elle l'avait plaqué au beau milieu d'une campagne importante sur laquelle ils travaillaient ensemble.

Résultat, son cœur et son agence avaient tous deux été sacrifiés.

Il prit son stylo et, pensif, tapota le dossier ouvert devant lui.

Son aventure avec Serena était également à double tranchant. Bien des bourdes pouvaient se produire avant que Jezz soit sur pied. S'il décidait de poursuivre une relation intime avec Serena — ce qu'il désirait très fort — et si elle était d'accord, que deviendrait-il si elle sabotait la campagne pour une raison ou une autre ? En quoi cela affecterait-il sa relation avec ses clients ? Et avec ses collègues ?

On lui reprocherait son manque de professionnalisme. On se rappellerait la légèreté dont il avait fait preuve en misant tout sur Olivia, et comment il avait perdu si vilainement la main. A l'époque, il avait eu l'excuse de la jeunesse et de l'inexpérience, mais aujourd'hui ?

Et puis, à quoi bon se torturer ! S'il buvait le bouillon à cause de cette campagne, il n'aurait plus à se soucier du qu'en-dira-t-on. Il serait éjecté du monde des affaires, et, cette fois, pas question de session de rattrapage.

— Cela vous convient-il, David ?

Il sursauta, et, plutôt que de reconnaître qu'il était dans la lune, grommela :

— Certainement, Serena. C'est très bien.

Pourtant, très vite, il retomba dans ses pensées en suivant du regard son ensorcelant visage, puis son corps non moins ensorcelant tandis qu'elle repoussait sa chaise et faisait le tour de la table en continuant d'exposer ses excellentes idées.

Il était fasciné par l'éclat de son regard, par sa minceur débordante d'énergie, par la façon dont son pantalon à taille basse moulait ses formes comme s'il avait été conçu pour elle.

On apercevait un peu de son ventre bronzé sous le

haut moulant, et par moments le piercing de son nombril semblait lui adresser un clin d'œil.

En général, il ne goûtait guère ce genre d'ornement, mais, sur Serena, cela complétait à ravir un irrésistible tout.

Il y avait aussi ses façons enjouées. Le carillon de son rire. Son masque de concentration quand elle serrait un stylo entre ses dents et fixait le sol tout en réfléchissant. La passion qui brillait dans ses yeux, et qu'il rêvait de connaître de nouveau intimement.

Il mourait d'envie de la soulever dans ses bras et de l'emporter quelque part où il oublierait tout ce qui n'était pas elle. Son étreinte, son abandon, ses mains qui se noueraient autour de son cou quand ils grimperaient en tourbillonnait dans l'azur.

Il relâcha l'étreinte de ses doigts sur son stylo.

C'était clair comme de l'eau de roche, il devait embrasser Serena. Non, davantage ! Il devait coucher avec elle. La déshabiller et faire l'amour sans entrave à son corps et à son esprit. Evidemment, établir avec elle une relation suivie serait une erreur. Mais il voulait juste l'avoir à lui une fois encore. Il s'arrangerait pour que ce soit suffisant.

Perdu dans ses pensées, il n'avait pas pris conscience que la réunion était terminée.

Tandis que les participants se retiraient, il repoussa son siège et intercepta Serena au passage.

Elle le regarda, son adorable fossette creusant sa joue, tandis qu'ils sortaient ensemble de la pièce. Il nota que quelque chose de subtil dans son expression avait changé, sans qu'il arrive à mettre le doigt dessus.

Peut-être parce qu'il la voyait différemment, ou peut-être parce qu'elle était vraiment différente ?

Il redressa sa cravate.

— As-tu parlé avec Jezz ce matin ?

Ils ne parlaient qu'affaires, ces derniers temps. C'était plus sûr que les sous-entendus coquins, mais beaucoup moins drôle.

— Viendra-t-elle au lancement, demain soir ? ajouta-t-il.

Le lancement de la campagne promotionnelle de *Hits* se tiendrait chez lui. Sa luxueuse villa de style méditerranéen était parfaite pour accueillir les événements prestigieux de ce genre.

Les bras chargés de dossiers, le regard fixé devant elle, Serena suivait le couloir.

— Sa cheville fait encore des siennes. Elle est sous antibiotiques.

— Nous ne la verrons donc pas demain ?

— Je crains que non.

— Ce qui signifie que tu seras sur le devant de la scène.

— Tu ne m'en crois pas capable ?

Depuis l'incident du studio d'enregistrement, l'attitude de Serena avait changé. Elle était plus assurée, plus combative, ce qui était une bonne chose. Mais pourquoi fallait-il par moments qu'elle se montre sur la défensive, et même agressive ? Parce qu'ils avaient couché ensemble ?

C'était idiot. Elle avait pris du plaisir tout comme lui, et c'était elle qui avait refusé de poursuivre leur relation comme il le lui proposait.

Pour ce qui était de la soirée du lendemain, naturellement, il comprenait qu'elle montre de la nervosité à l'idée de se retrouver en première ligne, devant des centaines d'inconnus qui la matraqueraient de questions. Mais il serait là pour la soutenir.

— Tu seras parfaite, assura-t-il. Les gens t'adoreront.

Voyant qu'elle n'était pas très convaincue, il ajouta :

— La liste des invités est impressionnante. Des critiques, des agents, des journalistes, des responsables de maison de disques, des acteurs internationaux en visite en Australie… C'est fantastique d'avoir réussi à réunir tout ce beau monde.

Serena hocha simplement la tête.

Décidément, elle ne manifestait pas beaucoup d'enthousiasme à l'idée de jouer les hôtesses pour la soirée.

Un mois plus tôt, la constatation ne l'aurait nullement surpris, mais elle semblait avoir pris tant d'assurance depuis…

— Est-ce que Rachel sera présente ? demanda-t-elle soudain.

Il hocha la tête.

— Certains de nos clients comptent sur elle.

Soudain, une drôle d'idée lui traversa l'esprit.

— Se serait-elle mal comportée avec toi ?

Aucun bruit concernant une éventuelle jalousie de Rachel envers Serena ne lui était revenu à l'oreille. Mais, évidemment, Rachel avait dû être furieuse qu'il ne lui propose pas une mission qui, de son point de vue, lui revenait de droit.

Rachel Bragg avait beau posséder d'évidentes qualités professionnelles, il se demandait encore ce qu'il lui avait pris de signer un contrat de cinq ans avec elle. Elle était beaucoup trop caractérielle. Personne à Miles Advertising ne s'entendait avec elle, lui compris. Tant pis, il allait chercher avec ses avocats le moyen de s'en débarrasser. Peu importerait le prix. Cette femme avait un ego de la taille de la Chine, mais il ne doutait pas la ramener à la raison avec un gros chèque.

— Je peux me débrouiller avec Rachel, dit Serena.

Il tendit les mains pour lui prendre les dossiers des bras, et elle le laissa faire après un instant d'hésitation.

— Est-ce qu'il y a quelque chose que je devrais savoir avant le lancement ? demanda-t-il.

Elle secoua la tête.

— Il reste quelques détails à régler avec le traiteur. Mais sinon, tout est en ordre.

— Très bien.

Il esquissa un petit sourire alors qu'il n'avait qu'une envie : enfouir le visage dans les vagues de ses cheveux blonds et humer le creux parfumé de son cou.

Pour la centième fois, il se demanda quels étaient les sentiments de Serena à son égard.

D'un accord tacite, ils n'avaient jamais reparlé de l'épisode du studio, mais il se sentait de plus en plus désireux de briser le silence. En dessous de sa façade policée, Serena connaissait-elle les mêmes tourments que lui ?

Il la suivit dans le bureau destiné à l'origine à Jezz et déposa les dossiers près du fax qui crachait des feuillets en provenance d'une agence de modèles.

— Tu as travaillé dur ces dernières semaines, observa-t-il. Et le week-end sera bien rempli. Pourquoi ne prendrais-tu pas ton lundi ? Tu pourrais faire un petit tour dans un centre de remise en forme.

« Ou venir au lit avec moi. »

— Impossible, voyons ! s'exclama-t-elle d'un air choqué. J'ai bien trop à faire !

Et son regard fit le tour de la pièce, aux quatre coins

de laquelle s'amoncelaient documents, photocopies et scripts.

Il voulut lui prendre la main, mais elle se dégagea et alla s'installer derrière son bureau.

Lui donnait-elle son congé ? Il n'était pourtant pas prêt à partir.

— J'allais prendre un café. En veux-tu une tasse ?

Un petit sourire au coin des lèvres, Serena leva les yeux du document qu'elle étudiait.

— Je ne bois ni café ni thé.

— Comment se fait-il que je n'en sache rien ?

Elle haussa les épaules.

— Tu ne me l'as jamais demandé.

Comme il s'asseyait sur le bord du bureau, elle fit pivoter son fauteuil et le regarda bien en face.

Pour lui faire savoir qu'il ne l'intimidait pas ? Pour prouver qu'elle se dominait aussi bien que lui ?

Il désigna sur le bureau une tasse sur laquelle était gravée en lettres rouges l'inscription : « Vas-y, ma fille ! »

— Alors, à quoi sert cette tasse ?

— Pour l'eau. J'en bois des litres au cours de la journée.

— Et le soir, que bois-tu ?

— Du chardonnay avec du sirop de mûre.

Il balança sa jambe.

— Moi, de temps en temps, une bière.

Elle plissa le nez.

— Je déteste la bière !

— C'est pourtant la meilleure boisson qu'on puisse trouver pour regarder un match de foot.

Le regard de Serena ne faiblit pas quand elle déclara :

— Je déteste le foot.

Il immobilisa sa jambe.

Elle voulait prouver qu'ils étaient différents ? Très bien. Mais les contraires ne s'attiraient-ils pas ?

— Qu'est-ce que tu aimes ?

Elle rosit, sans pour autant s'adoucir.

— Mon travail.

— Ça, je sais. Quoi d'autre ?

Il savait au moins une chose qu'elle aimait, et elle savait qu'il le savait.

Le regard de Serena vacilla. Elle reporta son attention sur son bureau et jeta quelques notes sur un bloc.

— La nourriture thaïe, dit-elle du bout des lèvres.

— Moi aussi. Les nouilles sautées, avec beaucoup de piment.

— Je n'aime pas quand c'est pimenté.

— Tiens, c'est curieux. J'aurais juré le contraire.

Elle se leva si brusquement que son fauteuil tomba en arrière. Sa poitrine se soulevait et s'abaissait à un rythme accéléré, et des taches rouges apparurent sur ses joues.

— Ecoute, David, j'ai à faire !

Il prit son temps pour se lever, sans la quitter des yeux.

Bon, il ne troublerait pas plus longtemps sa concentration. Après tout, la qualité de son travail lui importait autant qu'à elle. Mais il ne renonçait pas pour autant, et aujourd'hui il avait décidé de le lui faire savoir. Ils avaient couché ensemble une fois, et le ciel ne leur était pas tombé sur la tête. Rien ne s'opposait à ce qu'il la tienne encore une fois dans ses bras. Et ça se produirait, il en faisait le serment. Bien qu'elle n'en dise rien, il savait tout au fond de lui qu'elle le désirait aussi.

Il se prépara à se retirer.

— Nous parlerons plus tard.

Il était à mi-chemin de la porte quand elle le rappela.

— J'ai failli oublier de t'en parler ! Hier, je me suis entretenue avec Linda Marley, la productrice de musique.

Il se retourna.

— Figure-toi qu'elle a eu l'idée d'organiser pour le lancement une vente aux enchères d'objets ayant appartenu à des chanteurs ou des musiciens connus.

— Et alors ?

— Nous pourrions nous procurer, mettons, une demi-douzaine d'objets. Et le produit de la vente nous permettrait d'inviter des personnalités à assister au premier spectacle. Ils disposeraient de suites de luxe, limousines, tout le tremblement. Ce serait une publicité sensationnelle.

Comme d'habitude, il admira son enthousiasme, ses talents de visionnaire, toutes qualités pour lesquelles il l'avait engagée. Cependant…

— Il me semble que ça demande beaucoup d'organisation. Auras-tu du temps à y consacrer ?

— Je peux essayer. Linda a dit qu'elle m'aiderait.

— En as-tu parlé à Jezz ?

— Pas encore.

Il réfléchit rapidement.

Effectivement, si Serena arrivait à mener le projet à bien, la publicité qui en découlerait serait la bienvenue. Malgré tout, elle ne devait pas pour autant négliger le reste.

— Parle-lui-en, et si elle juge le projet réalisable, je suis avec toi à cent pour cent, termina-t-il en se retournant pour partir.

— Je n'en demande pas davantage.

« Quoi ? »

Il se retourna vivement, mais Serena s'était déjà replongée dans ses papiers.

Plus intrigué que jamais, il longea le couloir jusqu'à son bureau.

Avant d'avoir couché avec Serena, il avait connu une période d'abstinence. Les relations sexuelles étaient certes un bienfait des dieux, cependant, plus que le plaisir physique lui manquaient l'intimité partagée, les bavardages au cœur de la nuit, blottis dans les bras l'un de l'autre, le souffle régulier d'une respiration féminine à son côté…

Mais il ne voulait pas d'une quelconque partenaire. Il voulait Serena Stevens.

Il claqua derrière lui la porte de son bureau.

Ne s'abusait-il pas en pensant qu'une nuit suffirait à apaiser son désir d'elle ?

Il avait bien l'intention de le découvrir demain.

- 8 -

Allongée sur une chaise longue sur le balcon de Jezz, Serena faisait de son mieux pour paraître calme alors que son cœur défaillait.

Jezz se renversa dans son siège et fourragea nerveusement dans sa crinière rousse.

— Désolée, mon chou, vraiment. J'aimerais guérir au plus vite, mais le docteur dit que cette fracture est vraiment mauvaise.

Serena réfléchit, son regard dérivant du plâtre de Jezz à la vue panoramique de la ville.

Elle avait espéré de tout son cœur que Jezz serait en état d'assister au lancement de la campagne, et retrouver un peu de sérénité en pensant à la soirée du lendemain.

Elle sentit qu'on lui tapotait l'épaule et, levant les yeux, croisa le regard rempli de chaleur de Jezz.

— Si je pouvais, tu sais que j'irais.

Jezz lui serra l'épaule avant de se rasseoir en gémissant.

— Si seulement cette jambe ne se montrait pas aussi stupidement entêtée, et si mes médicaments n'étaient pas de taille à endormir un éléphant !

Serena ne put s'empêcher de sourire.

Jezz la faisait toujours sourire. Ce qui était une des raisons pour lesquelles elles travaillaient si bien ensemble.

Il y avait eu des réunions tardives, des emplois du temps surchargés, des ongles mâchonnés et des coups de téléphone frénétiques. Malgré tout, ces dernières semaines avaient été plaisantes. Jezz lui avait fait comprendre qu'elle l'aimait bien, et elle était devenue une amie pour elle.

Incapable de trouver une position confortable, Jezz s'agita sur sa chaise longue et changea de place un coussin dans son dos.

— Je sais que tu seras sensationnelle demain, dit-elle. Comme tu l'es depuis le début. Tu as fait un boulot remarquable, et David est d'accord avec moi. Il pense que tu es formidable.

Le cœur serré, Serena évita le regard de Jezz.

Elle ne lui avait pas parlé de la scène du Mixem Studios. Serait-elle seulement capable de traduire en mots cette expérience qui l'avait tant affectée ?

Une fois qu'elle avait décidé de réaliser son fantasme de nuit sans lendemain, son destin avait été scellé. Faire l'amour avec son employeur dans cette sorte de placard, à une adresse célèbre du centre-ville avait été l'acte le plus téméraire, le plus irréfléchi qu'elle ait jamais commis, et de loin. Et elle ne l'avait pas regretté… Jusqu'à ce qu'ils se soient rhabillés.

Depuis, le démon du doute avait pointé le nez.

Elle avait décidé de s'en tenir à son plan : coucher avec David juste une fois pour se libérer de son obsession et réussir à se concentrer sur son travail. Cependant, quand elle avait pensé que David allait la coiffer au poteau en déclarant qu'il n'y aurait pas de deuxième fois, elle avait voulu reprendre la situation en main.

Sauf que, loin de chercher à mettre fin à leur relation, il avait parlé des matelas qui l'attendaient. Et là, elle n'avait plus su si elle voulait oublier ce qu'il s'était passé ou l'implorer de la reprendre.

Elle ne savait toujours pas, admit-elle en regardant les gratte-ciel environnants.

Bien au-dessus du reste s'élevait la tourelle dorée de la Centrepoint Tower dont la flèche atteignait les nuages qui dérivaient dans un ciel d'azur, teinté à l'ouest de jaune et de rose.

Elle soupira.

Que faisait David en ce moment ?

Le bruit de la chaise de Jezz crissant sur le carrelage la ramena sur terre.

Ses béquilles en place, Jezz sautilla vers la porte-fenêtre ouverte.

— Viens, dit-elle. Il y a quelque chose dont je voudrais te parler pour demain soir.

Serena se leva pour se glisser à sa suite dans l'appartement.

Il lui semblait pourtant qu'elles avaient tout passé en revue. Elle serait morte plutôt que de l'admettre, mais elle avait eu tant à faire cette semaine qu'elle se sentait épuisée. C'était de loin la tâche la plus écrasante qu'on lui ait confiée.

Mais si le lancement promotionnel de *Hits* était une réussite, elle aurait fait ses preuves de façon éclatante, non seulement vis-à-vis de David, mais aussi d'elle-même. Et ce serait une excellente addition à son C.V. quand elle partirait pour l'étranger.

Un étau lui serra la poitrine.

Elle avait parfois des bouffées d'angoisse quand elle songeait à quitter le pays, mais elle réaliserait son rêve, envers et contre tout. Il le fallait, sous peine d'avoir l'impression de rater sa vie comme elle avait raté tant de choses durant ses années d'enfance et d'adolescence, lorsqu'elle lisait la déception dans le regard de son père.

Après la mort de sa mère, celui-ci était devenu très pénible, la critiquant sans cesse et la harcelant pour qu'elle fasse les choses à sa manière à lui.

Mais, pour l'heure, il s'agissait de se concentrer sur l'événement à venir.

— Peux-tu venir jusqu'ici, mon chou ?

Jezz, en équilibre sur ses béquilles, se tenait à l'autre bout de la pièce, près du canapé.

— C'est terrible le mal que je peux avoir à m'asseoir ! se plaignit-elle.

Quand enfin elle fut confortablement installée, elle tapota les coussins près d'elle.

— Viens donc t'asseoir. Dis-moi, qu'est-ce que je te vois toujours porter au cou ?

— C'est un bijou qui me vient de ma mère.

Le cœur de Serena se serra comme chaque fois qu'elle évoquait la disparue.

— Elle est morte il y a quelques années. Elle disait que ce pendentif me rappellerait que je pouvais atteindre les étoiles pour peu que je le veuille assez fort.

Jezz contempla le petit cœur d'or en hochant la tête d'un air attendri.

— C'est la plus jolie histoire que j'ai jamais entendue ! Moi, quand j'ai dit à ma mère que je voulais chanter à Las Vegas, elle m'a caressé la tête et m'a dit d'aller donner du grain aux poules.

Elle rit.

— Mais tu as chanté à Las Vegas ! dit Serena.

Les yeux de Jezz flamboyèrent.

— Et j'ai époustouflé mon public ! Exactement comme tu vas époustoufler tes invités demain soir. Bon, à ce propos…

Elle frotta ses mains l'une contre l'autre.

— Qu’as-tu prévu de porter ? Il te faut une tenue sensationnelle. Raconte.

Serena se figea.

D’accord, elle était fatiguée, mais pourquoi n’avait-elle pas pensé plus tôt à ce qu’elle porterait ?

Elle passa mentalement en revue le contenu de sa penderie, et son désarroi s’accrut. Elle ne voyait rien qui puisse convenir.

— Je dois pourtant bien avoir quelque chose de présentable, murmura-t-elle, au désespoir.

Jezz réfléchit quelques instants avant de plonger sur le téléphone posé près d’elle sur une table basse.

— Pas de panique ! Ta bonne fée marraine veille à tout.

Le titre allait bien à Jezz — dans un style très moderne, évidemment.

— Qui appelles-tu ?

— All That, répondit Jezz une fois qu’elle eut composé un numéro.

Serena eut un geste de dénégation.

— Pas question que je mette les pieds dans cette boutique. C’est beaucoup trop luxueux pour moi !

Jezz se contenta de sourire.

— Bonjour, dit-elle dans l’appareil. Jezz McQuade, de la chambre 2810. Il me faudrait une robe taille…

Du regard elle évalua la silhouette de Serena.

— … trente-huit. Pour une soirée très habillée… Demain soir… Quelque chose qui puisse laisser bouche bée trois cents invités…

Serena secoua énergiquement la tête.

Franchement, même un foulard venant de cette boutique aurait été au-dessus de ses moyens !

Jezz lui adressa un clin d’œil.

— Sans limitation de prix, ajouta-t-elle. Il faut juste qu'elle soit à couper le souffle.

— Vous serez là dans un quart d'heure avec une sélection ?

Elle consulta sa montre.

— Parfait. Accepteriez-vous de me rendre un autre service ? Il s'agit de prendre rendez-vous dans le salon de beauté pour demain après-midi, 14 h 30. Shampoing, brushing, maquillage, manucure, pédicure, tout le tremblement.

— Annule tout ça, implora Serena alors que Jezz raccrochait. Ensuite, tu vas commander une limousine, et je n'ai pas les moyens de payer.

— Celle qui représente Miles Advertising doit avoir la tête de l'emploi. Et ne t'inquiète pas pour la note, David sera enchanté de s'en occuper.

Songeant avec quel soin David épluchait les factures, elle en doutait. Il avait peut-être couché avec elle, mais les affaires étaient les affaires.

— Je n'en suis pas aussi certaine.

— Eh bien, moi, si.

— Qu'est-ce qui te fait dire ça ?

Jezz agita les doigts, et Serena l'aida à se relever et à prendre ses béquilles.

— Parce qu'il s'intéresse à toi, et pas seulement à cause de tes qualités professionnelles.

Serena regarda Jezz sautiller vers le réfrigérateur.

— Quelle imagination !

Jezz sortit une bouteille de jus de pomme et la décapsula.

— Et je sais aussi que vous êtes passés à l'acte.

— Hein ? Comment le sais-tu ?

C'était donc inscrit sur son front ? A moins qu'elle

n'ait parlé dans son sommeil ? Que savait Jezz exactement ? Qu'après des instants brûlants, ils avaient été d'accord pour ne plus jamais remettre la chose à l'ordre du jour ? Qu'ensuite, l'attitude professionnelle de David avait forcé son respect, mais que son parfait désintérêt pour elle lui donnait envie de pleurer ou de le gifler ?

Jezz versa du jus de pomme dans deux verres et lui en tendit un.

— Je le sais, parce que sa poitrine se dilate dès que quelqu'un prononce ton nom devant lui, et que, toi, quand je te demande d'aborder avec lui un sujet ou un autre, tu rougis.

— Ça ne veut pas dire qu'il s'est passé quelque chose entre nous ! se récria Serena, sentant ses joues devenir brûlantes.

Mais Jezz ne se laissa pas démonter.

— Est-ce que je me trompe ?

— Non, bredouilla Serena.

Et, aujourd'hui, après un mois durant lequel il s'était bien tenu, David avait recommencé avec ses manières flirteuses, ses sous-entendus et ses regards appuyés qui allumaient un brasier dans ses veines.

Ils étaient tombés d'accord pour ne plus en parler, mais était-ce la bonne décision ? Elle ressentait de plus en plus le besoin de dire quelque chose, même si elle n'avait pas la moindre idée de ce qu'elle dirait. Quelque chose de suffisant, ou de blessant, ou peut-être de désespéré. Et c'était ce qu'elle redoutait par-dessus tout. S'il parlait de leurs relations clandestines, ou bien elle se mettrait à parler à tort et à travers et se ridiculiserait, ou bien elle lui sauterait dessus, et le résultat serait le même. Bref, aucune option n'était la bonne.

— Ne fais donc pas cette tête ! dit Jezz. Je vais te donner un bon conseil pour la soirée de demain…

Elle leva son verre.

— Prends du bon temps !

Serena but une longue gorgée de jus de pomme.

Tant qu'elle ne courait pas au-devant de la catastrophe et ne perdait pas sa place…

Serena, se frottant furtivement les paumes sur son jean, suivait Gilbert, le maître d'hôtel de David, le long d'une allée en pente bordée de pins.

A plusieurs reprises au cours des dernières semaines, quand elle était sûre que David se trouvait dans les locaux de l'agence, elle était venue veiller aux préparatifs. Il fallait faire en sorte d'éblouir les invités, et plus particulièrement les sponsors. Là, elle avait passé la matinée à vérifier que tout était en ordre pour la soirée de lancement de la campagne promotionnelle de *Hits*, le soir même.

Un groupe de perroquets royaux passa au-dessus de leurs têtes pour atterrir dans un bosquet de grévilléas, au-delà du ravissant jardin de fleurs. Au loin, une flottille de voiliers oscillait sur les eaux du port.

Quand elle avait découvert la propriété de David, elle avait failli tomber à la renverse. Son propre trois-pièces était un réduit, comparé à cette magnificence : portail massif, imposante maison de style méditerranéen, pelouses impeccables, court de tennis, piscine… C'était une demeure de milliardaire comme on n'en voyait que dans les films.

D'où lui venait tout cet argent ? Avait-il gagné cette fortune par son travail ?

Gilbert lui lança par-dessus son épaule :

— M. Miles a insisté pour que je vous amène à lui avant que vous ne quittiez la propriété. Peut-être pour que vous piquiez une tête avec lui dans la piscine ?

— Pas aujourd'hui, Gilbert. Je n'ai pas le temps.

En réalité, cette convocation ne lui disait rien de bon.

En bas de la pente, elle découvrit David qui fendait les eaux bleues de la piscine. Parvenu à une extrémité, il exécuta un demi-tour et émergea dans un style paresseux.

Elle ravala sa salive.

David en slip de bain. Autant dire pratiquement dévêtu !

En les voyant approcher, David prit appui sur ses bras et se hissa avec aisance sur le bord de la piscine. Ses cheveux bruns dégoulinant d'eau, ses muscles luisant au soleil, il alla prendre une serviette sur le dos d'un siège et se frotta la tête.

Des souvenirs de la cabine d'enregistrement fondirent sur elle, et elle se força au calme.

— Je faisais des vérifications de dernière minute quand Gilbert m'a dit que tu désirais me voir.

Il semblait si différent dans ce cadre ! Encore plus sûr de lui, encore plus séduisant. Le moindre détail de sa physionomie semblait mis en valeur. Le menton volontaire, la haute taille, la cicatrice de son sourcil qu'elle avait embrassée tant de fois ce soir-là… Bien sûr, le fait qu'il soit à demi nu devait jouer aussi.

D'une main, il rejeta ses cheveux en arrière.

— Tout va bien ?

Elle parvint à garder l'air détaché.

— Apparemment, oui. Les pièces destinées à la vente sont en place, c'était la principale raison de ma visite.

— Je voulais dire, est-ce que tu vas bien, toi ?

Il s'approcha. Elle recula.

Sans la lâcher du regard, il noua la serviette à sa taille.

— Tu paraissais bien nerveuse, hier. Ou irritée.

Oui, elle était nerveuse. Elle éprouvait de l'appréhension à la perspective de la soirée, et davantage encore à cause de la façon dont il la provoquait. Et elle était irritée parce qu'elle ne savait pas comment gérer la situation. Il lui semblait être revenue dix ans en arrière, quand elle manquait tellement d'assurance, et c'était une sensation très désagréable.

David désigna une table et lui tira une chaise.

La virilité qui se dégageait de lui la dérangeait, mais elle ne pouvait plus s'échapper.

Elle s'assit.

— J'admets que la perspective de la soirée me rend un peu anxieuse, dit-elle.

— J'allais appeler Gilbert pour le déjeuner. As-tu mangé ?

Sans lui laisser le temps de répondre, David prit un téléphone posé sur la table.

— J'ai commandé une salade César. Préfères-tu quelque chose de plus consistant ?

Elle lui fit signe de poser l'appareil.

— Je n'ai pas faim… Tu obliges souvent ce pauvre Gilbert à descendre cette pente avec tes repas ?

Quel effet ça faisait-il d'être servi ? D'avoir des gens pour cuisiner, nettoyer la maison et aller ouvrir aux visiteurs à votre place ? Elle n'arrivait pas à imaginer.

— Je mange la plupart du temps au bureau, ou bien je fais des repas d'affaires. Alors, Gilbert aime me gâter quand je suis à la maison.

Un majordome, tout le luxe possible et imaginable, une propriété qui valait une fortune…

— Mais où trouves-tu tout cet argent ?

Elle se mordit la lèvre.

C'était trop direct, et vraiment indiscret. Mais le commun des mortels n'était-il pas curieux de ces gens qui vivaient dans de somptueuses demeures et conduisaient des voitures de luxe ?

— Mes parents étaient plutôt à l'aise, répondit David sans paraître se formaliser.

— A l'aise ou fortunés ?

— Fortunés conviendrait mieux, effectivement. A son époque, mon père était un avocat très réputé. Il a investi dans l'immobilier, la Bourse ou l'or, selon les fluctuations du marché. A sa mort, il avait amassé une fortune considérable.

— Ce qui fait de toi à ton tour un homme riche.

Elle se montrait d'une indiscrétion scandaleuse, mais, à sa décharge, il fallait dire que cette abondance de biens la stupéfiait.

David croisa les mains derrière sa nuque, et elle étouffa un gémissement au spectacle de sa poitrine parfaitement sculptée.

S'il avait pris cette pose dans l'espoir d'obtenir une réaction, il avait tapé dans le mille !

— A la mort de notre mère, mon frère et moi avons reçu un héritage important. Une grosse partie a servi à aider des parents en Angleterre. Et puis, nous avons fait des dons à des œuvres caritatives.

— Quelle générosité !

— Papa était un homme dur d'apparence, mais attentif aux autres et juste. Au fond de son cœur, il était plus tendre que ma mère. Elle enseignait la danse à haut niveau. Je n'ai jamais vu quelqu'un de plus discipliné.

Il chassa un moucheron de son épaule.

— As-tu soif ?

Il reprit le téléphone.

— Veux-tu de l'eau ? Ou peut-être du vin ?

Il faisait un réel effort. Pour la séduire ?

Voulait-elle être séduite ?

Non ! Elle avait déjà pris sa décision. Plus d'insinuations, plus de sexe, et plus de situations embarrassantes comme se glisser hors des Mixem Studios sans petite culotte, pour s'abaisser dans l'estime de David et compromettre ainsi sa position dans son entreprise. Car elle avait besoin de cette estime et de cette position pour accomplir sa destinée.

Mais, en même temps, elle ne pouvait pas prétendre qu'il la laissait indifférente…

Pendant que David s'entretenait avec Gilbert, elle examina à la dérobée son corps encore humide du bain et son visage ciselé par le soleil.

C'était un homme puissant, riche, un amant expérimenté…

Soudain, il reposa le téléphone et se leva.

— Je vais chercher les boissons. J'en ai pour un instant.

Elle se leva à son tour.

— Il faut vraiment que j'y aille…

Elle faillit s'excuser mais se retint au dernier moment.

Elle ne tenait pas à ce qu'il sache *à quel point* elle était désolée !

— J'ai un rendez-vous à 14 h 30, ajouta-t-elle.

David ne dit rien, il se contenta de la regarder. Mais elle lut dans son regard qu'il voulait qu'elle oublie son rendez-vous.

Devinait-il qu'elle n'aurait rien autant aimé que de caresser son torse, ses épaules et ses bras et semer des baisers sur sa peau dorée par le soleil ?

Mais si elle restait, elle n'était pas sûre d'être capable

de s'en tenir à leur accord. Et, depuis hier, elle savait qu'elle ne pouvait pas non plus lui faire confiance. Si elle couchait deux fois avec lui, comment être sûre qu'il n'y aurait pas une troisième fois, puis une quatrième et…

Elle ne voulait pas envisager une autre fois. Elle ne voulait pas d'une histoire avec David. Elle ne voulait pas s'attacher.

Il la regarda de la tête aux pieds, paupières plissées, avant de se détourner.

— Je passe un peignoir et je t'accompagne.

Derrière la dureté de façade, elle sentit la déception de David, et elle en éprouva une soudaine faiblesse.

Pourquoi fallait-il que les choses soient aussi compliquées ?

David avait disparu dans une maisonnette blanche située près de la piscine. Au bout de quelques instants, elle consulta sa montre tout en se dirigeant vers la porte.

Il fallait qu'elle se dépêche si elle ne voulait pas…

Son caleçon de bain à la main, David lui tournait le dos, nu. La perfection masculine incarnée.

Une intense émotion s'empara d'elle tandis qu'elle contemplait ses larges épaules, ses reins puissants, ses fesses dures et ses longues jambes musclées.

Il dut l'apercevoir du coin de l'œil, car il se retourna lentement, et elle reçut le plein impact de son magnétisme.

Un terrible et délicieux sentiment de danger imminent la fit frissonner quand elle le vit s'avancer vers elle d'un pas décidé.

Il avait l'allure d'un chasseur, et elle était la proie. Elle hésitait, tiraillée entre l'envie de courir pour sauver sa peau et celle de faire la morte et de se laisser dévorer.

Lorsqu'il s'immobilisa, elle eut la sensation que l'ombre d'une montagne s'étendait sur elle. Puis il la prit dans ses bras, et toute velléité de garder la tête froide s'évanouit en elle. Il glissa une main dans ses cheveux et les tira légèrement, lui faisant ployer le cou.

Glissant une main entre eux, il baissa la fermeture de son jean puis la serra avec emportement, incrustant ses seins dans son torse dur. Ses lèvres trouvèrent la coquille de son oreille.

— Cette fois, murmura-t-il, je ne demande pas.

- 9 -

Quelques heures seulement après avoir fait l'amour à Serena, debout au milieu de son hall illuminé par un lustre monumental, David accueillait ses invités au son de joyeux accords de musique.

Il aurait dû être surexcité à la perspective de cette soirée qui allait largement participer à sa réputation. Mais en réalité il attendait avec impatience le départ de tous ces importuns afin que Serena et lui soient libres d'essayer son lit. Pour changer.

D'accord, il ne se plaignait pas. La douche de la maisonnette avait été sensationnelle. A deux reprises, car la première fois n'avait pas apaisé sa faim.

Magnifique en smoking noir, Greg Harold, propriétaire d'une agence concurrente, venait d'arriver avec sa charmante épouse. Le magnat de l'industrie du disque Snork Merril — un nom étrange pour un homme étrange — avait fait une entrée remarquée avec Phil Daniels, son associé. Plus d'une centaine d'invités étaient déjà arrivés, certains sur leur trente et un, d'autres semblant sortir d'une rave-party…

Et toujours pas de Serena.

Il commençait à s'inquiéter. Mille scénarios plus horribles les uns que les autres prenaient forme dans son esprit : un cambrioleur la séquestrait dans son bureau, elle avait été blessée dans un accident de voiture, elle avait embarqué à bord d'un avion…

Sa gorge se serra.

Il n'en pouvait plus d'attendre. Il allait lui téléphoner, car il n'arriverait bientôt plus à arborer un air serein s'il n'avait pas de ses nouvelles.

Nerveusement, il jeta un dernier coup d'œil vers l'entrée pour voir cette peste de Rachel Bragg franchir sa porte.

— Bonsoir, Rachel, dit-il poliment. Content que vous ayez pu venir.

Elle marchait d'un air dégagé, comme à son habitude, tout en lissant le tissu bleu cobalt de sa robe de cocktail. Et son regard d'ébène disait : « Arrêtez vos simagrées ! C'est moi qui aurais dû diriger cette campagne ! » tandis qu'elle déclarait à haute voix :

— Je suis si heureuse d'être parmi vous !

Elle secoua ses mèches brunes et jeta un regard hardi autour d'elle.

— Où est Serena ?

— Elle s'excuse. Des détails de dernière minute à régler.

— Un peu tard, non ? s'exclama Rachel avec une visible satisfaction. J'espère qu'elle a la situation en main…

Elle marqua une pause pour donner plus de poids à ses paroles avant de terminer sa phrase.

— … pour notre salut à tous !

Soudain, elle agita la main.

— Sedwick Rottel !

Le rédacteur en chef, qui portait une barbiche argentée et des baskets délacées, lui répondit d'un geste princier.

— Eh bien, bonne chance, David ! dit Rachel. Faites-moi savoir si vous avez besoin d'aide.

— Peu probable, marmonna David entre ses dents.

— Pardon ?

La voix dans son dos le fit se retourner brusquement. Son coude rencontra quelque chose de chaud et de doux, et il tendit les mains pour rattraper la situation.

Il se retrouva alors devant Serena, qui se frottait le bras d'un air mécontent.

De peur de faire un geste qu'il pourrait regretter, il enfouit prestement les mains dans ses poches.

Comme l'expression de Serena se radoucissait, il se pencha vers elle et chuchota :

— Tu m'excites.

— Et toi, tu m'as mise en retard ! Moi qui voulais être là avant l'arrivée des invités.

— Mais du moins es-tu bien propre…

Elle fit mine de le frapper puis se mit à parler.

Mais il l'écouta d'une oreille distraite, subjugué par le spectacle exquis qu'elle offrait.

Son visage gracieux était auréolé d'un fouillis sophistiqué de boucles qui mettaient en valeur l'or pâle de ses cheveux, sa robe de soirée était affolante, rose, moulante mais raffinée. Elle ne lui avait jamais paru plus belle.

Peu à peu, les paroles de Serena finirent par pénétrer sa conscience.

— A cause de toi, je suis arrivée en retard à mon rendez-vous dans le salon de beauté, dit-elle avec un regard accusateur. Et ça a duré une éternité. Et, hier, Jezz avait organisé un défilé de mode chez elle pour que je puisse choisir ma robe. Mais, cet après-midi, ils ont livré la mauvaise taille. Oh ! d'ailleurs, je voulais te dire…

Il posa un doigt sur ses lèvres pour arrêter le flot de paroles.

— Plus tard, Serena. Oublierais-tu que tu as des invités ?

Le sourire de Serena s'affirma tandis que, une main au creux de ses reins, il la guidait vers le grand salon. Au passage, il saluait les gens de la tête, imaginant les questions qu'exprimaient leurs regards curieux.

Qui était cet ange qui accompagnait David Miles ? Etait-elle aussi intelligente qu'elle était jolie ? Et combien de temps durerait-elle ?

Non, il ne voulait pas formuler cette question. Il ne voulait pas connaître la réponse.

Il jeta un regard à Serena et se sentit réconforté par la vue de ses fossettes.

Ses yeux brillaient d'un éclat encore plus vif que la veille.

— Tout se passe à merveille, dit-il en souriant. Mais tu t'en doutais.

Sa gaieté lui avait manqué. Il ne lui avait pas vu un aussi éclatant sourire depuis des semaines. Quand elle lui souriait ainsi, il se sentait invincible, comblé au-delà du possible.

Voulait-il laisser fuir ce sentiment ?

Non, certainement pas. Il voulait pouvoir la contempler tout à loisir. Et, à en croire ce qu'il s'était passé cet après-midi, elle ne dirait sûrement pas non. Ils pourraient se laisser aller au charme de leur relation et attendre de voir sur quoi elle débouchait.

Du regard, Serena fit le tour de la pièce.

— En effet, la réception semble réussie.

Une scène avait été aménagée. Au plafond, des nuages de ballons se bousculaient, et les lumières de la ville, visibles par les portes-fenêtres donnant sur la terrasse, apportaient à l'ensemble leur touche de magie. Tout était parfait, l'expression de leurs invités le confirmait avec éloquence.

Soudain, elle se tourna vers lui, alarmée.

— J'ai oublié ! Je devais vérifier la sono. Le technicien craignait que les câbles ne…

— C'est fait.

Il l'entraîna vers un serveur et prit deux flûtes de champagne sur son plateau.

— Détends-toi pendant qu'il en est encore temps, dit-il en lui en tendant une.

D'ici quelques instants ils se soumettraient à leurs obligations, mais pour le moment il avait envie de savourer avec elle le souvenir de leurs ébats amoureux de l'après-midi, peut-être faire quelques allusions polissonnes, ou parler avec légèreté de l'avenir immédiat.

Mais une femme blonde en pantalon noir s'immisça entre eux, un verre de Martini à la main.

— Bonsoir, Serena. C'est *fan-tas-ti-que !* Vous avez réuni toute la ville.

Avec un grand sourire, Serena l'étreignit.

— C'est plutôt réussi, n'est-ce pas ?

— David Miles.

Il tendit une main à la femme, qui la lui serra vigoureusement.

— Et vous êtes ? s'enquit-il.

— Linda Marley.

— C'est Linda qui a eu l'idée de la vente aux enchères, expliqua Serena.

— Oh ! très bien. Excellente idée.

Il prit Serena par le coude.

— Malheureusement, Linda, Serena et moi avons

encore quelques détails à régler. Mais je suis sûr qu'elle sera disponible pour bavarder avec vous un peu plus tard.

Mais Serena se tourna vers lui.

— David, veux-tu nous excuser un moment ? J'aimerais revoir certains points avec Linda.

La dénommée Linda n'hésita pas.

— Montrez-moi le chemin, Serena. Vous êtes merveilleuse…

De déception, il serra les poings, mais il réussit à se calmer avant de plonger dans la foule.

Franchement, il aurait pu s'y attendre. C'était Serena qui avait organisé cette réception, c'était avec elle que les gens voulaient s'entretenir, boire un verre. Ce soir, elle menait la danse, et elle avait besoin d'avoir les coudées franches pour tenir correctement son rôle.

Il fit signe à un ami et fendit la foule pour le rejoindre. Il se mêla à des connaissances, bavarda avec des amis proches. Cependant, tout en bavardant, il ne cessa de penser à Serena.

Elle s'épanouissait visiblement, et il devait lui laisser une certaine liberté pour qu'elle continue de progresser. Bien sûr, si jamais elle prenait trop confiance en elle et se mettait à manquer de jugeote, il serait temps de l'arrêter. Mais c'était peu probable. Serena l'écoutait, elle respectait ses choix. Il ne voyait pas pourquoi cela changerait.

Une heure et une vingtaine de conversations plus tard, il aperçut Serena qui s'entretenait gaiement avec… Il ne réussissait pas à voir qui, car son interlocuteur était dissimulé par un pilier.

Ça tombait bien, car Serena était la seule personne qu'il avait envie de regarder. Elle avait quelque chose de si particulier ! Elle l'excitait au-delà du supportable.

Il n'avait pourtant pas l'intention de souffrir. Il faudrait qu'ils trouvent une solution, parce que cette hyperréactivité de son corps dépassait tout ce qu'il avait connu. Il avait la sensation d'être revenu des années en arrière, avant Olivia, avant la maladie de son père, quand il dévorait la vie à pleines dents et pensait piloter un jour des avions.

Serena s'écarta du pilier, et quand il aperçut la personne avec qui elle parlait, il faillit briser de rage son verre dans sa main.

Jonathon Sturts !

Il vit celui-ci baiser la main de Serena avant de s'éloigner. Et ce fut le cœur plein de haine qu'il accepta sa poignée de main quelques minutes plus tard.

— Bonsoir, mon cher David ! Je viens de m'entretenir avec notre charmante hôtesse.

David lui adressa un sourire contraint.

— C'est une vraie perle, insista Jonathon.

Il avala une gorgée de bourbon.

— Quand on pense qu'elle a organisé cette réception tout en s'occupant de la campagne de *Hits* ! Elle est vraiment très forte.

— C'est certain.

Le regard de Jonathon se posa sur Serena avec un intérêt accru.

— Et très jeune.

— Elle a vingt-quatre ans, dit David, maussade.

Presque vingt-cinq.

Jonathon le gratifia d'un regard entendu.

— De l'expérience ?

David se rembrunit.

— Que voulez-vous dire ?

Une lueur malsaine s'alluma dans les yeux félins de son interlocuteur.

— Vous n'avez pas d'histoire avec elle, n'est-ce pas, David ?

— Ça ne vous regarde pas ! riposta David, ravalant sa colère.

Les glaçons tintèrent dans le verre de Jonathon tandis qu'il en faisait tournoyer le contenu.

— Allons, vous savez mieux que quiconque que les oiseaux au plumage coloré reprennent un jour ou l'autre leur liberté.

Pour ce commentaire, David aurait volontiers écrasé son poing sur la figure de Sturts. Mais étant donné les circonstances, il le laissa disparaître dans la foule.

La possessivité dont il faisait preuve vis-à-vis de Serena ne lui causait aucun remords. Ce qui le contrariait, c'était que Sturts se renseigne sur les qualités professionnelles de la jeune femme. Car cet individu possédait des compagnies à l'étranger, et il n'aurait certainement aucun scrupule à lui faire miroiter un avenir selon ses rêves.

Passablement agacé, il chercha Serena et la trouva en grande conversation avec Rachel Bragg.

Rachel penchait sur elle sa haute taille avec son habituel air de prétention. Mais ce qui déplut particulièrement à David, ce fut la façon dont Rachel violait l'espace personnel de Serena en agitant l'index sous son nez. Bien que cette dernière lui tienne apparemment tête, l'esprit chevaleresque de David le poussa à intervenir.

Il ne tolérerait pas que la reine de la chicane cherche des noises à Serena sous son toit !

Il s'approcha des deux jeunes femmes.

En l'apercevant, Rachel s'interrompit brusquement, et Serena lui jeta un regard surpris.

— Un problème ? demanda-t-il.

— C'est entre Serena et moi, David, rétorqua Rachel, d'un ton qui lui conseillait d'aller voir ailleurs.

— Cette discussion est-elle en rapport avec le travail ?

Rachel prit l'air outragé.

— Naturellement ! Serena et moi ne nous fréquentons pas en dehors de l'agence.

— Alors, je peux vous assurer que ça me regarde.

Serena se redressa.

— Je t'assure, David, je peux régler ça toute seule. Rachel et moi allons nous retirer dans une pièce voisine et parler loin des invités.

Ignorant la suggestion, Rachel la transperça du regard.

— Serena néglige ses tâches à l'agence, dit-elle. Et je lui faisais simplement remarquer que, au lieu de se pavaner avec ses nouvelles responsabilités, elle ferait mieux de s'occuper de son travail.

— Et en quoi cela consiste-t-il, selon vous ? demanda-t-il d'un ton glacial.

— Vraiment, est-ce que ça ne peut pas attendre ? intervint Serena.

— A m'aider ! aboya Rachel. Depuis qu'elle s'occupe de cette campagne, je n'ai jamais pu quitter le bureau avant 18 heures ! Je dois répondre moi-même au téléphone, m'occuper de ma correspondance ! Quant au courrier…

Elle leva les yeux au ciel.

Devant le petit visage couleur de cendre de Serena, il sentit la moutarde lui monter au nez.

— Pourquoi attendez-vous ce soir pour lui adresser ces reproches ?

— J'ai déjà abordé le problème, se défendit Rachel. Plusieurs fois, même. Et sans résultat. L'autre jour, j'ai demandé à la réception qu'on redirige mes appels vers son bureau. Quand je suis revenue de déjeuner, elle était sortie, encore une fois, et mon téléphone sonnait comme un fou ! Il me semble qu'il est temps que je me montre plus directe.

— Chez moi, ce soir ?

Il embrassa du regard la pièce bondée.

— En présence de centaines d'invités ?

Rachel souleva une épaule d'un air légèrement emprunté.

— Ce n'est peut-être pas l'endroit idéal, mais il fallait que ce soit dit.

Il se tourna vers Serena.

— C'est vrai ? Tu as négligé tes devoirs ?

— Entre les réunions avec Jezz, les rendez-vous et les séances de photos…

La voix de Serena s'éteignit.

Il se retourna d'un bloc vers Rachel.

— Nous nous connaissons depuis un certain temps, dit-il à la jeune femme, qui opina de la tête. Et depuis tout ce temps, bien que l'envie ne m'en ait pas manqué, je ne vous ai pas fait part de mon opinion à votre égard.

Les traits de Rachel se durcirent.

— Je commencerais par dire que vous êtes prétentieuse, calculatrice et intéressée. Et si l'on ajoute à ça ennuyeuse, vous aurez une idée assez précise de l'idée que je me fais de vous.

Les yeux noirs de Rachel jetèrent des éclairs.

— Comment osez-vous me parler ainsi ? Je m'occupe parfaitement de vos meilleurs clients !

— Encore une chose : vous êtes virée.

Rachel trembla de fureur.

— Vous n'avez pas le droit !

— Je vous ferai parvenir vos affaires à votre adresse. Pour toute autre question, veuillez prendre rendez-vous avec mes avocats.

Sur ces mots, il prit le bras de Serena et l'entraîna, laissant Rachel écumante de rage.

Quand ils furent suffisamment éloignés, il s'arrêta, regarda Serena dans les yeux et sourit.

Serena mit une main devant sa bouche pour dissimuler son hilarité.

— Oh ! lala ! s'exclama-t-elle.

Il hocha la tête.

Bien sûr, ses sentiments pour Serena avaient joué un rôle dans ce renvoi, mais il ne regrettait pas sa décision. Quoi qu'elle lui en coûte, ça en valait la peine.

— Elle n'a que ce qu'elle mérite, déclara-t-il. Mais tu aurais dû m'en parler, je serais intervenu plus tôt.

— Je ne voulais pas causer de problèmes, et c'est raté. Que vont devenir les clients dont elle s'occupait ?

— S'ils décident de la suivre, ce sera dommage pour nous, mais nous survivrons. Ecoute, je n'ai pas envie de m'éterniser sur le cas de cette garce.

Joignant le geste à la parole, il poussa Serena dans un coin sombre et l'embrassa jusqu'à ce qu'ils soient tous deux hors d'haleine.

Quand il la lâcha pour reprendre sa respiration, le regard de Serena était tout embrumé, et il éprouvait un furieux désir de lui faire l'amour. Comme elle s'adossait au mur, il posa ses mains de chaque côté de sa tête.

— Il faut que je te dise combien tu es délicieuse dans cette robe.

Pourvu seulement que son regard lui dise à quel point elle serait plus délicieuse encore sans !

— C'est heureux qu'elle plaise, parce qu'elle coûte les yeux de la tête.

Il éclata de rire.

— Je parie que c'est ce que tu voulais me dire tout à l'heure. Que tu as utilisé les fonds de la compagnie pour ton bénéfice personnel ?

— C'est faux ! Je me suis donné tout ce mal pour toi.

Il suivit du bout du doigt l'encolure de la robe.

— Est-ce que tu te donneras le mal de l'enlever pour moi ?

Elle essaya de jeter un coup d'œil sur la salle par-dessus son épaule, mais il s'arrangea pour lui bloquer la vue. Elle rajusta alors son col, et il tendit le cou pour mieux profiter du contact de ses doigts.

— Tu oublies, je crois, que nous avons des invités, murmura-t-elle.

Il pressa son visage contre sa tempe.

— Annonçons-leur que la fête est finie et qu'il est temps d'aller au lit.

A présent, il lui mordillait le cou.

Quel était ce parfum ? Musc ? Rose ? Tout ce qu'il savait, c'était qu'il produisait sur ses sens un effet étrange et merveilleux.

Elle lui échappa et se faufila sous son bras.

Sourcils froncés, il la rattrapa par la main.

— Hé ! reviens.

— La vente commence dans dix minutes, David. Aurais-tu oublié tes clients, les sponsors, la campagne ?

Peu à peu, il reprit contact avec la réalité.

S'il avait jamais craint que le manque de maturité de Serena soit un problème, il avait eu tort. Ce soir, c'était elle qui prenait la direction des opérations et s'assurait du bon déroulement de la réception. Et il ne pouvait que s'en féliciter, même s'il voyait de son côté mille autres manières plus charmantes les unes que les autres de passer la soirée.

Au côté de Serena, il se dirigea vers les festivités.

— D'accord. Puisqu'il faut y aller…

Il leva un sourcil.

— Prête ?

— Plus que jamais, répondit-elle d'une voix ferme.

- 10 -

Peu après minuit, Serena avait salué les derniers invités qui se retiraient, et à présent elle était prête pour un genre de fête tout différent.

Mais pour cela, il fallait qu'elle trouve David.

Elle traversa à sa recherche la grande pièce où s'affairaient des membres de l'équipe de nettoyage.

Elle jeta un coup d'œil aux ballons qui se balançaient mollement au plafond, aux tables, jonchées de verres et d'assiettes abandonnées avec des restes de nourriture, au piano à queue… Après le bruit et l'animation qui avaient régné toute la soirée, la tranquillité retrouvée paraissait étrange.

David était-il sorti prendre l'air ?

A vrai dire, s'aérer ne lui ferait pas de mal non plus.

Elle se glissa à l'extérieur et s'approcha de l'opulente fontaine de pierre qui trônait au milieu de la terrasse.

La vue de sa pièce maîtresse — un chérubin qui serrait une harpe dans ses bras — lui tira un sourire.

Tout cela était d'un luxe en peu outrancier pour son goût. Mais pour être juste, il lui fallait tout de même reconnaître que le somptueux décor avait participé au conte de fées vécu ce soir.

Ses sentiments pour David Miles avaient pris une profondeur qu'elle n'aurait pas osé imaginer la veille encore. Maintenant qu'elle avait passé ces moments torrides entre ses bras, il était difficile d'imaginer revenir en arrière.

Avant, ils plaisantaient aussi, mais il était le patron, et elle l'employée. Leur relation était celle de deux personnes que tout opposait.

Et puis, il lui avait offert la possibilité de s'affirmer. D'abord en lui offrant une promotion, ensuite en la mettant en position de relever le défi du studio d'enregistrement. Aujourd'hui, il lui avait fait l'amour avec plus de passion, de sincérité et de profondeur qu'elle n'aurait cru possible. Un mois s'était écoulé depuis qu'il lui avait donné son premier gage de confiance. Et maintenant, pour la première fois de sa vie, elle se sentait totalement acceptée.

Au cours de ces quelques semaines, elle avait accompli un bond dans sa progression vers la personne qu'elle souhaitait devenir. Mais l'avenir ne finissait pas là, ce soir. Et elle aurait bien aimé savoir si cela incluait David Miles.

Le spectacle des lumières scintillantes de la ville l'attira. Après avoir cueilli une fleur de bougainvillée, elle en tourna les pétales écarlates entre ses doigts tout en se dirigeant vers la balustrade ouvragée qui bordait la terrasse.

Elle trouvait chez David toutes les qualités qu'elle désirait chez un homme. Et c'était un amant talentueux, insatiable.

Elle serra la fleur sur son cœur.

Mais avait-il envie de jouer toute sa vie le rôle du prince charmant ? Plus important, avait-elle envie d'un tel attachement ?

Ce soir, demain et la semaine suivante ne posaient pas de problème. Mais qu'en serait-il de l'année suivante ?

Et de celle d'après ? Elle avait un but à atteindre. Si elle le sacrifiait maintenant au nom d'une relation, que se passerait-il quand cette relation s'achèverait ?

Si elle mettait ses rêves de côté, elle se rendrait vite compte que ce n'était pas si facile de les ramener à la vie. Sa mère s'en était aperçue à ses dépens. Championne de tir à l'arc, elle avait renoncé à la compétition en rencontrant son père. Celui-ci passait sous silence le glorieux passé de sa femme, tout en vantant volontiers ses talents de maîtresse de maison et de cordon-bleu. Peut-être par pure maladresse, peut-être parce qu'il n'osait pas aborder la question ?

Mais la situation était différente entre David et elle.

Elle laissa tomber la fleur par-dessus la balustrade et, posant ses coudes sur le rebord, appuya son menton sur ses mains.

S'ils continuaient de se voir, comment être certaine que les compliments que lui adresserait David sur le plan professionnel seraient sincères ? Et elle ne supporterait pas d'être traitée avec condescendance. Et si, le temps passant, il se mettait à penser que ses décisions à elle devaient refléter les siennes ? Elle voulait s'épanouir, pas être étouffée.

Elle se redressa.

Peut-être qu'au lieu de rêver à l'amour, elle ferait mieux de réfléchir un peu plus loin que le bout de son nez…

— Qu'est-ce que tu fais là toute seule ?

Au son de la voix grave, elle se retourna.

C'était David, bien sûr, qui la dominait de toute sa taille. Une véritable tour, et si sexy en chemise et pantalon noirs.

Existait-il sur terre un homme plus désirable ? Avait-il la moindre idée de l'effet qu'il produisait sur elle ?

— Je suis sortie prendre l'air.

Il la souleva dans ses bras, la fit tourbillonner, et elle se cramponna à son cou en poussant des cris de plaisir.

Il la reposa à terre.

— Cent vingt-cinq mille dollars provenant de la vente aux enchères vont tomber dans ton escarcelle. J'imagine que ça te permettra de réaliser ton projet ? Deux mille dollars pour une bouteille de scotch portant l'autographe d'une légende des seventies, dix mille pour un T-shirt sorti à l'occasion d'une tournée d'un groupe des sixties ! Un vent de folie a soufflé sur cette vente. Un succès phénoménal ! Tu es phénoménale ! Et bourrée de talent…

Il la caressait du regard.

— Et si belle.

Lui, il lui faisait fondre le cœur. Mais elle ne voulait pas de ça. Elle ne voulait pas l'aimer, elle n'était pas prête pour ça. Elle voulait voyager, et la vie de David était ici, à Sydney.

— Et maintenant, si nous allions au lit ? suggéra-t-il en posant les lèvres sur son front.

Dix minutes plus tôt, elle l'aurait suivi en courant jusque dans sa chambre. Mais à présent…

Elle se dégagea et recula d'un pas.

— On dirait qu'il va pleuvoir, dit-elle en levant la tête vers le ciel.

Quand David se rapprocha, elle essaya de fixer son attention sur les lumières de la ville et le crissement des grillons.

Qui sait ? Peut-être parviendrait-elle ainsi à ne pas percevoir son odeur et sa respiration qui s'accélérait à la perspective de la nuit qui les attendait.

Elle sourit tristement.

Empêcher les manifestations de l'existence de David de parvenir jusqu'à elle, c'était impossible. Tout son être frémissait d'être si proche de lui.

Des bras forts la prirent par la taille. David posa le menton sur son épaule, puis le frotta contre sa joue.

— Ce sera agréable demain de dormir avec la pluie qui crépitera sur le toit, dit-il en lui embrassant l'oreille. Tu veux un verre ?

Elle secoua la tête. Elle avait besoin de toutes ses facultés.

Il la serra contre lui.

— Moi non plus. Viens, allons nous coucher.

La douce caresse de sa voix au creux de son oreille la fit frémir. Elle avait tant envie de lui !

Mais il ne fallait pas.

A moins que ?

Seigneur ! Elle ne savait plus ce qu'elle voulait. Elle avait besoin de temps pour réfléchir. Une migraine commençait à lui tarauder les tempes, il fallait qu'elle rentre chez elle.

— Je suis si fatiguée, David.

— Pauvre bébé ! Je te bercerai pour t'endormir.

Elle le repoussa.

— Je crois qu'il vaudrait mieux que je rentre chez moi.

— Serena, murmura-t-il en lui adressant le regard le plus torride de toute l'histoire de la séduction, dois-je te rappeler que nous n'avons pas encore essayé mon lit ?

— Je veux dormir dans le mien, parvint-elle à bredouiller malgré son déchirement.

David réfléchit quelques instants puis l'embrassa sur la joue.

— D'accord. Chez toi, alors.

Pouvait-elle lui reprocher son refus de comprendre ? Son corps lui conseillait la même chose.

— David, je suis vraiment épuisée.

Physiquement, émotionnellement. Soudain, elle se sentait sur le point de s'effondrer.

Il eut un sourire en coin.

— Dois-je considérer qu'il s'agit d'un compliment ?

— Ces semaines ont été si chargées, insista-t-elle, ignorant l'allusion.

Elle en avait adoré chaque instant. Prendre des décisions, s'assurer que les consignes étaient bien suivies… Elle avait eu l'impression que son but ultime devenait soudain réalisable.

L'expression de David s'assombrit. Il lui prit le menton et chercha ses yeux.

— Tu es fatiguée, ma pauvre chérie, dit-il en lui effleurant la tempe d'un baiser. Viens, je vais te reconduire chez toi.

Fallait-il vraiment qu'il la touche de cette manière, qu'il rende la séparation mille fois plus difficile ?

Elle n'osait penser au lundi suivant, quand elle le reverrait. Aurait-elle changé d'avis ? Le bon sens prévaudrait-il, ou l'implorerait-elle de l'embrasser encore une fois ?

— Inutile. Je vais prendre la limousine que Jezz a commandée. Nous parlerons lundi.

Elle voulut s'éloigner, mais il la retint.

— Tu es sûre que ça va ? demanda-t-il en l'examinant d'un regard inquiet.

— Oui. J'ai juste besoin d'un peu de temps à moi.

Elle se força à sourire.

— Tu sais comment sont les filles.

L'expression de David disait qu'il n'en avait pas la moindre idée.

— Serena, je veux que tu saches qu'aujourd'hui signifie énormément pour moi.

Il était sincère, elle n'en doutait pas un instant. Et elle se refusa à être moins honnête que lui.

— Pour moi aussi.

L'affirmation parut lui faire plaisir.

— Je t'accompagne à la voiture.

Elle aurait dû décliner l'offre, mais il lui était difficile de résister à l'envie de passer encore quelques instants en sa compagnie.

En chemin, il lui prit la main et la balança légèrement.

— Et lundi…

— Oui ? Que se passera-t-il lundi ?

— Attends de voir !

- 11 -

Mais où Serena pouvait-elle bien être ?

Sur le seuil de son bureau, l'épaule appuyée au chambranle, David se creusait la cervelle.

Il était 11 h 10, le lundi matin. D'habitude, elle faisait son apparition dès 8 heures.

Comme il jetait un regard par-dessus son épaule, Mandy Rogers, du service comptabilité, s'arrêta à sa hauteur.

— Désirez-vous quelque chose, monsieur Miles ?

— Où est Serena ? Est-elle arrivée ?

Il avait déjà passé en revue la cafétéria, l'administration, les différents services, même la salle du courrier. Le prétexte de la fatigue qu'elle avait invoqué samedi soir résonnait encore dans sa tête. Et quand il y repensait, il sentait l'angoisse lui serrer le cœur.

Mandy le dévisagea avec de grands yeux.

— Je ne l'ai pas vue.

Elle désigna de l'index les étages supérieurs.

— Peut-être à la salle des données ?

Non. Il l'avait déjà inspectée deux fois.

Il fourragea nerveusement dans ses cheveux.

Sans doute ferait-il mieux de l'attendre dans son propre bureau. Seulement, toutes ces questions et ces doutes qui tournaient en rond dans sa tête…

Il réagissait trop intensément, voilà ce qu'il y avait.

Il ne fallait surtout pas tirer de conclusions hâtives. Il avait confiance en Serena. Ce qu'ils avaient partagé samedi n'était pas un simple plaisir de passage. Ç'avait été vraiment merveilleux.

Il s'efforça de mettre un pied devant l'autre pour regagner son bureau.

Et ses engagements professionnels ?

Non, jamais Serena ne l'abandonnerait en plein projet. Elle savait combien sa présence était indispensable. Pour être jeune, elle n'était pas dépourvue de conscience.

Il ferma le poing et donna un grand coup dans le mur.

Si Sturts avait manœuvré derrière son dos, il l'écorcherait vif !

De passage dans le couloir, Mary Charters, menue comme une souris, essaya de filer en douce. Lorsqu'il l'attrapa par une manche, elle leva vers lui un visage terrorisé.

— Serena Stevens, éructa-t-il. Vous savez où elle est ?

— Non, monsieur Miles. Je n'en sais rien.

Comme il hochait la tête, elle se hâta de disparaître.

Allons, une bonne tasse de café lui ferait du bien. Tilda savait le faire très fort. Il allait se pencher sur la campagne publicitaire du jus d'orange Squeezy, et en moins de temps qu'il n'en fallait pour le dire, Serena apparaîtrait à sa porte avec une bonne explication au fait qu'elle n'avait pas répondu à ses coups de téléphone, ni hier ni ce matin.

Il pénétra d'un pas lourd dans son bureau.

Elle n'avait tout de même pas oublié leur après-midi dans la maisonnette de la piscine ? Quand elle lui avait savonné le dos et qu'il avait couvert ses jambes de mousse ? La première fois, lorsqu'elle avait crié ? L'eau qui ruisselait sur leurs membres ? Les petites caresses opérant des miracles…

Et si elle avait eu un accident ?

Sa poitrine se contracta.

A son entrée, Tilda leva le nez de son clavier.

— L'avez-vous trouvée ?

— Je veux du café bien fort et des idées pour la campagne Squeezy !

L'expression stupéfaite de Tilda ne lui soutira même pas un sourire. Il se massa la nuque tout en secouant la tête.

— Non, je ne l'ai pas trouvée.

La porte se referma, et l'Interphone bourdonna.

Il força ses pieds à bouger.

Rester occupé. Se concentrer. Ne pas se laisser submerger par les sentiments. Plus jamais ! La leçon lui avait coûté assez cher.

Aujourd'hui, les yachts du port et l'Opéra ressemblaient à un décor de carton-pâte, et la ville en dessous à une fourmilière dépourvue d'intérêt.

L'Interphone se remit à grésiller.

Il contempla l'appareil d'un air vague avant de se décider à appuyer sur le bouton.

— Tilda, il me faut ce café extra fort, et tout de suite !

— Mary Charters vient juste d'appeler. Elle a vu Serena se diriger vers la photocopieuse.

Sous l'effet du soulagement, il s'appuya à son bureau et faillit éclater de rire.

Elle était là, dans l'immeuble. Bien sûr ! Quelle folie d'avoir supposé le contraire !

Par la porte, il envoya un baiser à Tilda.

— Laissez tomber le café. Et le jus d'orange Squeezy. Et pas d'appels. Je ne suis pas disponible.

Samedi soir, quand ils étaient sur la terrasse, il avait dû prendre sur lui pour ne pas s'emparer de Serena et l'emporter dans sa chambre. Durant tout le temps de la vente aux enchères, il avait souri d'anticipation rien qu'à l'imaginer lui nouant les bras autour du cou, et en songeant à ce qu'il pourrait apporter comme piment à leurs précédentes expériences.

Ils avaient encore tant de choses à découvrir ensemble !

Sur le moment, le décor de la maisonnette de la piscine lui avait paru très satisfaisant. Pour tout dire, le sentiment de plénitude qui l'avait envahi lui avait fait presque peur. Il avait eu beau se remettre en mémoire le travail, le lancement de la campagne, bref, de ce qui devait compter à ses yeux plus que tout, la passion n'avait rien laissé.

Serena serait-elle la seule, l'unique ?

Il lui fallait une explication. Il lui montrerait qu'il s'était mortellement inquiété, elle apaiserait ses angoisses, ils riraient ensemble.

Et puis, il sortirait sa surprise de sa manche.

— Serena…

Serena leva les yeux de la maquette sur laquelle elle travaillait avec Dot Boone et tressaillit.

La voix de David était facilement reconnaissable, mais elle n'était pas préparée au spectacle qu'il offrait, avec le col de sa chemise déboutonné, les cheveux en bataille, l'air hagard.

Inutile de s'imaginer qu'elle pouvait différer la confrontation. Il fallait faire face. Autant en finir une bonne fois pour toutes.

Elle posa son stylo et se prépara au pire.

David s'approcha du bureau.

— Où étais-tu ? Je me suis fait un sang d'encre.

— J'avais des rendez-vous en ville.

— Et tu n'as prévenu personne ?

Elle ravala la boule de sa gorge et se dirigea vers la photocopieuse.

— Je pensais être de retour à 9 heures.

Elle ramassa des feuillets et lui fit face.

— J'aurais dû t'en parler d'abord ?

— Dot ? fit David. Voulez-vous nous laisser un instant ?

Sans demander son reste, Dot bondit hors de la pièce.

— L'explication vaut pour ce matin, dit David pendant que la porte se refermait. Mais hier ?

Serena eut un petit rire crispé.

D'avoir couché ensemble ne lui donnait pas le droit de l'épier heure par heure. Ou de croire qu'il pouvait décider à sa place.

— Tu voudrais une copie de mon emploi du temps, c'est ça ?

Il fronça les sourcils.

— Tu n'as pas répondu au téléphone.

Evitant son regard, elle alla se rasseoir.

— J'avais coupé mon portable.

— Tu n'as pas pensé que je voudrais te parler ?

Bien sûr qu'elle s'était doutée qu'il voulait lui parler, la voir, la serrer dans ses bras. C'était justement pourquoi elle s'était retranchée dans le silence.

Elle ravala ses remords. Pour se donner une contenance, elle ramassa un stylo et feignit de corriger la mise en page du document qu'elle avait sous les yeux.

— Je suis allée voir mon père, murmura-t-elle. J'ai pris la décision dimanche matin.

Elle ne manquait jamais d'aller voir son père pour son

anniversaire. Malgré les différends qui les opposaient, ils s'aimaient. De plus, d'être entourée des souvenirs de sa mère l'aidait toujours quand elle ne savait plus où elle en était.

— Et tu y as passé la nuit ?

« Pourquoi ce ton accusateur ? »

— Et après ?

Il haussa les épaules.

— Tu n'as pas pensé à moi ?

L'esprit en déroute, tiraillée entre des aspirations contradictoires, elle avait essayé de ne pas penser du tout. Est-ce que ce serait raisonnable de s'engager dans une relation suivie avec David Miles ?

La réponse était claire. Mais elle adorait sa compagnie, son esprit, cette impression qu'il lui donnait d'être unique.

Si seulement elle avait été une autre, avec d'autres rêves !

Mais elle ne voulait pas de compagnon, elle voulait mener sa vie comme elle l'avait prévu. Et ce serait impossible s'ils continuaient à se voir. Si elle tombait amoureuse, il ne serait plus question d'aller vivre à l'étranger.

Elle laissa tomber le stylo.

Ceci mis à part, David avait raison. Elle n'aurait pas dû le tenir à l'écart la veille. Pour être tout à fait honnête, une part d'elle savourait son inquiétude. S'il n'avait pas essayé d'entrer en contact avec elle, son amour-propre en aurait souffert.

Elle se força à respirer calmement.

— Bon, je suis là, maintenant. Pourquoi voulais-tu me voir ?

— Quand nous avons quitté la terrasse, je t'ai promis une surprise pour lundi, tu te souviens ?

Elle hocha la tête.

— Je me souviens.

— Je croyais que tu serais curieuse de savoir.

Bien sûr qu'elle l'était. Elle avait juste essayé de ne pas y penser. S'agissait-il d'une gratification exceptionnelle ? Etant donné ce qu'il s'était passé entre eux, elle le prendrait très mal. A moins qu'il n'ait en tête quelque chose de plus personnel…

Dans la maisonnette de la piscine, David lui avait confié combien il aimait son enthousiasme. Mais sans doute était-il temps qu'elle se refrène. Elle ne voulait pas de cadeau, si c'était de ça qu'il s'agissait. Elle voulait son respect, en tant que collègue.

Comme elle ne répondait pas, il vint s'asseoir près d'elle, sur le bord du bureau.

— Tu ne veux pas deviner ?

Deviner ? Mais à quoi pensait-il ? Elle avait des obligations, un emploi du temps à respecter !

Elle se renversa contre le dossier de son siège.

— Ecoute, David, je n'ai pas le temps maintenant. Je dois étudier ces propositions, et cette maquette…

Il lui saisit le poignet avec force.

— Pourquoi fais-tu ça, Serena ? demanda-t-il en la regardant dans les yeux. Que se passe-t-il ? As-tu quelque chose à me dire ? J'ai fixé les règles entre nous dès le début : pas de malentendu, ni de non-dit. Alors, quoi que tu aies en tête, dis-le.

Plus moyen d'éviter la confrontation.

Elle lui arracha son poignet, repoussa son fauteuil et se leva, serrant ses mains tremblantes l'une contre l'autre.

— Tu sais, j'ai vraiment apprécié les moments que

nous avons passés dans la maisonnette de la piscine, commença-t-elle.

David éclata d'un grand rire.

— Qu'est-ce que tu racontes ? Tu les as « appréciés », ces moments ? Enfin, tu étais comme folle !

Non, elle ne voulait pas entendre. Pas ça !

Elle tenta de dégager son bras.

En vain. Il était plus fort qu'elle, sur bien des plans. Il fallait changer de tactique.

— Oui, c'était bon. Sensationnel, en fait. Mais…

Il lui caressa les lèvres avec son pouce.

— Encore un petit effort.

Dans un sursaut, elle réussit à lui échapper.

— J'ai beaucoup réfléchi. Et…

Elle chercha péniblement ses mots.

— Cette relation que nous avons développée en dehors du bureau, je ne crois pas que ça puisse fonctionner.

Une ombre passa dans le regard de David.

— Pourquoi ?

— Nous devons mettre toute notre énergie dans la campagne.

Il parut désarçonné puis sourit.

— Ainsi, tu es toujours partante ?

« Quelle question ! »

— Bien sûr. Je t'ai dit que je m'y consacrerais à cent pour cent. Je n'ai jamais été plus sincère.

Elle le regarda se mordiller les lèvres, comme s'il cherchait à retrouver le goût des siennes.

— Et tu crains que coucher avec le patron nuise à ta prestation ? rétorqua-t-il en croisant les bras.

Soudain, les murs de la pièce semblèrent se rapprocher. Manquant d'espace, elle recula jusqu'à heurter le bureau.

— J'en ai peur, oui.

Coucher avec David risquait non seulement de nuire à son travail sur la campagne de *Hits,* mais aussi d'anéantir ses projets d'avenir. Coucher avec David anéantirait la motivation qui lui avait permis de supporter son emploi de serveuse à temps partiel et ses doutes de fille « enveloppée », pas si certaine que ça d'arriver à devenir la brillante jeune femme qu'elle imaginait si elle s'en donnait les moyens. Maintenant, il lui fallait faire encore un sacrifice : celui de sa passion pour David Miles. Elle pouvait le faire, elle le devait.

Elle secoua la tête.

— Nous avons cette campagne à boucler. Laisser nos sentiments interférer, ce n'est pas bon.

— Tu as pris ta décision ? demanda David.

Comme il se rapprochait, elle éprouva une furieuse envie de fuir… Ou de se jeter dans ses bras.

— Oui.

— Dans ce cas, il faut que je te fasse changer d'avis.

Des bras d'acier la soulevèrent de son siège, et une brusque montée d'adrénaline la laissa tout étourdie.

— Que fais-tu ?

Il se dirigea vers la porte, qu'il ouvrit d'un coup de pied.

— Je t'emmène à la maison.

Afin de ne pas lui donner l'impression qu'elle cédait, elle se retint de basculer contre son torse tandis qu'il la portait le long du couloir.

Elle ne voulait pas de cette situation. Elle ne voulait pas de lui !

Durant un bref instant, elle s'autorisa à savourer la

force implacable qui l'enveloppait avant de sortir son dernier argument.

— Mais j'ai un rendez-vous dans une heure !

Le sourire de David la déshabilla.

— Dans une heure, tu seras dans mon lit.

- 12 -

Pendant que la Mercedes de David se faufilait dans la circulation du centre-ville, Serena rongeait son frein, rageuse.

Ça, c'était ce qu'il croyait !

Elle tenta de nouveau de plaider sa cause.

— Je veux que tu le saches, je n'apprécie pas du tout.

David sourit avec assurance.

— Tu apprécieras bientôt.

Elle se mit à taper du pied.

— J'ai des rendez-vous cet après-midi. Pas toi ?

— Si.

— Alors, est-ce qu'on ne peut pas remettre la discussion à plus tard ? Ce soir, si tu veux.

Le délai lui laisserait le temps de réfléchir. Etre enlevée par un preux chevalier telle une demoiselle du temps jadis, cela avait son charme, il fallait l'avouer. Quand David l'avait emportée à travers les bureaux sans se soucier des regards stupéfaits qui les suivaient, elle avait insisté pour qu'il la pose, mais il n'avait rien voulu savoir.

— David ?

Il ne réagit pas.

— David ? Qu'en penses-tu ?

Il mit son clignotant à gauche.

— De quoi ?

— De remettre la discussion à plus tard ?

Il eut un sourire indulgent.

— N'y compte pas.

— Je n'ai donc pas mon mot à dire ?

Il lui jeta à peine un coup d'œil.

— Non.

Qu'est-ce qu'il s'imaginait ? Qu'il pouvait faire la loi ?

— C'est un enlèvement ! s'exclama-t-elle, indignée.

Et elle entreprit de détacher sa ceinture.

— Si tu veux me dénoncer, je te dépose devant le premier commissariat.

Justement, au même instant, le signal lumineux indiquant la présence d'un poste de police apparut, et aussitôt David ralentit.

Le camion qui les suivait klaxonna, mais, ignorant le message, il freina et s'arrêta. Puis, se penchant, il ouvrit la portière de Serena, non sans lui frôler les seins.

Elle en ressentit un plaisir qui rejaillit dans tout son corps.

Mais, se ressaisissant, elle lui jeta un regard furibond.

— Tu l'as fait exprès !

Il pencha la tête pour regarder ostensiblement le panneau.

— C'est ici que tu descends, je crois.

Le conducteur du camion se mit à klaxonner furieusement.

Sursautant, elle regarda autour d'elle et constata qu'un embouteillage se créait à cause d'eux.

— Tu es complètement fou ! Tu vas causer un accident !

— Il ne sera pas dit que j'aurais forcé une dame à me suivre.

Trois nouveaux coups de Klaxon firent trembler la

voiture. Le conducteur du poids lourd agitait un poing menaçant dans leur direction.

— Démarre, pour l'amour du ciel ! implora-t-elle.

Ils n'échangèrent pas un mot durant le reste du trajet. Le temps que David remonte l'allée gravillonnée de sa propriété, elle était à bout de nerfs.

Elle se doutait bien de ce qu'il avait en tête. Il voulait revivre l'ivresse qu'ils avaient connue ensemble. Ce qu'elle ignorait, c'était l'endroit où il comptait la séduire. La bibliothèque, la cuisine, peut-être le Jacuzzi ?

Peu importait, tout endroit serait bon. Ils pourraient faire l'amour dans une cave, l'effet serait le même.

Quand il coupa le moteur et ouvrit sa portière, elle frissonna.

Si elle le laissait la toucher, la déshabiller et la combler comme les autres fois, elle était perdue. Les objectifs qu'elle s'était fixés ces dernières années passeraient au second plan, et pour combien de temps ? Pour toujours ? Jusqu'à ce qu'il se lasse d'elle ?

C'était inacceptable, mais elle ne s'avouait pas encore battue.

Elle inspira profondément pour se donner du courage, et un parfum de jasmin provenant d'un parterre voisin lui chatouilla les narines tandis que, sa main dans celle de David, elle grimpait la volée de marches qui menait à la porte d'entrée.

Gilbert apparut comme par enchantement, l'air pas du tout surpris de les voir ensemble.

— Bonjour, mademoiselle Stevens.

— Bonjour, Gilbert.

— Désirez-vous quelque chose, monsieur ? demanda-t-il en se tournant vers David.

— Non, merci.

— Dans ce cas, je me retire. A demain, monsieur.

Elle se tourna vers David, offusquée.

— Tu as mis ton personnel dans la combine ? C'est du joli !

— C'était *ta* surprise. Celle de personne d'autre.

— Un après-midi de congé avec toi ?

— Quelque chose comme ça, dit-il en souriant.

Il l'invitait du geste à entrer dans la maison, mais elle l'attrapa par la manche.

— David, il faut absolument que nous parlions !

David était un homme fantastique, mais elle savait que, pour lui, c'était juste une histoire de testostérone. Qu'avait-il à perdre si ça ne marchait plus entre eux ? Si l'affaire tournait mal, il n'aurait qu'à engager quelqu'un pour la remplacer, comme il avait remplacé Rachel Bragg. De toute façon, la petite Serena Stevens ne pèserait pas lourd dans la balance quand Jezz réintégrerait son poste.

Hélas, contrairement à lui, cette liaison comptait à ses yeux, que cela dure une semaine, un mois ou toute la vie. Et son chagrin quand cela finirait la détruirait aussi sûrement que le renoncement à son rêve de découvrir le monde. Pourquoi ne le comprenait-il pas ?

Il se tenait devant elle, son regard cherchant le sien, et l'inquiétude lui creusant un peu le front.

Le cœur battant, elle cherchait vainement les mots justes.

Il caressa doucement sa joue brûlante, secouant la tête comme pour chasser une pensée désagréable.

— Oh, Serena ! J'étais certain que tu en avais envie autant que moi. Mais je vois que je me suis trompé… Je te reconduis à l'agence.

Il serra les mâchoires et recula. Pour gagner la porte,

il décrivit un cercle autour d'elle, comme si elle était contagieuse.

Elle sentit l'angoisse lui serrer le cœur de son étau.

Cette situation était insupportable, il fallait qu'elle s'explique.

— David, ce n'est pas si simple.

Il se retourna brusquement.

— Enfin, Serena, qu'est-ce qui t'effraie autant ?

Le ton était moins dur qu'implorant.

Elle eut un rire amer.

— J'ai peur de l'échec.

David haussa les épaules et lui prit la main.

— Moi aussi. Pourquoi ne pas me faire confiance ? Laisse-toi aller, et voyons où ça nous mène.

Elle se refusait à prendre le risque, mais en même temps elle le désirait tellement… Jusqu'à présent, elle n'avait jamais rien laissé interférer dans ses projets. Et puis, elle l'avait rencontré, lui, son employeur, son amant. Serait-elle assez courageuse pour s'écarter de la voie qu'elle s'était tracée ?

L'horloge ancienne égrenait son tic-tac dans son coin, et elle ne savait toujours pas quoi répondre.

Le regard de David vacilla, il relâcha la pression sur sa main.

Il renonçait ?

Et pourquoi pas ? Elle se montrait si entêtée, si sérieuse, si ennuyeuse, alors qu'ils auraient pu prendre du bon temps tout l'après-midi dans cette maison magnifique, rien qu'à eux…

David était tout ce qu'elle avait rêvé quand elle se représentait l'homme de ses rêves dans un passé lointain. Cependant, elle vivait le présent, et David était là devant elle, maintenant.

Elle poussa un soupir et esquissa un petit sourire tremblant.

— Où cela nous mènera-t-il ? Ça, je me le demande depuis le début.

Elle pensa à son père, qui lui conseillerait de réfléchir encore. Cependant, comme animés d'une volonté bien à eux, ses pieds se dirigèrent vers les marches.

— Je pensais que nous essaierions quelque chose de différent, dit David en s'empressant de passer devant elle pour lui montrer le chemin. En dehors de l'eau et des espaces confinés.

— Je t'en prie, ironisa-t-elle, ne me dis pas que tu as planifié des activités de plein air, parce que je ne te suivrai pas !

Il lui prit la main et en chatouilla la paume.

— Quelle rabat-joie !

— Et j'inclus dans le plein air les balcons et les terrasses sur le toit.

— Je suis déçu, impossible de le cacher.

Parvenu en haut de l'escalier, David longea un couloir et s'arrêta devant une porte.

Elle manqua d'air, bouleversée d'émotion.

Sa chambre…

Il lui prit les mains et, marchant à reculons, l'attira dans une suite à peu près aussi vaste que son appartement.

Le soleil de l'après-midi filtrant par les persiennes à demi fermées tombait sur une fourrure à longs poils blancs jetée sur le sol.

Elle secoua la tête.

— Je ne t'aurais jamais imaginé avec un tapis pareil !

En revanche, le lit recouvert d'une couette d'un chaud ton mordoré et d'oreillers écarlates et bleu nuit ressemblait bien à David.

Il la prit dans ses bras, lui rappelant que tout ceci était bien réel.

— Autrefois, c'était une chambre d'amis, lui confia-t-il.

Et puis, comme s'il ne pouvait se contenir une seconde de plus, il lui administra un fougueux baiser.

Quand il la lâcha, elle reprit suffisamment ses esprits pour murmurer :

— Heureux amis…

Puis elle sentit qu'on tiraillait les boutons de son chemisier. Baissant les yeux, elle contempla les longs doigts empressés de David.

— Les choses comme des tapis ne comptent pas pour moi, dit-il en se concentrant sur sa tâche.

Eh bien, le vin était tiré, il fallait le boire !

Elle dénoua la cravate de David et la jeta par-dessus son épaule puis tira les pans de sa chemise hors de son pantalon.

— Dis-moi donc ce qui compte pour toi ?

— Deux choses, répondit David en lui retirant son chemisier. Je tairai la première.

Se pourrait-il que ce soit elle ?

Quelle idiote, franchement ! Bien sûr que non.

Elle essaya de masquer sa déception.

— Et la deuxième ?

— Toi.

Une puissante émotion l'envahit. Quand il la prit par les bras et chercha sa bouche, elle céda avec une sensation de délivrance.

Après un baiser voluptueux, il la lâcha et tomba à ses genoux. Bientôt, la jupe rouge vif qu'elle avait choisie le matin glissa à ses pieds, et David la prit par les hanches pour l'attirer à lui.

Le désir irradiait de chaque pore de sa peau quand il frotta son visage contre son ventre.

Il leva les yeux et sourit.

— Pas de dentelle noire aujourd'hui ?

Elle sursauta et baissa les yeux.

— Non. Juste du coton blanc, constata-t-elle tristement.

— Crois-moi, tu serais sexy dans n'importe quelle tenue !

Le croyait-il vraiment ? Il la trouvait séduisante, certes, mais la trouverait-il aussi sexy le matin, les yeux gonflés de sommeil, ou défigurée par un vilain bouton ? Ou quand il devrait apporter des bols de soupe à une épave réfugiée au fond du lit avec quarante de fièvre ?

Elle ne put résister.

— Et si je prenais vingt kilos et devais porter des lunettes avec d'énormes verres ?

— Et si je t'allongeais sur mon lit pour te raconter tout ce que je trouve irrésistible chez toi ?

Et il lui murmura des mots tendres à l'oreille en la déposant sur le lit. Il continua de murmurer des choses gentilles en la déshabillant, puis en la caressant à lui faire perdre l'usage de la parole. Alors, se redressant, il se débarrassa du reste de ses vêtements.

Il se tenait devant elle… David. *Son* David. Plus parfait qu'une statue grecque.

Il se laissa tomber près d'elle sur le lit moelleux et il lui mordilla la joue, puis le menton. Deux doigts coururent le long de ses côtes pour finir par pincer la pointe d'un sein.

— Sais-tu combien de fois j'ai rêvé d'être allongé avec toi, ces dernières semaines ?

Elle roula vers lui.

— Tu as compté ?

— Un garçon ne compte pas quand il rêve de sa petite amie.

« Sa petite amie. »

L'expression lui faisait chaud au cœur. Le plaisir dispensé par ces mots était presque meilleur que celui procuré par les doigts qui lui agaçaient les seins puis descendaient le long de son ventre, plus bas, encore plus bas…

Quand elle poussa un petit cri, David enfouit le visage dans ses cheveux.

— Tu sens si bon ! Quel est ce parfum ?

Elle posa une main sur la sienne et suivit ses mouvements, tandis que son cœur battait de plus en plus vite.

— Pas du Chanel n° 5, répondit-elle d'une voix étranglée.

A présent, tous les atomes de son corps chantaient, et en même temps l'attente devenait une torture.

Désireuse de se rapprocher de lui, elle glissa une jambe sur sa hanche et posa les lèvres sur son torse musclé couvert de duvet brun.

Comment avait-elle pu penser que suivre David ici était une mauvaise idée ?

L'intimité qu'ils avaient partagée auparavant avait été excitante, coquine. Ils avaient fait des choses qu'elle avait lues dans les livres et qu'elle avait toujours crues réservées aux autres gens. Mais cet après-midi, c'était différent. Aussi envoûtant, délicieux, incomparable, mais aussi plus profond. Cette fois, David atteignait des régions d'elle-même qu'elle n'avait jamais ouvertes à quiconque.

Leurs corps enfiévrés glissaient l'un contre l'autre, et elle se rapprochait de l'extase finale, quand David retira soudain sa main.

Le sang tambourinant dans les veines, elle poussa un gémissement de protestation, mais déjà il était sur elle.

— Position du missionnaire, et dans un lit ! On s'embourgeoise, observa-t-il en riant.

— Trop ennuyeux pour toi ? s'enquit-elle.

Il se mit à aller et venir follement en elle.

— A ton avis ?

Les yeux fermés, elle agita les hanches en cercles, le pressant d'aller encore plus vite.

Puis, comme le plaisir resserrait son étreinte, elle n'arriva plus à réfléchir du tout.

Quand ils jouirent ensemble dans un jaillissement d'étoiles, une pensée lui traversa pourtant l'esprit, la rendant plus heureuse que jamais.

Et plus malheureuse aussi.

- 13 -

Etendu au milieu des draps froissés, le menton appuyé sur la main, David regardait Serena, assise dans un peignoir de bain trop grand sur la banquette de la fenêtre. Les persiennes entrouvertes laissaient pénétrer des flots de lumière dans la pièce et l'illuminaient tel un ange.

Non, jamais il n'accepterait de la laisser partir.

Sylvie, son petit bulldog bringé, sommeillait près d'elle et ronflait, le museau sur ses genoux.

— Secoue-la un peu, dit-il. Quand elle commence comme ça, on dirait qu'elle va ébranler les fondations.

Serena se contenta de glisser les doigts sur le pelage ras de la chienne.

— Elle a finalement décidé de sortir de sa cachette pour me dire bonjour, je ne voudrais pas ternir notre amitié.

Dans son sommeil, la chienne émit un vague grognement approbateur.

Il tendit la main.

— Laisse-la et viens me rejoindre !

Serena ébouriffa la tête de Sylvie, se leva et resserra la ceinture du peignoir.

Quand elle se laissa tomber près de lui, il la prit dans ses bras et goûta sa gorge exposée.

— C'est l'heure de la récréation.

Elle poussa un soupir.

— Quoi ? Encore ?

Mais il la sentit s'abandonner aussitôt.

— Ce n'est pas mieux que de caresser les oreilles de mon chien ? susurra-t-il en tirant sur la ceinture du peignoir pour la dénouer.

Il se penchait déjà vers sa bouche aux lèvres accueillantes, quand elle se redressa, si brusquement qu'elle lui heurta le nez.

— Mon Dieu, j'ai failli oublier ! s'exclama-t-elle. J'ai rendez-vous à 15 heures avec un conseiller municipal. Il veut discuter d'un projet de concert en plein air. Quelle heure est-il ? 14 h 30 ? J'ai juste le temps !

Elle avait déjà bondi hors du lit.

Il se laissa retomber sur l'oreiller en se frottant le nez.

— Calme-toi. J'ai demandé à Tilda d'annuler tous tes rendez-vous.

— Je ne suis pas sûre d'avoir noté celui-ci dans mon carnet ! Il a appelé tard vendredi, j'étais pressée.

— Je lui téléphonerai demain et j'expliquerai, dit-il d'un ton apaisant.

— Que nous avons passé la journée au lit ? Effectivement, ce sera convaincant !

Il la regarda collecter ses vêtements éparpillés au sol.

— C'est la première fois que je prends un congé d'aussi loin que je me souvienne, grommela-t-il. Et ce n'est pas la journée, juste l'après-midi.

Le peignoir tomba, et Serena remonta en frétillant sa culotte de coton blanc sur son charmant postérieur.

— Je n'ai *jamais* pris de congé.

— Eh bien, il est temps que tu t'y mettes, riposta-t-il, nullement impressionné.

En une fraction de seconde, le soutien-gorge recouvrit les seins qu'il en était venu à adorer. Elle attacha l'agrafe du dos.

— Pas question de trahir la confiance des gens.

Il la rejoignit, se demandant vaguement s'il n'allait pas défaire son travail.

— L'agence m'appartient, Serena. Crois-moi, tu ne trahis pas ma confiance.

La jupe était en place, la fermeture remontée.

Sourcils froncés, il lui prit la main.

— Assieds-toi, et concentrons-nous sur ce qui est important.

Elle le foudroya du regard.

— C'est exactement ce que je te demande de faire !

Du vif-argent. Mais il aimait aussi cet aspect de sa personnalité.

Dissimulant un sourire, il regagna le lit.

— Bien que je devine la réponse, pourrais-tu m'expliquer ce que signifie cette remarque ?

La peau couleur cannelle, si douce, si bonne à embrasser, disparut sous le chemisier.

— Quand tu m'as offert ma promotion, dit Serena tout en cherchant ses chaussures, tu tenais beaucoup à obtenir le premier prix pour la campagne. Tu craignais que des sponsors ne quittent le navire et que cela fasse boule de neige, et tu comptais sur la médaille d'or pour les retenir. Je me trompe ?

Il s'allongea sur le ventre et posa son menton sur ses mains.

— Non.

Elle le dévisagea d'un air dur.

— C'est toujours ma priorité. Et toi ? Ces derniers temps, on dirait que ça t'est égal.

— C'est vraiment tout ce qui compte pour toi ? demanda-t-il après un instant de silence.

Une part de lui s'en réjouissait, mais l'autre aurait aimé lui rappeler les moments qu'ils venaient de partager. Pas seulement le sexe, non. La danse de leurs corps en sueur finissant dans l'apothéose avait été fantastique, mais il s'était passé bien autre chose aujourd'hui : ce qu'il lui avait dit, comment elle avait cédé… A croire que ça ne signifiait rien pour elle. A ses yeux à lui, c'était très important.

Il sentit ses mâchoires se contracter douloureusement.

— Navré de t'obliger à choisir entre le conseiller municipal et moi.

Elle extirpa une chaussure du dessous du lit.

— Réflexion parfaitement puérile !

Elle avait raison. Sa réflexion était parfaitement puérile.

Il s'assit et la regarda sillonner la pièce sur un talon.

— Serena, personne ne va te licencier. Tu n'as pas à choisir entre ta place et moi.

Elle interrompit ses recherches.

— Pourquoi ai-je l'impression d'être la seule ici à avoir la tête sur les épaules ?

— Il s'agit d'un après-midi, pour l'amour du ciel ! Si je pensais que nous ne pouvons pas nous le permettre, nous ne serions pas ici !

Ce qui n'était pas tout à fait exact. Il tenait beaucoup à vivre ce petit interlude avec elle aujourd'hui. Pas demain, pas hier. *Aujourd'hui.* Samedi, il s'était montré compréhensif. Dimanche, il avait failli devenir fou. D'accord, elle lui avait tenu la dragée haute, mais il n'était pas dit qu'elle pouvait tout régenter.

— Sur le plan professionnel, précisa-t-il, c'est moi

qui décide. Tout ce que tu as à faire, c'est obéir à mes ordres.

Elle le considéra d'un air abasourdi tout en lissant les plis de sa jupe.

— D'accord, David, c'est toi le patron. Mais il y a une chose que je ne comprends pas. Tu pèses lourd sur le marché, non ?

Comme s'il avait envie de parler argent !

— Possible, répondit-il du bout des lèvres.

— Si l'agence était en échec, tu pourrais investir dans une autre affaire. Alors, où est le problème ?

Elle commençait sérieusement à lui échauffer les oreilles. Il croyait avoir appris à la connaître, mais il se trompait, après tout.

— Tu veux un dessin ?

Il vit la méfiance s'allumer dans le regard de Serena. Elle en avait trop dit, et elle le savait.

— J'essaie de comprendre, c'est tout.

— Tout à l'heure, tu disais que tu redoutais l'échec…

Attentive à présent, elle se pencha sur la banquette et caressa la tête de la chienne endormie.

— Certaines personnes se moquent de subir des échecs, continua-t-il. Ils s'en moquent si bien qu'ils n'essaient même pas d'atteindre leur objectif. Pourquoi certains s'en préoccupent-ils et d'autres pas ?

Elle baissa les yeux, comme si elle connaissait la réponse mais refusait de la formuler.

— Je ferais n'importe quoi pour garder l'agence, affirma-t-il. Non seulement existante, mais prospère. Parce que, dans le cas contraire, je perdrais quelque chose qui a plus de valeur à mes yeux qu'une belle demeure avec trois salles de bains. Je perdrais ma réputation et mon amour-propre. Une fois suffit. Rien ni personne ne me reverra sombrer…

Soudain, sa fougue retomba. Tête baissée, il contempla ses paumes.

Serena le rejoignit sur le lit, et ils demeurèrent assis côte à côte, sans parler.

— David, tu n'es pas obligé de te confier, dit-elle enfin.

Pourquoi pas, après tout ? Ce n'était pas un secret d'Etat.

— Tu veux la fin de l'histoire, quand je me suis conduit comme un parfait imbécile ?

— Je n'ai pas dit que tu t'étais conduit comme un parfait imbécile.

— Non, c'est moi qui le dis.

Il se frotta la joue, poussa un soupir.

— Je vais te donner la version abrégée, et ne te formalise pas si tu y découvres quelques similitudes avec la situation actuelle.

Serena se prépara à écouter religieusement.

C'était la moindre des choses, car elle était allée très loin. David avait raison, il était le seul maître à bord. Mais cette querelle n'était pas vraiment une surprise. Quand les relations se compliquaient, tout allait de travers, c'était bien connu.

— C'est une histoire qui remonte aux débuts de l'agence, commença David en se massant la nuque. A l'époque, je suis tombé amoureux d'une jeune femme qui travaillait pour moi et qui semblait parée de toutes les qualités. Quand l'occasion s'est présentée, je lui ai offert une promotion. Malheureusement, au moment où j'avais le plus besoin d'elle, elle m'a plaqué.

Serena se figea.

Pourquoi David ne la regardait-il pas ? Voyait-il en elle cette autre femme réincarnée ? Ne savait-il pas que jamais elle ne laisserait tomber au beau milieu d'une campagne ? Et, justement, ne se disputaient-ils pas parce qu'elle prenait selon lui les choses trop à cœur ?

— Qu'as-tu fait ?

— J'ai failli jeter l'éponge. Je suis sûr qu'il y avait des gens dans la partie qui secouaient la tête et soupiraient devant ces jeunes qui jouaient dans la mauvaise cour. Bref, j'étais sur le point de tout abandonner et de rejoindre l'Air Force.

Elle hocha la tête, retenant un sourire.

Les avions en papier, bien sûr.

— J'ai toujours rêvé de piloter des jets, poursuivit David. Mais quand mon père était tombé malade, laissant ma mère dans le désarroi, j'avais décidé de rester proche d'eux. Je pensais aussi à mon petit frère qui entrait dans l'adolescence et qui avait besoin d'un modèle masculin…

Elle se rapprocha de lui.

— Que s'est-il passé ? Ta situation familiale t'a encore retenu ?

— A l'époque du déclin de l'agence, mes parents étaient morts, et mon frère vivait à Londres.

— Alors pourquoi pas l'Air Force ?

David haussa les épaules.

— A cause de mon obstination, de mon fichu amour-propre. A cause peut-être aussi d'une part de moi qui pensait qu'il était trop tard, que ma vie avait pris une autre direction, pour le meilleur ou pour le pire.

Soudain elle se sentit mille fois plus proche de lui et, en même temps, très loin.

Il avait laissé échapper son rêve… S'attendait-il à ce qu'elle renonce aussi à son rêve ?

— J'avais conservé une partie de ma clientèle, qui, pour une mystérieuse raison, me gardait sa confiance. Et l'idée de les laisser tomber me contrariait. Alors, je me suis repris et j'ai décidé que je serais le meilleur. C'est une bonne motivation. Maintenant encore, elle est ancrée en moi. Je ne peux pas échouer, c'est hors de question.

— Et pourtant, aujourd'hui, tu m'emmènes faire l'école buissonnière ?

Il lui sourit.

— Où est la sage jeune femme qui m'a dit un jour qu'on devait parfois faire des pauses sous peine d'exploser ? Nous avons travaillé dur, nous méritons bien une petite récompense.

Elle faillit encore protester, dire que des rendez-vous urgents l'attendaient. Mais elle avait conscience que ce serait en faire un peu trop.

Elle regarda l'heure sur la montre de David.

De toute façon, il était trop tard.

— Si tu veux bien, je vais appeler Tilda pour m'assurer qu'elle a bien annulé le rendez-vous avec le conseiller municipal.

Il prit le téléphone posé sur la table de chevet, et deux minutes plus tard, l'annulation était confirmée.

— Tu vois, dit-il d'un ton moqueur, la Terre ne s'est pas arrêtée de tourner !

Il la prit par la main et l'attira sur le fouillis des draps et des oreillers.

— Maintenant, si tu veux bien, je vais te faire passer ton plus incroyable après-midi de congé !

- 14 -

Le Luna Park de Coney Island était célèbre pour l'énorme visage souriant qui tenait lieu de porte d'entrée, ses manèges traditionnels et ses toboggans géants, et la lumière avait été idéale pour la séance de photos publicitaires qui s'achevait ce vendredi-là.

Sentant quelqu'un l'embrasser dans le cou, Serena poussa un petit cri et se retourna vivement.

Elle se retrouva devant le sourire espiègle de David.

— Qu'est-ce que tu fabriques ? protesta-t-elle, feignant la sévérité.

— Tu ne te plaignais pourtant pas, la nuit dernière.

— La nuit dernière, c'était différent. Ici, nous travaillons.

— Et tu accomplis un travail fabuleux.

Elle le dévisagea avec curiosité.

— Comment le sais-tu ? Tu viens juste d'arriver.

— Je le sais parce que tout ce que tu fais est fabuleux.

— Vraiment ?

Toute réchauffée intérieurement, elle lui expédia un regard taquin tout en ramassant son sac.

— Vraiment tout ?

— Ne joue pas les innocentes !

Il lui saisit la main et lui vola un baiser.

— Allons dans un endroit sombre et propice aux câlins, pria-t-il. Par exemple, le train fantôme…

En riant, elle leva les yeux au ciel.

— Je le savais !

Elle se mit à rassembler ses affaires.

David approcha sa bouche de son oreille.

— Je pourrai te tenir contre moi, et tu pourras me tenir…

— David !

S'efforçant de garder son sérieux, elle jeta des regards autour d'elle.

— C'est un lieu public, et je travaille, je te signale !

Il lui prit un paquet de dossiers des mains.

— Tu as fini de travailler pour la journée. Nous nous sommes à peine vus de la semaine. On est vendredi soir, et j'ai décidé que nous le passerions ensemble.

Il posa les dossiers sur une table et lui prit la main.

— William ?

Le jeune assistant à la crinière blonde leva la tête. A ses pieds s'entassait tout un équipement photographique.

— Oui, monsieur Miles ?

— Occupez-vous de ça, s'il vous plaît. Merci, et à lundi !

William leva le pouce en signe d'acquiescement et reprit sa tâche.

— Ce n'est pas juste, dit Serena.

— Quoi donc ?

— De laisser aux autres le soin de tout ranger.

David lui tapota le bout du nez.

— Ça s'appelle déléguer. Quelque chose que tu dois apprendre à faire. Tu t'occupes des photos, William s'occupe du rangement, et moi, je m'occupe de toi.

Elle fit la grimace.

— Je ne suis pas sûre que ça tienne debout.

— Ça tient parfaitement debout ! décréta David.

Au cours du dernier mois, il s'était de plus en plus détendu. Une raison pouvait être avancée à ça : Jezz était de retour sur le pont. Serena n'en avait pas pour autant rendu les rênes. Satisfaits de la forme prise par la campagne, les sponsors tenaient à la conserver aux commandes, elle en concevait une grande fierté. Un bon point de plus pour son C.V. !

Quant à Jezz, elle avait été ravie du traitement flatteur réservé à son assistante. Pour célébrer l'événement, David les avait emmenées dans le meilleur restaurant de Sydney, et ils avaient dîné au champagne. C'était très gentil, mais elle soupçonnait qu'il voulait aussi se faire pardonner d'avoir écarté la veille une idée à laquelle elle tenait beaucoup.

Une intense activité régnait dans le parc. Des touristes mâchonnaient leurs hot dogs, tandis que des enfants criaient sur la grande roue et que des mouettes volaient en cercles au-dessus de leurs têtes. Bref, un après-midi parfait.

Elle regarda David.

Absolument parfait.

Un stand qui annonçait en grosses lettres : « TESTEZ VOTRE FORCE » lui attira l'œil, et elle essaya d'y entraîner David.

Mais quand l'employé lui tendit un gros maillet de caoutchouc, David secoua la tête.

— Il n'y a aucun moyen de contrôle à ce jeu. On ne gagne jamais.

— Oh ! allez, David !

— Tu ne me feras pas changer d'avis. En revanche, viens par là, je vais gagner pour toi la plus grosse peluche du parc.

Il se remit en route, et elle le suivit en sautillant

comme si elle avait la moitié de son âge. Au stand concerné, en échange de tickets, David se vit remettre cinq fléchettes. Alors, il examina d'un œil aiguisé les ballons formant des cibles suspendues au mur.

— Le rouge, dans le coin gauche, annonça-t-il.

Le ballon rouge explosa.

Ensuite, ce fut au tour du ballon bleu. Et dix-huit ballons crevés plus tard, sans un ratage, il remportait un gigantesque koala de peluche rose.

Elle sentit son cœur se gonfler de tendresse quand il lui tendit son prix.

— Jamais personne n'a fait ça pour moi, murmura-t-elle en enfouissant le visage dans la peluche.

— Je n'ai jamais fait ça pour personne non plus.

Ils s'embrassèrent, et le regard de David se mit à briller.

— Tu veux essayer la grande roue ?

Elle regarda en direction du dispositif tout illuminé par les lumières multicolores qui en soulignaient les axes.

Les hauteurs vertigineuses n'étaient pas son fort, mais si elle s'abstenait de regarder en bas, ça devrait aller.

— D'accord.

— Ensuite, nous ferons un tour dans le train fantôme.

— Et puis sur les autos tamponneuses !

Il lui adressa un clin d'œil.

— Bonne fille, va !

Après que David eut remis les tickets à l'employé, elle grimpa dans une nacelle rouge. Celle-ci se balança dangereusement quand il posa la peluche sur le siège opposé pour s'asseoir près d'elle. La roue se mettant en mouvement, il la prit dans ses bras. Et, quand il l'embrassa, bercée par la musique et l'animation qui régnaient autour deux, elle eut la sensation de flotter dans un univers de rêve.

Un feu couvait dans les yeux de David quand il la lâcha.

— Tu sens si bon !

— C'est la barbe à papa.

Doucement, il lécha le coin de ses lèvres, ce qui lui arracha un petit rire. Ses mains dans les siennes, il se pencha sur elle.

— As-tu encore faim de sucreries, ou désires-tu autre chose ?

— Tu parles de nourriture ou de toi ?

Il fit mine d'être vexé.

— Des deux, bien sûr ! Un restaurant thaï a ouvert pas loin de chez moi. Nous pourrions y prendre une table à l'écart et dîner aux chandelles, ou bien commander un plat à emporter que nous mangerons au lit…

Le vrombissement lointain d'un avion leur parvint, et ils levèrent les yeux au ciel.

— Je me demande quel effet ça fait de piloter un de ces engins, murmura David.

Ces dernières semaines, elle avait appris à mieux le connaître. Il aimait lire le journal du dimanche au soleil, il détestait les embouteillages… Il ne lui avait pas encore expliqué ce qui le rendait triste, mais peu à peu elle se construisait une image plus juste de lui.

— Si voler est une telle tentation pour toi, dit-elle en se blottissant plus étroitement contre lui, pourquoi n'avoir pas pris des leçons de pilotage ?

D'autant que l'argent n'était pas un problème pour lui.

Le pouce de David allait et venait sur le dos de sa main.

— J'aurais fait n'importe quoi pour ça, en effet. Seulement, ma mère avait une peur maladive des avions, et mon père ne la contrariait jamais, s'agissant de notre éducation. Alors, je me suis résigné à attendre mes dix-huit ans.

— Et puis, ton père est tombé malade ?

Il hocha la tête.

— Et j'ai été très occupé. De plus, je ne voulais pas risquer d'ajouter au bouleversement de maman.

Elle l'embrassa sur la joue.

— Ils ont eu de la chance d'avoir un fils comme toi.

Il haussa les épaules.

— N'importe qui aurait fait la même chose. On a des responsabilités envers ceux que l'on aime. On ne va pas leur faire de peine ni les lâcher dans le besoin, non ?

Elle se recroquevilla sur elle-même.

Voulait-il savoir si elle serait un jour capable de négliger ses sentiments et de le quitter ?

Comment répondre à cette question ? Elle ne voulait blesser personne. C'était lui qui l'avait poursuivie de ses attentions, lui qui lui avait demandé de lui faire confiance et de voir où les mènerait leur attirance. A présent, elle savait. Leur attirance menait dans un lieu où elle n'avait jamais éprouvé plus de certitude et de confusion à la fois.

Elle aimait David Miles. Une part d'elle voulait passer le restant de ses jours avec lui. Mais pouvait-elle renoncer à l'autre partie d'elle-même ? Elle voulait rester, et elle voulait partir. Elle voulait se réjouir de ses sentiments pour lui, pas finir par lui en vouloir.

— J'ai vu que tu avais reçu des fleurs, dit-il.

Elle fronça les sourcils.

— Des fleurs ?

Puis elle se souvint.

— Ah oui. Les roses blanches.

David lui envoyait des bouquets vibrant de couleurs, et toujours accompagnés du même message : « Ce soir ? »

— Qui te les as envoyées ?

Il avait dû les voir sur son bureau. Elle ne les avait pas rapportées à la maison parce que l'envoi était lié à ses activités professionnelles.

— Jonathon Sturts les a fait livrer ce matin.

— Pourquoi t'envoie-t-il des fleurs ? demanda David d'un ton mécontent.

— En guise de félicitations pour les panneaux d'affichage. D'après lui, ce sont les plus réussis qu'il ait vus.

— Vous vous voyez souvent ?

— Une fois par semaine, environ. Il dit qu'il porte un intérêt particulier à cette campagne.

— Disons plutôt qu'il *te* porte un intérêt particulier.

Elle le dévisagea, étonnée.

— Ma parole, David, tu es jaloux !

— Je suis inquiet, grommela-t-il, l'air sombre.

— Mais pourquoi ? se récria-t-elle, à la fois flattée et choquée. Parce qu'un professionnel s'intéresse à mon travail ?

— Exactement. Méfie-toi de Sturts, c'est un séducteur.

— Il ne m'intéresse pas du tout. Comment cela serait-il possible alors que je t'ai ?

Mais pour combien de temps ? N'allait-il pas bientôt se lasser d'elle ? Impossible d'éviter la question.

Quand ils étaient ensemble, David se comportait comme s'il était amoureux, mais il n'avait jamais prononcé les mots magiques. Les trois petits mots qu'elle attendait avec impatience et qu'elle redoutait en même temps d'entendre.

— Je ne parle pas d'attirance, Serena. Je dis que Sturts est capable de t'enjôler…

Sa voix traîna et s'éteignit.

— Avec des bouquets de fleurs ? Je ne suis pas si facile ! Enfin, sauf pour toi, ajouta-t-elle en souriant.

Mais quand il lui rendit son sourire, il n'y avait pas trace d'humour dans ses yeux. Comme leur nacelle parvenait au sommet, il plongea dans ses yeux un regard qui semblait vouloir la transpercer jusqu'au fond de l'âme.

— Tu me fais un drôle d'effet, Serena.

Il la serra contre lui, appuya son visage contre le sien.

— Avec toi, je suis Samson, dit-il. A la fois si fort et si…

Il l'embrassa ardemment, et elle fondit.

Il l'emplissait d'émerveillement. Dans ses bras, elle trouvait un abri, contre sa poitrine, un doux refuge. Avec lui, elle rayonnait et s'épanouissait comme elle n'avait jamais eu l'occasion de le faire.

Elle lui faisait un drôle d'effet ? Eh bien, lui, il lui faisait un effet terrible. Elle désirait de toutes ses forces qu'il continue de lui faire éprouver ces merveilleuses sensations et que la grande roue ne s'arrête jamais.

- 15 -

Jezz leva les yeux de son bureau et sourit.

— Que fais-tu là ? Tu ne sais donc pas que c'est dimanche ?

— Qui parle ? répliqua en riant Serena. Mlle Je-fais-le-tour-du-cadran-quand-je-travaille ?

Elle se dirigea vers le fauteuil qui faisait face au bureau de Jezz.

— David devait venir. Je me suis dit qu'on pourrait prendre les documents et aller les étudier au soleil dans le parc.

Jezz reporta son regard sur l'écran de l'ordinateur.

— Vous êtes devenus très proches, tous les deux.

Sur le point de s'asseoir, Serena se redressa.

N'avait-elle pas entendu une note négative dans la voix de son amie ?

— Tu es la première personne à qui je me sois confiée, murmura-t-elle. Je pensais que tu serais contente.

Jezz écarta son fauteuil du bureau.

— Je le suis, mon chou. David Miles et toi allez ensemble comme les crêpes et la confiture. C'est juste que…

Serena sentit l'appréhension lui serrer le cœur.

Ce n'était pas le genre de Jezz de se montrer fuyante. Elle était plutôt maternelle avec elle. Et les mères protégeaient leurs enfants de ce qui pourrait leur faire du mal ou leur causer du chagrin.

Instinctivement Serena chercha son cœur d'or à son cou, avant de se rappeler qu'elle l'avait oublié dans la salle de bains de David.

— Que se passe-t-il ? Parle, voyons ! Dis-moi ce qu'il se passe.

Jezz se leva.

— J'ai reçu un coup de téléphone de Jonathon Sturts. Tu sais que nous avons été en relations à l'époque où je chantais. Bref, il voulait me parler de toi.

— Jonathon Sturts ? Pourquoi ne m'a-t-il pas appelée directement ? Que voulait-il ?

— Il te veut *toi*, répondit lentement Jezz.

Ça n'avait pas de sens. Il devait y avoir un malentendu quelque part.

— Jonathon me veut ? Mais pourquoi ?

Puis elle repensa aux fleurs, aux paroles de David la mettant en garde contre ses talents de séducteur, et elle recula.

— Mais enfin, je ne lui ai jamais laissé entendre qu'il pouvait y avoir quoi que ce soit entre nous ! Il ne m'intéresse pas et ne m'intéressa jamais !

Jezz posa une main apaisante sur son épaule.

— Il ne te veut pas de cette façon. Il s'est renseigné sur ta prestation ici. Il voulait savoir si tu étais aussi talentueuse que tu en avais l'air. Naturellement, je lui ai vanté tes mérites. Grâce à toi, nous gagnerons le premier prix. Rien n'est plus sûr.

Serena resta un instant abasourdie.

— Jonathon veut que je travaille pour lui ?

Comme Jezz hochait la tête, elle éclata.

— Mais il n'en est pas question ! J'aime ce que je fais, et David a encore besoin de moi. Je ne peux pas partir !

Elle ressentit un pincement au cœur.

Etait-ce bien vrai ? Sa décision était-elle prise ?

Si David voulait qu'elle reste indéfiniment, elle devrait renoncer à son projet de travailler à l'étranger. Sinon, comment parviendraient-ils à un compromis ? Une liaison à distance ne les satisferait ni l'un ni l'autre.

Bien sûr, avec les moyens qu'il avait, David pourrait très bien engager un directeur pour le remplacer. Mais un homme comme David Miles n'accepterait jamais de jouer les seconds rôles. Il voudrait rester aux commandes. La constatation lui brisait le cœur, mais c'était la vérité, et elle ne pouvait pas le lui reprocher, puisqu'elle ressentait la même chose.

Jezz réintégra son siège.

— Jonathon Sturts est sur le point de se débarrasser du directeur de sa boîte de Londres. Il lui faut un remplaçant, quelqu'un de persévérant, intelligent et brillant. C'est un poste à responsabilités. Personne au-dessus pour superviser. Il fournit un appartement à Mayfair, pas moins. Pour ce qui est du salaire, une vraie petite fortune.

Serena secoua la tête.

— David m'a donné ma chance. Il croit en moi.

Enfin, au fond d'elle-même, elle en était moins sûre…

Soudain, cela se bouscula dans sa tête.

Dernièrement, il venait encore de repousser une de ses idées. Mais sans doute ne s'était-elle pas montrée assez convaincante, voilà tout. Et jeudi dernier, il avait refusé qu'elle donne une interview à une radio nationale sous le prétexte que ce n'était pas le moment. Elle restait persuadée au contraire qu'ils auraient mis en plein dans le mille. Il lui avait tenu la main et lui avait dit de ne pas être trop déçue, qu'elle était toujours la meilleure collaboratrice qu'il connaisse.

Il le pensait, il le fallait. Elle réussissait à son poste. Enfin, elle était bonne à quelque chose.

Alors pourquoi, au fond de son cœur, avait-elle l'impression qu'il lui rognait les ailes ?

— Jonathon a dit que si le poste t'intéressait, il t'engageait immédiatement, dit Jezz. Et il a conclu en disant : « Que le meilleur gagne. »

— Qu'as-tu répondu ?

— Que s'il tenait à son intégrité physique, il ferait mieux de ne pas se frotter à David Miles avant un certain temps.

— On parle de moi ?

Serena fit un bond en entendant la voix grave de David résonner derrière elle.

— David ! Tu m'as fait une de ces peurs !

— C'est vrai, ça. Tu es toute blanche.

L'air préoccupé, il lui caressa les cheveux.

— Est-ce que tu es malade ? Il me semble que tu ferais mieux de t'allonger.

Peut-être, en effet. Peut-être ferait-elle mieux de se cacher sous les couvertures et de se boucher les oreilles. Elle ne voulait pas être présente quand David apprendrait le fin mot de l'affaire. Elle ne voulait pas l'entendre lui chuchoter des gentillesses qui lui ôteraient toute envie de le quitter.

— Serena envisageait d'aller faire un tour dans le parc, dit Jezz. Allez-y donc avant que le soleil ne se couche.

Elle décocha à Serena un regard entendu.

— Nous reparlerons de ça plus tard, conclut-elle.

*
* *

Tout en longeant le couloir au côté de David, Serena éprouvait un certain malaise.

En trois mois, elle était passée du statut de débutante à celui de responsable de campagne, et maintenant on lui proposait de devenir directrice d'agence. Qui aurait cru un pareil rêve possible ? Elle qui voulait faire ses preuves, elle était servie. Une proposition magnifique, un homme à plein temps…

Mais justement, à présent, elle était au pied du mur.

Au départ, elle avait projeté de faire carrière à l'étranger en tant que célibataire. Soudain, l'occasion de réaliser la première partie du projet se présentait, et elle devait décider quoi faire avec la seconde partie. Mais lui laissait-on le choix ?

— Si tu veux, rentrons pour que tu puisses te reposer, proposa David, un bras passé autour de sa taille. Je te mettrai au lit, et…

— Et tu me feras l'amour ?

Cela ne pourrait que lui faire du bien.

— J'allais te suggérer un cachet d'aspirine, mais ta proposition me convient tout à fait.

— Prenons l'air d'abord, nous achèterons les journaux et des scones tout chauds.

A quoi bon se torturer avec un problème insoluble ? Pour le moment, elle était là, avec l'homme qu'elle aimait, exerçant un métier qu'elle aimait presque autant. Elle affronterait Jonathon Sturts le moment venu et prendrait la décision de partir ou non à l'étranger quand elle y serait contrainte.

Son cœur fit un petit bond dans sa poitrine.

Sa mère avait-elle connu les mêmes affres quand elle

avait décidé d'abandonner la compétition ? S'était-elle figuré qu'elle y reviendrait un jour ?

David lui embrassa la main.

— J'espère que tu te sentiras mieux le week-end prochain.

Elle chassa ces tristes pensées. Allons, il fallait vivre le présent, même s'il n'était pas destiné à durer.

— Qu'as-tu en tête ? demanda-t-elle en souriant.

— Une virée à deux. Que dirais-tu d'une escapade sur une île tropicale, avec des nuits brûlantes, des plages de sable fin et des vaguelettes caressant tes chevilles ?

— Fabuleux. Quelle île ?

— Maurice ?

Elle lui donna un coup de coude.

— Tu es fou ?

— Tu as raison. Il faudrait prendre au moins une semaine, et ce n'est pas possible en ce moment. La Grande Barrière de corail, ce serait plus raisonnable.

— Tu es sérieux ?

— Il y a trop d'agitation autour de nous. Si nous ne volons pas un peu de temps à nos activités, nous n'en aurons jamais. De plus…

Il serra son bras sous le sien.

— Je sais que tu seras contente de t'échapper un peu. Voir de nouveaux endroits, expérimenter de nouvelles choses.

Il semblait à Serena que son cœur allait éclater.

David pensait à elle, il essayait de lui donner ce qu'elle voulait, dans la mesure de ses moyens. Peut-être devraient-ils en parler.

Au risque de mettre de l'huile sur un feu qui risquait de flamber d'ici peu ? Non, non. Autant profiter de l'instant présent, penser simplement à *eux*.

— A propos, j'ai examiné ta proposition de vendredi, dit-il.

Elle se redressa, toute ragaillardie.

Cette idée d'organiser une vente aux enchères interactive dans le cadre de *Hits* lui semblait excellente. Et ce serait l'événement le plus important dont elle se serait occupée jusque-là.

— C'est la vente aux enchères du lancement qui m'a donné l'idée, expliqua-t-elle comme ils se dirigeaient vers son bureau pour qu'elle y prenne son sac. Nous pourrions subtiliser trente secondes aux pauses publicitaires pour présenter un objet à la fois et lui donner un numéro. L'enchère gagnante serait dévoilée au cours de l'émission spéciale de Pâques. Ce serait une publicité fantastique et pratiquement gratuite, et les bénéfices iraient à une bonne cause, les catastrophes naturelles par exemple.

David s'arrêta et la regarda dans les yeux avec un petit sourire.

— Hé, doucement. Ne t'emballe pas !

Elle se raidit.

— Je crois au contraire qu'il faut se remuer. Tous les gens de sept à soixante-dix-sept ans regardent cette émission. Ça vaut la peine d'y réfléchir !

Il se remit à marcher, tête baissée. L'écoutait-il ?

— Il faudra récupérer des objets vraiment intéressants. Prendre des contacts avec l'étranger. Et nous aurons besoin d'un site Web…

Elle aurait pu parler des heures de son projet, mais quand ils arrivèrent à son bureau, David ne semblait pas plus enthousiasmé.

— C'est bien gentil tout ça, dit-il.

Quelle condescendance dans le ton !

Se détournant, elle sortit les dossiers dont ils auraient besoin pour la réunion du lendemain matin.

— Ce n'est pas fait pour être « gentil », David, répliqua-t-elle en contrôlant le tremblement de sa voix.

Le moment était mal choisi, elle ferait mieux d'abandonner la discussion. Mais elle ne s'y résolvait pas.

Les dossiers s'amoncelaient avec un bruit sourd sur le bureau.

— Cet événement pourrait avoir un succès phénoménal. Il nous démarquerait définitivement des autres émissions.

— Nous sommes censés nous occuper de la publicité, rappela David. Tu es responsable des relations publiques, pas Mère Teresa. Pourquoi ne pas laisser sauver le monde à ceux dont c'est la vocation ?

Elle n'arrivait pas à le croire. Elle avait passé des heures sur cette proposition.

— Fin de la discussion, c'est ça ?

Il croisa les bras sur sa poitrine.

— J'admire l'originalité de ton approche et ta générosité, mais ça ne marchera pas. C'est trop, et trop tôt. Il faut apprendre à marcher avant de voler, Serena.

Elle n'aurait pas dû ressentir un tel désespoir. Il avait peut-être raison, mais…

— Pourquoi es-tu aussi certain que ce serait un échec ?

— Mon expérience, d'une part, la simple raison, de l'autre.

Un froid de glace la pénétra jusqu'à la moelle des os.

— Tu penses que je manque de bon sens ?

Elle savait qu'elle aurait dû abandonner la partie. Mais elle savait aussi que son idée avait une réelle valeur. Ce projet, elle pouvait le mener à bien, pour peu qu'il la soutienne. C'est-à-dire qu'il lui accorde la même confiance qu'au début.

C'était étrange, mais c'était pourtant ainsi : plus elle réussissait, et moins il accordait de crédit à ses idées.

Essayant de refréner son agitation, elle balaya la pièce du regard, et sa tasse « Vas-y, ma fille ! » sembla l'interpeller.

Serrant les dents, elle trouva la force d'adopter un ton diplomatique.

— Je comprends. Tu es dans le métier depuis longtemps…

David fronça les sourcils.

— A t'entendre, je serais Mathusalem !

— Mais c'est *ma* campagne, continua-t-elle, et j'ai l'approbation des sponsors.

Il leva une main.

— Oh ! Doucement, je te dis. Tu fais un boulot remarquable, et je t'en suis reconnaissant. Mais ce n'est pas seulement ta campagne, Serena. Au bout du compte, c'est la mienne. N'oublie pas que tu es sous mes ordres. J'apprécie énormément ton enthousiasme, mais j'ai le devoir de le refréner si je le juge déraisonnable. C'est seulement ainsi que ça fonctionnera.

— C'est toi qui décides ? Je n'ai pas mon mot à dire ?

Il haussa les épaules.

— C'est un peu dur, je le reconnais. Mais c'est ainsi, oui.

C'était incroyable qu'ils en soient arrivés là. Maintenant, la proposition de Jonathon Sturts — qui croyait en elle, lui — lui apparaissait dans toute sa splendeur.

L'étranger. Une magnifique occasion de faire ses preuves…

A part le tintement dans ses oreilles, l'univers sembla mortellement tranquille.

Elle ouvrit la bouche, et les mots jaillirent.

— Dans ce cas, il vaut mieux en rester là.

David retint sa respiration.

« En rester là », qu'est-ce que ça signifiait ? Que Serena était fatiguée ? Qu'elle voulait rentrer à la maison ? Qu'elle avait décidé de le quitter ?

Cette dernière idée était si absurde qu'il faillit éclater de rire.

— Qu'est-ce que tu veux dire par là ?

— Je te le dirai quand tu me lâcheras.

Il baissa les yeux et vit que ses doigts s'enfonçaient dans la chair du bras de Serena.

Desserrant son étreinte, il recula.

— Je sais que tu es satisfait de ma prestation…, commença-t-elle en évitant son regard.

— Je te l'ai exprimé par tous les moyens à ma disposition !

— S'il te plaît, laisse-moi parler !

Il l'avait vraiment contrariée. Jusqu'à présent, il avait vu ses côtés naïfs, impertinents, vif-argent. A présent, il semblait qu'il doive faire connaissance avec la version « indignation vertueuse » de Serena.

Ce n'était pas une fin de non-recevoir. Si elle y tenait tant, qu'elle lui parle de sa vente aux enchères. Il l'écouterait puis l'emmènerait dîner dehors pour la calmer. Il lui montrerait combien il l'aimait. Il le lui dirait.

Il en avait eu souvent envie ces derniers temps, mais une sotte pudeur l'en avait empêché. C'était pourtant de plus en plus limpide à ses yeux : le passé était loin derrière, ce qui comptait, c'était le présent. Et Serena avait besoin d'entendre ces mots autant qu'il avait besoin de les dire. Son cœur lui appartenait tout entier, et pour toujours. Leur relation n'était pas une banale liaison, mais le prélude à un avenir commun.

— Je me suis tellement épanouie depuis que tu m'as offert ma chance…

Il l'écoutait parler tout en l'imaginant en longue robe blanche, ses cheveux tressés en couronne sous son voile, ses grands yeux brillant de bonheur.

— Jamais je ne me serais crue capable d'apprendre si vite. C'est grâce à toi et à Jezz, qui avez su me guider et m'encourager. Seulement, ces derniers temps…

Son visage se crispa.

— J'ai l'impression que tu me bloques dans mon élan.

Comment ? Mais c'était ridicule ! Elle se trompait du tout au tout ! Il allait l'entourer d'attentions, voilà qui lui redonnerait le moral.

— Je n'avais pas l'intention de te brimer, Serena. Je cherche juste à contrebalancer ton enthousiasme juvénile avec mon expérience et ma maturité. Tu rencontres des succès, et c'est excellent pour l'estime de soi, mais, parfois…

Il adopta un ton très doux pour atténuer la portée de ses paroles.

— Parfois, ça peut nuire à l'objectivité.

Le regard étincelant, elle se redressa de toute sa hauteur.

— D'après toi, je suis imbue de ma personne, c'est ça ? Et j'ai perdu tout bon sens ?

Il gémit intérieurement.

— Ecoute-moi…

— Non ! C'est toi qui vas m'écouter.

Elle était blême. Elle respirait beaucoup trop vite, et ses mains tremblaient. Il détestait la voir dans cet état.

Il voulut s'approcher, mais elle s'écarta.

— Tu connaissais mon projet de partir travailler à l'étranger quand nous avons démarré cette relation, dit-elle. J'en ai parlé incidemment quand tu m'as offert la place, et je sais que tu l'as noté.

Ses projets de voyage ? Oui, en effet. Ça l'avait d'abord contrarié, mais ensuite…

— Je suis sûr que nous pouvons trouver une solution.

— Laquelle, David ? Moi, j'ai besoin de faire mes preuves, pas vis-à-vis de toi, mais vis-à-vis de moi. Et pour cela, je dois faire ce que j'avais projeté de faire. Toi, tu atteindras ton but : le premier prix pour la campagne, la renommée pour ton agence. Ton amour-propre sera comblé. Mais mon rêve à moi, que deviendra-t-il si je reste ? Mes objectifs sont-ils moins importants que les tiens ?

Il sentit son sang se glacer dans ses veines.

— Tu es sérieuse ? Tu penses vraiment à partir ? Du jour au lendemain ? Parce que j'ai refusé une de tes idées ? C'est complètement absurde !

Du regard, Serena le fusilla.

— Pas *une* idée. Beaucoup plus que ça. J'ai l'impression que tu ne me prends plus au sérieux. Comme si je faisais partie des meubles. Et c'est exactement ce que je refuse !

Oh non, tout allait si bien ! Il l'aimait, il lui ouvrait son cœur, et elle, elle menaçait de le quitter ?

— Que veux-tu, Serena ? Dis-le-moi, tu l'auras.

Elle le regarda avec une sorte de désespoir.

— Tu n'y es pas du tout. Tu ne peux pas me donner ce que je veux. Tu as tout misé sur ton travail ici, à Sydney.

Moi, j'ai tout misé sur des projets qui m'emmènent loin d'ici. Nous nous ressemblons, David. Nous avons des ambitions. Le malheur, c'est qu'elles sont incompatibles.

« Je t'aime, Serena, pour l'amour du ciel ! »

Les mots lui brûlaient les lèvres, mais il les ravala. Le problème présent demandait à être réglé sans faire intervenir les sentiments.

Comme elle était pâle… Elle souffrait peut-être de surmenage ? Il aurait dû être plus ferme en exigeant qu'elle prenne du repos.

— Tu n'es pas bien, dit-il en la poussant doucement vers la porte. Nous allons nous détendre, penser à autre chose. Et puis, prends ton lundi. Prends toute la semaine si tu veux. Je m'arrangerai avec Jezz.

Mais Serena résista.

— Pourquoi ton amour-propre est-il si important alors que mes idéaux ne comptent pas ? insista-t-elle.

Cette querelle était vraiment déraisonnable.

— Tu te trompes, Serena.

— Alors, pourquoi refuses-tu de tenir compte de mes propositions ? Je ne suis pas souffrante, et le cœur du problème n'est pas ton rejet de mon idée. Le cœur du problème, c'est que nous ne sommes pas d'accord sur le fond. Ce n'est pas du tout la même chose !

Il prit sa respiration.

Très bien. Elle voulait aller au fond des choses ? Eh bien, qu'on en parle !

— Mettons tout sur la table, si tu le désires. Que veux-tu faire ?

— On m'a offert un poste.

Il eut la sensation de recevoir un coup de poignard en plein cœur. Tremblant de rage, il serra les poings.

— Jonathon Sturts, hein ?

Serena n'y alla pas par quatre chemins.

— Il y a deux jours, il a parlé à Jezz d'un poste de responsabilité pour moi à Londres.

— Sturts a manigancé ça derrière mon dos, gronda-t-il. Je vais l'étrangler !

Mais quand Serena posa une main sur son épaule, le contact l'apaisa instantanément. Il plongea son regard dans le sien.

Elle ne pouvait pas accepter ce poste. Et si elle utilisait cette proposition comme moyen de pression ?

Dans ce cas, elle ne se montrerait pas honnête.

Il posa une main sur la sienne.

— La situation n'est pas irrémédiable.

— Quelle solution proposes-tu ? Tu comptes emménager à Londres ? J'ignore combien de temps j'y resterai, et où cela m'emmènera. Tu laisserais ta vie ici pour me suivre ?

— Ce n'est évidemment pas envisageable.

— Pourquoi ? Tu préférerais que je décline l'offre de Jonathon et que je reste ici ? La vie serait impossible. Nous finirions par nous en vouloir et serions malheureux. Sans compter que tu risquerais de te lasser après quelques mois.

Quand il attira Serena à lui, il lui sembla que rien n'était plus juste au monde que de la tenir dans ses bras. Et son corps si souple et ensorceleur serré contre le sien lui disait, en dépit de tout, qu'elle le désirait et le désirerait toujours. Quant à lui, il trouvait ridicule de seulement supposer qu'il puisse se lasser d'elle.

Il la mit au défi.

— Tu veux me quitter ?

Les larmes montèrent aux yeux de Serena.

— Je ne le veux pas. Je n'ai pas le choix.

Un grand froid l'envahit. Elle devait avoir perdu la tête.

— Tu pourrais le faire ? Tu pourrais partir, comme ça ?

Elle poussa une petite plainte quand il lui embrassa la joue.

— Ce n'est pas si simple, David. Je t'avais prévenu.

— Tu me laisserais sans regret derrière toi ?

Il la serrait éperdument contre lui, cherchait ses lèvres. Mais elle se dégagea.

— Ne fais pas ça ! Je n'en changerai pas d'avis pour autant.

Il devait la garder, il n'imaginait plus la vie sans elle.

— Si tu peux me quitter ainsi, Serena, je mérite au moins un au revoir correct.

En la cajolant, il réussit à prendre ses lèvres, et il la sentit s'émouvoir. Quand elle reprit sa respiration, il dissimula un sourire.

Il parviendrait à la convaincre !

— Si je restais, tu ne me respecterais pas…, murmura-t-elle.

Il entendit ses petits bruits de gorge familiers quand il se remit à l'embrasser, mais quand il s'écarta de nouveau, elle termina sa phrase.

— … et je ne me respecterais pas moi-même.

Il lui sourit d'un air compréhensif.

— Nous en reparlerons quand tu iras mieux.

Un éclair de chagrin passa dans son regard. D'un geste brusque, elle le repoussa et se dirigea vers la porte.

— Serena ! s'exclama-t-il en tendant la main. Reviens, Serena ! Nous n'en avons pas fini !

La porte claqua derrière elle.

Le temps qu'il la rouvre, elle avait disparu.

- 16 -

Quand son père lui ouvrit la porte, Serena lui trouva mauvaise mine. A son front marqué de plis, à ses cheveux poivre et sel tout ébouriffés, elle devina qu'il avait dû s'endormir dans son fauteuil.

Il semblait tout à coup si âgé, presque un étranger…

Puis il sourit, et ce fut de nouveau son père.

— Serena ! s'exclama-t-il en l'étreignant. Que fais-tu ici un soir de semaine ?

— Il fallait que je te parle.

Il lui tapota le dos et s'effaça pour la laisser passer.

— Pour une surprise, c'est une surprise ! Je ne t'attendais pas avant Noël. Rien de fâcheux, j'espère ?

— Non, non.

Elle pénétra dans la maison de son enfance.

— Tu ne t'es pas disputée avec Carly, au moins ? La dernière fois, votre brouille a duré des siècles, ajouta-t-il sur un ton réprobateur. Et j'ai dû te prier de prendre le téléphone pour t'expliquer avec elle. La vie est trop courte pour s'encombrer d'histoires d'amour-propre.

— Voyons, papa, ça fait bien dix ans que Carly et moi ne nous sommes pas disputées ! Non, c'est au sujet de mon travail.

Les rides encadrant les lèvres du vieil homme se creusèrent.

— Tout marchait pourtant à merveille quand tu es

venue me rendre visite pour mon anniversaire. Est-ce qu'ils t'ont virée ?

Sans attendre de réponse, il se dirigea vers son fauteuil favori.

— Si c'est ainsi qu'ils prennent les choses, bon débarras !

Après avoir déplacé un album de timbres posé sur le bras du fauteuil, il s'y installa et actionna un bouton qui fit jaillir le repose-pieds.

— Nous retravaillerons ton C.V. Tu as du talent et de la détermination, il faut juste t'orienter dans la bonne direction.

Elle eut un mal fou à forcer les mots hors de sa gorge.

— J'ai démissionné.

Sur le point de prendre sa tasse de thé, son père s'immobilisa, et la transperça du regard.

— Crois-tu que ce soit bien raisonnable ? Les bonnes places se font rares de nos jours. Si tu m'en avais parlé avant, nous aurions pesé le pour et le contre, élaboré un plan. Tu sais bien que toute décision affecte nos choix futurs.

Elle se laissa tomber sur le canapé.

Horloge rustique au mur, napperons sur le poste de télévision, bibelots éparpillés dans la pièce… Un agréable parfum de passé flottait dans la pièce. Dieu merci, elle avait un foyer.

— Je sais, papa. C'est pourquoi je dois partir. On m'offre un poste intéressant à Londres.

Il fronça les sourcils.

— Il y a trois mois, c'était la place que tu viens de quitter qui était intéressante.

Il leva sa tasse.

— Tu veux du thé ?

Elle secoua la tête.

— Depuis, j'ai évolué.

Si rapidement. A présent, tout s'embrouillait dans sa tête.

— Franchement, je ne peux pas trouver mieux. On met un appartement à ma disposition, le salaire est mirobolant, et les merveilleux endroits que je rêve de visiter seront à ma portée.

Il fallait qu'elle se prépare à ce que son père douche son enthousiasme, comme d'habitude. Il allait la mettre en garde contre un choix qu'il réprouvait, lui démontrer qu'elle avait agi de façon irréfléchie. Mais elle avait pris sa décision et s'y tiendrait.

Tout en la dévisageant par-dessus le bord de sa tasse, le vieil homme fit claquer ses lèvres.

— Eh bien, tout ça me paraît formidable.

Elle faillit en tomber à la renverse.

— Tu es sincère ?

La tasse heurta la soucoupe avec un petit bruit quand il la reposa.

— Bien sûr.

Il n'allait pas démolir son projet ? Pas même évoquer le mal du pays dont elle allait souffrir ?

Depuis qu'elle avait décidé de partir, mille raisons de rester lui venaient à l'esprit : son père, Carly, Jezz, son appartement, la campagne de *Hits* dans laquelle elle s'était tellement investie… Mais une raison se dressait au-dessus de toutes les autres, tel un phare illuminé : David.

Penser qu'il ne la tiendrait plus jamais dans ses bras, qu'ils ne s'embrasseraient plus, n'échangeraient plus d'idées, ne plaisanteraient plus ni ne feraient l'amour, c'était trop cruel. David était un homme exceptionnel.

David était parfait. Si seulement il était arrivé plus tard dans sa vie, quand elle aurait été libre de s'engager !

Qu'aurait pensé sa mère de sa décision ?

Sur le portrait accroché au-dessus du buffet, Marion Stevens la regardait avec un doux sourire.

Allons, inutile de ressasser le passé. En cinq minutes, elle avait mis fin à sa relation avec David. Ce qu'elle considérait comme un manque de confiance en elle, il le voyait comme une nécessité de modérer son élan.

Et si elle avait réagi un peu trop vivement ? Et si sa réussite l'avait amenée à se surestimer ?

Mais c'était sa volonté d'aller plus loin et plus haut qui lui avait gagné son poste au départ ! Et c'étaient ces qualités qui avaient séduit Jonathon.

Elle poussa un soupir.

Quelle que soit la réponse, elle avait fait son choix. Et après la confrontation de la veille, c'était le seul possible.

— Quand pars-tu ? demanda son père.

— Dès que possible. Mon passeport est à jour.

Il hocha la tête.

— C'est la consécration de ton travail de toutes ces années. Je crois encore t'entendre parler de tes projets à ta mère.

Tout en sachant que son pendentif était resté chez David, elle porta instinctivement la main à sa gorge.

Le cœur d'or serait un prétexte pour voir David une dernière fois. Mais accepterait-il de la recevoir ?

Si elle était entêtée, il était pétri d'orgueil. Après ses efforts de la veille pour la convaincre de rester, il ne s'abaisserait pas à la supplier. A présent, il avait accepté l'idée de son départ et fermé son cœur. Il reprendrait sans trop de mal le fil de son existence, et c'était exactement ce qu'elle voulait.

Son père croisa les mains sur ses genoux.

— Quand je pense à ce job à temps partiel que tu avais pris au fast-food, aux cours du soir, à tes études au cœur de la nuit, quand tu préparais tes examens. Tu t'es montrée courageuse, et tu as réussi. Et tu ne t'arrêteras pas en si bon chemin. Je suis fier de toi, Serena.

Elle sentit sa gorge se serrer et les larmes lui monter aux yeux. Nul compliment n'aurait pu la toucher davantage.

Bien sûr, son père l'avait déjà félicitée. Le jour où elle avait gagné le prix pour son essai, quand ils se tenaient assis l'un près de l'autre le jour de l'enterrement de sa mère, et en d'autres occasions. Mais elle savait maintenant qu'il pensait vraiment du bien d'elle, et c'était réconfortant.

Malgré tout…

— Tu ne m'as pas mise une seule fois en garde, remarqua-t-elle. Et tu ne manifestes pas d'inquiétude. Pourtant, Londres est très loin d'ici.

Son cœur se serrait rien que d'y penser.

— Vingt et un mille kilomètres, si je ne m'abuse. Mais avec le téléphone, c'est la porte à côté !

Elle fixa le sol.

— Le téléphone, ce n'est pas aussi rassurant que d'avoir quelqu'un en chair et en os qui se préoccupe de vous.

Un pas aussi énorme. Et tout était arrivé si vite. Et si elle détestait son poste ? Si elle échouait ?

Allons, elle avait fait tant de chemin déjà. Quand cesserait-elle d'avoir ce genre de doutes ?

— C'est une décision importante, mais qui dépend de toi seule, répondit son père.

Il sourit.

— Ce qui ne veut pas dire que je ne m'inquiète pas.

Il se redressa et termina le contenu de sa tasse, puis il la reposa, soudain rembruni.

Il était visiblement las. Il fallait qu'il se repose.

— Je vais te laisser, papa. Je reviendrai te voir avant mon départ. Je te donnerai des contacts et une adresse.

Il se leva pour la raccompagner. Cependant, arrivé au couloir, il prit la mauvaise direction.

— Tu ne vas tout de même pas aller au lit sans m'avoir dit au revoir ! dit-elle en riant.

— Désolé, ma chérie. J'ai eu une semaine difficile avec pas mal de copies à corriger.

— Tu as presque soixante ans, papa. Tu devrais cesser d'enseigner et prendre la vie du bon côté.

Il avait quinze ans de plus que sa mère. Pourtant, en dépit de la différence d'âge, en dépit de tout, ils avaient été heureux.

A la porte, il l'étreignit affectueusement, comme lorsqu'elle était enfant, ce qui semblait remonter à une éternité et était seulement hier.

En la regardant se diriger vers sa voiture, il agita la main.

— Sois prudente.

Elle lui répondit d'un geste.

— Ne t'inquiète pas.

— Et ne reste pas dehors toute la nuit. Tu sais que je me fais un sang d'encre quand tu n'es pas rentrée à minuit.

Elle sentit son sang se glacer.

Les étourderies de son père prenaient un sens dramatique !

Elle s'immobilisa, fit demi-tour.

— Papa ?

Son père était en train de refermer la porte. Il la regarda d'un air surpris.

— Tu as oublié quelque chose ?

Elle examina l'homme qui avait fait de son mieux pour la guider et la protéger après la disparition de sa mère. Et elle se rappela, auparavant, les leçons d'équitation qu'il lui avait offertes, l'aide qu'il lui apportait quand elle faisait laborieusement ses devoirs, les histoires qu'il lui lisait le soir…

Elle aplatit une mèche grise sur sa tempe et lui sourit en refoulant ses larmes.

— Il m'arrive d'oublier, mais je me souviens de tout, maintenant. Rentrons, papa.

- 17 -

En découvrant David installé à une table de la terrasse, occupé à fabriquer des avions en papier, Serena s'efforça de dissimuler son chagrin.

Vêtu d'un jean usagé et d'un T-shirt blanc, il lui paraissait plus beau que jamais. Viril, aussi, et dangereux.

— Bonjour, David. J'espère que je ne te dérange pas.

Il leva la tête, et un petit sourire naquit au coin de ses lèvres. Mais il ne déplaça pas ses pieds posés sur la chaise en face de lui, et son sourire n'atteignit pas ses yeux.

Il soupesa l'avion dans sa main.

— Serena. Ça fait quoi ? Trois semaines ?

— Quatre.

Au jour près. Un mois s'était écoulé depuis leur querelle et sa décision de partir. Un mois durant lequel elle n'avait guère mangé, guère dormi et guère connu de paix.

Il la détailla de la tête aux pieds puis se remit à étudier son avion.

— Tu veux que Gilbert t'apporte une boisson ? Café ? Thé ?

Sa gorge se serra. Il y avait peu, il lui aurait proposé une boisson qu'elle aimait.

Mais elle ne releva pas. Elle ne voulait pas lui donner ce plaisir.

— Ça va, merci.

L'avion quitta la main de David et s'envola par-dessus un bougainvillier écarlate. David le regarda disparaître en hochant la tête comme s'il avait accompli un exploit. Après quoi, son regard revint sur elle, et il l'invita d'un geste à s'asseoir.

Le soleil de midi lui chauffait les bras et le visage tandis qu'elle regardait autour d'elle.

— Où est Sylvie ?

— Il faut croire qu'elle n'aime pas les adieux.

David écarta les feuilles de papier posées devant lui et s'empara du téléphone.

— Alors, Gilbert ? Et ce café bien fort et bouillant ?

Le cœur lourd, Serena s'assit.

— Tu es au courant pour le prix, je suppose, dit David.

— C'était dans le journal ce matin. Félicitations. Tu as eu le premier prix.

Elle avait lu et relu l'article, partagée entre la fierté et une étrange indifférence.

— Le premier prix, oui, opina David. En partie grâce à toi. Tu as fait du bon travail sur ce projet.

Il n'était ni provocateur ni sincère. On aurait dit un automate. S'agissait-il d'une tactique pour la mettre mal à l'aise ? Mais à quoi s'attendait-elle ? A des paroles dures ? Des éclats de voix ? Des fleurs ?

Elle ravala sa salive.

— Merci.

Il avait eu ce qu'il voulait. Malgré tout, elle en était heureuse pour lui.

Gilbert apparut, un plateau à la main.

— Autre chose, monsieur ?

— Ce sera tout. Merci.

David s'apprêtait à porter la tasse à ses lèvres, quand il se ravisa et claqua des doigts.

— Oh ! Pouvez-vous vous assurer que le pantalon et la veste que j'ai commandés la semaine dernière sont prêts ?

Il regarda sa montre.

— Le déjeuner est dans une heure.

— Je m'en occupe, dit Gilbert. Désirez-vous quelque chose, mademoiselle Serena ?

Tout à l'heure, Gilbert l'avait accueillie avec chaleur. Sans doute, une manière de lui faire savoir qu'il l'appréciait.

— Non, merci, Gilbert.

La chaise de Serena grinça sur le carrelage quand elle se leva.

— Je venais juste chercher mes affaires et…

— Pas de précipitation, dit David.

Il posa les pieds par terre et se redressa.

— C'est juste une petite réunion pour célébrer la victoire. Je crois que j'ai un peu trop fait la fête hier soir, ajouta-t-il en se massant les tempes.

Oui, il avait des cernes sous les yeux. Mais depuis quand une rupture empêchait-elle de prendre du bon temps ?

Il souffla sur son café.

— As-tu reçu ma prime ? Je voulais t'exprimer ma gratitude pour tout ce que tu as fait pour moi.

Par-dessus le rebord de sa tasse, il l'observait, si calme, si sûr de lui.

Sa prime, elle l'avait reçue. Et renvoyée aussitôt. Elle ne travaillait plus pour lui et ne voulait pas de son argent. Pour quelque raison que ce soit, et surtout pas pour celle qu'il sous-entendait. Coucher avec lui avait été une joie, et non un service !

Allons, elle devait garder son calme.

Elle s'approcha de la balustrade.

— Tes clients doivent être satisfaits.

— Bien sûr. Tu es en relation avec Jezz, n'est-ce pas ?

Elle ne répondit pas. Il savait qu'elles étaient amies.

Elle s'appuya au rebord de pierre, lui tournant le dos, et frémit de tout son corps quand elle devina qu'il se levait et s'approchait.

— Elle est d'une efficacité remarquable, Dieu merci, ajouta-t-il. Je ne sais pas ce que je serais devenu sans elle. Bien sûr, je sais que tu avais de bonnes raisons de partir. Les gens ont toujours de bonnes raisons de partir…

Il la comparait à Olivia !

Elle ne méritait pas une telle attitude, c'était injuste. Elle n'avait pas tout plaqué de gaieté de cœur comme cette femme. Il avait souffert, d'accord, mais elle aussi. Alors, qui était à blâmer dans cette histoire ? Elle, uniquement ?

Bien des femmes laisseraient tout tomber pour poursuivre une relation avec un homme de la trempe de David Miles. Mais combien d'hommes n'abandonneraient pas tout pour suivre une femme comme elle, pleine d'énergie et de passion ?

Son cœur saignait, mais malgré la petite voix qui lui soufflait qu'elle avait tort de faire une croix sur celui qu'elle aimait, elle ne pouvait tout simplement pas renoncer à ses rêves.

Un artiste prétendrait-il être heureux en renonçant à peindre, ou un écrivain en renonçant à raconter des histoires, surtout quand la personne pour laquelle ils se seraient sacrifiés continuerait de poursuivre ses rêves ?

Peut-être n'aimait-elle pas suffisamment David. Mais si c'était le cas, lui non plus ne l'aimait pas suffisamment.

Malgré sa gorge nouée par le chagrin, elle finit par retrouver sa voix.

— Je suis heureuse que tout aille au mieux à l'agence. Après dix ans de travail acharné, tu l'as bien mérité.

Le visage de David se crispa. Accoudé à la balustrade, il se pencha en avant et observa la piscine d'un bleu limpide.

— Et toi ? Tu dois te préparer à traverser l'océan ?

Elle poussa un soupir.

A quoi bon feindre ? Tôt ou tard, il découvrirait que ses projets étaient reportés.

— Je ne prends pas le poste de Londres.

David se redressa brusquement.

— Tu as reçu une meilleure offre ?

Il souriait, mais son regard était noir.

— Mon père est malade, avoua-t-elle. Je l'ai emmené passer des examens.

— Ont-ils découvert quelque chose ?

Elle hocha la tête.

— Il doit être opéré d'une tumeur au cerveau.

Quand David lui prit les mains, elle se détesta d'apprécier autant le réconfort que ce geste lui apportait.

— Quel est le pronostic ? demanda-t-il, l'air sincèrement préoccupé.

— Le chirurgien est optimiste. Mon père devrait se remettre complètement.

Il caressa ses mains crispées.

— Y a-t-il quelque chose que je puisse faire ?

Elle lui retira ses mains.

— Rien, je te remercie. A part sa distraction, papa semble aller bien. L'opération est prévue pour dans un mois. Il faut d'abord réguler sa tension.

Il la regarda attentivement.

— Tu restes donc à Sydney ?

— Pour le moment, oui. J'ai expliqué la situation à Jonathon. Malheureusement, le moment était mal choisi.

— Ce qui veut dire ?

Il savait très bien ce que ça voulait dire !

— Que je partirai pour de bon si… Enfin, quand mon père sera remis.

— Pour Londres ?

— Pour quelque part, lâcha-t-elle, crispée.

Il ne comprenait donc pas ? Elle devait le faire.

Boire un café sur la 42e Rue en allant au travail, visiter le Louvre à une demi-heure à pied de son appartement, courir dans les flaques d'eau pour attraper un bus à Londres… Ces images lui donnaient la force de rester concentrée sur son objectif.

David la dévorait du regard. Finalement, il hocha la tête.

— Tu as besoin d'un emploi dans l'intervalle ?

Pour risquer de retomber dans ses bras ? Ça non !

— Jonathon m'a offert une place au Mixem.

Une veine battit à la tempe de David. Allait-il céder à ses pulsions meurtrières d'homme des cavernes ?

Finalement, il soupira.

— Promets-moi seulement de ne pas écouter d'enregistrement avec lui dans la cabine D.

Il esquissa un petit sourire, mais dans son regard l'orage se déchaînait.

— Jonathon est correct, dit-elle doucement. De

toute façon, un homme sait s'il a ou non ses chances avec une femme.

L'expression de David s'assombrit, et elle lut la question non formulée dans ses yeux : « Ai-je une chance ? »

L'atmosphère s'alourdit brusquement tandis que les questions se bousculaient dans son esprit.

David avait-il une chance, ou tout était-il bien fini entre eux ? Etait-ce la dernière fois qu'ils se voyaient ?

Elle se recroquevilla, terrassée par la violence de son chagrin.

Le regard de David qui s'attardait sur ses lèvres lui disait silencieusement qu'il suffirait d'un mot de sa part pour qu'il lui montre que ce qu'ils avaient vécu n'était qu'un hors-d'œuvre, comparé au festin qu'il lui réservait.

Un geste, un mot, et leur histoire recommencerait… Avec la menace qu'elle finisse un jour.

La situation était inchangée. Ce ne serait peut-être pas cette semaine ni le mois prochain, mais elle partirait, et lui resterait. Il serait vain d'espérer qu'il l'attende. Son amour-propre serait si cruellement atteint que jamais plus il ne lui ferait confiance. Elle le connaissait assez pour en être certaine.

Elle détourna le regard.

Mon Dieu, est-ce qu'elle voulait vraiment renoncer à lui ? Est-ce qu'elle le pouvait seulement ?

Il lui souleva le menton d'un doigt.

Son front était lisse, son sourire résigné. Il ne lui avait jamais paru plus beau.

— Tu as raison, un homme sait s'il a ses chances avec une femme.

Elle sentit ses forces la quitter tandis qu'il traversait la terrasse pour prendre son portable sur la table.

— Serena est prête à partir, Gilbert. Avez-vous rassemblé ses affaires ?

Une pause.

— Très bien, je vous l'envoie.

Avec un poids énorme sur la poitrine, elle le rejoignit et attendit que…

Quoi ? Qu'il lui serre la main ? Qu'il lui souhaite bon vent ?

Tout était dit.

Ravalant ses larmes, elle se tourna vers la porte.

— Serena, attends.

Elle s'immobilisa.

Allait-il le dire ?

Il se tenait devant elle, son refuge, son amour. Elle aperçut l'éclat de l'or dans sa main tendue.

— Je sais combien tu y tiens, dit-il. Je l'avais mis de côté pour qu'il ne s'égare pas.

Elle tendit la main, et le pendentif glissa au creux de sa paume.

— Voilà, dit David. Je t'ai rendu ton cœur.

- 18 -

— Carte d'embarquement, s'il vous plaît.

Serena posa son bagage à main, ouvrit son sac et en sortit la carte.

La sculpturale hôtesse de l'air de l'aéroport international de Sydney la vérifia et la lui rendit en souriant.

— Je vous souhaite un bon voyage.

Serena hocha la tête.

Elle comptait bien s'y efforcer.

En empruntant la passerelle, elle vérifia que les pilules contre le mal de l'air conseillées par Jezz se trouvaient bien dans la poche de son sac.

Elles pouvaient causer de la somnolence, disait la notice. Tant mieux. Un peu de repos serait le bienvenu.

Comme elle refermait la poche, ses lunettes glissèrent de sa tête à son nez et rebondirent à ses pieds.

Elle se pencha pour les ramasser, mais déjà une main s'en était emparée.

Le propriétaire de la main et elle-même se redressèrent en même temps.

C'était un homme d'âge moyen, qui remonta ses propres lunettes sur son nez en lui rendant les siennes.

— Quelle plaie, les lunettes ! On ne sait jamais où on les a posées. Mais si vous êtes comme moi, on ne peut pas s'en passer.

Il était petit, bien habillé, et parlait d'une voix nasale.

— Je n'ai pas porté mes lunettes depuis des siècles, les branches doivent être desserrées, dit-elle tandis qu'ils pénétraient dans l'avion côte à côte. D'habitude, je porte des verres de contact.

Elle s'était retrouvée en rupture de stock la semaine précédente et ne s'était pas souciée de s'en procurer. Dernièrement, même se brosser les cheveux lui demandait un effort démesuré.

Avant de présenter sa carte à l'agent de bord, elle se tourna vers l'homme.

— Merci de votre aide.

Elle trouva son siège. Son bagage à main rangé, elle pouvait à présent se renfermer dans sa coquille.

Mais le gentil monsieur réapparut.

— Quelle coïncidence ! Nous sommes voisins de vol.

Ils vérifièrent leurs numéros de carte.

— Oui, c'est bien ça, dit-il. Je suppose que vous ne renoncerez pas au hublot ?

— Je préfère garder ma place. Vous comprenez, c'est la première fois que je prends l'avion.

Il s'installa sur son siège et sortit une pastille d'un sachet.

— Mal de gorge, dit-il en l'avalant. C'est donc votre première visite à Paris ?

Elle hocha la tête et se tourna vers le hublot.

Quelle malchance d'être tombée à côté d'un bavard invétéré !

— Vous restez longtemps ?

— Une semaine seulement.

— Comment ? Ce n'est pas assez ! Je me souviens, à mon premier voyage…

Il se frotta les mains en riant.

— J'ai rencontré une femme étonnante. Elle m'a

emmené au Moulin-Rouge et m'a dit qu'elle savait danser le…

Pressentant une histoire à n'en plus finir, elle préféra l'interrompre.

— Mon père sort juste d'une opération.

— Rien de sérieux, j'espère ?

— Les médecins sont optimistes.

Elle regarda le tarmac inondé de soleil et posa son front contre la vitre.

Mal du pays, déjà. Nostalgie de David. Il lui manquait tellement…

Du coin de l'œil, elle vit son voisin mettre une nouvelle pastille dans sa bouche.

— C'est vous qui vous occupez de lui, maintenant ?

Elle hocha la tête.

Pendant longtemps, son père avait pourvu à ses besoins. A présent, c'était à son tour. Elle était juste heureuse de pouvoir le faire.

— C'est mon père qui a insisté pour que je prenne une semaine de vacances à l'étranger.

Il la rendait folle avec ses perpétuelles mises en garde, mais elle avait fini par comprendre que c'était sa façon de lui exprimer son amour. Elle avait de la chance de l'avoir, et elle espérait l'avoir encore longtemps à l'avenir.

Elle allait régler son compte au monstre du doute. Son père allait se remettre. Elle passerait des moments fabuleux en France, à visiter le Louvre, la tour Eiffel. Et bientôt, bientôt… Elle oublierait.

Elle ferma les yeux et dodelina de la tête contre le hublot.

L'oubli, mon Dieu, qu'on lui apporte l'oubli !

Une éternité plus tard, le jet avait atteint sa vitesse de croisière. Elle avait pris trois pilules contre le mal de l'air et était installée, une couverture sur les genoux, un magazine à peine feuilleté ouvert devant elle. Elle ôta ses lunettes pour frotter ses yeux sensibles.

Sur le siège voisin, son nouvel ami retira ses écouteurs et se leva.

— Je vais me dégourdir les jambes. Voulez-vous que je vous rapporte une boisson ? Il ne faut pas risquer la déshydratation.

Son père lui avait fait la même remarque.

Elle lui sourit.

— Je veux bien de l'eau, s'il vous plaît.

Ils survolaient les nuages. Le ciel était un dôme d'un bleu pur qui ne connaissait pas de limites. Comme sa vie.

Mais n'avait-elle pas trop sacrifié pour atteindre son but ? Les rêves ne pouvaient-ils pas changer, ne serait-ce qu'un tout petit peu ?

Elle frotta ses lunettes sur sa manche tout en songeant à Jezz, qui était devenue si importante pour elle.

Jezz vivait la vie qu'elle désirait mener et n'éprouvait aucun regret de son célibat. Pourtant, elle avait bien choisi ses mots d'adieu, tout à l'heure à l'aéroport.

— Certaines personnes disent que l'on peut tout avoir. Il ne faut pas les croire.

Tout… Faire ses preuves était tout pour Serena. Son amour-propre était tout pour David. Et ça leur avait coûté cher à tous deux. Elle n'avait pas trouvé de solution. Et, le plus triste, David non plus.

Plongée dans ses pensées, elle sursauta en sentant qu'on lui mettait dans la main quelque chose de froid.

Sa boisson, bien sûr.

Elle marmonna un vague remerciement mais ouvrit de grands yeux en découvrant soudain dans sa main un verre rempli de… De vin blanc et de sirop de mûre ?

Son cœur se mit à cogner durement contre ses côtes, et quand elle tourna la tête, un feu d'artifice explosa en elle. Elle se sentit mourir et renaître à la fois.

Elle replaça ses lunettes sur son nez, juste pour être sûre de ne pas faire erreur.

— David ?

— Des lunettes, hein ? Très sexy ! Puis-je ? demanda celui-ci en désignant le siège voisin.

Sans voix, elle se contenta de hocher la tête.

Un rêve, ce devait être un rêve. Peut-être dû aux pilules. C'était la seule explication.

Quand il fut assis, elle lui toucha le bras.

Chaud et solide sous la chemise. Peau bronzée, et cette odeur épicée et virile… Oui, c'était bien David qui était assis près d'elle !

— Que fais-tu ici ?

Il s'installa plus confortablement sur le siège.

— Je vais à Paris.

Au bord de l'hystérie, elle porta les mains à ses tempes et secoua la tête.

— Je ne comprends pas.

— Laisse-moi t'expliquer.

En fait, il prit son visage dans ses mains et posa sa bouche sur la sienne.

Après ces interminables semaines, c'était mieux que le paradis ! S'abandonnant, elle savoura la caresse ainsi que les merveilleuses promesses qu'elle semblait contenir.

— Tu comprends mieux maintenant ? demanda-t-il quand ils se séparèrent.

— Pas sûre… Peux-tu encore m'expliquer ?

Avec un sourire, David lui prit la main et en effleura la paume d'un baiser.

— Quand j'ai reçu le prix, dit-il, j'ai cru que j'allais me sentir mieux. J'avais déjà traversé des périodes difficiles et m'en étais remis. Je pensais que je m'en remettrais encore cette fois. Pourtant, plus les jours passaient, plus je me rendais compte que j'avais commis la plus grosse erreur de ma vie en laissant mon stupide orgueil me priver des deux choses qui comptaient le plus au monde pour moi.

Il se pencha et murmura à son oreille :

— C'est-à-dire toi, et toi.

Elle frissonna longuement et dut secouer l'enchantement pour demander :

— Et tu as décidé de me surprendre à bord d'un avion ?

— J'ai pensé que tu trouverais le geste romantique.

— Et de passer une semaine à Paris avec moi ?

— Je fais de nous ma priorité numéro un. Nous ne pouvons plus nous séparer. Nous devons trouver une solution, et nous la trouverons.

Le contact avec la réalité fit exploser le conte de fées. Elle recula.

— Comment ? David ! Nous avons déjà vécu ça. Je veux toujours travailler à l'étranger.

— Alors, je travaillerai aussi à l'étranger. Tant que tu me reviendras tous les soirs, je veux bien faire n'importe quoi. Tu avais raison, je peux changer de branche, je n'ai plus rien à prouver dans la publicité. Une carrière dans l'aéronautique, pourquoi pas ? Tout ce qui compte, c'est toi. Tu es mon rêve. Accepte-moi, Serena. Laisse-moi t'aimer.

Elle sentit un flot de larmes lui monter aux yeux et en même temps se retint d'éclater de rire.

— Tu ferais ça pour moi ?

David lui caressa tendrement la joue.

— Tous les jours de ma vie ! Je m'en veux tellement d'avoir été si lent à comprendre. Je t'aime, Serena.

Elle sentit une larme rouler sur sa joue.

— Tu m'aimes ? murmura-t-elle dans un souffle.

— De tes fossettes à tes adorables doigts de pied.

Il sourit.

— Surtout tes doigts de pied. J'en suis fou. Et j'aime que tu parviennes à être à la fois efficace et sexy pendant les réunions d'affaires. J'aime que tu campes sur tes positions quand tu penses avoir raison. J'aime que tu me donnes l'impression d'être léger, léger, et parfaitement juste.

Quand il l'embrassa, elle se livra à lui corps et âme. Elle était exactement où elle voulait être. Elle n'avait plus rien à prouver, juste la vie à croquer.

Il finit par poser de petits baisers sur ses lèvres, ses joues, son menton.

— Serena ?

Devait-elle se réveiller ?

— Mmm ? fit-elle, les yeux clos.

— Y a-t-il quelque chose que tu voudrais me dire ?

Elle ouvrit lentement les yeux.

— Sais-tu où il y a une douche ?

Il enfouit ses lèvres dans ses cheveux.

— Avec beaucoup de savon. Mais, pour le moment…

Elle lui posa un doigt sur les lèvres.

— Je t'aime aussi. De tout mon cœur.

Et le souvenir des jours où elle avait été privée de lui s'évanouit comme par l'effet d'un coup de baguette magique.

Tout ce qui comptait, c'était qu'ils étaient ensemble, et qu'il allait l'embrasser.

— Dites, mon vieux, c'est ma place.

Ils levèrent la tête pour découvrir le voisin de Serena qui attendait, un verre d'eau à la main.

— C'est désagréable, j'en conviens, admit David. Mais si vous voulez bien vous montrer patient... Je suis sur le point de demander sa main à mon amie.

Comme elle écarquillait les yeux, il lui prit son verre des mains et le confia à l'homme. Puis, prenant ses deux mains dans les siennes, il les porta à son cœur.

— Serena, veux-tu m'épouser ?

Ce fut soudain comme si ses doutes n'avaient jamais existé.

— Quand ?

Un grand sourire illumina le visage de David.

— Tu verras, à Paris, nous dénicherons la bague de tes rêves.

— Ecoutez, fit l'homme, un verre dans chaque main, c'est bien gentil tout ça, mais j'ai payé ma place !

— Montez donc en première, et dites au steward que David Miles s'est trompé et qu'il vous cède sa place.

L'homme but une gorgée de vin et sourit.

— Comme ça, ça va.

La gorge serrée par l'émotion, Serena ne savait plus si elle allait rire ou pleurer.

— Tu vas voyager en classe économique ?

David reporta son attention sur elle. Une lueur coquine brilla dans ses yeux tandis qu'il tirait la couverture sur eux.

— Pour toi, je ferais n'importe quoi !

Passions

— Le 1er septembre —

Passions n°281

L'honneur d'Elena - Christine Rimmer

Lorsqu'Elena découvre qu'elle attend un enfant de Rogan Murdoch, elle est partagée entre la joie de devenir mère et une immense appréhension. Certes, il ne fait aucun doute que Rogan se montrera à la hauteur de ses responsabilités et lui proposera le mariage. Mais au fond d'elle-même, elle sent que Rogan n'est toujours pas prêt à s'engager et qu'il ne l'aimera jamais vraiment...

La force de la passion - Karen Rose Smith

Celeste est prête à tout pour se rapprocher de sa nièce, une fillette de quatre ans qu'elle aime comme sa propre fille. Pourtant, lorsqu'elle se retrouve face au regard sombre de Clay, le père de l'enfant, elle comprend que ce sera plus difficile qu'elle ne l'imaginait...

Passions n°282

Audacieux arrangement - Allison Leigh

Si Deanna accepte de jouer le rôle de la fiancée de Drew Fortune, son patron, c'est uniquement parce qu'elle sait que ce n'est qu'un arrangement temporaire et strictement pratique. Pourtant, alors qu'ils sont obligés de passer quelques jours dans l'immense Hacienda de la famille Fortune, elle se sent de plus en plus troublée par la proximité de Drew...

Le souvenir d'une liaison - Brenda Harlen

Gabriella... Gabriella Vasquez... En apprenant l'identité de la journaliste qui vient de ruiner sa réputation, le prince Cameron Leandres est sous le choc. Car Gabriella ne lui est pas étrangère, bien au contraire. Même si cela fait plus de dix ans qu'il ne l'a pas revue, il n'a jamais totalement oublié les merveilleux moments qu'ils ont passés ensemble...

Passions n°283

Plus fort que le désir - Emilie Rose

Lorsqu'elle découvre que son ex-mari, Flynn Maddox, dont elle est séparée depuis sept ans, n'a en réalité jamais signé les papiers du divorce, Renée est folle de rage. Une rage qui se transforme en stupeur lorsque celui-ci lui fait la plus étonnante, la plus scandaleuse des propositions : il signera les papiers du divorce à la condition qu'elle accepte de lui donner un héritier...

L'amant dont elle rêvait - Christie Ridgway

Cela fait plus de six ans que Kayla travaille pour Mick Hanson. Six longues années durant lesquelles elle s'est consumée d'amour pour lui sans qu'il ne lui prête la moindre attention. Lasse de cette situation, Kayla décide de reprendre sa vie en main et de démissionner, mais, à sa grande surprise, Mick ne l'entend pas de cette oreille...

Passions n°284

Une héritière très secrète - Catherine Mann

Alors qu'elle assiste au mariage de sa demi-sœur, Eloisa sent son cœur se serrer en reconnaissant Jonah Landis parmi la foule des invités. Le beau, le séduisant Jonah, qu'elle a dû quitter précipitamment, un an plus tôt, sans une explication. Jonah, qu'elle aime encore de tout son cœur mais à qui elle ne peut toujours pas révéler sa véritable identité...

Ce serment entre nous - Michelle Celmer

Depuis la disparition de sa sœur, Katie n'a jamais revu Adam Blair, son beau-frère. Une situation qui l'arrange à vrai dire car elle ne s'est jamais sentie à l'aise avec cet homme trop beau, trop riche et trop sûr de lui. Elle est donc étonnée et un peu inquiète lorsque celui-ci lui demande de lui rendre visite dans son immense propriété. Mais elle est loin de se douter de l'incroyable proposition qu'il s'apprête à lui faire...

Passions n°285

Une épouse indomptable - Barbara Dunlop

S'il y a un homme que Kaitlin déteste plus que tout au monde, c'est bien Zach Harper, son ancien patron. Celui-ci ne vient-il pas de la licencier, ruinant ainsi tous ses rêves de carrière ? Elle est donc bouleversée d'apprendre que le mariage factice qu'ils ont contracté quelques mois plus tôt à Las Vegas, lors d'un voyage d'affaires, est en réalité bel et bien valable...

La plus belle des rencontres - Maureen Child

Lorsque Tula apprend que la garde de son neveu ne lui a pas été confiée à elle, mais à Simon Bradley, le père biologique de l'enfant, elle est folle de rage. Jamais en effet, elle ne laissera le petit garçon sous la responsabilité de ce play-boy, certes riche à millions, mais dont la réputation de don Juan est aussi légendaire que sulfureuse...

Best-Sellers n°470 • suspense

Ombres sur Black Falls - Carla Neggers

Hannah Shay est enfin parvenue à montrer aux habitants de Black Falls, le petit village de montagne où elle est née, ce dont elle est capable : le café qu'elle y a ouvert est un succès et elle va bientôt devenir magistrate. Mais quand son établissement se retrouve au cœur d'une enquête sur une série de crimes violents perpétrés dans le domaine montagneux des Cameron, Hannah est pétrifiée d'angoisse. D'autant plus que Bowie, son ami d'enfance est soupçonné par la police d'être mêlé à ce cauchemar… Hannah refuse d'y croire, et les soupçons de Sean Cameron, revenu à Black Falls pour tenter de démasquer l'assassin de son propre père, l'une des victimes, n'y changeront rien. Sean… Un homme intrépide qu'adolescente, elle aimait en secret, et qui tente aujourd'hui de la convaincre de participer à ses recherches. Que faire ? Car tout comme Sean, Hannah sent que le tueur va bientôt frapper… et il pourrait bien se trouver plus près d'eux qu'ils ne le pensent.

Best-Sellers n°471 • suspense

Face au danger - Brenda Novak

Traumatisée par la violente agression dont elle a été victime trois ans auparavant, Skye Kellerman a mis du temps à surmonter ses angoisses. Ce n'est que depuis peu qu'elle reconstruit son existence autour de l'association d'aide aux victimes qu'elle a créée en Californie avec deux amies. Mais quand elle apprend que son agresseur, Olivier Burke, est sur le point d'être libéré pour bonne conduite, bien avant la fin de sa peine, toutes ses peurs ressurgissent brutalement : comment oublier que c'est son propre témoignage qui a permis d'envoyer cet homme derrière les barreaux ? Lui n'a certainement pas oublié qu'il a tout perdu par sa faute. Le temps presse et Skye n'a qu'une solution : faire ce qu'il faut pour que Burke ne sorte pas de prison, en commençant par prouver son implication dans trois affaires de meurtres survenues à l'époque de son agression, et qui n'ont jamais été résolues... Heureusement, elle peut compter sur l'aide et le soutien inconditionnel de l'inspecteur David Willis, qui est venu la trouver. Car lui aussi en est convaincu : Burke n'en restera pas là.

Best-Sellers n°472 • thriller

La proie du silence - Karen Rose

L'incendie criminel de Minneapolis dans lequel Tracey, une adolescente atteinte de surdité, a trouvé la mort en pleine nuit, est un véritable choc. Ecœurée par le sort de cette toute jeune fille que son handicap a sans doute empêché de fuir suffisamment tôt, l'inspectrice Olivia Sutherland se sent prête à tout pour retrouver les coupables. D'autant plus que ses recherches l'orientent rapidement vers d'autres agissements sinistres : ceux d'un maître chanteur qui n'hésite pas à tuer les proies qui lui résistent. Perturbée par son enquête, Olivia l'est encore plus quand elle doit interroger David Hunter, le pompier qui a risqué sa vie lors de l'incendie pour tenter de sauver Tracey. David, un homme secret et mystérieux qu'elle a aimé autrefois, et qui lui a brisé le cœur. Elle accepte pourtant l'aide qu'il lui propose pour mettre la main sur ce criminel cynique et calculateur. Un criminel toujours proche mais jamais visible – et qui sème la mort sur son passage.

Best-Sellers n°473 • roman

Le printemps des rêves - Debbie Macomber

Séparée de son mari depuis peu, Rosie a bien du mal à prendre un nouveau départ. Non seulement Zach revendique la garde de ses enfants, mais les deux adolescents tumultueux lui mènent la vie dure. Heureusement, son métier d'institutrice la passionne et elle peut compter sur l'aide et la compréhension de son entourage. D'autant qu'elle n'est pas la seule à traverser une période de doute et de remise en question : Grace, qui habite non loin de là, essaye elle aussi de prendre un nouveau départ, même si elle a encore du mal à s'y retrouver dans sa vie sentimentale depuis la disparition brutale de son mari. Elle-même sait pouvoir compter sur sa meilleure amie Olivia, qui semble vouloir donner une nouvelle chance à sa relation avec Jack. Ainsi que sur sa fille aînée Maryellen qui, après des relations houleuses avec Jon, vient de mettre au monde une merveilleuse petite Katie. Bref, c'est tout un univers chaleureux qui aide Rosie à prendre en main son avenir et celui de ses enfants. Un univers où les gens finissent toujours par se retrouver car, à Cedar Cove, on n'est jamais très loin les uns des autres…

Best-Sellers n°474 • paranormal

Le papillon des ténèbres - Gena Showalter

Gideon, ténébreux guerrier mi-ange mi-démon, possède le pouvoir de détecter le mensonge et la tromperie. Pourtant, quand l'immortelle Scarlet se présente à lui, couronnée de sa chevelure d'ébène, il perd tous ses moyens. Envouté par son parfum d'orchidée, captivé par tant de beauté, il écoute son incroyable histoire, incapable de savoir si elle lui dit la vérité. Mais comment la croire quand elle lui affirme qu'elle a un jour été sa femme alors qu'il n'a aucun souvenir d'elle ? Et surtout, comment la protéger sans mettre en danger ses compagnons et sans se détourner de sa propre quête, celle qu'il poursuit comme prince des seigneurs de l'ombre ? Une force irrésistible le pousse néanmoins à vouloir connaître la vérité et comprendre ce qui l'attire en elle. Car bien au-delà du désir, Gideon sent qu'un lien très particulier l'unit à Scarlet. Un lien qui, s'il le découvrait, pourrait détruire celle qu'il commence à aimer…

Best-Sellers n°475 • thriller

Piège de neige - Lisa Jackson

Prisonnière du criminel pervers qu'elle traque depuis des semaines dans l'hiver glacial du Montana, l'inspecteur Regan Pescoli n'a plus qu'une obsession : s'échapper coûte que coûte. Aussi essaie-t-elle, dans le cachot obscur et froid où elle est enfermée, de dominer la terreur grandissante qui menace de la paralyser. Car ce n'est pas seulement sa vie qui est en jeu, mais également celle d'autres captives, piégées comme elles et promises à la mort.

Pour les sauver, autant que pour retrouver ses enfants et Nate Santana, l'homme qu'elle aime, Regan est déterminée à découvrir le point faible du tueur. Pour cela, il lui faudra aller au bout de son courage, de sa résistance physique… Et vaincre définitivement ce maniaque, avant qu'il ne soit trop tard.

Best-Sellers n°476 • historique

Lady Secret - Nicola Cornick

Angleterre, Yorkshire, 1805.

A la seconde où elle est entrée dans la somptueuse salle de bal de Cole Court, Marina a senti son regard posé sur elle. Le regard d'un homme sûr de lui, déterminé à percer ses secrets. Et, dès qu'il s'est avancé, elle a su que cet homme sombre et arrogant était le mystérieux inconnu de Londres. Celui qu'elle a embrassé dans la taverne, quelques mois plus tôt. Un baiser enivrant dont le seul souvenir suffit à faire naître en elle un délicieux frisson.

Pourquoi est-il ici ? A-t-il découvert sa véritable identité ? Les questions fusent dans l'esprit de Marina tandis que l'inconnu approche, un sourire prédateur aux lèvres. Car si cet homme venait à découvrir les raisons de son séjour à Londres, il ne tarderait pas à déchirer le voile de mensonges derrière lequel elle se cache depuis des années…

Best-Sellers n°477 • roman

L'été des secrets - Susan Wiggs

Quand elle aperçoit les premiers rayons du soleil scintiller sur le lac des Saules, Claire Turner, une jeune infirmière, est envahie par un sentiment de bien-être presque irréel. Venue pour prendre soin de George Bellamy, un vieux monsieur qu'elle adore, elle ne s'attendait pas un instant à se retrouver, le temps d'un été, dans ce cadre enchanteur. Malgré tout, sa mission s'avère délicate. Elle a en effet promis à George de l'aider à réaliser son rêve de toujours : se réconcilier avec son frère sur les lieux de leur enfance, là où, cinquante ans plus tôt, s'est joué le drame qui les a conduits à se perdre de vue. Heureusement pour Claire, Ross Bellamy, le petit-fils de George, semble prêt à tout pour aider son grand-père à réaliser ses souhaits les plus chers. Ross qui hante ses rêves depuis le jour de leur rencontre. Même si, hélas, elle sait que de terribles obstacles liés aux secrets de son passé se dresseront, quoiqu'il arrive, entre elle et lui.

Composé et édité par les
éditions Harlequin
Achevé d'imprimer en France (Malesherbes)
par Maury-Imprimeur
en juillet 2011

Dépôt légal en août 2011
N° d'imprimeur : 165228